Christian Humberg
Mörderische Brise

Über den Autor:
Christian Humberg wurde 1976 in Gerolstein geboren und studierte in Mainz Buch- und Literaturwissenschaft. Er arbeitet als freier Autor von Büchern und Theaterstücken, als Comicszenarist, Literaturübersetzer und Lektor. Seine Werke erreichen Leser:innen auf der ganzen Welt und wurden bereits mit zahlreichen Preisen ausgezeichnet. Humberg lebt in Mainz, verreist aber schon seit Jahren regelmäßig an die »mörderische« Ostsee.

CHRISTIAN HUMBERG

MÖRDERISCHE BRISE

EIN FALL FÜR CLARA CLÜVER

KÜSTEN-KRIMI

lübbe

Dieser Titel ist auch als E-Book erschienen

Originalausgabe

Dieses Werk wurde vermittelt durch die
Literarische Agentur Thomas Schlück GmbH, 30161 Hannover

Textredaktion: Dorothee Cabras, Grevenbroich
Einband-/Umschlagmotive: © shutterstock.com: Taras Bitkovskyy | Jenny Sturm | Kim Lindvall | Peangdao
Umschlaggestaltung: ZERO Werbeagentur, München
Satz: Dörlemann Satz, Lemförde
Gesetzt aus der Minion Pro
Druck und Verarbeitung: GGP Media GmbH, Pößneck
Printed in Germany
ISBN 978-3-404-18508-5

2 4 5 3 1

Sie finden uns im Internet unter luebbe.de
Bitte beachten Sie auch: lesejury.de

Für Ani und 339

Das Blut kam mit den Wellen. Dunkel schwappte es über den Strand von Travemünde, und wo immer es den Sand berührte, schien es ihn auf ewig zu besudeln.

Marie starrte auf die dunklen Stellen, als könnte sie sich nie wieder von ihnen lösen. Es lag eine Magie in ihnen, die den Blick des Mädchens anzog wie nichts zuvor.

Dann hörte sie das Tosen. Laut und grauenvoll hallte es über die Mündung des Flusses, und die Erwachsenen, die sich in dieser Nacht draußen an der Mole versammelt hatten, wo sich seit jeher Trave und Meer vereinten, keuchten hörbar.

»Er kommt!«, rief der alte Leven mit brüchiger Stimme. Niemand widersprach ihm. »Gott steh uns bei, er kommt!«

Vorsichtig hob Marie den Blick. Von ihrem Versteck hinter den Büschen aus konnte sie Strand und Mole genau sehen – aber auch den Himmel über dem Meer. Letzterer war binnen weniger Minuten das pure Chaos geworden. Dunkle Wolken erfüllten plötzlich die Nacht, und grellweiße Blitze zuckten zwischen ihnen umher wie irregeleitete Zauber. Darunter tobte und wogte die aufgepeitschte See bis zum Horizont hinaus.

Marie war in Travemünde zur Welt gekommen und hatte jedes ihrer bisherigen sechs Lebensjahre dort verbracht. Sie kannte die See. Doch noch nie hatte sie sie so wild erlebt, so unheilig.

Und der Grund dafür war nah. Marie brauchte die Worte des alten Leven nicht, um das zu wissen – sie spürte es mit jeder Faser ihres jungen Körpers. Jeder hier draußen schien es zu spüren.

Er kam. Der verfluchte Wassermann.

»Roggenbuk«, flüsterte eine Stimme in der Menge, irgendwo vor dem versteckten Mädchen. Bei jeder einzelnen Silbe zogen kalte Schauer über Maries Rücken. »Roggenbuk.«

Einen Herzschlag später schlug ein gewaltiger Blitz in die See, draußen am Horizont und absolut lautlos. Dort, wo er das Wasser berührte, erhob sich ein gewaltiger Leviathan aus den Fluten wie ein aus Höllentiefen heraufbeschworener Dämon.

Das Wesen glich einem Drachen aus den alten Märchen. Ein massiger Lindwurm mit Flügeln und Klauen und einem monströsen Maul, größer als ein Berg und gnadenloser als der Satan selbst. Trotz der Entfernung war Marie, als könnte sie das Wasser vom schuppigen Leib des Ungeheuers abperlen sehen, die Gier in seinen lidlosen Augen erkennen. Das Bild existierte nur für einen winzigen Augenblick, denn dann verging der Blitz wieder, der die Nacht erhellt hatte, und das Monstrum verschwand in gnädiger Dunkelheit.

Doch Marie wusste, dass es dort draußen war, und sie ahnte, dass es näher kommen würde. Jetzt sofort. Es würde sich nehmen, was ihm zustand. Denn so war es laut den Erwachsenen schon immer gewesen, und deswegen würde es für immer so sein. Nichts und niemand, so hieß es, könne daran etwas ändern.

»Wir sind die Untertanen«, murmelte der alte Leven. Es klang wie ein Gebet, und der Wind trug seine Worte über die Mole. »Doch du bist der Herrscher. Nimm unser Opfer an, oh Roggenbuk! Nimm es … und verschone dafür unser Ufer.«

Dann nickte er der Tochter des Schmieds zu. Sie hieß Frauke und hatte die Schule bereits hinter sich. Nun setzte sie sich weinend in Bewegung, ging direkt auf das wütende Meer zu. Denn sie war ausgewählt worden, ob sie es wollte oder nicht. Alle wussten es.

Marie hielt den Atem an, als Frauke in die Fluten stieg, die das Blut inzwischen ganz rot gefärbt hatte. Sie sah ihr nach, wie sie zitternd im Wasser verschwand.

Wenige Sekunden später wehten die ersten Harfentöne über die Lübecker Bucht, die Musik des fürchterlichen Wassermannes, und bittere Tränen traten in Maries schreckensweit aufgerissene Augen.

PROLOG

Oktober 1987

»Und deshalb«, beendete Hanno Kruse seine Geschichte, »solltet ihr alle nachts gut achtgeben, Kinder. Denn Roggenbuk ist noch immer da draußen in der Bucht. Er schläft unter den Fluten, und wenn wir nicht brav und artig sind, dann taucht er irgendwann wieder auf und rächt sich an uns. Ganz so, wie er es in früheren Zeiten getan hat. Zumindest laut der alten Sage von Travemünde.«

Dann klappte er das dicke Buch zu, das auf der Kanzel lag, und sah lächelnd in die Runde. »Noch Fragen?«

Jule Haberkamp schluckte. Sie mochte keine Gruselgeschichten, und das, was der Pastor ihr und dem Rest der Schulklasse gerade erzählt hatte, war an Schrecken kaum zu überbieten. Denn es spielte direkt hier, buchstäblich vor ihrer Haustür.

»Ich glaube«, sagte Frau Schneider und erhob sich aus der Kirchenbank, »die Geschichte ist über alle Fragen erhaben, lieber Pastor Kruse. Nicht wahr, Kinder? Wollen wir uns nicht bei Herrn Kruse bedanken?«

»Vielen Dank, Herr Kruse«, murmelte die versammelte Klasse 2 a im Chor. Doch den Worten fehlte es an Begeisterung. Sie kamen einzig und allein, weil die Lehrerin um sie gebeten hatte.

Hilflos schaute Jule sich um. Ihre besten Freundinnen Maren und Leni saßen direkt neben ihr, und auf ihren Gesichtern sah die Siebenjährige die gleiche Angst gespiegelt, die auch sie insgeheim spürte.

»Heute Abend kann ich bestimmt nicht einschlafen«, flüsterte Leni.

»Ich kann *nie wieder* schlafen«, stimmte Maren leise zu. Dann erhoben auch sie sich und verließen die Kirche.

Die Altstadt von Travemünde hatte sich während der vergangenen Stunde kaum verändert. Jules Blick fiel auf dieselben alten Fassaden wie sonst auch, auf das vertraute Kopfsteinpflaster auf dem Marktplatz und auf die bronzene Statue des heiligen Jürgen. Auf der Torstraße fuhr der Achtzehn-Uhr-Bus vorbei, leuchtende Scheinwerfer im Dämmerlicht, und aus den Schornsteinen der schmucken Backsteinhäuser stiegen dünne Rauchfahnen.

»In Ordnung, Kinder«, sagte Frau Schneider. Sie versammelte die Gruppe um sich und nickte auffordernd. »Das war ein spannender Nachmittag, findet ihr nicht auch? Wer von euch hätte gedacht, dass es hier bei uns in Travemünde so fantastische Geschichten gibt?«

Jule hob zögernd die Hand. Sie konnte einfach nicht anders. »Frau Schneider? Ist … Ist Roggenbuk echt? Oder ist es nur eine Geschichte?«

Die Jungs lachten. Auch manche Mädchen sahen spöttisch zu Jule herüber.

»Was bist 'n du für ein Baby?«, rief Finn, dessen Eltern ein Bauernhof drüben in Teutendorf gehörte. Sein feuerrotes Haar leuchtete nahezu im Licht der Straßenlampen. »Machst du dir etwa in die Hose?«

Frau Schneider lächelte. »Nein, Jule. Es gibt keine bösen Wassermänner – erst recht keine, die sich in gierige Drachen verwandeln. Das ist alles nie passiert.«

»Oder vielleicht doch?«, raunte Finn.

Die anderen Jungs lachten erneut.

»Also dann …« Frau Schneider klatschte in die Hände.

»Alle Kinder, die nicht in der Nähe wohnen, kommen mit mir zum Bus. Die anderen können von hier aus zu Fuß nach Hause gehen. Eure Eltern wissen ja Bescheid. Wir sehen uns morgen früh zur ersten Stunde wieder.«

Die Gruppe trennte sich. Jule verabschiedete sich von ihren Freundinnen und trat allein den kurzen Heimweg an. Ihr Herz klopfte noch wie wild, als sie um die Straßenecke bog und die Kirche hinter sich ließ. Denn nun sah sie das Ufer vor sich.

Die Trave war ein dunkelblaues Band, über das gerade wieder die weiße Autofähre zog. Möwen kreischten über ihr in der Luft, und am Anfang der Vorderreihe, die das Ufer säumte und die von hier fast bis zum alten Leuchtturm führte, klappten einige Straßenhändler bereits ihre Stände zu.

Außerdem war die Trave das Reich des dunklen Wassermannes, von dem der Pastor gesprochen hatte. Von Roggenbuk, dem Schrecklichen.

Jule schluckte. *Bloß eine Geschichte*, sagte sie sich, obwohl kalte Schauer über ihren Rücken zogen. *Das war erfunden und nicht wahr.*

Doch die Angst blieb. Was, wenn Frau Schneider sich irrte? Was, wenn das Monster aus Pastor Kruses Erzählung da vorn im Wasser auf ein neues Opfer wartete? Auf ein weiteres unschuldiges Mädchen aus Travemünde?

Jule hatte die Vorderreihe fast erreicht, als sie plötzlich eine Stimme hörte. Ganz leise drang sie an ihr Ohr: lang gezogene Silben, die doch fast wie ein Zischen klangen.

»Jule … Komm zu mir, Jule …«

Panisch sah die Siebenjährige sich um. Die schmale Straße zwischen den Altbauten war menschenleer. Nirgends rührte sich etwas, nicht einmal in den Schatten. Und doch war ihr mit einem Mal, als verfolgten böse Augen jede ihrer Bewegungen. *Hungrige* Augen.

»Jule«, erklang das Zischen erneut. So klangen Geisterstimmen, oder? So klangen Gespenster! »Gehorche mir … Opfere dich für Roggenbuk …«

Sie rannte los, konnte nicht mehr anders. Ihre Knie zitterten, und aus ihrer Kehle stieg ein Schrei des Entsetzens. Sie musste nach Hause! Sofort!

Dann prallte sie gegen ein Hindernis: Finn.

Der rothaarige Junge war vor ihr aus den Schatten getreten, direkt in ihren Weg. Und er grinste. »Na? Hast du Schiss bekommen?«

Jule hielt sich den schmerzenden Ellenbogen. Verständnislos starrte sie Finn an.

»He, Bengt«, rief der Mitschüler spöttisch. »Komm raus und guck sie dir an. Hat voll geklappt.«

Aus einem dunklen Hauseingang auf der gegenüberliegenden Straßenseite trat Bengt Hansen. Auch er ging in Jules Klasse, und momentan hielt er eine verbeulte Blechdose in Händen. »Juuule«, raunte er in die Dose, und das Blech verzerrte seine Stimme auf verräterische Weise. »Hier spricht der Wassermaaann …«

Die Jungs amüsierten sich königlich. Sie lachten und klatschten einander ab. »Hier«, sagte Bengt und hielt Jule mit einem schiefen Grinsen die Dose hin. »Willst du auch mal? Die hab ich dahinten im Müll gefunden.«

Jule spürte, wie die Angst aus ihren Gliedern wich. Wut trat an ihre Stelle, und ihre Wangen wärmten sich vor Schamesröte. »Ihr seid echt doof«, rief sie, ließ die Jungs stehen und rannte den Rest des Weges, so schnell ihre Füße sie trugen.

Selbst als sie endlich in ihrem Zimmer ankam und die Tür hinter sich schloss, kam es ihr vor, als könnte sie Bengt und Finn noch lachen hören.

KAPITEL 1

Juni 2018
Mittwoch

Das Innere der Kirche war still und trocken. Die dicken Mauern, die seit knapp zweihundert Jahren im Kern der Travemünder Altstadt aufragten, hatten schon unzählige Stürme überstanden. Auch das soeben – und noch immer hörbar widerwillig – endende Unwetter hatte ihnen nichts anhaben können.

Erleichtert sah Pastor Kruse sich um. Der alte Geistliche stand auf der Kanzel, allein auf weiter Flur, und sein Blick wanderte über die leeren Bankreihen, die gewölbte Decke und die Pfeifen der großen Orgel. Draußen vor der zweiflügeligen Eingangspforte fielen letzte Regentropfen, und ein scharfer Wind pfiff noch immer um die ehrwürdigen Mauern. So manche Dachschindel lag zerbrochen auf den Gehwegen des malerischen Küstenortes, und drüben auf der Halbinsel Priwall, die am anderen Ufer der Trave begann, versperrten angeblich umgefallene Bäume die Straßen. Doch das Haus des allmächtigen Herrn, dessen schmaler Turm weit über die Dächer Travemündes ragte, hatte das Unwetter mühelos überstanden, das in der vergangenen Nacht mit unerwarteter Härte über die Lübecker Bucht gekommen war.

»Nichts anderes habe ich von dir erwartet«, murmelte der Geistliche.

Er hatte sich Zeit gelassen. Erst am Nachmittag, als die Straßen zumindest wieder halbwegs frei und sicher wirkten, war er aus seiner bequemen Dienstwohnung im Pfarrhaus aufgebrochen, um in der Kirche nach dem Rechten zu sehen. Seine Fantasie hatte ihm schon seit Stunden zerborstene Butzenfenster vorgegaukelt, breite Pfützen auf dem Fußboden und Berge an herbeigewehtem Unrat auf den Eingangsstufen.

Doch nichts davon hatte sich bewahrheitet. Unkraut verging nicht, das wusste Kruse genau – und so manche prächtige Blume stand dem minderwertigen Kraut da in nichts nach. Einzig die Tür seiner stolzen Kirche hatte der Wind offenbar aufbekommen, aber selbst durch den schmalen Spalt zwischen den beiden hölzernen Flügeln, den Kruse bei seiner Ankunft schnell wieder geschlossen hatte, war kaum ein Regentropfen ins Innere gelangt.

Zufrieden trat der Pastor von der Kanzel und wandte sich zum Gehen. Er war nicht mehr so gut zu Fuß wie in Jugendjahren, und das heimische Sofa rief mit wachsender Lautstärke seinen Namen. Außerdem fror er stets, wenn er dieses alte Haus betrat.

Er lachte leise. Was die Quacksalber in ihren Psycho-Praxen wohl von diesem Detail halten würden? Vermutlich würden sie darin eine psychosomatische Reaktion sehen – den Beweis dafür, dass er tief in seinem Inneren eine Aversion gegen den eigenen Beruf und die eigene Berufung entwickelt hatte. Ein Pastor, der in der Kirche fror? *Vor allem* in der Kirche?

Der alte Seelenschäfer Kruse hielt wenig von der Psychoanalyse. Niemand war im Kern schwach. Selbst der größte Sünder wusste, welche Gräuel er beging. Es lag allein an ihm, sie zu unterbinden – an seinem eigenen freien Willen und in seiner eigenen Macht. Wer das mit Kindheitstraumata oder unterdrückten Sehnsüchten wegerklären wollte, suchte nur nach Entschuldigungen, wo keine angebracht waren. Und wer in der Kirche fror, der musste sich eben warm anziehen und die Zähne zusammenbeißen – so einfach war das.

Dann klapperten sie auch gleich viel weniger.

Schweigend ging Kruse auf den Ausgang zu. Er hatte die gusseiserne Klinke der Pforte schon so gut wie in der Hand, als er plötzlich eine fremde Stimme hörte.

»Es war richtig so. Doch, das war es.«

Kruse stutzte. Die Stimme war von rechts gekommen, aus den Schatten unter der alten Empore, die seit Jahrzehnten ungenutzt blieb. Aber wie konnte das sein? Er war doch mutterseelenallein im Gotteshaus.

»Es hätte natürlich anders enden können«, fuhr die Stimme fort. Sie war leise, doch in der Stille des Kircheninneren trotzdem klar zu vernehmen. »Das steht außer Frage. Aber es ist jetzt, was es ist – und die Situation verlangte ohnehin danach. Seien wir doch ehrlich: Es war nichts anderes als eine schlichte Reaktion auf die Umstände.«

Der Geistliche kniff die Lider zusammen. Erst dann fand er die Quelle, aus der die Stimme zu ihm dringen musste.

Der alte Beichtstuhl war seit einer gefühlten Ewigkeit nicht mehr in Benutzung. Den moderner ausgerichteten Mitgliedern der Gemeinde kam das klobige Ding mit den schwarzen, kunstvoll verzierten Holzwänden vor wie ein Relikt aus vergangener Zeit. Selbst Kruse, der generell ein starker Verfechter der guten alten Sitten und Gebräuche war und sich mit modernen Moden meist schwertat, hatte stets mit diesem Beichtstuhl gefremdelt. Die Evangelische Kirche war beileibe kein Feind der Beichte per se, aber klobige Kabinen mit dicken Vorhängen und engmaschigen Gitterfenstern, durch die man nicht einmal die gröbsten Gesichtszüge seines Gegenübers erkannte, waren auch ihm stets falsch vorgekommen. Gewissermaßen wie ein urkatholisches Detail in einem durch und durch unkatholischen Umfeld.

Doch jetzt schien ein Schäfchen den Weg in dieses Detail

gefunden zu haben. Oder etwa nicht? Wer auch immer da zu ihm sprach – und Kruse konnte nicht einmal mit Sicherheit sagen, ob es sich um einen Mann oder eine Frau handelte –, suchte ein offenes Ohr. Einen Hafen im Sturm.

Das Sofa muss offenbar warten, dachte er.

Kruse seufzte innerlich. Er arbeitete ausgesprochen ungern außerhalb der normalen Zeiten, und im Grunde war seine Kirche momentan geschlossen. Aber er war hier und diese verirrte Seele ebenfalls. Er *musste* auf sie reagieren – schon allein, um sie aus dem Gebäude zu bekommen.

Ich bin selbst schuld. Ich hätte eben einfach zu Hause bleiben sollen, dann hätte mich auch niemand behelligt.

Langsam trat er auf den Beichtstuhl zu. Die linke Kabine war frei, vor der rechten hing der zugezogene Vorhang. Die Schatten waren so dicht, dass Kruse nicht einmal erkennen konnte, ob wirklich zwei Beine unter diesem hervorragten.

Na bravo.

Er nahm ebenfalls Platz. Seine alten Kniegelenke dankten es ihm mit einem stechenden Schmerz, und das Gesäß, das schon wieder ganz auf Sofakissen eingestellt gewesen war, rebellierte fühlbar gegen das harte und ungepolsterte Holz der schmalen Sitzbank.

Ich bin zu alt für diesen Quatsch, dachte er, ein bitteres Gefühl im Hals. *Nicht für die Kanzel – das niemals! Aber definitiv für das hier.*

»Vergib mir, Vater«, sagte die Stimme in der Nachbarkabine, kaum dass er sich halbwegs arrangiert hatte. »Denn ich habe gesündigt.«

Kruse hätte fast laut gelacht. Die Formulierung war pures Klischee. *Wo sind wir denn hier?*, dachte er spöttisch. *Im Vatikan?*

Doch über seine Lippen drang nur ein knappes »Mhm.«

Dass er dabei ungeduldige Kreisbewegungen mit der Hand machte, sah sein Gegenüber ja zum Glück nicht.

»Es ging allerdings auch nicht anders«, fuhr die Stimme fort. »Es war nötig so, *richtig* so. Ja, das war es.«

Der Wind heulte nun wieder lauter. Auch er machte es Kruse unmöglich, die Stimme genauer zu charakterisieren. War das da neben ihm nun ein Mann oder eine Frau? Die Person sprach leise, und obwohl ihm ein helles Timbre in diesen Worten auffiel, blieb er unsicher.

»Was haben Sie denn getan?«, fragte er und sah zum kleinen Gitter in der Seitenwand der Kabine.

Dahinter bewegte sich ein nahezu gestaltlos wirkender Schemen. »Nichts, was jetzt noch eine Rolle spielen würde«, antwortete die fremde Person.

Kruse streckte die Beine ein wenig aus, die prompt schmerzhaft knackten, und verzog das Gesicht. »Nun ja. Sie sind hier, von daher spielt es ganz offensichtlich *doch* eine Rolle.«

Die andere Person schwieg.

»Sie haben sich extra hierher begeben, mein …« Er zögerte. Konnte er es wagen, »Freund« zu sagen? Oder war »Kind« das bessere, da neutralere Wort? Er konnte sich einfach nicht festlegen, wer da vor ihm saß. Die Stimme war so leise und der Wind so laut. »Mein Gast«, sagte er ebenso schlicht wie ungelenk. »Bei diesem Wetter … Das zeigt doch, wie sehr es Sie belastet.«

Abermals machte er eine Pause, wartete auf die Reaktion seines Gegenübers. Und abermals wartete er vergebens.

»Wahre Buße«, sagte Kruse fest, »kann nur beginnen, wo wahre Reue existiert. Sie müssen sich Ihr Tun eingestehen. Dann kann der Herr Ihnen helfen. Nur dann.«

Schweigen.

Kruse spähte in das Dunkel jenseits des Gitters und sah

absolut nichts außer der allgegenwärtigen Schwärze. »Sind Sie dazu bereit?«, fragte er und spürte, wie seine Bandscheiben unter der Macht der kalten Holzbank kapitulierten. »Hallo?«

Als auch nach einer geschlagenen Minute keinerlei Reaktion folgte, hielt Kruse es nicht länger aus. Er stand auf – auch zum Wohle seiner alten Knochen –, trat aus der Kabine und streckte sich. Dann sah er zum Vorhang. »Lassen Sie uns offen sprechen, einverstanden?«, schlug er vor. »Von Angesicht zu Angesicht. Ich höre Ihnen zu, und ich kann Ihnen helfen, wenn Sie es zulassen. Aber es muss von Ihnen ausgehen, nur dann hat es Wert.«

Nichts. Die fremde Person regte sich nicht.

Ist da jemand spontan eingeschlafen, oder was?, ärgerte sich Kruse. »Hallo?«, fragte er erneut – und ganz schön ungeduldig. »Ich rede mit Ihnen!«

Dann tat er, was selbst er in jüngeren Jahren nie und nimmer gewagt hätte: Er griff nach dem Vorhang und zog ihn kurzerhand zur Seite!

Dahinter saß niemand mehr. Die Kabine war gähnend leer.

Kruse runzelte die Stirn. Als er sich fragend umdrehte, sah er, wie die Eingangspforte der Kirche langsam zufiel. Wer immer ihn da gerade besucht hatte, war offensichtlich schon wieder gegangen – ganz still und heimlich.

»Typisch Leute von heute«, schimpfte der alte Pastor. »Zu schwach, um Schuld zu schultern, doch zu stolz, um Konsequenzen zu akzeptieren.«

Es kam zwar vor, dass Beichtende den Rat der Kirche nicht annahmen, aber dass jemand während einer Beichte einfach aufstand und ging – wortlos und lautlos –, hatte er auch in knapp vierzig Dienstjahren noch nicht erlebt.

Doch wer nicht hören wollte, war selbst schuld. »Geh mit Gott«, sagte Kruse. »Aber geh.«

Er überlegte kurz, ein Gebet für diese verirrte Seele zu sprechen oder ihr nachzulaufen. Doch für Letzteres waren seine Knochen schlicht zu steif, und für ein Gebet war auch am Abend noch Zeit, oder nicht? Wenn er bequem zu Hause saß. Im Warmen und gesättigt.

Ich könnte mir den Eintopf von gestern aufwärmen, fiel ihm ein. *Dazu eine geröstete Brötchenhälfte?*

Der Gedanke gefiel ihm sehr und verscheuchte die Erinnerung an die fremde Gestalt in den Schatten schnell.

Auf der hintersten Bank der Kirche lag noch immer Kruses abgewetzte Dockermütze. Der alte Pastor von Travemünde nahm sie, zog sie sich auf den nahezu kahlen Kopf und verließ die Kirche. Der Rest des Sturmes, der an diesem Nachmittag draußen durch die Altstadt wehte, begrüßte ihn wie einen alten Freund.

»Nicht so schnell, Ramses! Hörst du? Bei Fuß.«

Herrmann König schlug den Kragen seines viel zu dünnen Mantels hoch und beschleunigte seinen Schritt. Diese elende Töle! Seit knapp zwanzig Minuten strich er mit dem verwöhnten Pudel seiner Partnerin nun schon um die Häuser, und das dauerkläffende kleine Teufelsvieh hatte noch immer nicht sein Geschäft verrichtet. Mehr noch: Es gehorchte kein bisschen.

Ramses sprang fröhlich durch Pfützen, schnüffelte an jeder Straßenecke und kroch unter den Gartenzäunen fremder Menschen hindurch, als wäre ganz Niendorf sein Privateigentum, mit dem es nach Herzenslust verfahren konnte, wie es ihm beliebte. Auf Herrmanns Warnungen und Anweisungen achtete das Tier dabei so zielsicher nicht, als wäre es pure Absicht.

In dem Punkt ist es seinem Frauchen nicht unähnlich, schimpfte der Rentner innerlich. Vor einem guten halben Jahr waren er und die schöne Ramona einander erstmals nähergekommen. Herrmann liebte die wohlhabende Witwe aus Osnabrück mehr als jede Frau zuvor, und dieser erste gemeinsame Urlaub an der Ostsee war hoffentlich nur der erste von vielen. Doch an eine Sache würde er sich bei Ramona nie gewöhnen können, und das wusste er genau: Der schneeweiß befellte Hund, den sie quasi auf Händen trug und für unfehlbar hielt, war in Wahrheit eine Plage. Und zwar eine biblischen Ausmaßes.

Ramona hatte ihn mit in die Beziehung gebracht, na klar. Anfangs hatte Herrmann auch noch geglaubt, er würde sich mit der Zeit schon an das kläffende Ding gewöhnen, obwohl es sich mit vollkommener Selbstverständlichkeit über seine Topfpflanzen her- und auf seiner Betthälfte breitmachte. Anfangs hatte er tatsächlich gedacht, die Liebe zu Ramona würde ihm schon helfen, über diese Mängel hinwegzusehen. Aber sechs Monate waren eine lange Zeit, wenn man sie damit verbrachte, Kackehäufchen vom Kellerboden aufzusammeln, urinbesprenkelte Teppiche reinigen zu lassen und mit schmerzenden Knien aufzuwachen, weil man nachts dank Ramses einmal mehr nicht die Beine hatte ausstrecken dürfen.

Und jetzt auch noch das.

»Gehst du kurz mit dem Hund?«, hatte Ramona gefragt, vorhin in der kleinen Ferienwohnung beim Kurpark. »Der Regen hat endlich nachgelassen, und der Gute muss sicher ganz dringend. Das dauert nicht lange, kein Zweifel.«

Herrmann hätte sich tausend schönere Dinge vorstellen können als eine Hunderunde durch das sturmgebeutelte Niendorf. Ja, der Himmel hatte seine Schleusen endlich wieder geschlossen – aber zuvor hatten selbige immerhin knapp zwanzig Stunden lang weit offen gestanden! Die Mutter aller Stürme war über Nacht über die kleine Küstengemeinde in der Lübecker Bucht hergefallen, unvermittelt und mit erschreckender Härte. Herrmann kannte die Windstärke nicht, in der solche Unwetter ja meist gemessen wurden, aber er wusste, dass daheim in Osnabrück noch nie etwas so laut um Hausecken gepfiffen hatte. Die alte Buche im Garten der Ferienwohnung hatte sich ganz schön geneigt, und er war ehrlich überrascht, dass die Bäume im Kurpark noch immer senkrecht standen.

Doch Herrmann wusste, wie wichtig der Hund und dessen Bedürfnisse seiner Liebsten waren. Also hatte er sich den viel zu dünnen Mantel übergezogen, während Ramona bequem im Sessel und vor einer Folge *Bares für Rares* geblieben war, und hatte mit Ramses das Haus verlassen. Seitdem spazierten sie durch Niendorfs regennasse Straßen wie die letzten Vollidioten. Denn: Wohin sie an diesem kalten Spätnachmittag auch kamen, begegnete ihnen keine einzige Menschenseele.

»Die wissen es alle besser«, ahnte Herrmann. Er sprach mit sich selbst und merkte es kaum. Seine schlechte Laune wog schwerer als seine Logik. »Die wissen, wie kalt und ungemütlich es noch immer ist, und deswegen tun sie das einzig Richtige: Sie bleiben zu Hause.«

Kalter Wind schlug ihm ins Gesicht, als er sich dem Meer näherte. Hier vorne an der Hafenpromenade war die Luft noch eine gehörige Spur frischer und unangenehmer als hinten in der Ortsmitte. Nach wie vor hingen dunkle Wolken über dem Wasser, und kein einziger Frachter zog am Horizont seine Bahn gen Dänemark. Die Strandkörbe, sonst ein verträumter Anblick hier vorne, waren allesamt verrammelt und verriegelt worden. Einige lagen sogar auf der Seite oder lehnten windschief an ihren Nachbarn. Wie viel Wucht musste ein Sturm besitzen, um Strandkörbe umzuschubsen? Und wo kamen all die Äste her, die abgerissen im Sand lagen? Wie weit hatte der Sturm sie getragen?

Ramses lief unbekümmert voraus, schnupperte an einem geschlossenen Kiosk und knurrte ein mit Münzeinwurf zu aktivierendes Fernrohr an, als wäre der Leibhaftige höchstpersönlich in selbiges gefahren. Dann eilte er desinteressiert weiter, und abermals hatte Herrmann alle Mühe, mit dem Tier Schritt zu halten.

»Wer geht hier eigentlich mit wem Gassi, hm?«, schimpfte er leise. Er sah auf seine Armbanduhr: gleich halb sechs. Den Tag konnte man getrost verloren geben.

Was für ein Traumurlaub!, seufzte er in Gedanken. Noch knapp eine Woche blieb ihnen bis zur Heimreise, und allmählich stresste ihn die Aussicht auf abermals zu packende Koffer und die volle Autobahn. *Man müsste Schlechtwettertage beim Vermieter gutgeschrieben bekommen. Das wäre nur fair.*

Als er sich im Windschatten des Kiosks unterstellte, um sich kurz eine Zigarette anzuzünden, tropfte Regenwasser vom Dach des Büdchens in seinen Nacken – kalt wie der Nordpol. Es bewies ihm eindrücklich, was das Universum von seinem Anspruchsdenken hielt: Er hatte Niendorf gebucht, nicht Niendorf bei Sonnenschein. An der Küste, wo das Wetter in buchstäblicher Windeseile umschlagen konnte, gab es nie Garantien.

Am Ende der breiten Promenade, gleich hinter dem Spielplatz und dem WC-Häuschen, begann der eigentliche Hafen. Schon von Weitem konnte Herrmann das mit mannshohen alten Backsteinmauern eingefasste Gelände erkennen, das im Grunde einer winzigen Bucht glich. Auch sah er die Masten der vielen dort vertäuten Boote, und er erinnerte sich an den Imbiss im hinteren Bereich des Geländes, den er von früheren Spaziergängen kannte.

Die fischlastige Speisekarte des kleinen Etablissements namens *Konstantins Kombüse* – eine Theke, ein überdachter Sitzbereich, viele Stehtische – und das gezeichnete Logo mit dem bärtigen alten Gastronom waren in nahezu allen Reiseführern der Region abgedruckt. Doch Ramona mochte keinen Fisch, weshalb auch Herrmann bislang nicht in den Genuss der *Kombüse* gekommen war. Er wusste allerdings, dass selbst die Einheimischen dort aßen, und in seinen Augen sagte das mehr über die Qualität eines Imbisses aus als alle Werbemaßnahmen der Welt. Vom Bier, das bei Konstantin angeblich selbst gebraut wurde, hatte er allerdings schon kosten können, und wenn die frischen Matjes dort nur halb so gut schmeckten wie das Pils, dann würde er Niendorf nicht verlassen, ohne sich den Bauch mit ihnen vollzuschlagen – da konnte Ramona sich auf den Kopf stellen.

Herrmanns Magen knurrte, als er erneut an seiner Zigarette zog. Erst dann merkte er, dass der Hund fort war. »Ramses?« Fragend sah er sich um, doch auf dem regennassen Pflaster der Promenade lagen nur vom Winde verwehter Unrat, Äste und Blätter. »Ramses, verflucht! Wo steckst du denn schon wieder?«

Bestimmt hatte der Köter sich aufs Gelände des Bootshafens geschlichen. Der Zugang zwischen den breiten Mauern war ja stets offen, und vor lauter hungriger Gedanken hatte Herrmann es schlicht nicht gesehen.

Er warf einen letzten Blick zur Seite, dann bog auch er in Richtung Hafeneingang … und erstarrte.

Am Anfang war das Knurren. Herrmann hielt den Atem an, als er es hörte, denn so hatte er den Hund noch nie erlebt. Ehrlich gesagt, zweifelte er zunächst sogar daran, dass es Ramses war, der solche Laute produzierte. Vor seinem geistigen Auge sah er schon einen zweiten, weitaus größeren und wilderen Köter, der im Schatten des Jachtclubs oder auf einem der Boote gelauert hatte und gerade Hackfleisch aus Ramonas nerviger Töle machte. Und er fragte sich, wie er der schönen Witwe den Verlust ihres Augapfels erklären sollte.

Doch kaum hatte er den Hafen betreten, sah er Ramses wieder – quicklebendig und allein auf weiter Flur. Allein bis auf die reglose Gestalt am Boden, vor der der Pudel hockte und die er anknurrte wie nichts und niemanden zuvor.

Es handelte sich um einen stämmig wirkenden Mann, so viel konnte Herrmann erkennen. Er lag bäuchlings im Sand, gleich hinter dem Ende des gepflasterten Gehwegs und auf halber Strecke zwischen der geschlossenen *Kombüse* und den verlassenen Booten, die noch immer im Takt der unruhigen See tanzten. Er trug eine dunkle Stoffhose, ein weißes Jackett und einen teuer wirkenden Lederschuh. Den zweiten schien er verloren zu haben. Seine Kleidung war nass, dreckig und sandverschmiert, ebenso das klebrig wirkende graue Haar. An seiner rechten Hand – teigige Finger, gepflegte Nägel – prangte ein golden schimmernder Ehering.

»Hallo?«, fragte Herrmann. Zögernd trat er näher. »Hören Sie mich?«

Der Fremde reagierte nicht. Herrmann ging neben Ramses in die Hocke und packte den Hund am Halsband. »Ganz ruhig, Kollege«, sagte er leise. Dann wandte er sich wieder an den Mann im Sand. »Hallo?«

Wieder keine Reaktion.

Der ist bewusstlos, oder?, dachte Herrmann. Mit einem Mal kam ihm die ganze Situation sehr eigenartig vor. *Bewusstlos oder betrunken oder so.*

Aber wer lag bei diesem Mistwetter betrunken am Hafen? Ergab das überhaupt Sinn? Auf dem Weg durch den menschenleer wirkenden Ort hatte Herrmann nicht ein einziges Geschäft gesehen, das offen war. Keine Gaststätte, keine Boutique. Was machte ein Betrunkener dann hier draußen in der Kälte?

»Hallo?«, fragte er erneut. Vorsichtig beugte er sich vor, stupste den Fremden sanft am Arm.

Dann bemerkte er die Wunde.

Ramses knurrte nicht länger, er bellte laut. Und Herrmann König begriff, dass nicht nur der Wind an diesem stürmischen Tag eiskalt sein konnte.

Donnerstag

Fritz Behrendt klang zutiefst erstaunt. »Ach, du meine Güte. Du hattest vollkommen recht, Clärchen: Hier liegt sie tatsächlich.« Seine faltige Hand strich durch ihr Haar. Mit der anderen zog er sich die wiedergefundene Brille auf. »Mensch, du bist ja die reinste Detektivin!«

Der Schreck genügte, um Clara Clüver aus dem Schlaf zu reißen. Draußen vor den Fenstern des Regionalexpresses waren die Lübecker Außenbezirke inzwischen satten Wiesen gewichen. Die Nachmittagssonne stand hoch am Himmel, und ihr Licht spiegelte sich auf der Oberfläche der Trave, die breit und träge neben den Schienen dahinplätscherte. Clara gähnte leise, blinzelte die Müdigkeit weg und fragte sich, wie lange sie geschlafen hatte. Und warum sie ausgerechnet jetzt wieder von ihrem Vater träumte. Wobei: Diese letzte Frage war schnell beantwortet. Viel *zu* schnell.

»Schlecht geträumt?«, erklang eine Stimme neben ihr.

Clara drehte den Kopf. Der Zweisitzer auf der anderen Seite des Zweite-Klasse-Waggons war leer gewesen, als die Bummelbahn den Lübecker Hauptbahnhof verlassen hatte. Nun aber saß eine ältliche Frau in geblümter Bluse dort, ein aufgeklapptes Romanheft auf dem Schoß. Ihr Blick ruhte allerdings nicht auf den zweispaltig bedruckten Seiten des Schmökers, sondern auf Clara.

»Bitte?«, fragte diese.

Die Fremde lächelte. »Sie haben geredet, vorhin im Schlaf«, erklärte sie freundlich. »Na ja, ›gemurmelt‹ trifft es wohl eher. Ich hab kein Wort verstanden, aber es klang nicht gerade entspannt. Daher die Frage: Schlecht geträumt?«

»Nein, nein.« Clara winkte ab. »Nur … nur von früher.«

Der Zug fuhr über eine Weiche, und es rumpelte ein wenig. Claras kleiner Rollkoffer – nur ein Teil von dreien aus ihrem viel zu umfangreichen Gepäck – kippte prompt zur Seite. Im letzten Moment fing sie ihn ein, bevor sein ausgezogener Metallgriff der Nachbarin auf die Oberschenkel fallen konnte. »Hoppla, Verzeihung.«

»Sie kommen nicht als Touristin zu uns an die Küste, oder?«, fragte die Fremde. Sie half Clara mit völliger Selbstverständlichkeit, die beiden Koffer festzuhalten, bis der Zug wieder ruhigeres Fahrwasser erreichte. Gepäckstück drei, ein wuchtiger Rucksack, ruhte derweil sicher auf dem Fußboden und war schlicht zu schwer zum Umfallen. »Ich fahre die Strecke jeden Tag, und ich erkenne so etwas immer. Ich weiß, wer hier Urlaub machen will und wer nicht. Und Sie … Na ja, Sie haben zwar Gepäck dabei, aber Sie wirken nicht gerade entspannt, wenn ich das mal so sagen darf.«

Clara hob eine Braue. *Da siehst du's, Fritz,* dachte sie, während einmal mehr Traumbilder vor ihr geistiges Auge stiegen. *Die Detektivin bin nicht ich, sondern die anderen.* »Fährt man nicht genau deswegen in Urlaub?«, erwiderte sie ausweichend. Sie schämte sich ein wenig dafür, doch sie wollte die hinter ihrer endlos scheinenden Odyssee auf der Schiene steckenden Motive auch nicht mit einer Unbekannten besprechen. »Um Entspannung zu finden?«

Die Frau auf den gegenüberliegenden Sitzen schüttelte den Kopf. »Schon, aber … Sie nicht. Ich erkenne das immer.

Sie kommen aus anderen Gründen.« Dann hob sie die Hand. »Doch das geht mich alles nichts an. Wie weit fahren Sie noch? Bis Kücknitz?«

Claras Mundwinkel zuckten. Die direkte Art der Nordlichter war ebenso legendär wie gefürchtet, und ihre Nachbarin schien ein wahres Musterbeispiel zu sein. »Nein, bis zur Endstation«, antwortete sie. Abermals fiel ihr auf, dass sie jegliches Zeitgefühl verloren hatte. »Ist das noch weit?«

»Keine Viertelstunde mehr.« Die Fremde nickte wissend. »Und: gute Wahl, wenn ich das sagen darf. Travemünde ist immer eine Reise wert, auch wenn man nicht zum Urlaub kommt.« Sie lächelte erneut und widmete sich dann ihrer Lektüre.

Gute Wahl, wiederholte Clara in Gedanken und sah wieder aus dem Fenster, wo die Trave ihre immer gleiche Bahn zog. *Na, wenn das mal stimmt!*

Die Reise, deren Ende nun endlich näher rückte, hatte schon zu nachtschlafender Zeit begonnen. Der Wiesbadener Bahnhof war noch fast menschenleer gewesen, als Clara am frühen Morgen den ersten ICE nach Hamburg bestiegen hatte. Stundenlang hatte der Zug sie daraufhin gen Norden getragen, und bei jedem zurückgelegten Kilometer hatte die Neununddreißigjährige sich von Neuem gefragt, ob sie das Richtige tat. Selbst beim Umsteigen in Hamburg hatte sie kurz mit dem Gedanken gespielt, einfach wieder umzukehren und zurückzufahren. Nicht zurück zu Stefan, das auf keinen Fall, aber zurück zu ihrem alten Leben. Zu einer *neuen* Version des alten Lebens besser gesagt, in der er schlicht und einfach nicht mehr vorkommen würde.

Aber die gab es nicht, oder? Nicht in Wiesbaden, nicht in *seiner* Stadt. Und außerdem: Wie viele Winke musste das Schicksal ihr denn noch geben, bis sie endlich begriff?

Mit diesem Gedanken war Clara dann doch in den Regionalexpress an die Küste gestiegen, und mit genau diesem Gedanken wollte sie auch gleich den ersten Fuß in ihre neue Heimat setzen.

Ich mache das Richtige. Das einzig *Richtige.*

Aber musste es ausgerechnet Travemünde sein?

Das Angebot der Nordkirche war ein Geschenk gewesen: eine echte Pastorinnenstelle, nach all den Jahren in der hessischen Gemeindeassistenz. Clara hatte nur zugreifen müssen, um sich diesen lange gehegten Traum endlich zu erfüllen. Ihre eigene Kirche, ihre eigene Kanzel – sie präsentierten sich ihr quasi auf dem Silbertablett. Noch dazu genau zur richtigen Zeit.

Die Arbeit in Wiesbaden war stets erfüllend gewesen, daran lag es nicht. Seit dem Theologiestudium hatte Clara es keinen Tag bereut, in den Dienst der Lorenz-Kirche im beschaulichen Stadtteil Biebrich getreten zu sein, auch wenn sie dort stets unter den Möglichkeiten geblieben war, die ihre Ausbildung ihr eigentlich bot. Erst die Sache mit Stefan hatte den alten Wunsch nach Größerem wieder in ihr geweckt. Wenige Tage später war dann das Angebot von der Küste auf ihren Schreibtisch geflattert.

Sie hatte nicht lange überlegen müssen.

»Du bist verrückt, wenn du das ausschlägst«, hatte ihre Freundin Svenja es formuliert, als Clara sie ins Vertrauen gezogen hatte. Svenja war immer schon pragmatisch gewesen – und gnadenlos ehrlich. »Mädchen, du bist doch diejenige von uns beiden, die an den alten Rauschebart im Himmel glaubt und dergleichen. Und jetzt, wo er dir das größte Geschenk deines Lebens machen will, bekommst ausgerechnet du kalte Füße? Sag gefälligst zu, sonst sorge ich eigenmächtig dafür, dass er dich in die Hölle schickt!«

Wie gesagt: Die Entscheidung war ihr nicht schwergefallen.

Und jetzt saß sie hier, umgeben von Koffern und Traumbildern, die sie lieber schnell wieder verscheuchte. Keine fünfzehn Minuten von dem Ort entfernt, an dem sich vielleicht – nur vielleicht – der Rest ihres Lebens abspielen würde.

»Sei nicht so pathetisch«, tadelte sie sich leise. Dabei klang sie fast so streng wie ihre verstorbene Mutter. Auch diese Erinnerung schmerzte.

Clara beschloss, sich einmal mehr auf die Welt vor ihrem Fenster zu konzentrieren. Die Wiesen wurden allmählich spärlicher, und erste Bootshallen ersetzten sie. Da waren kleine Jachthäfen und noch kleinere Schrebergärten, wildes Buschwerk und einsam kreisende Möwen. Als der Zug um eine Kurve bog, kam plötzlich Travemünde selbst in Sicht: ein lang gezogenes Idyll am linken Ufer, spitze Dächer und alte Fassaden. Erst weiter vorn, wo der Fluss in die Ostsee mündete, störten ein paar modernere Hochhausbauten die ansonsten pittoreske Skyline, die zumindest aus der Entfernung wirkte, als hätte sie sich seit Thomas Manns Zeiten kaum nennenswert verändert.

An einem Weihnachtsabend vor fünf Jahren, der abermals im Streit geendet hatte, hatte Stefan ihr eine gebundene Ausgabe von *Buddenbrooks* geschenkt. Anfangs hatte Clara sich gewehrt, erst recht gegen seine Begründung – »Das sind doch deine Wurzeln, Kleines. Steh gefälligst zu ihnen« –, aber schon am zweiten Feiertag, an dem Stefan traditionell seine schrecklichen Eltern besuchte, hatte sie sich allein auf ihrem Lieblingssessel am Fenster eingekuschelt und einen Blick in das Buch geworfen. Den ersten Blick von vielen.

Was hatte Mann noch über Travemünde gesagt? Es sei Lübecks schönste Tochter? Auch das, fand Clara, sagte viel aus – nicht zuletzt auch über den alten Fritz Behrendt, seines Zeichens Lübecks hässlichster Sohn.

Der Zug näherte sich der Endstation. Erstes Ufergras säumte nun die Wege, erste Wohnviertel zogen an Clara vorbei. Da war ein Getränkemarkt, dort ein mondän wirkendes Altersheim. Sie sah Kopfsteinpflaster und roten Backstein, kleine Pensionen und Restaurants mit weitläufigen Terrassen. Vor allem aber sah sie das Wasser. Die Trave und die See schienen hier oben allgegenwärtig zu sein; jede Straße schien zu ihnen zu führen, jeder Häuserblock von ihnen geprägt. Obwohl es nur Einbildung sein konnte, war Clara plötzlich, als könnte sie das Meer schon riechen – würzig und rau. Das Gefühl elektrisierte sie auf eine Weise, die sie sich kaum erklären konnte.

»Also dann«, sagte die Frau von gegenüber. Sie klappte ihren Heftroman zu und erhob sich von ihrem Platz, um zur Waggontür zu gehen. »Kommen Sie gut an, ja? Alles Gute.«

»Danke«, erwiderte Clara. »Sie auch.«

Dann fuhr der Zug die Endstelle an, und die werdende Pastorin wuchtete sich den schweren Rucksack auf die Schultern.

Der Bahnsteig war schmal und überdacht. Obwohl sie das Meer nicht länger sehen konnte, spürte Clara seinen Duft in der Nase, kaum dass sie aus dem Waggon trat. Ihre beiden Rollkoffer klapperten bei jedem Schritt, während sie dem kleinen Pulk an Mitreisenden zum Eingang der Wartehalle folgte. Dann blieb sie stehen und sah sich staunend um.

Das Innere des Strandbahnhofs war das reinste Ansichtskartenmotiv. Unter einem spitz zulaufenden Dach spannten sich schwere Streben aus vernietetem Metall von einer Seite des rechteckigen Raumes zur anderen. Die Fenster bestanden aus Milch- und Buntglas, der Fußboden war mit Karofliesen belegt. Alles hier wirkte alt, fast als hätte man es vor Jahrzehnten eingemottet und dann schlicht vergessen. Dabei war es tagtäglich in Betrieb.

Claras Blick haftete noch immer an den staubig wirkenden

Fenstern dicht unter dem Dach, als sie sich langsam wieder in Bewegung setzte. Und eine Wand streifte.

Die Wand keuchte überrascht auf, dann ließ sie etwas fallen.

Auch Clara fiel, allerdings unsanft, auf den Allerwertesten. Erst als sie den unrasierten Mann in der Cordjacke sah, der in Windeseile aus dem kleinen Reisezentrum getreten sein musste, begriff sie, was geschehen sein musste. »War ich das?«, fragte sie entsetzt. »Oh, das tut mir leid. Ich habe wohl nicht aufgepasst, wohin ich gehe.« *Und Sie auch nicht, wie mir scheint*, ergänzte sie in Gedanken.

Der Mann achtete gar nicht groß auf sie. Er hatte einen Stapel Faltblätter dabei, die ihm bei dem unerwarteten Zusammenstoß aus den Händen gefallen waren, und bückte sich nun nach ihnen. Sein Haar war schwarz und wirkte ein wenig zerzaust, und unter seinen blauen Augen lagen dunkle Ringe. Clara hielt ihn für Mitte vierzig. Und für ganz schön ungehobelt.

»Warten Sie«, sagte sie und stemmte sich – ohne Unterstützung, die der stoppelbärtige Kerl ihr noch immer nicht anbot – vom Boden hoch. »Ich helfe Ihnen. Haben Sie sich wehgetan?«

Abermals reagierte er nicht.

Clara ließ ihre Koffer links liegen und sammelte ebenfalls eine Handvoll Flyer auf. Die bunt bedruckten Blätter waren aus Hochglanzpapier hergestellt und zeigten auf der Vorderseite einen alten Leuchtturm vor strahlend blauem Himmel – laut Überschrift den *ältesten Leuchtturm Deutschlands.* Unterhalb des hochformatigen Fotos standen Öffnungszeiten geschrieben, auf die eine gezeichnete Comic-Möwe mit ausgestrecktem Flügel hindeutete. Die Möwe trug eine Kapitänsmütze auf dem Kopf und zwinkerte dem Betrachter zu.

»Hier«, sagte Clara und hielt dem Fremden die Flyer hin. »Die gehören dann wohl Ihnen. Nochmals sorry für den Zusammenstoß.«

Der Mann nahm die Zettel, ohne ihr ins Gesicht zu sehen. »Ja«, sagte er schlicht – mit herb klingender Stimme, die mit Silben ausgesprochen geizig umging. »Danke.« Dann ging er fort, schnell und zielsicher, und verschwand durch den Haupteingang.

Hui, dachte Clara. *Wenn hier alle Leute so sind wie der, dann werde ich in Travemünde nicht alt.*

Sie griff nach ihren Koffern, klopfte sich den Staub vom Mantel und betrat die Welt außerhalb des Strandbahnhofs.

KAPITEL 2

Der Horizont war eine gerade Linie, und das Blau regierte ober- und unterhalb von ihr. Clara stand am Geländer, das die gepflasterte Promenade vom Sandstrand trennte, und sah in die Ferne. Unter ihr tollten ein paar Kinder zwischen strohfarbenen Strandkörben umher. Irgendwo spielte ein Leierkasten, und in der würzigen Luft, die vom Meer hereinkam, lag ein zarter Hauch von frischen Backwaren.

Die werdende Pastorin hatte den Bahnhof kaum verlassen, da hatte sie den Strand schon gesehen. Die gepflasterte Promenade lag nahezu direkt gegenüber der alten Wartehalle, und der strahlend schöne Himmel, das glatte Wasser und das Meer an den Strandkörben hatten Clara magisch angezogen. Den ganzen Tag hatte sie bislang in Zügen verbracht. Nun, da sie endlich angekommen war, wollte sie sich wenigstens einen Moment gönnen, um die Aussicht zu genießen.

Das war's wert, oder?, dachte sie, während sie zuschaute, wie ein junges Pärchen einen bunten Drachen steigen ließ. Die Frage war ernst gemeint, denn noch immer plagten sie Zweifel. *Es wird sich schon alles finden. Richtig?*

Die Zeit würde es zeigen. Sie hatte sich entschieden, und nun musste sie dieser Entscheidung den Raum geben, den sie brauchte, um sich zu entfalten. So einfach war das.

Raum gibt es hier ja zum Glück genug, dachte sie. Draußen am Horizont zog ein weißer Frachter vorbei, groß und schwer. Auf die Entfernung sah er aus wie ein Kinderspielzeug, und Clara schmunzelte. *Raum … und Schönheit.*

Die Sonne tat gut. Auch die frische Luft half, das Gestern aus dem Kopf zu verbannen. Sie war am Ziel, nichts als Weite und Möglichkeiten vor Augen. Das allein zählte von jetzt an. Alles andere war unwichtig. Alles andere würde sich schon regeln lassen, irgendwie.

Clara schloss die Augen, genoss die Wärme auf ihrem Gesicht … und verzog selbiges, als plötzlich das Handy in ihrer Manteltasche klingelte. »Wer immer Sie auch sind«, murmelte sie tadelnd, »Sie stören meine Pause.«

Es handelte sich zweifellos um ihre neue Dienststelle. Vermutlich wollte das hiesige Pfarrbüro wissen, ob sie gut angekommen war. Clara zog das Handy aus der Tasche und nahm den Anruf an, ohne aufs Display zu schauen.

Leider.

»Clara?« Das war Stefans Stimme. Sein Tonfall war klar und streng wie immer. »Hörst du mich?«

Es war knapp zwei Wochen her, dass sie zuletzt gesprochen hatten. Das Gespräch hatte in der alten Wiesbadener Wohnung stattgefunden und genauso geendet, wie es begonnen hatte: unschön. Clara hegte keinerlei Interesse daran, es zu wiederholen – jetzt nicht und generell nicht.

»Clara?«, wiederholte Stefan. »Ich höre doch, dass du da bist. Mensch, sag gefälligst was.«

Leg auf, riet ihr die Stimme ihrer Vernunft.

Sei nicht kindisch, widersprach die Stimme ihrer Selbstachtung.

Clara beschloss, auf Letztere zu hören. »Hallo, Stefan.«

Stille. Fast wirkte er überrascht.

Der Frachter zog weiter nordwärts, und Clara folgte ihm mit den Blicken, als könnte er sie mitnehmen, wenn sie es sich nur fest genug wünschte. Als wären acht Stunden Zug und der Rand des Ozeans mit einem Mal immer noch nicht weit genug.

»Wo. Bist. Du?«, fragte Stefan schließlich, jede Silbe ein Satz für sich. »Heilige Scheiße, Clara. Was in aller Welt denkst du dir eigentlich?«

»Du weißt, wo ich bin«, erwiderte sie gelassener, als sie sich fühlte. »Weg. Mehr geht dich nichts an. Und auch das weißt du.«

»Ach ja?« Er schnaubte ungehalten. »Seit Tagen versuche ich, dich an die Strippe zu kriegen. Ich stand sogar schon zweimal vor dieser bescheuerten neuen Wohnung, die du mieten willst.«

Mieten wolltest, korrigierte sie stumm.

»Aber du warst schlicht nicht zu erreichen«, fuhr er fort, ein Plädoyer der Anklage. »Und jetzt heißt es, du wärst weggezogen? *Weg?*«

»Heißt es das, ja?«, sagte sie. Er erwartete eine Antwort, doch die würde er nicht bekommen. Ganz egal, was die Biebricher Pfarrei – von der seine Informationen zweifellos herrührten – ihm erzählt hatte oder auch nicht. »Na dann.«

»Na dann?«, wiederholte er ungläubig. Seine Stimme wurde immer lauter. »Mehr hast du dazu nicht zu sagen als ein lapidares ›Na dann‹?«

»Ich wüsste nicht, was ich dir noch zu sagen hätte. Ich bin dir keine Rechenschaft schuldig, genauso wenig wie du mir.« Sie staunte selbst, wie emotionslos sie bei diesen Worten blieb. Der anfängliche Ärger über den angenommenen Anruf war verflogen, und zurück blieb … Ja, was eigentlich? Nichts als Leere, erkannte Clara, als sie in sich hineinhorchte. Nichts als Weite.

»Du hast dich einfach davongeschlichen«, bemerkte Stefan. Einmal mehr kam ihm sein Anwaltstonfall sehr gelegen, das hörte man genau. »Und du glaubst allen Ernstes, damit wäre alles gesagt?«

Der bunte Drachen des Pärchens zog am Himmel seine Kreise. Die spielenden Kinder sahen ihm zu und quiekten dabei vor Vergnügen. In einem Strandkorb schlief ein alter Mann, dessen Bauchumfang selbst Obelix neidisch gemacht hätte, während sich zwei Körbe weiter eine distinguiert wirkende Dame ein Getränk aus einer Thermoskanne einschenkte.

Clara erlaubte sich ein zaghaftes Lächeln. Ruhe und Frieden, wohin sie nur blickte. »Das ist das Schöne am Glauben, Stefan«, erwiderte sie ruhig. »Wer ihn hat, für den ist er absolute Gewissheit.«

»Pff.« Er schwieg einen Moment, doch sein Schweigen sagte mehr als tausend Worte. Als er erneut das Wort ergriff, sprach er zwar leiser, aber nicht weniger drängend. »Wo bist du, Clara? Verflucht, was soll dieser ganze Quatsch? Und was sollen die Leute denken, hm?«

Daher wehte der Wind also. Sie war nicht überrascht. Für den vielleicht besten, zweifellos jedoch meistbeschäftigten Solo-Anwalt der gesamten Wilhelmstraße war das öffentliche Image mindestens so wichtig wie ein Sieg vor Gericht. Stefan Faust achtete auf sein Äußeres, und das in vielerlei Hinsicht. Es gehörte schlicht zum Geschäft.

»Grüß sie von mir«, sagte Clara mit leichtem Spott in der Stimme. »Die Leute. Und mach's gut, Stefan.«

Sie wollte auflegen, und er schien es zu ahnen. »Warte«, rief er. »Einen Moment, ja? Sind das Möwen da bei dir im Hintergrund? Höre ich da Möwen, Clara?«

Sie legte auf – schnell! Dann starrte sie auf das Display, bis es wieder schwarz wurde. Erst danach steckte sie das Handy zurück in die Tasche. Wie blockierte man eigentlich eine Rufnummer? Sie wusste es nicht und nahm sich vor, Svenja danach zu fragen. Je früher, desto besser.

Abermals sah sie zum Horizont. Das Blau war wie ein Geschenk, ein einziges Versprechen. Sie beschloss, darauf zu hoffen, wenigstens für den Augenblick.

Doch der Anruf hatte Erinnerungen in ihr geweckt, die selbst das Meer nicht ganz zurückdrängen konnte. Clara riss sich von der schönen Aussicht los und beschloss, sich mit Taten abzulenken, bevor das Gestern wieder Fuß bei ihr fasste. Sie war nicht der Sonne wegen nach Travemünde gekommen, sondern zum Arbeiten.

»Verzeihung?«, wandte sie sich an den Mann mit dem Leierkasten. Er stand wenige Meter hinter ihr auf der breiten Promenade. Neben ihm sprudelte ein Springbrunnen mannshohe Wasserfontänen in die Luft. Zwischen den vielen im Pflaster eingelassenen Düsen tollte ein ekstatisch wirkender Dackel herum und kläffte das Wasser an, als wollte er es zum Spielen auffordern. »Kennen Sie sich hier aus? Ich suche die Altstadt.«

»Was wollen Sie denn da?«, erwiderte der Mann. Er hatte ein freundliches Gesicht und trug einen Zylinder, dazu ein rotweiß gestreiftes Oberteil. Als Clara näher kam, ließ er die Kurbel seines Instruments los und wischte sich über die Stirn, auf der ein dünner Schweißfilm prangte. »Hier draußen ist es bei dem Wetter doch viel schöner, Gnädigste.«

Clara musste schmunzeln. »Das mag sein, doch ich muss zur evangelischen Kirche. Ich bin die neue Pastorin.«

Der Leierkastenmann hielt in der Bewegung inne, stutzte. Dann ließ er die Hand wieder sinken. »Sie verkohlen mich, hm?«

»Was?« Clara blinzelte. »Nein, wieso? Ich kenne nur leider den Weg nicht.«

»Na, den kann ich Ihnen verraten. Aber 'ne Pastorin sind Sie im Leben nicht, jedenfalls nicht drüben in der Altstadt. Denn da steht seit Jahr und Tag der alte Kruse hinter dem Altar. Und den kriegen keine zehn Pferde weg.«

Clara zuckte mit den Schultern. »Zeiten ändern sich«, sagte sie schlicht und ließ sich die Route erklären.

Die Eisdielen auf der Vorderreihe hatten viel zu tun. Frieke Kroon stand vor ihrer Buchhandlung, eine dampfende Tasse Darjeeling Second Flush in der Hand, und sah den Passanten zu, die langsam gen Süden schlenderten. Es waren viele, und kaum einer von ihnen hatte an diesem sonnigen Nachmittag kein Eis in der Hand.

»Die lassen es sich gut gehen, und unsereins muss arbeiten«, sagte ihr Nebenmann. Georg Siebert gehörte der urige Souvenirladen gleich neben Friekes eigenem Geschäft, in dem man blecherne Leuchttürme und hölzerne Möwen bekam, Buddelschiffe und dekorative Anker im Kleinformat. Auch er hatte sich für einen kurzen Schwatz ins Freie begeben. Das Licht der Sonne spiegelte sich auf seiner Halbglatze.

Frieke lächelte, denn sie kannte Sieberts ironischen Humor. »Sei froh, dass sie es sich gut gehen lassen«, tadelte sie scherzhaft und nippte am Darjeeling. Der Tee schmeckte besser, als ein Eis es je gekonnt hätte. Außerdem passte er zu ihr, fand sie. Er war warm und gemütlich – ganz so wie ihr *Schmökerhafen*. »Ohne die vielen Touristen sähe es bei uns nämlich ganz anders aus. Dann wären du und ich sicher längst in Zwangsrente.«

»Wir doch nicht, Frieke.« Siebert schüttelte den faltigen Kopf. Seine Hände steckten in den Taschen der Latzhose aus Jeans, und aus dem Ausschnitt seines gestreiften Langarmshirts wucherte das grauweiße Brusthaar. »Dafür sind wir doch viel zu alt.«

Siebert hatte nicht ganz unrecht. Die beiden Geschäftsnachbarn gehörten zu den absoluten Methusalems auf der Vorderreihe, Travemündes berühmter Flaniermeile direkt am Fluss, und hatten schon dort gearbeitet, als noch echte Fischerboote über die Trave gefahren waren statt der nun üblich gewordenen Touristenkutter mit ihren Kaffeekränzchen und Aussichtsdecks. Siebert hatte die siebzig schon vor Jahren überschritten, während Frieke erst seit einigen Monaten zu diesem Kreis zählte. Trotzdem hatten sie sich bislang nicht aufs Altenteil zurückgezogen, denn der Beruf machte ihnen schlicht viel zu viel Spaß.

Frieke genoss es, jeden Morgen ihre Buchhandlung aufzuschließen, den Pulsschlag der Vorderreihe zu spüren und mit Ortsansässigen und Gästen in Kontakt zu treten. Was sollte sie – eine alleinstehende Frau ohne Kinder und Enkel – auch daheim im Garten, wenn hier am Fluss das Leben tobte? Außerdem brauchten die Touristen sie doch, denn ohne ein gutes Buch war ein Urlaub gleich viel weniger erholsam.

Sie hörte eine Stimme in ihrem Rücken und sah, dass eine Kundin an ihrer Ladentheke wartete. Schnell kassierte sie die Dame ab und lobte sie für ihren Geschmack. »Lena Hofmeister? Eine gute Wahl, wirklich. Diese Autorin schreibt einfach wunderbar.«

Die Kundin dankte herzlich – auch für das Lesezeichen in Leuchtturmform, das Frieke jedem Besucher schenkte – und schloss sich wieder dem Pulk der Passanten an. Die weißblonde Buchhändlerin trat zurück ins Freie.

»Du hast ja recht«, sagte Siebert so nahtlos, als wäre sie nie weg gewesen. »Gestern bei dem Sturm, als alles geschlossen blieb … Ich habe mich fast zu Tode gelangweilt, daheim auf dem Sofa. Leute wie wir brauchen unsere Arbeit.«

»Und die da brauchen dringend ein Bonbon«, bemerkte Frieke. Die Zwillinge ihrer Vermieterin kamen gerade um die Ecke hinter Sieberts Lädchen getollt, wo es zur Altstadt ging, und Frieke winkte sie zu sich. »He, ihr Räuber. Ihr wisst ja, wo das Glas mit den Süßigkeiten steht, oder?«

»Hallo, Frieke«, grüßte die kleine Lea, während ihr Bruder Timo bereits freudestrahlend in die Buchhandlung stürmte.

Die Buchhändlerin mochte die beiden Achtjährigen sehr und kam auch mit deren Mutter wunderbar zurecht: Jule Haberkamp gehörte das alte Haus, in dessen Erdgeschoss die Buchhandlung lag. Die zwei oberen Etagen des Gebäudes wurden als Ferienwohnungen vermietet, wie so vieles in Travemünde, und im eingeschossigen Hinterhaus, das man nur über eine winzige Grünfläche neben Friekes Lager erreichte, hatte Jule ein kleines Büro.

Von dort aus produzierte sie den *Travemünder Lotsen*, ein traditionsreiches und über Anzeigen finanziertes Wochenmagazin, das man mit richtig viel gutem Willen als die »hiesige Lokalzeitung« bezeichnen konnte. Genau wie das alte Haus hatte die alleinerziehende Jule auch den *Lotsen* von ihrer Mutter geerbt. Manchmal kam es Frieke so vor, als sähe die Achtunddreißigjährige mit den kastanienbraunen Haaren in ihr eine Art Ersatz für die viel zu früh Verstorbene. Die Zwillinge behandelten sie auf jeden Fall wie eine geliebte Oma, und Frieke verwöhnte die beiden, als wären sie ihr Fleisch und Blut.

»Wo die Rasselbande ist, ist Jule selten weit«, sagte Siebert. Er sah zu, wie Lea und Timo das Glas mit den Karamellbonbons von Friekes Theke nahmen und hineingriffen. »Mit der wollte ich heute ohnehin sprechen.«

»Ach ja?«, fragte Jule. Sie kam tatsächlich gerade näher und hatte den Souvenirhändler bereits gehört. »Worüber denn?«

Sie wirkte müde, wie so oft. Unter ihren grünen Augen prangten dunkle Ringe, doch ihr Gesicht strahlte eine Wärme aus, die stärker war als jede Erschöpfung. Vor ihrer Brust baumelte ein Fotoapparat, auch das war ein gewohntes Bild.

»Über diesen Konstantin«, antwortete Siebert. »Den Toten drüben in Niendorf. Weiß man da schon mehr?«

Frieke umarmte die Freundin herzlich. Erst dann brachte ihr Kopf die Worte des alten Siebert mit einem Sinn in Zusammenhang. »Moment, Moment«, bat sie und runzelte die Stirn. »Der Tote vom Niendorfer Hafen ist Erich Konstantin?«

Sie hatte im Radio davon gehört, gleich heute Morgen beim Frühstück. Dass eine Leiche gefunden worden war und die Polizei die Ermittlungen aufgenommen habe. Namen oder gar Erklärungen waren dabei aber nicht genannt worden. Das schien sich inzwischen zumindest zum Teil geändert zu haben.

»Ist er«, bestätigte Jule auch prompt. Sie wedelte eine Wespe fort, die sich in Friekes Haaren einnisten wollte, und fuhr fort. »Onkel Erich höchstpersönlich hat das Zeitliche gesegnet. Wie ich gehört habe, lag er bäuchlings im Dreck, klatschnass vom Regen oder so. Er soll eine hässliche Wunde am Hinterkopf gehabt haben.«

»Hat dein Ex dir das verraten?«, hakte Siebert nach.

Frieke verpasste ihm einen sanften Stoß mit dem Ellenbogen. »Sei nicht so neugierig, Georg.«

Sören Haberkamp arbeitete bei der Kriminalpolizei, drüben in Lübeck. Doch zwischen ihm und Jule herrschte seit Jahren mehr oder weniger Funkstille, sah man von den seltenen Gelegenheiten ab, zu denen Sören sich tatsächlich einmal Zeit für die gemeinsamen Kinder nahm.

»Ugh.« Jule winkte ab. »Hör mir bloß auf mit dem. Der hätte mir heute gerade noch gefehlt. Nee, das sagt das Radio. Die Identität der Leiche ist kein Geheimnis mehr. Dass mit der Kopfwunde habe ich allerdings beim Bäcker aufgeschnappt. Das ist bislang ein reines Gerücht.«

»Es würde mich aber nicht überraschen«, fand Siebert gewohnt trocken. »Dieser Konstantin mag den netten Onkel gespielt haben, wenn es um seine zwei Gastro-Betriebe ging. Und darum, werbewirksam vom Etikett seiner Bierflaschen zu lächeln. Aber hinter den Kulissen soll der ganz anders drauf gewesen sein. Ich wette, der hatte Feinde.«

Frieke nickte nachdenklich. Der gastronomische Betrieb *Konstantins Küche* war in der Lübecker Bucht seit Jahrzehnten eine feste Größe und bestand aus einer beliebten Fischbude in Niendorf, der sogenannten *»Kombüse«*, und einem High-Society-Restaurant drüben in Timmendorfer Strand, das unter dem Namen *Konstantins Küche* lief, der gleichzeitig der Geschäftsname der gesamten Firma war. Außerdem zählte seit Kurzem eine kleine Craft-Beer-Brauerei mit florierendem Webshop zum Unternehmen.

Die Touristen gingen bei »Onkel Erich«, wie der Gastro-König sich selbst leutselig nannte, ein und aus. Jedes Kind kannte den gütig lächelnden Cartoon-Erich aus dem gezeichneten Firmenlogo, und auch Frieke schwor auf den Stremellachs aus der *Kombüse* im Hafen des Nachbarortes.

Sie hatte den Betreiber allerdings nicht persönlich gekannt und wusste im Grunde nur das über ihn, was die Leute sich so erzählten. Und jetzt hatte ihn jemand getötet?

»Das war Mord?«, fragte sie und sah ungläubig von Siebert zu Jule. »Im Ernst?«

»›Mord‹ hast *du* gesagt, Georg«, antwortete die jüngere Frau. »Offiziell ist da noch nix, und ich hab das auch nirgends munkeln hören. Nur von einer angeblichen Kopfwunde weiß ich.«

»Und ob das Mord war«, beharrte Siebert. »Hab ich euch nie von meinem Cousin Richard erzählt? Der wollte mal eine Konkurrenzbude in Niendorf eröffnen – ebenfalls einen kleinen Fischstand an der Promenade. Aber der liebe Onkel Erich hat hinter den Kulissen so lange dagegen intrigiert, bis die Stadt meinem Cousin die Genehmigung wieder entzog. Obwohl man sich schon per Handschlag geeinigt hatte.«

»Davon höre ich zum ersten Mal«, gestand Frieke.

Der Nachbar zuckte mit den Achseln. »Ist Jahre her. Aber es zeigt, wie der alte Konstantin drauf war. Findet ihr nicht?«

»Na, vor allem *beweist* es nichts«, betonte Jule. Sie wandte sich wieder an Frieke. »Sag mal, hast du die Rasselbande gesehen? Die sind mal wieder schneller voraus gerannt, als ich alte Frau nachkommen konnte, und …«

Ein freudiges Quieken erscholl im Inneren der Buchhandlung. Lea und Timo kamen grinsend hinter dem Verkaufstresen hervor, wo sie sich versteckt hatten. Timo hatte noch immer die Hand im Bonbonglas, und beide Kinder kauten genüsslich.

»Ah.« Jule seufzte. »Alles klar.«

Frieke folgte ihr in den Laden. Während Jule das große Glas zurück auf die Theke stellte und Timos klebrig gewordene Naschhand mit einem Feuchttuch reinigte, zeigte sie der kleinen Lea die Neuerscheinungen im Regal mit den Kinderbüchern. Lea war schon eine ausgesprochene Leseratte, und Frieke förderte diese Eigenschaft, so gut sie nur konnte.

»Kommst du eigentlich auch am Samstag?«, fragte das Mädchen, während sie einen neuen Fantasy-Roman von Jens Schumacher durchblätterte, der fast mehr wog als sie. »Ins Theater, meine ich?«

Frieke stutzte. »Was denn für ein Theater?«

»Sie meint das Roggenbuk-Festival drüben auf der Bühne im Brügmanngarten«, erklärte Jule. Sie kam mit Timo näher. »Die Grundschule und ein paar andere Kinder führen da ein Stück auf, und meine Rasselbande ist seit Tagen schon ganz aufgeregt deswegen. Richtig, Leute?«

»Roggenbuk war ein mächtiges Monster«, sagte Timo begeistert. »Und er hauste direkt hier an der Trave. Der hat sich immer alles genommen, was er haben wollte. Niemand konnte den aufhalten.«

»Und das war absolut uncool von ihm«, sagte Jule entschieden. »Klar?«

»Mama«, schimpfte Lea. »›Uncool‹ sagen doch nur alte Leute. Das ist so … so …«

»Uncool?«, schlug Frieke vor.

Die Kinder lachten.

»Kommst du, Frieke?«, fragte Timo dann. »Am Samstag um sechzehn Uhr geht's los. Aber was ich spiele, darf ich dir noch nicht verraten!«

»Na klar komme ich«, versprach die Buchhändlerin. Sie zwinkerte ihm zu. »Das darf ich doch nicht verpassen.«

Timo reckte die Arme in die Höhe und stieß ein begeistertes Roggenbuk-Knurren aus. Lea hielt sich die Ohren zu und verzog das Gesicht.

»Tut mir leid«, sagte Jule und scheuchte die zweiköpfige »Rasselbande« weiter. »Seit diese Theatersache läuft, sind sie ganz hibbelig. Jeden Tag proben sie in der Schule für ihr Stück. Dabei ist die Roggenbuk-Sage meiner Meinung nach kein bisschen kindertauglich. Ein Drache, der Travemünde knechtet? Der hier keinen Stein auf dem anderen lässt?«

»Was das angeht, könnten er und der gestrige Sturm sich die Hand geben«, meinte Frieke. »Hat das bei euch auch so gewütet? Als ich heute früh hier aufschließen wollte, bekam ich die Ladentür kaum auf. Irgendwas muss sich da verzogen haben vor lauter Wind.«

»Nicht im Ernst.« Jule schloss kurz die Augen. »Na bravo. Noch eine Baustelle mehr, um die ich mich heute kümmern muss.«

Gemeinsam gingen sie zur Tür und begutachteten den Schaden. Er war eigentlich kaum der Rede wert. Das Schloss griff nicht mehr richtig, und der weiße Rahmen hatte auch schon einmal vertrauenerweckender gewirkt.

»Das muss nicht heute sein«, winkte Frieke ab. »Wenn du viel zu tun hast, kümmere dich ruhig erst um andere Dinge. Hier bei mir bricht schon keiner ein. Die Tür geht ja auch nach wie vor zu.«

»›Viel zu tun‹ ist gut«, brummte die Freundin. Sie sah zur Decke und senkte die Stimme. »Hast du die alten Knacker gesehen, die am Sonntag da oben eingezogen sind?«

Sie meinte ihre neuen Mieter. Frieke hatte das ältliche Paar bislang nur durchs Fenster hinter ihrem Tresen gesehen: zwei bonzenhaft wirkende Personen in teurer Kleidung und mit dauergerümpften Nasen. Städter, ganz ohne Zweifel. »Sind die so schlimm?«, fragte sie schmunzelnd.

Jule nickte wissend. »Und das ist noch vorsichtig formuliert. Kurt und Erika Schneider aus München. Haben für zwei Wochen gebucht. Er ruft nahezu täglich bei mir an, um sich über irgendetwas zu beschweren – gestern sogar, weil die Boutiquen auf der Vorderreihe geschlossen waren.«

»Aber gestern war doch Sturm«, wunderte sich Frieke. »Da hatte *alles* geschlossen.«

»Eben. Nur erkläre Kurt Schneider mal, dass das Wetter nicht zum Zuständigkeitsbereich seiner Vermieterin gehört.«

Frieke verstand sie gut. Manche Urlauber benahmen sich echt wie die Axt im Walde. Die Etepetete-Sorte war klar eine Minderheit, vor allem im noch immer beschaulichen Travemünde, aber das machte sie nicht weniger nervig. »Schreib doch da mal was drüber«, schlug sie vor. »Für den *Lotsen.*«

»Kennst du auch nur einen einzigen Touri, der den liest?«, fragte Jule zurück.

»Okay, das ist ein Argument.«

Die Zwillinge hatten sich bei den Kinderbüchern niedergelassen. Lea hockte auf dem Boden und las, während ihr Bruder mit kritischem Blick den Regalinhalt inspizierte.

»Hör mal«, begann Jule. »Kann ich die Gören kurz bei dir lassen? Ich muss hoch zu Kurtchen, der hat angeblich irgendwas am Badezimmerabfluss.«

»Klar«, antwortete Frieke. »Immer gerne.«

»Dauert auch nicht lange«, versprach Jule hörbar erleichtert. »Du bist echt meine Rettung. Und ich kümmere mich *auch* um deine Tür, versprochen!«

Sie lächelte. »Keine Eile.«

Jule zog den Fotoapparat über den Kopf und verschwand damit im Hinterhaus. Als sie zurückkam, hatte sie ihre braune Werkzeugkiste in der Hand. Sie befahl den Zwillingen, sich »wenigstens mal eine Viertelstunde« zu benehmen, und winkte Frieke zum Abschied. »Tausend Dank«, wiederholte sie. »Ich brauche auch bestimmt nicht lange. Das wird kaum der Rede wert sein, da oben. Du kennst ja Kurtchen.«

Die Buchhändlerin zwinkerte ihr wissend zu. »Kennste einen, kennste alle.«

Die Kirche war alt, ganz so wie die sie umgebenden Häuser. Clara staunte, als sie das Gotteshaus endlich vor sich fand. Es passte in die Nachbarschaft mit ihren schmalen Gässchen und gemütlich wirkenden Zwergenhäusern, von denen die meisten aussahen, als wären sie einem Freilichtmuseum entsprungen, das die Hochzeit der Lübecker Hanse zelebrierte. Kaum eine Hauswand hier wirkte nicht irgendwie windschief, kaum ein Dach nicht älter als die Ewigkeit – und doch verströmte die Gegend einen Charme, den man sich in Stefans Schickimicki-Vierteln zu Hause in Wiesbaden nicht einmal mit Gewalt hätte vorstellen können.

Claras Blick fiel auf bunt lackierte Fensterkreuze, üppig bepflanzte Blumenkästen und auf Pflastersteine, die in der Sonne glänzten. Die Kirche selbst befand sich auf einer Art Insel in der Mitte der Altstadt, ringsum von schmalen Straßen flankiert. Vor ihr gab es einen kleinen Platz, auf dem sich an diesem Nachmittag einige Menschen älteren Baujahrs vor ein paar Marktständen tummelten. Dort wurde frisches Gemüse aus der Region feilgeboten, Eier von frei laufenden Hühnern und hausgemachter Obstaufstrich. Clara gefielen die kleinen Buden mit den üppig gefüllten Auslagen sehr, doch mit ihren Koffern und dem schweren Rucksack war sie für einen Marktbummel denkbar schlecht vorbereitet. Außerdem war sie müde.

Es wird höchste Zeit, endlich anzukommen, dachte sie, wandte dem Trubel kurzerhand den Rücken zu und schleppte das Gepäck die wenigen Stufen hinauf, die zur messingbeschlagenen Kirchenpforte führten.

Das Innere des Gotteshauses stand dem äußeren Eindruck in nichts nach. Clara sah keine Menschenseele auf den breiten Bänken und ließ Rollkoffer und Rucksack einfach neben dem Eingang stehen. Dann schlenderte sie durch ihre neue Arbeitsstätte, strich über metallene Kerzenständer und die Tasten der wuchtigen Orgel. Sie befand sich ganz vorne, links neben dem schlichten Altar, und ihre silbernen Pfeifen ragten bis dicht unter die gewölbte Decke hinauf, die ebenso weiß gestrichen war wie sämtliche Wände.

Hinter dem Altar, auf dem eine blütenweiße Tischdecke ruhte, prangte ein gut mannshohes Kreuz aus Eichenholz. Rechts und links von ihm fiel Sonnenlicht durch hohe und oben rund zulaufende Fenster aus Butzenglas. Den Fußboden bedeckten steinerne Platten, deren Färbung irgendwo zwischen Weinrot und Tönern lag.

»Nicht schlecht für einen ersten Eindruck«, murmelte Clara, als sie an die schmale Kanzel trat.

Sie mochte diese Kirche auf Anhieb. Auch das war in Wiesbaden deutlich anders gewesen. Nur eines irritierte sie ein wenig.

Sollte hier nicht jemand sein und auf mich warten?

Sie zog das Handy aus der Tasche und prüfte die Uhrzeit, dann drehte sie sich um und suchte nach der Tür zur Sakristei. Tatsächlich fand sie sie schnell, links neben der Orgel, doch sie war verschlossen. Clara kam sich seltsam vor, als sie dennoch anklopfte, und war nicht überrascht, als niemand darauf reagierte.

Eigenartig, dachte sie.

Sie war pünktlich angekommen und hatte sich auch ganz sicher nicht im Wochentag vertan. Trotzdem war sie hier allem Anschein nach allein auf weiter Flur.

»Wie war das mit dem ersten Eindruck noch gleich?«, fragte sie die alte Orgel.

Das Instrument gab keine Antwort. Vermutlich hielt es nichts von rhetorischen Fragen. Oder es war allergisch gegen Ironie.

Clara wartete noch einen Moment. Als auch dann kein Begrüßungskomitee aus dem Nichts erschien, gab sie auf, nahm sich das Gepäck und kehrte ins Freie zurück. Waren ihre Ansprechpartner vielleicht draußen auf dem Markt?

Dieser war zumindest noch immer in vollem Gange. Von den Kirchenstufen aus sah Clara über die Stände, als könnte sie einen Vertreter des Travemünder Pfarramtes mit bloßem Auge erkennen. Doch die Menschen, die sich zwischen Obst und Gemüse aufhielten, wirkten allesamt nicht, als warteten sie auf eine Pastorin. Auch an den Hauseingängen jenseits der breiten Verkehrsinsel fand sie nirgends ein Schild, das auf die Dienststelle verwies, nach der sie suchte und deren Einladung sie nach Travemünde gefolgt war.

Ihr Blick blieb stattdessen an der bronzenen Statue haften,

die rechts neben einer kleinen Bushaltestelle stand. Das knapp einen Meter fünfzig messende Kunstwerk wirkte kaum weniger alt als die Kirche und das Kopfsteinpflaster. Es zeigte einen Ritter in voller Montur, der mit gezogenem Schwert zum Schlag ausholte. Interessiert trat Clara näher.

»Jürgen«, hörte sie plötzlich ein zartes Stimmchen neben sich.

Clara drehte sich um und sah ins Gesicht eines ernst dreinschauenden Mädchens von vielleicht sechs Jahren. »Wie bitte?«, fragte sie.

»Der da.« Die Kleine deutete auf den Ritter. »Das ist Jürgen. Du hast geguckt, als wüsstest du das nicht. Deshalb wollte ich es dir sagen.«

»Aha.« Clara schmunzelte amüsiert. »Danke schön.«

Das Kind blieb ernst. »Der kämpft gerade«, erklärte es weiter. »Gegen den Wassermann, der manchmal auch ein Drache ist. Weißt du? Den aus der Trave.«

»So, so.« Clara nickte. »Der ist böse, hm?«

Nun erst hob das Mädchen den Blick. »Sehr. Er heißt Roggenbuk, und er bringt immer Menschen um.«

»Das ist tatsächlich ziemlich böse«, stimmte Clara ihr zu.

»Aber mich kriegt er nicht«, versicherte die Kleine entschieden. Sie war erstaunlich gesprächig, erst recht gegenüber einer völlig Fremden. »Denn ich passe auf. Meine Oma hat gesagt, den Roggenbuk gibt es gar nicht in echt. Der wäre nur eine Geschichte. Aber das stimmt nicht, und deshalb passe ich auf.«

»Das schadet sicher nie«, pflichtete Clara ihr bei.

»Denn wenn's den Jürgen gibt«, wieder deutete das Kind auf den Ritter, »dann muss es den Roggenbuk auch geben. Und von Jürgen steht hier ja sogar eine Statue.«

Dieser Logik konnte selbst Clara nicht widersprechen. Sie

hatte keine Ahnung, wer dieser mordlüsterne Wassermann sein sollte, von dem das Kind sprach, aber seine Existenz war jedenfalls schon mal eindrücklich bewiesen.

»Leuchtet ein«, sagte sie. Dann schwiegen beide einen Moment, während um sie herum das Leben vorbeizog.

»Ella?« Eine Frau von vielleicht Ende zwanzig kam schnell näher. Sie trug ein Einkaufsnetz, in dem frische Äpfel und eine Lauchstange ruhten. »Na, *da* steckst du! Mensch, ich suche dich schon. Was machst du denn, hm?«

»Ich hab der Frau erklärt, dass das Jürgen ist«, antwortete das Mädchen. »Die wusste das gar nicht, Mama.«

»Entschuldigen Sie«, bat die junge Mutter. Sie nahm Ella an der freien Hand und sah zu Clara.

»Da nicht für«, erwiderte die Pastorin – sagte man das nicht so in diesen Breiten? – und schenkte ihr ein warmes Lächeln. »Wir haben uns nett unterhalten.«

»Mhm.« Ella nickte ernst. »Über Roggenbuk.«

»Na klar.« Die Mutter rollte mit den Augen. »Es gibt ja in diesen Tagen auch kein anderes Thema mehr.«

Sie wollte gerade mit Ella weiterziehen, da hob Clara die Hand. »Entschuldigung? Wissen Sie zufällig, wo ich das evangelische Pfarrbüro finde? Ich dachte, es wäre hier bei der Kirche, aber mir scheint, da bin ich falsch informiert.«

Die andere Frau hob die Brauen. »Das Pfarramt? Nee, da müssen Sie raus in Richtung Warnsdorf. Das ist noch 'n Stückchen von hier.« Fragend sah sie zu Claras Koffern, dann schüttelte sie den Kopf. »Am besten nehmen Sie den Bus. Der fährt ohnehin da lang.«

Na bravo. Clara seufzte innerlich. Sie war ein bisschen enttäuscht, denn ihre stundenlange Reise schien noch immer nicht zu Ende zu sein.

»Warten Sie«, sagte Ellas Begleiterin. »Ich zeig's Ihnen.«

Sie führte Clara in das Wartehäuschen neben dem Ritter und zeigte ihr genau, welche Linie sie nehmen und wo sie aussteigen musste.

Clara bedankte sich herzlich und winkte dem aufmerksamen Mädchen zum Abschied. Dann setzte sie sich auf die schmale Bank der Bushaltestelle, stemmte die Ellenbogen auf die Koffer und fragte sich, welche Überraschungen dieser endlos scheinende Tag wohl noch für sie bereithielt.

Je weniger, dachte sie, *desto besser.*

KAPITEL 3

Die Kaffeemaschine klang, als ränge sie mit dem Tod. Jeder Tropfen, der den Weg aus dem Filter hinunter in die gläserne Kanne schaffte, schien eine immense Kraftanstrengung zu bedeuten. Falls dem so war, fand Clara, erklärten sich die exorbitanten Preise einiger Wiesbadener Cafés vermutlich von selbst.

»Möchten Sie auch eine Tasse, Frau Clüver?«, fragte die Dame auf der anderen Seite des Tisches. Ihr Blick wanderte nervös zwischen der geriatrisch anmutenden Maschine und der Besucherin hin und her. Sie sah aus, als wüsste sie nicht, wofür sie sich mehr schämte: für Claras Anwesenheit oder für den langsamen Kaffee. »Mit Milch und Zucker vielleicht? Die meisten Menschen hier oben bevorzugen ja Tee, aber ich kann vom Kaffee nicht lassen.«

»Schwarz, danke«, sagte Clara. *Falls der Apparat vor Weihnachten fertig wird*, ergänzte sie in Gedanken.

Sie hatte das Pfarrbüro dank der Wegbeschreibung problemlos gefunden. Es lag in einem mehrgeschossigen Bürogebäude am Ortsrand, knappe zehn Busminuten von der Altstadt entfernt. Vor dem Fenster des kleinen Konferenzraumes, in dem sie Platz genommen hatten, konnte Clara ein paar Einfamilienhäuser erkennen, schmucke Vorgärten und verschlafene Spielstraßen. Die Sonne strahlte noch immer über allem. Sie wusste ja auch nicht, was Clara inzwischen wusste.

»Ich muss mich wirklich noch einmal entschuldigen, Frau Clüver«, bemerkte die Dame auf der anderen Seite des Tisches.

Sie war Anfang sechzig, zumindest dem Aussehen nach zu urteilen, und hatte schulterlanges Haar. Ihre Brille war ein bisschen zu groß, ihr Lippenstift ein wenig zu grell. Die Hände, mit denen sie zwei Tassen bereitstellte, zitterten leicht vor Anspannung. »Das hätte nie und nimmer passieren dürfen. Ehrlich gesagt, sind wir hier alle davon ausgegangen, die Angelegenheit wäre längst mit Ihnen geklärt worden. Von verantwortlicher Stelle, wohlgemerkt! Nicht von uns!«

Clara schwieg. Nicht aus böser Absicht, sondern weil sie schlicht nicht wusste, was sie darauf erwidern sollte. Die Situation war einfach zu absurd.

»Wir hörten vor einer guten Woche, dass Pastor Kruse sich in Lübeck wohl nachdrücklich für seinen Verbleib stark gemacht hat«, erklärte die Dame vom Pfarrbüro. »Er ist seit Jahrzehnten bei uns in Travemünde, verstehen Sie, und mit der hiesigen Kirchenführung eng verbandelt. Man könnte das wohl ›Filz‹ nennen, wenn man es wollte. Ja, das ist vermutlich der richtige Begriff – aber das haben Sie bitte nicht von mir!«

Sie stand auf und goss Kaffee ein, obwohl die Kanne bei Weitem noch nicht voll war. Einzelne Tropfen fielen aus dem Filter und nun ins Leere, bevor sie auf der Warmhalteplatte jämmerlich verdampften. *Ein passendes Bild*, fand Clara und schwieg weiter.

»Herr Kruse ist …« Die Dame – Clara erinnerte sich einfach nicht an ihren Namen – zögerte kurz und senkte dann die Stimme. »Na ja, schwierig. Ein harter Hund, wenn Sie so wollen. Alte Schule. Niemand im Pfarramt mag ihn, das können Sie mir glauben. Aber auch das habe ich nie laut gesagt, ja? Wir hier im Büro würden jedenfalls vor Begeisterung Purzelbäume schlagen, wenn er sich endlich aufs Altenteil zurückziehen und Platz für frischen Wind machen würde. Die Gemeinde sieht das ähnlich. Doch danach steht ihm partout nicht der Sinn, und ich fürchte, er ist es gewohnt, seinen Willen durchzusetzen. Als er hörte, dass die Zentrale ihn hinauskomplimentieren möchte, hat er *getobt*, Frau Clüver. Da haben hier quasi die Fensterscheiben gewackelt.«

Sie kam mit den Tassen zurück und stellte eine vor Clara ab. Der Kaffee roch köstlich, doch der Pastorin stand mit einem Mal nicht mehr der Sinn nach Köstlichkeiten. Sie fühlte sich leer und traute ihren Ohren kaum.

»Na ja«, fuhr ihr Gegenüber fort. »Und dann hat Herr Kruse sich offensichtlich direkt an Lübeck gewandt. Seine Beziehungen spielen lassen und so weiter. Wie es aussieht, wurde die Entscheidung daraufhin fürs Erste rückgängig gemacht. Dass man Sie darüber aber nicht informiert hat …« Sie seufzte und schüttelte den Kopf. Dann nippte sie so langsam an ihrer Tasse, als wollte sie sich hinter selbiger vor Clara verstecken. Die ganze Situation war ihr sichtlich unangenehm.

Clara räusperte sich. »Ich will ehrlich zu Ihnen sein, Frau Boehring.« Der Name war plötzlich wieder da, ganz selbstverständlich. Genau wie der Rest ihres Sprachvermögens. »So etwas habe ich noch nie gehört.«

Die Pfarrangestellte nickte. »Wem sagen Sie das? Und Sie Ärmste fahren auch noch den ganzen Weg von Wiesbaden hierher!«

»Ich weiß nicht, wie ich darauf reagieren soll«, fuhr Clara fort. »Wie … Wie das passieren konnte.«

»Geht mir ganz genauso.« Frau Boehring sah traurig aus. Ihre Anteilnahme war so aufrichtig wie ihre Scham, das spürte man. »Jedem hier im Büro ist das unfassbar peinlich. Lübeck hätte Ihnen sofort Bescheid geben und sich tausendfach für die Verwirrung entschuldigen müssen. Bevor Sie die Koffer packen und in den Zug steigen, versteht sich. *Deutlich* bevor. Aber die hohen Damen und Herren bei der Kirchenverwaltung dachten wohl, das übernähme das Büro vor Ort. Typisch Lübeck! Die Entscheidungen treffen die, doch die Drecksarbeit sollen wir dann selbst übernehmen.«

Frau Boehring hob entschuldigend die Hand. »Ich versichere Ihnen, liebe Frau Clüver: Hätten wir Bescheid gewusst, hätten wir uns selbstverständlich gemeldet. Wir hier in Travemünde hatten keinen blassen Schimmer, dass Sie trotz allem noch immer unterwegs zu uns sind …«

Clara stellte die Ohren auf Durchzug. Sie glaubte der älteren Frau, das war es nicht. Ihr war auch klar, welch absurde Blüten Bürokratie und vor allem »kleine Dienstwege« mitunter ausbilden konnten. Sie hatte über zehn Jahre lang in Wiesbaden gelebt, vielleicht der Welthauptstadt für Filz und Klüngelei, und war mit einem wahren Meister dieser Kunst zusammen gewesen. Trotzdem: Eine Geschichte wie diese war ihr noch nie untergekommen, in all der Zeit bei der Evangelischen Kirche nicht. Und das Schlimmste daran war, dass ausgerechnet sie die Hauptfigur sein musste.

Die haben gar keine Kanzel mehr für mich, wurde Clara klar. *Keine Pastorinnenstelle und auch keine Kirche. Das ist alles Schnee von gestern.*

Betrachtete man die Situation einmal nüchtern – und vieles in ihr rebellierte gegen den Gedanken –, dann boten sich ihr nun zwei Optionen. Clara konnte auf dem Absatz kehrtmachen und zurück zum Bahnhof gehen. Travemünde abhaken und die komplette Aktion als unfassbaren Obermurks zu den Akten legen. Oder sie konnte sich wehren, zumindest versuchsweise, und um ein Gespräch mit den hiesigen Entscheidern bitten. In der Hoffnung, dass sich vielleicht doch noch alles zum Besseren wendete, irgendwie. Pastor Kruse war ihres Wissens weit über siebzig. Vielleicht nahm er ja doch Vernunft an, wenn man vernünftig mit ihm sprach?

Es stand Clara fern, einen altgedienten Gemeindepastor aus seiner Gemeinde zu scheuchen – ob diese ihn nun mochte oder nicht –, aber auf ihrem Mist war der ganze Irrsinn ja auch nicht gewachsen. Nicht sie war es, die ihr die Stelle am Ufer der Trave angeboten hatte, sondern die Lübecker Kirchenführung. Kruses eigene Bosse.

»Glauben Sie, ich könnte mal mit Pastor Kruse sprechen?«, schlug sie vor. Sie war dem Mann bislang nicht begegnet und hatte ohnehin vorgehabt, ihn um seinen Rat zu bitten, wenn sie die Pfarrei übernahm. »Ganz freundlich und offen?«

Frau Boehring verzog das Gesicht. »Davon würde ich abraten, ehrlich gesagt«, verneinte sie kopfschüttelnd. »›Freundlich und offen‹ sind die letzten Worte, mit denen ich Herrn Kruse beschreiben würde, Frau Clüver. Der zerreißt Sie in der Luft, bevor Sie auch nur an seiner Haustür klingeln können. Der *will* Sie nicht sehen, und aus seiner Sicht gibt es vermutlich auch keinen Grund dafür.«

Es war dieser Moment, in dem endlich der Trotz erwachte. Die ganze Zeit über hatte Clara geduldig – okay, und sprachlos und enttäuscht und sogar ein wenig wütend – dagesessen und zugehört. Nun aber meldete sich ihr verletzter Stolz zu Wort.

Die haben sie doch nicht alle, rief eine kleine Stimme hinter ihrer Stirn. *So können die nicht mit dir umgehen. Du kannst nichts für ihren Dummfug. Die* schulden *dir eine Gemeinde.*

Sie neigte nicht zu Trotzreaktionen, war kein zorniger Mensch. Stefan hatte stets gesagt, sie würde den Menschen sogar dann noch einen schönen Tag wünschen, wenn sie sie auf offener Straße um ihre Geldbörse erleichterten. Aber zu viel war zu viel, oder etwa nicht? Zum Donnerwetter, wie stellte sich diese Verwaltung das denn alles vor?

Doch Claras Herz war auch dieses Mal stärker als der kleine Choleriker in ihrem Ohr. Es bremste ihn aus.

»Wissen Sie, was?«, sagte Frau Boehring so passend, als läse sie Claras Gedanken. »Ich freue mich, dass Sie hier sind. Nein, wirklich.« Sie legte die Hände flach auf den Tisch. Die Geste kündete von Entschlossenheit, genau wie das hinterlistige Lächeln, das sie begleitete. »Denn vielleicht sind Sie ja die Munition, die wir hier im Büro brauchen, um Herrn Kruse endlich in Rente zu schicken.«

»Nein, nein, nein«, wehrte Clara ab. »Ich will niemandem etwas wegnehmen.«

»Das tun Sie auch nicht«, versicherte Frau Boehring. »Sie trifft keine Schuld in dieser Angelegenheit – und Sie haben auch nichts zu regeln und nichts zu erklären. Aber dass Sie jetzt hier vor mir sitzen wie bestellt und nicht abgeholt … Doch, das könnte einen Unterschied bewirken. Lassen Sie mich mal mit Lübeck sprechen. Wenn ich denen berichte, dass Sie von nichts wussten, geraten die Räder vielleicht trotz allem endlich in Bewegung.«

Clara wusste nicht so recht. Dieser Krieg war nicht der ihre, auch wenn sie gewissermaßen längst blutend auf seinem Schlachtfeld lag. Sie *wollte* den kleinen Mann in ihrem Ohr in Zaum halten.

»Geben Sie mir ein wenig Zeit, ja?«, schlug Frau Boehring vor. »Ich melde mich schnellstmöglich bei Ihnen. Dann schauen wir weiter. Haben Sie's eilig, oder können Sie sich vorstellen, noch ein bisschen in Travemünde zu warten?«

Im Grunde hatte Clara keine anderen Termine und auch keinen anderen Ort, an dem sie sein sollte. Jedes neue Ziel, das sie nun ansteuern würde, wäre komplett beliebig ausgewählt. Sie hatte auch kein gesteigertes Interesse daran, Bewerbungen zu schreiben oder gar zurück nach Hessen zu kriechen wie Heinrich IV. weiland nach Canossa.

Gott bewahre, dachte sie. Vor ihrem geistigen Auge sah sie

Stefans grinsendes Gesicht. Der Anblick genügte, um ihr derartige Flausen schnell wieder aus dem Kopf zu treiben. »Na ja«, sagte sie zögernd. »Im Prinzip habe ich Zeit …«

»Wunderbar!« Frau Boehring klatschte vor Begeisterung in die Hände. »Dann kümmere ich mich sofort um die Sache. Haben Sie eine Unterkunft, in der ich Sie erreichen kann, wenn ich mehr weiß?«

»Äh.« Entsetzt riss Clara die Augen auf. »Ich dachte, die bekäme ich von Ihnen …«

Auf der Vorderreihe setzte allmählich der Abendbetrieb ein, und die Außenbereiche der verschiedenen Lokale füllten sich aufs Neue. Kellner in weißer Livree trugen dampfende Teller aus ihren Restaurantküchen zu den Dutzenden von Tischen, die am Rand der Trave unter freiem Himmel gruppiert waren. Es roch nach gebratenem Fisch, nach deftiger Soße und nach frittiertem Allerlei.

Dorsch mit Pommes um diese Uhrzeit?, staunte Clara. Eigentlich war es noch nicht einmal fünf. Dann fiel ihr auf, dass der deutliche Großteil der Touristen, die die Flaniermeile säumten, älteren Semesters war. *Das hier ist nicht Wiesbaden, hm? In Travemünde passiert vermutlich nicht mehr viel, wenn's erst einmal dunkel wird. Dann verschwinden alle wieder in ihren Ferienwohnungen.* Die Erkenntnis half nicht gerade, ihre Lage zu verbessern.

Seit dem unschönen Gespräch mit Frau Boehring war eine halbe Stunde vergangen. Die emsige Pfarrangestellte traf keine Schuld an der ganzen Misere, kämpfte sie doch gerade telefonisch um Claras unmittelbare Zukunft. Obwohl sie sich dabei alle Mühe gab, hatte auch sie die Frage nach einer kurzzeitigen Unterkunft für die heimatlose Pastorin nicht beantworten können. Zwar verfügte die Gemeinde über ein Pfarrhaus, das

Clara theoretisch zustand, doch in der dortigen Dienstwohnung lebte nach wie vor der störrische Amtsvorgänger, und solange Kruse die Rückendeckung der Lübecker Entscheidungsträger genoss, würde sich daran wenig ändern.

Frau Boehring hatte spontan versucht, wenigstens ein Pensions- oder Hotelzimmer für Clara zu organisieren, war jedoch prompt am hohen Touristenaufkommen gescheitert. Es herrschte Hochsaison in der Lübecker Bucht, und die gewiss nicht wenigen Anbieter derartiger Unterkünfte verdienten sich eine goldene Nase. Niemand hatte so kurzfristig ein Zimmer frei, nicht einmal für die Kirche.

Zum Glück erinnerte sich Clara an einen Aushang, den sie vorhin, als sie zur Kirche geschlendert war, in einem Schaufenster gesehen hatte. Dort wollte sie es auf eigene Faust versuchen, bevor sie sich geschlagen gab und mit Frau Boehring über einen Plan C nachdenken musste.

Das Schaufenster gehörte zu *Friekes Schmökerhafen*, und als sie es erreichte, hing der Aushang dort nach wie vor.

2 ZKB auf dem Priwall
Erstbezug nach Renovierung
Frauen bevorzugt, einfach im Laden fragen

Zugegeben: Das war um Längen mehr, als nötig war. Aber es schien frei zu sein, und vielleicht war diese Frieke gewillt, auch kurzzeitige Mieterinnen aufzunehmen.

»Entschuldigung?«, fragte Clara, als sie mit all ihrem Gepäck – und mit ein wenig Mut – den Laden betrat. »Sind Sie Frieke?«

Die Frau hinter der Kassentheke war bestimmt drei Jahrzehnte älter als sie, hatte aber jugendlich wirkende Augen. Ihr dunkelblauer Strickpullover passte zu dem geblümten

Halstuch, das offene Haar umrahmte ein sonnengebräuntes Gesicht. Sie wirkte aufgeräumt, was sie von ihrem Laden gehörig unterschied: Der *Schmökerhafen* war das reinste Abenteuerland. Kaum ein Quadratmeter in dem länglichen Raum, dessen Frontseite die einzigen Fenster aufwies, war ungenutzt. Nahezu überall standen prall gefüllte Regale, gekonnt dekorierte Präsentiertische und schmucke Drehständer, die mit Ansichtskarten, Lesezeichen und dergleichen gefüllt waren.

An den wenigen freien Stellen, die die anthrazitfarbenen Wände noch aufwiesen, hingen Plakate mit ausgewählten Buchcovern und Zitaten großer und kleiner Literaten – Thomas Mann Seite an Seite mit Janoschs Tigerente, Heinrich Böll gleich neben dem Grüffelo. Der Raum wirkte urgemütlich und fast so, als müsste im Lexikon unter dem Begriff »kreatives Chaos« sein Foto folgen. Er war ansonsten menschenleer, bis auf zwei Kinder, die lesend in der hinteren Ecke saßen.

»Die bin ich«, erwiderte die Frau an der Theke. Ihr Lächeln war warm. »Frieke Kroon, hallo. Kann ich Ihnen helfen?«

»Clara Clüver, guten Tag. Ich habe Ihren Aushang gesehen und bräuchte eine Unterkunft. Allerdings …«

Die Buchhändlerin hob eine Braue. »Ja?«

»Es wäre nur für eine Nacht oder so«, gestand Clara. »Vermutlich. Genau weiß ich das selbst nicht, leider.«

Mit wenigen Worten beschrieb sie der Buchhändlerin, in welcher Lage sie sich befand. Dabei ging sie nicht ins Detail, sondern beschränkte sich allein auf den bürokratischen Murks auf der Dienststelle und auf die hoffnungslos ausgebuchten Pensionen. »Falls Sie auch Kurzzeit-Mieter annehmen, wären Sie meine Rettung«, kam sie zum Schluss. »Andernfalls müsste ich mich in der weiteren Umgebung umsehen. Oder mich komplett geschlagen geben und den nächsten Zug gen Süden besteigen.«

»Der alte Kruse, hm? Der schafft's echt immer wieder.« Frieke seufzte wissend. »Schlagen Sie sich den Zug aus dem Kopf, Frau Clüver. Ich hatte eigentlich nicht vor, tageweise zu vermieten, aber bei Ihnen mache ich gerne eine Ausnahme. Schon allein, um den ach so feinen Herrn Pastor zu ärgern.«

Erleichterung stieg in Clara auf, gefolgt von leichtem Unglauben. »Ist der wirklich so unbeliebt, ja?«

»Pff.« Ihr Gegenüber winkte ab. »Fragen Sie nicht. Sagen Sie mir lieber, ob Sie ein wenig handwerkliches Geschick mitbringen. Die Wohnung ist zwar frisch renoviert, doch ich kann nicht garantieren, dass schon jeder Wasserhahn und jeder Lichtschalter fehlerfrei funktioniert. Sie wären quasi mein Versuchskaninchen und mir in dem Sinne genauso nützlich wie ich Ihnen.«

»Doch, das schon«, antwortete sie. Bereits zu Studientagen hatte sie sich in ihrem Mainzer Wohnheim ausgesprochen beliebt gemacht, weil sie mit Werkzeug umzugehen verstand, das die meisten Kommilitonen nicht einmal dem Namen nach kannten. »Aber ich bezweifle, dass das nötig sein wird. Es ist ja nur für eine Nacht oder so.«

»Ich hätte zwei Zimmer für Sie, beide schön sonnig«, zählte Frieke dennoch auf. »Dazu eine Küche, groß genug für den Esstisch, und ein Bad mit Fenster und Wanne. Alles ebenerdig und in meiner ehemaligen Scheune. Die wurde kürzlich ausgebaut, verstehen Sie? Die Wandfarbe ist erst seit wenigen Tagen trocken, und der Aushang dort im Fenster hängt jetzt seit Dienstag. Sie sind die erste Person, die mich überhaupt darauf anspricht.«

Clara fand das alles viel zu viel, doch die Situation verlangte nach außergewöhnlichen Maßnahmen, und diese Frieke war ihr vom Fleck weg sympathisch. »Na ja, wenn Sie sich das vorstellen können …«

Die Buchhändlerin breitete die Arme aus. »Ich bin tagtäglich von Dichtern und Denkern umgeben, Frau Clüver. Ich kann mir *alles* vorstellen.«

Dann lächelte sie, und Clara erwiderte das Lächeln. Sie hatten kein einziges Wort über Geld verloren, doch irgendwie ahnte Clara, dass sie sich auch da mühelos einigen würden.

»Hey, Nachbarin«, erklang plötzlich eine Männerstimme. »Schon gehört? Die ermitteln jetzt tatsächlich wegen … Oh, Verzeihung. Du hast gerade Kundschaft.«

Ein älterer Herr in Jeanslatzhose, gestreiftem Langarmshirt und mit Halbglatze war in der Tür des *Schmökerhafens* erschienen. Als er Clara bemerkte, blieb er stehen.

»Kein Problem, Georg«, wandte sich Frieke an ihn. Dabei zwinkerte sie Clara wissend zu. »Frau Clüver und ich sind uns schon einig. Was habe ich schon gehört?«

»Das Neueste aus Niendorf«, antwortete der Mann. Er fuhr sich mit der Hand über die Halbglatze. »Die Kripo ermittelt jetzt tatsächlich wegen Mordes! Kam eben in den Nachrichten. Die Obduktion hat wohl klar ergeben, dass Onkel Erich das Opfer eines Gewaltverbrechens wurde und nicht etwa von irgendwelchen Gegenständen erschlagen wurde, die beim Sturm durch den Hafen flogen oder so.«

Clara erschrak. »Pardon, Ihr … Ihr Onkel wurde getötet?«

Er blinzelte verwirrt. »Was?«

»Nein, nein.« Frieke klang belustigt, als sie das Missverständnis aufklärte. »Das war ein Spitzname. ›Onkel Erich‹ ist nur so dahergesagt, verstehen Sie? Niemand von uns war mit dem verwandt.«

»Zum Glück«, betonte Georg. »Ich sagte dir ja vorhin schon, dass ich den immer für durchtrieben gehalten habe. Der hatte Feinde, Frieke, warte es nur ab! Das kommt jetzt alles ans Tageslicht, wenn die Kripo erst einmal ermittelt.«

»Hm.« Frieke klang wenig überzeugt. »Falls Jules Ex an der Sache dran ist, dann hege ich da ernste Zweifel.«

Der Mann mit der Halbglatze kicherte spöttisch.

»Im Nachbardorf wurde ein Toter gefunden«, erklärte Frieke, der Claras fragender Blick nicht entging. »Das ist momentan das Thema des Tages auf der Vorderreihe, denn der Mann war recht prominent. Jedenfalls hier an der Küste. Er hieß Erich Konstantin, aber der Name sagt Ihnen sicher nichts.«

»Bedaure.« Clara schüttelte den Kopf. »Leider nein.«

»Vielleicht hat der Wassermann sich den geholt, was meint ihr?«, schlug Georg vor. Er scherzte, das hörte man ihm an. »Würde doch passen, wo doch jetzt das große Festival ansteht und so weiter. Konstantin mit seinen Fischgerichten hat zeitlebens vom Meer profitiert. Da wäre es nur logisch, wenn das Meer ihm irgendwann die Quittung präsentiert. Findet ihr nicht auch?«

Die Beschreibung weckte Erinnerungen an Fritz. Als Fischer der letzten Generation hatte auch er gewissermaßen von und mit dem Meer gelebt. Doch Clara weigerte sich, ihnen nachzugeben. Sie war nicht hier, um an ihren Vater zu denken, verdammt! Explizit nicht an den!

Zum Glück hatte sie gleich den passenden Themenwechsel in petto. »Roggenbuk, hm?«, wandte sie sich an den Mann mit der Glatze. »Der böse Wassermann.«

Anerkennend hob Frieke die Brauen. »Schau an, schau an. *Den* kennen Sie also.«

»Na, hören Sie mal«, erwiderte Clara. Der gespielte Tadel half ihr zusätzlich, die Erinnerungsbilder von Fritz zu ignorieren, die sich vor ihr geistiges Auge schleichen wollten. »Den kennt doch schließlich jedes Kind.«

Die Buchhändlerin schmunzelte. »Ich wusste gleich, dass Sie mir sympathisch sind, Frau Clüver.«

»Clara.« Sie erwiderte das Lächeln. »Nennen Sie mich ruhig Clara.«

»So ein Mist!« Eine Frau mit halblangen braunen Haaren und sichtlich schlechter Laune betrat den Laden. Sie war etwa in Claras Alter und hielt einen Werkzeugkoffer in der Hand. »Absoluter Obermist!«

»Bist du deinem Verflossenen begegnet, oder was ist los?«, fragte Georg. Er schien die Frau zu kennen, genau wie die Buchhändlerin.

»Clara Clüver, das ist Jule Haberkamp«, sagte Frieke. »Meine Vermieterin.« Sie lachte leise. »So langsam lernen Sie echt die halbe Vorderreihe kennen.«

»In dem Fall machen Sie aber bloß einen Bogen um Kurtchen«, sagte Jule Haberkamp und schenkte Clara einen warnenden Blick. »Der frisst Sie sonst zum Abendbrot.«

»So schlimm?«, fragte Frieke.

»Pff.« Die Frau mit dem Werkzeugkoffer winkte ab. »Seit einer geschlagenen Stunde kämpfe ich jetzt schon da oben in der Ferienwohnung mit dem Abfluss, und die ganze Zeit steht der neben mir und beschwert sich. Über alles, Frieke – absolut alles! Das Wetter, die Preise der Autofähre, den Kuchen beim Niederegger. Als hätte ich irgendetwas mit dem Quatsch zu schaffen. Und zu allem Überfluss kann ich ihm seinen blöden Abfluss auch nicht reparieren. *Das* hat ihm besonders missfallen. Jetzt soll ich mich allen Ernstes noch um einen Klempner kümmern, obwohl um die Uhrzeit garantiert keiner mehr rauskommt. Aber nein, Kurtchen besteht darauf. Bis morgen früh könne er unmöglich warten.«

Frieke runzelte die Stirn. »Ja, das dürfte schwierig werden. Doch vielleicht kann Clara dir helfen?« Sie sah zu ihr. »Sie sagten ja, Sie hätten handwerkliches Geschick.«

»Äh …« Clara wich einen halben Schritt zurück, als sich

drei Augenpaare in freudiger Erwartung auf sie richteten. »Nun ja, das schon. Aber …«

»Haben Sie kurz Zeit?«, fragte Jule Haberkamp sofort. Sie griff nach Strohhalmen, das sah man ihr an. »Dauert auch bestimmt nicht lange.«

»Vorsicht«, warnte Georg lächelnd. »Das sagt die immer.«

»Ist gleich hier im Haus«, fuhr Friekes Vermieterin fort. »Sie würden mir echt eine Wahnsinnslast von den Schultern nehmen. Dieser Mieter stammt geradewegs aus der Hölle.«

»Na prima.« Frieke nickte ihr amüsiert zu. »Sie sind doch Pastorin, Clara. Wäre das nicht genau Ihr Ressort?«

KAPITEL 4

Der Motor der *PRIWALL IV* schnurrte wie ein Kätzchen. Kreisrunde Strudel entstanden, wo der Antrieb der blau-weiß lackierten Personenfähre durch das Wasser der Trave schnitt. Mit jeder verstreichenden Sekunde entfernte sich das Schiff weiter vom Travemünder Ufer und hielt zielsicher auf die gegenüberliegende Seite des Flusses zu. Etwa zwei Dutzend Männer und Frauen standen an der Reling und genossen die kurze Reise.

Robert Alves stand allerdings am Ufer. Er sah die *PRIWALL IV* leider nur von hinten, und er ahnte, dass er dies teuer bezahlen würde, wenn nicht gleich ein Wunder geschähe.

»Ich fasse es nicht«, schimpfte seine Frau.

Bettina war schon den ganzen Nachmittag ungehalten. Seit sie im Radio von dem toten Gastronomen in Niendorf gehört hatte, sah sie quasi hinter jedem Busch einen potenziellen Mörder.

Die frisch pensionierten Gymnasiallehrer waren an die Ostsee gefahren, um dem Lärm – und, ja, auch der Kriminalität – in ihrer Heimatstadt Köln zu entkommen. Und nun ein ungeklärter Mord, direkt vor der Haustür? Diese Nachricht war Gift für Bettinas pflegebedürftiges Nervenkostüm und verdarb ihr zudem die Laune. Robert hatte sie schon zweimal davon abbringen müssen, den Aufenthalt, den er in vollen Zügen genoss, vorzeitig zu beenden.

Die verpasste *PRIWALL IV* war da natürlich keine Hilfe.

»Wir sind doch pünktlicher als der Papst zur Sonntagsmesse«, beschwerte Bettina sich und deutete anklagend zur Fähre, deren Fahne fröhlich im Wind flatterte. »Was legt die denn schon ab?«

Das Paar war noch nicht lange in Travemünde, hatte aber schon Routinen für den Alltag entwickelt. Für ihren traditionellen Spaziergang hatten sie sich an diesem Tag eigentlich den unberührten Strand auf dem Priwall auserkoren, jene Halbinsel an der Mündung von Fluss und Ostsee, wo die Sonne allabendlich ein wenig mehr Ausdauer bewies. Doch die Fähre, die sie dorthin bringen sollte, hatte ohne sie abgelegt.

Conny, der kleine Mischlingshund der Familie, bellte der *PRIWALL IV* nach, als vermutete er den Niendorfer Mörder an Bord.

Seufzend sah Robert auf sein Handgelenk. »Ich fürchte, meine Armbanduhr geht falsch.«

»Wie bitte?« Bettina sah ihn strafend an. Ihr Blick erinnerte an die Zeiten, als sie noch Klassenarbeiten hatte korrigieren und an der Intelligenz nachfolgender Generationen hatte zweifeln müssen. »Wir sind allen Ernstes zu spät gekommen? Ausgerechnet wir?«

Der Pensionär zuckte mit den Schultern und studierte den Fahrplan, der in dem kleinen Verschlag neben dem Ticketautomaten hing. »Im Urlaub kann das ja wohl mal passieren«, rechtfertigte er sich leise.

Hinter ihm auf dem schmalen Promenadenweg zogen Menschen von rechts nach links und zurück. Die Luft war warm und angenehm, dennoch fröstelte er plötzlich.

»Es wird sogar noch schlimmer«, erkannte er und nickte in Richtung Aushang. »Das war schon die *letzte* Fähre für heute. Verflixt, wir hätten das gründlicher planen müssen …«

»Die letzte?«, echote seine Begleiterin. Ungläubig schob sie ihn beiseite. »Kann doch nicht sein. Lass mich mal gucken.«

Dann kapitulierte auch sie. »Das gibt's doch nicht. Noch nicht einmal sechs Uhr, und das war die letzte Fähre. Man meint, man wäre bei den Hottentotten. Erst ein Mord, und jetzt auch noch das!«

Neben der *PRIWALL IV*, die allein Personen beförderte und im immer gleichen Takt vom Anleger vor der Lotsenstation startete, gab es auch noch eine Autofähre drüben am Skandinavienkai nahe der Altstadt. Diese blieb abends deutlich länger aktiv, wie Robert aus den Reiseführern wusste, die er im Hotel studiert hatte. Aber er kannte seine Gattin und hegte keinerlei Zweifel, dass Bettina ihm den Kopf abreißen würde, wenn er vorschlüge, jetzt auch noch bis ans andere Ende der örtlichen Flaniermeile zu marschieren. Genauso gut konnte er sie bitten, einem Dutzend verhaltensauffälliger Fünftklässler die Integralrechnung beizubringen.

Das wäre mein sicheres Todesurteil, dachte er und sah sich in Gedanken schon wieder die Koffer packen. Fieberhaft schaute er sich nach irgendetwas um, das seine bessere Hälfte besänftigen konnte – idealerweise schnell. Sein Blick fiel auf den Leuchtturm, der jenseits der ufernahen Bäume gen Himmel ragte.

»Wie wäre es mit dem da?«, schlug er vor. »Den wolltest du doch ohnehin besichtigen, Schatz.«

Der »älteste Leuchtturm Deutschlands«, wie es in den Prospekten hieß, stand nur wenige Schritte vom Anleger entfernt auf der grünen Wiese. Der schmale Weg dorthin führte an wenig mehr vorbei als an Parkbänken, ein paar Fahrradständern und einer dieser allgegenwärtigen Fisch-Imbissbuden, die an der Lübecker Bucht aus dem Boden zu wachsen schienen wie die Pilze im Bergischen Land.

Roberts Magen knurrte verräterisch, als er zu der länglichen Bude mit ihrem Straßenverkauf und dem halben Dutzend überdachten Tischen hinübersah. Eine Frau in weißer Küchenkleidung stand davor auf einer Leiter und montierte das Schild über der Eingangstür ab, um es gegen ein neues auszutauschen. Neben ihr wartete ein pickliger Jungspund und reichte Werkzeug an. Hinter der gesamten Szenerie ragten die dunklen Baumwipfel des Kurparks empor, der nun im Abendrot sogar noch verwunschener und – das musste sogar Robert zugeben – ungepflegter aussah als bei Tage: struppiges Buschwerk und kniehohes Gras, überall.

»Das Leuchtturm-Museum.« Bettina klang tatsächlich halbwegs besänftigt. »Gute Idee. Gehen wir dorthin, der Priwall läuft uns nicht weg.«

Robert löste sich vom Anleger und folgte ihr erleichtert über die grüne Wiese. Conny wedelte mit dem Schwanz, und der Duft von Pommes frites und Remouladensoße, der plötzlich in der Luft lag, schien Hund wie Herrchen gleichermaßen zu inspirieren.

Der Leuchtturm war etwa dreißig Meter hoch und so rund wie ein Zigarrenröhrchen. Der Blick des Urlaubers fiel auf blassroten Stein und schartenhaft winzige Fenster, die oben rund zusammenliefen. Mehrere Ringe zogen sich um die Außenmauer des ehrwürdigen Gebäudes, und der oberste von ihnen war breit genug, um als Aussichtsbalkon zu dienen. Schräg daneben verwies die weiße Grässlichkeit des *Maritim*-Hotelhochhauses den architektonischen Methusalem in seine Schranken, überragte es den Leuchtturm doch um Längen.

Im Gegensatz zu dem Hotel stellt der Turm allerdings keine Bausünde dar, dachte Robert. Wer kam nur immer auf solche Ideen?

Als Bettina und er nahe genug herangekommen waren, konnte er einen Mann ausmachen, der in der offenen Tür des Museums stand. Er war um die vierzig, hatte schwarzes, leicht zerzaust wirkendes Haar und ein Kinn, dem der regelmäßige Kontakt zu Rasierklingen zu fehlen schien. Sein breitschultriger Oberkörper steckte in einer Art Hoodie – so nannten die jungen Leute das doch, oder? –, und unter seinen Augen lagen verdächtig dunkle Schatten. Er machte keinen vertrauenerweckenden Eindruck, so viel stand fest.

»Ich hoffe doch sehr, der will nicht auch ins Museum«, murmelte Bettina. »Der sieht verschlagen aus.«

Doch der Fremde blieb, wo er war. Mehr noch: Er sah dem Paar vom Rhein fragend entgegen.

»Wollen Sie auf den Turm?«, wollte er wissen, als Robert und Bettina vor ihm standen. Es klang abweisend, zumindest für Roberts Ohren.

»Ist das ein Problem?«, fragte der Urlauber zurück.

Sein Gegenüber nickte knapp. »Der schließt gleich. Da zahlen Sie nur drauf. Kommen Sie morgen wieder.«

»Also …« Bettina schnaubte. »Was ist denn hier los? Lassen Sie uns gefälligst durch, Sie ungehobelter Kerl, wir wollen umgehend den Betreiber sprechen.«

Der jüngere Mann sah ihr ins Gesicht. »Ich *bin* der Betreiber«, erwiderte er knapp. Dann drehte er sich um und schloss die Eingangstür.

»Halten Sie lieber Abstand zu dem Kerl!«, erklang eine Frauenstimme.

Robert drehte sich um.

Die Dame von der Fischbude stieg gerade die Leiter herab, das abmontierte Firmenschild in Händen. Dabei sah sie in Richtung der beiden Touristen. »Ja, genau Sie meine ich«, fuhr sie fort. »Ich an Ihrer Stelle würde nicht so nah an den herangehen.«

Der Museumsbetreiber, den sie fraglos meinte, reagierte nicht.

Robert schon. »Nanu?«, fragte er verwundert. »Warum denn das?«

»Weil der verdächtig ist«, antwortete die Frau. »Das weiß hier jeder. Warten Sie's nur ab. Früher oder später taucht die Polizei bei dem auf und holt ihn ab.«

Bettina griff nach Roberts Arm. »Verdächtig?«

Die Imbissfrau kam näher und nickte. »Ganz genau. Stimmt doch, Bengt, oder? Der Onkel Erich drüben in Niendorf – das warst du!«

Der Museumsbetreiber hatte die Tür des Leuchtturms verriegelt. Nun drehte er sich um. Wut lag auf seinen unrasierten Zügen. »Lass mich in Ruhe, Erna«, warnte er leise. »Und erzähl hier nicht so einen Unfug.«

»Sonst was?«, gab die Frau in der Kochmontur zurück. Sie wirkte unbeeindruckt. »Verpasst du mir dann auch einen, so wie dem armen Erich?«

»R… Robert?«, flüsterte Bettina. Sie sah zu Bengt und klammerte sich immer fester an den Arm ihres Gatten.

Der Museumsbetreiber steckte die Hände in die Hosentaschen. »Lass mich einfach in Ruhe«, wiederholte er, und es klang beinahe wie eine Drohung. Dann machte er auf dem Absatz kehrt und verschwand zwischen den mannshohen Büschen, die die Grenze zum Kurpark säumten.

»Dreckiger Mörder!«, schimpfte Erna ihm nach, bevor auch sie sich ohne ein weiteres Wort umdrehte und ging.

Robert und Bettina blieben allein vor dem Turm zurück. Fassungslos sahen sie sich an.

»Was in aller Welt …«, murmelte Robert.

Conny bellte wieder fröhlich und lief dem Mann im Hoodie nach, als wollte sie ebenfalls in den dunklen Park. Doch Bettina reagierte schnell, packte das Tier am Halsband und zog es mit sanfter Bestimmtheit zurück.

»Robert?«, sagte sie leise. »Ich glaube, ich wäre gern wieder daheim.«

Er nickte. Mit einem Mal kam ihm eine Rückkehr in die eigenen vier Wände gar nicht mehr so unattraktiv vor. Je schneller, desto besser.

»Und wie ist es jetzt?«, fragte Clara Clüver. Sie lag auf dem Rücken, die Rohrzange in beiden Händen, und sah zur weißen Keramik hinauf.

»Tatsächlich!«, rief Jule Haberkamp von oberhalb des Waschbeckens. Es klang begeistert. »Das läuft ab!«

Wasser rauschte durch das frisch montierte Abflussrohr. Clara nickte zufrieden, setzte die Zange erneut an und zog kräftig. »Wunderbar«, sagte sie. »Dann dürften wir's geschafft haben. Kleinen Moment noch, ich schraube es nur schnell fester.«

Den Klempner würde Jule sich sparen können, so viel war klar. Seit einer halben Stunde arbeiteten Clara und die Vermieterin nun schon gemeinsam im Bad der kleinen Ferienwohnung, und trotz ihrer eigenen Zweifel hatte Clara den Schaden am Abfluss beheben können.

Was man einmal gelernt hat …, dachte sie schmunzelnd.

»Du bist ja echt Gold wert.« Jule ging neben ihr in die Hocke. »Alleine hätte ich das heute nicht mehr geschafft. Und Kurtchen hätte sich angestellt, als gäbe es kein Morgen.«

Sie waren schnell beim Du gelandet, denn irgendwie fühlte sich das richtig an. Immerhin waren sie im gleichen Alter und sich, das spürten sie wohl beide, gegenseitig sympathisch. Auch »Kurtchen« hatte dabei geholfen – als gemeinsames Feindbild, das die Frauen einte.

Clara kannte die Sorte Mensch zur Genüge. Nie zufriedene Erbsenzähler, die dachten, die ganze Welt müsste sich nach ihnen richten, gab es in Wiesbaden schließlich wie Sand am

Meer. Auch deswegen war sie mit der hessischen Hauptstadt nie ganz warm geworden. Während sie Jule geholfen hatte, den Abfluss zu reparieren, hatte sie ein paar Geschichten aus der alten Pfarrei erzählt, die die Vermieterin amüsierten.

Als hätte er nur auf sein Stichwort gewartet, betrat der Endsechziger aus Bayern nun das Bad. Kurt Schneider war bräsig und groß und trug eine schwarze, etwas zu lang geratene Stoffhose mit akkuraten Bügelfalten, dazu ein makellos weißes Hemd. Sein weniges Resthaar war über den Kopf gekämmt, um nach mehr auszusehen, und an seinem fleckigen Handgelenk baumelte eine goldene Uhr. Auch sie, dachte Clara, sollte gewiss nach mehr aussehen.

»Sind Sie dann jetzt soweit, Frau Haberkamp?«, fragte Schneider. Ungeduld schwang in jeder Silbe mit. »Wirklich, das dauert und dauert. Zumal ich Sie dringend an einer anderen Stelle der Wohnung benötige.«

Jule runzelte die Stirn. »Ach ja?«

Er nickte streng. »Und ob. Drüben in der Küche. Ich muss schon sagen: Hygiene stelle ich mir anders vor. Meine liebe Gattin stieß soeben allen Ernstes auf einen Weberknecht im Geschirrschrank. Einen Weberknecht! Hieß es nicht, Ihre Wohnungen würden vor jedem neuen Gast gründlich gereinigt?«

Claras Mundwinkel zuckten, als sie Jules Gesichtsausdruck sah.

Die Vermieterin stand ächzend auf und trat zu Schneider. »Das werden sie auch«, versicherte sie und klang dabei deutlich gefasster, als sie sich wohl fühlte. »Aber wir sind hier an der Küste, Herr Schneider. Nicht in der großen Stadt. Hier bei uns gibt es noch Natur, und genau deswegen kommen Menschen wie Sie ja auch im Urlaub her. Ein Weberknecht ist kein Problem, sondern tatsächlich sogar sehr nützlich.«

»Ungeziefer und nützlich?« Er schüttelte missbilligend den Kopf. »Nein, das nun wirklich nicht. Wir werden die Küche wohl selbst reinigen müssen.« Beleidigt verließ er das Bad.

Jule seufzte. »So geht das schon, seit die hier sind«, verriet sie Clara leise genug, dass nur sie es hören konnte. »Dauert sicher nicht mehr lange, und er kreidet mir auch noch den Mord drüben in Niendorf an. Ich habe echt nicht oft Etepetete-Mieter, Clara, aber wenn mal welche kommen ... Ist echt kein Vergnügen.«

Die Pastorin lächelte. Ein letztes Mal setzte sie die Rohrzange an und zog. »Und wenn du mal keine Mieter betreust, machst du hier die Zeitung?«, fragte sie dabei. Jule hatte es vorhin schon erwähnt.

»Den *Lotsen*, ganz genau. Ist kein wichtiges Blatt oder so; der bringt im Grunde nur die regionalen Meldungen und dergleichen: Kaffeekränzchen im Altersheim, Kleinkunst auf der Kurbühne und die Autorenlesungen im Godewindpark, die Frieke manchmal organisiert. Vorgestern war ich beispielsweise in Niendorf und habe Fotos für den dort bevorstehenden Hafenflohmarkt gemacht. Doch ich mag den *Lotsen* sehr, auch weil ich ihn von meiner Mutter übernommen habe. Und diese kleinen Geschichten wollen die Leute hier eben lesen.«

Sie nahm die Zange, die Clara ihr reichte, und half der Pastorin dann auf. »Obwohl mich natürlich auch mal größere Themen reizen würden, so rein journalistisch. Aber was passiert hier bei uns schon?«

»Na ja.« Clara klopfte sich nicht vorhandenen Staub von der Hose. »Dieser Tote, von dem alle sprechen, wäre doch was.«

»Frau Haberkamp«, unterbrach Schneider das Gespräch, just als Jule zu einer Erwiderung ansetzte. »Haben Sie zufällig meine Brille gesehen? Ich suche sie schon die ganze Zeit, aber in allen anderen Zimmern ist sie nicht.«

»Bedaure, Herr Schneider«, antwortete Jule und rollte mit den Augen.

Clara verkniff sich ein Grinsen und schaute sich um. Auf dem Wannenrand, der schmalen Fensterbank und der kleinen Anrichte neben dem WC war keine Brille zu finden.

Dann stutzte sie.

»Verzeihung«, sagte sie, blickte zu Jules Mieter und deutete nach unten. »Das mag jetzt verrückt klingen, doch waren Sie vorhin vielleicht im Freien? Mitsamt Ihrer Brille?«

Schneider sah fragend an sich hinab. »Meine Frau und ich waren ein wenig spazieren. Wieso?«

»Vielleicht auch in der Nähe des Strandbahnhofs?«, spekulierte Clara weiter.

Schneider und Jule schauten sie verdutzt an.

»Strandbahnhof?«, wiederholte Jule. »Wie kommst du denn jetzt auf den?«

Clara lächelte. »Wie gesagt: Das klingt verrückt, und ich mag mich komplett irren. Aber als ich vorhin am Bahnhof ankam, habe ich prächtige Ilex-Büsche vor dem Gebäude gesehen. Und wenn Sie sich ihr rechtes Hosenbein anschauen, Herr Schneider …«

Das untere Ende der Hosenbeine war umgeschlagen, wohl um sie zu kürzen, und aus der entstandenen Falte des rechten Beines ragten tatsächlich zwei kleine Stechpalmenblätter.

Schneider hob staunend die Brauen. »Tatsächlich. Wir … Wir waren am Bahnhof. Dort hatten wir uns kurz auf eine Bank gesetzt. *Nur* dort, glaube ich.«

»Dann wäre diese Bank vielleicht einen Blick wert«, schlug Clara vor. »Falls Ihre Suche hier im Haus erfolglos bleibt.«

»Sie!« Schneider strahlte und deutete mit dem Zeigefinger

auf die Pastorin. »Sie sind ja ein Genie, Mensch!« Dann lief er los, vermutlich zum Bahnhof.

»Respekt«, lobte Jule. Sie räumte das Werkzeug weg und sah Clara anerkennend an. »Das hätte Sherlock Holmes nicht besser hinbekommen.«

»Ach was.« Clara winkte ab. »Das beweist noch gar nichts. War nur so eine Idee.«

»Mag sein«, beharrte Jule. »Doch ich wette, die Brille liegt genau da, wo du vermutest. Gutes Auge, Clara. Wirklich. Falls das mit der Pastorinnenstelle nichts wird, kannst du dich immer noch als Detektivin selbstständig machen.«

»Mhm.« Clara schüttelte lachend den Kopf. »Ist klar.«

»Im Ernst.« Jule klappte den Werkzeugkoffer zu und hob ihn vom Boden auf. »Ich weiß, wovon ich spreche. Der Vater meiner Rasselbande ist bei der Polizei, und dem wäre so eine heiße Spur nie und nimmer aufgefallen.«

»Der hat auch sicher Besseres zu tun, als verlorene Brillen aufzuspüren.«

»Möglich«, erwiderte Jule und grinste spöttisch. »Aber wie ich Sören kenne, macht er auch dabei keine gute Figur.«

»Autsch.« Clara grinste ebenfalls. »Klingt, als wäre der Typ bei dir unten durch.«

»Und dafür, Frau Pastorin, danke ich dem Herrn und Schöpfer an jedem neuen Tag.«

Gemeinsam verließen sie die Wohnung, die die komplette erste Etage des Hauses einnahm. Auf dem Weg zum Treppenhaus bewunderte Clara erneut, mit welch sicherem Geschick Jule sie eingerichtet hatte.

Alle Möbel waren schlicht, aber gemütlich, und die gerahmten Bilder an den Wänden zeigten bezaubernde Küstenpanoramen, meist im Abendrot. Hier stand ein verlassener Strandkorb am Meer, dort saß eine Möwe auf einem hölzernen Poller, der aus dem Wasser ragte. Man konnte das Gefühl, das diese Gemälde vermitteln wollten, »kitschig« nennen, und vielleicht waren sie das auch. Doch dieser Küstenkitsch entsprach wahrscheinlich genau dem, wonach viele Touristen in einem Ort wie Travemünde suchten. Der Großteil der Menschen, die Clara am heutigen Tag auf den Straßen gesehen hatte, war älteren Semesters gewesen. Typen wie Kurt Schneider eben, nur vermutlich weniger anstrengend.

Auf der Straße vor dem Haus drehte Jule sich zu Clara um. »So. Nochmals tausend Dank für die spontane Hilfe! Und jetzt sag mir noch, wohin ich dich dafür zum Essen einladen darf. Magst du Fisch?«

»Wie bitte?« Clara lachte. »Das musst du nicht, wirklich. Schön, dass ich helfen *konnte.*«

Jule nickte. »Von ›müssen‹ war auch nie die Rede. Ich möchte. Wann ist es dir recht, heute oder ein andermal?«

Hinter ihr zog ein einsames Motorboot über den Fluss. Am Priwallufer gingen die ersten Laternen an, und vor der Eingangstür einer geschlossenen Bäckerfiliale stritten sich zwei Möwen um die letzten Brotkrümel am Boden.

»Dann ein andermal, okay?«, erwiderte Clara. »Meine Koffer stehen noch bei Frieke im Laden, und ich bin seit dem Morgengrauen auf den Beinen. Für heute habe ich genug erlebt – zumal Frieke mir noch ihre Wohnung zeigen will.«

Sie gingen in die Buchhandlung, wo Jule ihre Kinder abholen wollte.

Auch hier war der Mord an Erich Konstantin nach wie vor ein Thema. Clara und Jule warteten geduldig, während Frieke sich einer Kundin widmete, die einen Kriminalroman kaufen wollte – und parallel dazu einen zweiten in ihrer Fantasie ersann.

»Ich sage Ihnen, Frau Kroon: Das war ganz sicher die Tochter!«, behauptete die Kundin gerade und hörbar nicht zum ersten Mal. Sie hatte graue Locken und war einen guten Kopf kleiner als Frieke. »Diese Marion. Die konnte ihren Vater noch nie leiden, das garantiere ich. Können Sie sich das vorstellen? Vom eigenen Kind ermordet? Nein, was für eine Schande!«

»Das klärt sich schon alles, Frau Dahlmann«, erwiderte die Buchhändlerin. Sie klang geduldig, doch der wissende Blick, den sie Clara und Jule dabei zuwarf, sprach Bände. »Die Kripo kommt dem Mörder schon auf die Spur. Nur die Ruhe.«

»Dass die da überhaupt noch überlegen müssen«, murmelte Frau Dahlmann. Sie bezahlte ihren Roman und ging kopfschüttelnd an Clara vorbei aus dem Laden. »Die Marion war's, das liegt doch auf der Hand.«

»Okay …«, murmelte Clara amüsiert, kaum dass sie außer Hörweite war.

Jule trat vor. Sie nahm ihre »Rasselbande« in Empfang, die noch immer bei den Regalen mit den Kinderbüchern saß, und verabschiedete sich dann herzlich von Clara und der älteren Frieke. »Und vergiss nicht«, sagte sie, als sie mit den beiden Kindern aufbrach. »Ich schulde dir ein Abendessen, Pastorin Sherlock.«

Clara nickte. »Geht klar.«

»Hab ich irgendwas verpasst?«, fragte die Buchhändlerin und sah den dreien nach. »Pastorin Sherlock?«

»Ist 'ne lange Geschichte«, antwortete Clara und schaute auf ihr Handy-Display. Enttäuscht stellte sie fest, dass sich Frau Boehring noch nicht zurückgemeldet hatte. An diesem Tag, das ahnte sie, würde das auch nicht mehr geschehen. »Und kein bisschen wichtig. Wissen Sie schon, wann Sie heute schließen? Nach all dem Trubel würde ich mich echt gern ein wenig ausruhen, und den Weg zu Ihrem Gästehaus kennen Sie besser als ich.«

Frieke lachte. »Das will ich meinen. Geben Sie mir zehn Minuten, einverstanden? Dann nehmen wir die Autofähre und sind im Nu zu Hause.«

Während sie der freundlichen Buchhändlerin dabei zusah, wie sie den Laden schloss, dachte Clara über diese Formulierung nach. War sie das denn? Zu Hause? Es mochte an ihrer Müdigkeit liegen, doch hin und wieder bekam sie fast das Gefühl, als wäre sie es.

KAPITEL 5

Die untergehende Sonne tauchte Roggenbuks alten Fluss in satte Farben. Clara stand an der Reling der Autofähre und genoss den Fahrtwind in ihrem braunen Haar. Vor sich sah sie die kleinen Häuser der Promenade, die nun noch ein wenig kleiner wurden. Die *LÜBECK* hatte den »Skandikai«, wie Frieke die Anlegestelle nahe der Vorderreihe nannte, soeben verlassen und hielt nun auf das gegenüberliegende Trave-Ufer zu. Auf den Priwall.

»Schön, nicht wahr?«, fragte Frieke. Sie stand neben Clara und den Koffern und hielt ihr Fahrrad fest. Am Lenker hing ein kleiner Bastkorb, aus dem eine silberne Thermoskanne und ein Bund frischer Bananen ragten. »Ich bin auch jedes Mal aufs Neue entzückt, wenn ich übersetze. Dabei fahre ich die Strecke an mindestens fünf Tagen in der Woche. Öfters sogar, wenn Hauptsaison ist und wir auch an den Wochenenden voll geöffnet haben.«

Clara verstand sie gut. Es gab Anblicke, an die gewöhnte man sich wohl nie. *Und das*, dachte sie, *ist auch sehr gut so.*

Die Fähre war rege besucht. Dicht an dicht standen die Wagen auf dem breiten Deck, bestimmt ein Dutzend. Weitere Pkw sammelten sich bereits an den beiden Anlegern.

»Es ist Rushhour«, erklärte Frieke, der Claras Blicke nicht entgangen waren. »Berufsverkehr. Da kommen zum Touristenaufkommen auch noch die Einheimischen dazu. Und die Personenfähre vorn an der Nordermole fährt um diese Zeit ohnehin nicht mehr.«

Clara nickte. In diesem Moment, hier inmitten der Pendler und mit Möwengekreische und dem Tuckern des Dieseltriebwerks im Ohr, fühlte sie sich tatsächlich ein bisschen wie eine Einheimische. Auch das hätte Stefan wohl nie von ihr vermutet.

Keine drei Minuten später erreichte die *LÜBECK* den Priwall. Die Besatzung vertäute die Fähre am Anleger, dann ließ man die Rampe am Heck herunter, und die in Reihen geparkten Autos konnten nach und nach von Bord rollen. Auch Frieke schob ihr Rad an Land, und Clara folgte mit den Koffern.

»Keine Sorge«, meinte die Buchhändlerin. »Ab hier ist es nicht mehr weit. In fünf Minuten sind wir da.«

Die »andere Seite« von Travemünde erwies sich als deutlich ländlicher, zumindest in dieser Ecke. Weiter vorn, wo sich Trave und Meer vereinten und die alte Viermastbark *PASSAT* zu Besichtigungen einlud, hatte Clara wuchtige Neubauten gesehen, wahre Feriendörfer und modernen Chic. Hier hinten jedoch kam sie sich vor, als beträte sie ein verschlafenes Dorf, in das sich nur Ortskundige verirrten.

Frieke ging mit dem Rad voraus, das sie schob, und zeigte ihrer Begleiterin den Weg. Sie folgten einer zweispurigen Teerstraße, die kerzengerade landeinwärts führte, und passierten alte Ziegelbauten, die wie Hexenhäuser wirkten, ebenso wie mondän anmutende Villen, die sich mehr schlecht als recht hinter hohen Zierbüschen versteckten. Im Fenster eines Frisörsalons döste eine dicke Katze; in der Einfahrt eines Altenheims saß ein Rollstuhlfahrer im Morgenmantel und paffte kleine Tabakwölkchen in die Dämmerung.

Friekes Zuhause lag am Ende der Straße, hinter einer wahren Wand von Buchen und Eichen. Die Kieseinfahrt führte auf einen kleinen, quadratischen Hof, den zwei benachbarte Gebäude flankierten. Auf dem Hof standen zwei weitere Bäume, in deren Astwerk bunte Lampions hingen. Außerdem gab es eine verwittert wirkende Bank und einen kleinen Zierteich, an dessen Ufer ein tönerner Miniaturleuchtturm wachte. Schilfgras wuchs in wilden Büscheln, ungehindert und schön.

»Das ist ja das reinste Wunderland«, staunte Clara.

Frieke lächelte stolz. »Gefällt's Ihnen? Ich lebe allein und habe alle Zeit der Welt, es mir gemütlich zu machen.«

»Gemütlich« kam hin, fand Clara und sah sich weiter um. Das Haupthaus hatte zwei Etagen, dunkle Fenster und ein bezauberndes Reetdach. Links daneben stand die eingeschossige Scheune, die nach der Renovierung eher an einen Bungalow erinnerte. Beide Häuser waren verputzt und in blassem Gelb gestrichen, einzig beim Haupthaus lugte hier und da noch der rote Ziegel der ursprünglichen Mauern hervor. Alt und neu, harmonisch vereint.

Frieke hielt auf die einstige Scheune zu, stellte das Rad auf den Hof und schloss die Eingangstür auf. »Da wären wir, Frau Clüver. Kleine Führung gefällig?«

Clara unterdrückte ein Gähnen. Die Last der vergangenen Stunden fiel plötzlich von ihr ab, und sie nickte dankbar.

Die nächste Viertelstunde verbrachten sie mit einer Hausbegehung. Frieke hatte nicht zu viel versprochen: Die Wohnung sah aus wie neu. Vom Innenleben der alten Scheune war bei der Renovierung wenig übrig geblieben, sah man von einigen Balken und dem Dachstuhl ab. Neue Zwischenwände unterteilten den ehemals länglichen Raum nun in mehrere Zimmer, von denen das Wohnzimmer mit dem wandhohen Terrassenfenster das größte und hellste darstellte.

Daneben ging es in die kleine Küche, die erstaunlich gut ausgestattet war. Außerdem gab es ein vielleicht vierzehn Quadratmeter messendes Schlafzimmer und ein Bad mit Wanne und kleinem Milchglasfenster. Die Einrichtung des voll möblierten Hauses wirkte so neuwertig, als käme sie frisch aus dem Katalog.

»Sie können aber auch andere Möbel aufstellen, wenn sie Ihnen nicht gefallen«, sagte Frieke. »Ich dachte nur …«

»Nein, nein«, erwiderte Clara. »Die sind echt schön. Alles hier ist schön.« Sie meinte es ehrlich. Wann hatte sie sich je so heimisch gefühlt in einem vollkommen fremden Haus? Fast bedauerte sie, dass ihr Aufenthalt nur so kurz sein würde.

Sei nicht albern, tadelte sie sich. *Du bist einfach nur erschöpft, weiter nichts. Du würdest dich im Moment auch über einen Schlafsack auf der grünen Wiese freuen.*

»Haben Sie eigentlich Hunger?«, fragte Frieke. Sie waren wieder im kleinen Flur vor der Eingangstür angekommen, und die Gastgeberin wandte sich zum Gehen. »Ich wollte mir einen Schnüsch aufwärmen, der von gestern übrig ist. Wenn Sie möchten, können Sie sich mir gern anschließen.«

»Einen was?« Clara merkte plötzlich, dass ihr Magen verräterisch knurrte. Sie hatte seit dem späten Vormittag keinen Bissen mehr gegessen. Auch das war ihr vor lauter ungeplantem Chaos gar nicht aufgefallen.

Frieke verschränkte die Arme vor der Brust. »Jetzt sagen Sie nicht, dass Sie Schnüsch nicht kennen?! Wenn das so ist, *müssen* Sie hier einziehen. Damit Sie lernen, was lecker ist und was nicht.« Sie lächelte. »Wie wäre das: Sie machen sich frisch und legen kurz mal die Beine hoch, und in der Zeit stelle ich den Topf auf den Herd und lasse den Wein schon mal atmen. Mögen Sie Roten?«

»Aber nur, wenn es keine Umstände macht«, wehrte Clara ab. »Sie haben schon so viel für mich getan. Und ich weiß noch gar nicht, was ich Ihnen überhaupt schuldig bin.«

»Papperlapapp.« Frieke winkte ab. »Das findet sich schon

alles. Denken Sie nur daran, wie sehr wir den alten Kruse damit ärgern. Das allein ist jede Mühe und jeden Rotwein wert. Sagen wir, in einer halben Stunde?«

»In Ordnung«, erwiderte Clara dankbar. »Dann bis gleich.«

Frieke wirkte hocherfreut über die Zusage und ging mitsamt Fahrrad über den Hof und auf das Haupthaus zu.

Clara schloss die Tür hinter ihr und war plötzlich allein in der Wohnung. Abermals ging sie durch alle Zimmer, öffnete die leeren Schränke und wusch sich im Bad die Hände und das Gesicht. Sie war nie viel gereist, als sie noch mit Stefan zusammengelebt hatte. Und wenn er sich doch einmal von seiner Kanzlei hatte lösen wollen, hatte er die Hotels ausgesucht, in denen sie abstiegen. In keinem hatte Clara sich nennenswert wohlgefühlt, denn Stefan lebte auch im Urlaub gern auf großem Fuß.

Hier jedoch, inmitten der ihr nicht minder fremden Möbel und weit entfernt von der Wiesbadener Kurhaus-Szene und den Biebricher Straßen, fühlte sie sich deutlich wohler als in jedem Luxushotel der vergangenen zehn Jahre.

Dann runzelte sie die Stirn. »Was denkst du eigentlich ständig an Stefan?«, schimpfte sie ihr Spiegelbild aus. »Lass das, verstanden? Wir starten neu.«

Aber tat sie das auch wirklich? Es gab doch so viele offene Fragen. Frau Boehring aus dem Pfarramt hatte sich nicht mehr gemeldet, und auch das gab ihr zu denken. War es nicht naiv von ihr, hier tatenlos abzuwarten, während andere Personen ihr weiteres Schicksal klärten? Sollte sie nicht doch einfach abreisen und die Stelle, die sich ihr aller Versprechen zum Trotz ja so eindrücklich verweigert hatte, verloren geben?

Morgen, sagte sie sich. Morgen würde sich das alles klären. Für den Moment musste es sie nicht bekümmern. Sie hatte halb Deutschland durchquert, um in Travemünde anzukommen. Nun durfte sie sich auch die Zeit geben, es ein wenig zu genießen.

»Beispielsweise mit einem Schnüsch«, erklärte sie der Frau im Spiegel, deren Mundwinkel prompt amüsiert zuckten. »Was immer das auch ist.«

Sattes Abendrot hing über dem Hafenbahnhof von Travemünde. In den Ritzen des alten Gemäuers nistete eine Maus, und durch die zum Teil schon seit Jahren zerborstenen Fensterscheiben des breiten Gebäudes konnte man hinaus auf die Straße sehen, auf den nahezu verwaisten Parkplatz und die Ferienwohnungen schräg gegenüber.

Die Gestalt hielt sich reglos im Schatten des Bahnhofsgebäudes, zwischen dem wuchtigen Ticketautomaten, dessen Monitor im Takt einer sich regelmäßig wiederholenden Fehlermeldung aufblinkte, und der hölzernen Wartebank. Von dort aus sah sie unauffällig zu den Autos hinüber.

Sie hatte den Mann längst bemerkt, aber er sie noch immer nicht. Und sie hatte sofort gewusst, wer er war: Haberkamp, Kripo Lübeck.

Aber war er auch ein Problem?

Je länger die Gestalt ihn beobachtete, desto größer wurden ihre Zweifel. Schon allein die Art, wie Haberkamp mit dem Einkaufswagen umging, zeigte mangelndes Geschick. Der Mann war vom benachbarten REWE-Markt herübergekommen. Er lud gerade zwei Pappkartons in den Kofferraum seines Wagens, bis zum Rand gefüllt mit allerlei Waren. Und wenn er nicht aufpasste, brach er sich dabei gleich ein Handgelenk. *Mindestens* eins.

Die Gestalt lachte lautlos. Nein, dachte sie spöttisch. Der war keine Gefahr. Der war höchstens Slapstick!

»Sören?«

Ein Ruf hallte durch das Abendrot. Die Gestalt zuckte zusammen. Der Mann am Einkaufswagen hob den Kopf und drehte sich um. Das gelbe Licht der Straßenlampen ließ seine Miene noch hilfloser wirken als zuvor.

Reflexartig wich die Gestalt einen Schritt zurück, vorbei am Automaten und noch etwas tiefer in die Schatten des stillen Hafenbahnhofs. Sicher war sicher.

Eine Frau kam entschlossenen Schrittes die Straße entlang, die zur Vorderreihe führte, und hielt direkt auf Haberkamp zu. Sie war etwas jünger als der Kripo-Beamte und hatte zwei gelangweilt wirkende Kinder im Schlepptau. Außerdem schien sie aufgebracht zu sein.

»Jule?« Haberkamp blinzelte verwirrt. »Was machst du denn hier? Musst du heute Abend nicht raus auf einen Termin? Für deinen *Lotsen* oder so?«

Der *Travemünder Lotse!* So, so. Die Gestalt dachte fieberhaft nach. Sie kannte das Blatt natürlich, auch wenn sie ihm wenig Bedeutung beimaß. Aber war die Frau demnach von der Presse? Der Gedanke missfiel der Gestalt sehr. Presse und Polizei, Seite an Seite? Eine gefährliche Verbindung. Das mochte durchaus ein Problem darstellen.

»Lass den *Lotsen* ruhig meine Sorge sein«, fuhr die Frau Haberkamp an. »Das war ja noch nie anders. Erklär mir lieber mal, wann du gedenkst, dich wieder um die Rasselbande zu kümmern. Ehrlich, Sören – ich habe *auch* ein Leben! Ich brauche mal ein bisschen Zeit für mich! Ständig muss ich die zwei Lütten bei Frieke abgeben und …«

»Jule, ich habe doch diesen Mordfall«, unterbrach er sie – und klang dabei fast schon selbstverliebt. »Erich Konstantin, schon vergessen? Die Ermittlungen nehmen mich voll und ganz in Anspruch. Da kann ich nicht auf euch Rücksicht nehmen, selbst wenn ich es wollte.«

»Aha!« Die Frau hob anklagend den Zeigefinger, Richterin und Anklage in einer Person. »Du gibst es also zu! Onkel Erich ist dir wichtiger als die eigenen Kurzen. Du *willst* gar nicht, dass …«

Die Gestalt setzte sie sich auf die Bank des menschenleeren Bahnhofs. Abermals dachte sie nach. Haberkamp kannte die Pressedame also nicht nur, er war auch mit ihr verbandelt – oder war es zumindest mal gewesen.

Das war nicht gut, *gar nicht* gut! Zumal die Frau deutlich patenter und tatkräftiger zu sein schien als der Mann von der Kripo. Wäre sie hier die Ermittlerin statt Sören Haberkamp …

Nein. Ganz und gar nicht gut. Presse *und* Polizei waren keine gute Kombination.

Die Gestalt beschloss, beide Personen genau im Auge zu behalten, wenigstens für eine Weile. Es mochte übervorsichtig sein, aber Gründlichkeit hatte sich noch immer ausgezahlt – und in der Sache Erich Konstantin hatte sie sich geschworen, kein unnötiges Risiko einzugehen. Auf keinen Fall. Zu viel hing davon ab.

Und falls sie das Gefühl bekäme, dass einer der beiden der Wahrheit zu nahe käme? Nun, dann würde sie eben handeln. Tun, was getan werden musste. Einmal mehr.

Wahrscheinlich würde dieser Fall nicht eintreten. Doch sollte es so kommen, dann würde sie bereit sein.

Bereit für alles.

Der Schnüsch stellte sich als Gemüseeintopf heraus, in dessen milchiger Brühe Kartoffeln, Möhren, Kohlrabi und andere Leckereien schwammen. Frieke Kroon servierte ihn Clara in ihrer großzügigen Wohnküche auf dem Priwall, in der der breite Gasherd und die Geschirrschränke im Vintage-Stil nur einige der vielen Blickfänge waren.

Während die Frauen am Esstisch Platz nahmen, machte Rufus, der braune Labrador der Hausherrin, es sich in der Ecke neben dem Kühlschrank bequem, wo seine Decke lag. Als Clara das Haus betreten hatte, hatte der alte Hund sie so herzlich begrüßt, als würden sie sich seit Jahren kennen.

»Na, sehen Sie«, hatte Frieke grinsend bemerkt. »Sogar mein Mitbewohner kann Sie gut leiden. Und der ist wählerisch, das sage ich Ihnen.«

Zum Eintopf, der wundervoll duftete, gab es frisch aufgebackenes Stangenbrot und Oliven, eine kleine Käseplatte und natürlich Wein. Draußen vor den Fenstern regierte allmählich die Dunkelheit, doch hier im Haus war alles hell und herzlich.

»Also dann«, sagte Frieke, während sie die tiefen Teller füllte. »Wiesbaden, richtig? Da ist es sicher auch nicht verkehrt. Was führt Sie dann zu uns in den Norden, Clara? Nur die neue Stelle?«

»Fast«, antwortete die Pastorin und nahm sich eine Scheibe Brot. Es war noch immer ofenwarm. »Da kamen zwei Sachen zusammen, ehrlich gesagt. Die Stelle und privater Kram.«

»Männer?«

»Gott bewahre«, erwiderte sie lachend. »Zum Glück nur einer.«

»Mhm.« Frieke setzte sich wieder und rührte in ihrer Portion, die dampfte und duftete. »Was ist das nur immer mit denen? Jule kann auch ein Lied davon singen.«

»Ihr Ex ist Polizist, richtig?«, fragte Clara, froh über den latenten Themenwechsel. »Sie erwähnte so etwas.«

»Kommissar«, betonte die Buchhändlerin. »Ich wette, der sitzt gerade an dieser Konstantin-Sache. Und falls ja, dann ist der Mörder fein raus. Polizeikommissar Haberkamp würde nicht einmal die eigene Nasenspitze finden, wenn sie nicht zufällig angewachsen wäre.« Dann hob sie den Blick. »Haben Sie immer schon in Wiesbaden gelebt?«

»Früher mal in Mainz«, antwortete Clara zwischen zwei Löffeln. Der Smalltalk tat gut, genau wie die warme Mahlzeit. »Dort habe ich Theologie studiert. Dann kam der Mann, und wir landeten auf der anderen Rheinseite. Und ganz früher lebte ich sogar mal hier in der Nähe. Meine Eltern kamen ursprünglich aus dem Norden. Aber ich war da noch klein.«

»Ach ja?« Interessiert legte Frieke den Kopf schief. »Das dachte ich mir schon fast, bei dem Namen.«

»Den habe ich allerdings von meiner Mutter«, sagte Clara. »Scheidungskind, verstehen Sie?«

»Und der Altvordere?«

»War irgendwann kein Thema mehr«, erwiderte sie ausweichend. »Ich erinnere mich kaum an ihn, und das darf gerne so bleiben.«

»Männer«, wiederholte Frieke mit wissendem Unterton. »Sag ich doch.«

»Und Sie? Ein Leben für Hof und *Schmökerhafen*?«

»Kann man so ausdrücken, ja«, bestätigte die ältere Frau. »Mir geht's mit beidem wunderbar, ich brauche nichts und niemanden mehr an meiner Seite. Niemanden außer Rufus und den Blick aufs Meer. Irgendwann ist man über Beziehungen hinaus, wissen Sie? Zumindest in meinem Fall war das so. Dann weiß man genau, was man *nicht* will.«

»Altersweise«, scherzte Clara und bremste sich sofort.

Doch Frieke lachte schallend. »Na, darauf trinke ich!«

Sie hoben die Gläser und stießen an.

Der Rest des Abends verlief ausgesprochen angenehm. Die beiden Frauen plauderten über alles Mögliche, von der Küste bis zur Kirche – »Echt unglaublich, dass die Sie vergessen haben. Die sollten sich schämen, diese Bürokraten« –, von der

Nerobergbahn in Wiesbaden bis hin zu dem Niendorfer Toten, dem sich das Gespräch gleich mehrmals zuwandte.

»Mein Nachbar Georg liegt vielleicht gar nicht mal so falsch«, spekulierte Frieke nun. »Der alte Konstantin konnte ein knallharter Geschäftsmann sein, wenn er es wollte. Den netten Kochschürzen-Onkel gab der bestimmt nur, wenn es ins Bild passte und Touristen anlockte. Gut möglich, dass er irgendwann jemandem *zu* knallhart wurde. Jedenfalls geht ein Teil meiner Kundschaft fast schon automatisch davon aus. Ein anderer Teil verdächtigt Konstantins Kinder – und ein dritter die ›Fischmafia aus Dänemark‹. Von der habe ich allerdings noch nie gehört.« Sie lächelte amüsiert.

»Du meine Güte«, erwiderte Clara. Schnell trank sie einen weiteren Schluck. Die Vorstellung, dass draußen in der Priwall-Nacht ein Mörder umging, weckte eine eisige Kälte in ihr. »Dabei ist es hier doch so friedlich.«

»Das Böse ist immer und überall, hm?«, murmelte Frieke seufzend.

Clara schmunzelte. »Sie klingen ja fast schon katholisch«, sagte sie, gespielter Tadel im Tonfall.

Abermals mussten sie lachen.

Nach zwei launigen Stunden war die Flasche leer und selbst vom Brot nichts mehr übrig. Clara gähnte, als sie sich voneinander verabschiedeten. Das Essen und die angenehme Gesellschaft hatten ihre Erschöpfung ein Weilchen auf Abstand gehalten, nun aber meldete sie sich mit voller Wucht zurück. Die Pastorin erhob sich, dankte abermals für das herzliche Willkommen und brach auf.

»Schlafen Sie gut, Clara«, wünschte Frieke an der Tür. Rufus strich träge um ihre Beine, und im Hof leuchteten die Lampions in den Baumwipfeln wie kleine Feen. »Vergessen Sie die Kirche mal für ein paar Stunden. Und auch den toten

Onkel Erich mit seiner ach so bösen Fischmafia. Morgen sieht die Welt schon anders aus. Sie sind hier, das ist schon ein guter Anfang.«

Clara lächelte und hoffte, dass die Ältere da recht behielt.

Im Traum stand sie auf der Reling, balancierte auf dem schmalen Metallrand und sah die blaudunklen Fluten unter sich. Sie lachte, denn sie wusste, dass sie das Wasser nicht zu fürchten brauchte. Keine Dreijährige der Welt musste vor etwas Angst haben, wenn ihr Vater an ihrer Seite war.

»Gut so, Clärchen«, drang Fritz Behrendts Stimme an ihr Ohr. Im Traum roch sie sein herbes Aftershave und spürte seine Hände an ihrer Hüfte, seinen sicheren Halt. »Siehst du das Meer und die Weite? Nimm das alles mit, das gesamte Bild. Das gehört dir. Das ist *deine* Heimat.«

Dann ließ er los. Clara-aus-dem-Traum fiel nach vorn, mit rudernden Armen dem Wasser entgegen, und das Letzte, was sie vom Deck des alten Kutters wahrnahm, bevor das Meer nach ihr griff, war das Lachen im Gesicht ihres achtlosen Vaters – und den Schrei ihrer Mutter, die hinter ihm herbeieilte und dennoch zu spät kam. Als Clara ins Meer eintauchte, klingelte irgendwo ein Telefon.

Blinzelnd öffnete sie die Augen. Statt von kaltem Wasser sah sie sich von dunkler Nacht umgeben, doch im ersten Moment kam ihr diese nicht minder fremd und feindselig vor wie der Ozean aus ihrem Albtraum.

Das Telefon klingelte noch immer.

Friekes Scheune, begriff die Pastorin und spürte, wie sich ihr wilder Herzschlag allmählich normalisierte. *Ich liege im Bett. In Frieke Kroons Scheune.*

Die Nacht vor ihren Augen bekam erste Konturen. Da war der Kleiderschrank, dort standen ihre Koffer. Und hier drüben, wo der Lärm herkam, befand sich der kleine Nachttisch.

Clara tastete nach dem Handy, dessen Display alarmierend aufblinkte. Nach der Uhranzeige zu urteilen, ging es rapide auf Mitternacht zu. Es gab nur einen Menschen auf der Welt, der sie um diese späte Stunde noch anrief, ohne sich dabei etwas zu denken, und genau dessen Name prangte gerade in weißen Lettern auf dem Gerät.

Seufzend setzte Clara sich auf und nahm das Gespräch an. »Hey, Svenja.«

»Süße!« Die Freundin aus Wiesbaden klang so entspannt, wie man es nur mit einem leichten Schwips sein konnte. Für Svenja Richter war beides keine Seltenheit. »Wie geht's dir bei den Fischköppen? Benehmen die sich? Du hast dich nicht mehr gemeldet, deshalb dachte ich, ich klingele noch kurz bei dir durch. Du schläfst doch noch nicht, oder?«

Die TV-Journalistin hatte einen anderen Tagesrhythmus als der Rest der Menschheit. Das war nicht neu. Clara kannte und liebte die Achtunddreißigjährige mit den prächtigen schwarzen Naturlocken schon seit gemeinsamen Tagen im Wohnheim, und Svenja hatte sich die studentische Lebensweise, bei der der Tag erst gegen Mittag begann und kurz vor dem ersten Hahnenschrei endete, so gut bewahrt, wie man es überhaupt nur konnte. Auf den Gedanken, dass andere Leute nachts schliefen, kam sie in der Regel nicht – zumindest nicht von allein.

»Na ja«, sagte Clara. Die letzten Traumbilder waren noch immer nicht ganz verblasst, und sie fröstelte ein wenig. »Geht so. Der Tag ist ein bisschen anders verlaufen als gedacht.«

»Klingt spannend«, urteilte Svenja gewohnt pragmatisch. »Lass hören.«

Eigentlich war Clara hundemüde, doch an Schlaf wollte sie

in diesem Moment tatsächlich nicht denken. Was, wenn der Traum zurückkehrte, sobald sie wieder die Augen schloss?

Lass mich in Ruhe, Fritz!, drohte sie ihm in Gedanken. *Das hier mag mal dein Ort gewesen sein. Aber du hast nichts mit Jetzt und Heute zu tun. Und nichts mit meinem Kommen, hörst du? Absolut nichts.*

Auch um ihn auf Abstand zu halten, gab sie Svenjas Bitte nach und berichtete von ihrem Tag. Die Freundin lauschte staunend.

»Unfassbar«, urteilte sie dann. »Das nenne ich mal ›Murks‹. Und jetzt sitzt du bei dieser Buchhändlerin im Gästezimmer, oder was?«

»In der ausgebauten Scheune«, korrigierte Clara sie. »Ist eigentlich ganz hübsch hier. Im Ernst. Viel zu schade für die eine Nacht. Übrigens: Stefan hat sich gemeldet.«

»Mach keinen Scheiß, echt?« Svenja klang entsetzt. »Ausgerechnet jetzt?«

»Ich war kaum aus dem Bahnhof raus«, berichtete sie. »Da rief er an. Hat sogar die kreischenden Möwen im Hintergrund rausgehört und mich darauf angesprochen.«

»Ui.« Pause. »Und? Was sagt er?«

»Pff.« Clara zog die Decke enger und schob das Kinn vor. »Was wohl? Dass das so nicht gehe, dass ich ihn unfair behandeln würde …«

»Und dass du gefälligst zurückkommen sollst«, murmelte die Freundin.

Clara nickte, obwohl Svenja es nicht sehen konnte. »Mit Betonung auf dem ›gefälligst‹, ganz genau.«

»Der ändert sich nie, hm?«

»Exakt das war das Problem«, bestätigte sie.

Einen Moment lang schwiegen beide. Irgendwo draußen bellte ein Hund; ansonsten war die Nacht auf dem Priwall totenstill. Als Clara zum Fenster blickte, sah sie Wolken, die am fahlen Mond vorbeizogen. Der Wind frischte auf.

»Und was ist der Plan?«, fragte Svenja schließlich. »Was hast du vor, Süße?«

»Wenn ich das mal wüsste!«, antwortete sie seufzend. So nett sie Travemünde auch fand – und wer hätte das gedacht? –, so sehr hasste sie das Gefühl von Stillstand. »Ich warte und weiß gar nicht so genau, worauf. Vielleicht hätte ich gleich wieder fahren sollen, Svenja. Dann hätte ich auch nicht solch bescheuerte Träume …«

»Von ihm?«, hakte die Freundin nach. Sie musste gar nicht mehr sagen.

»Das hier ist seine Gegend«, bejahte Clara. »Ob ich das will oder nicht. Vielleicht war es naiv von mir, überhaupt herzukommen.«

»Clara, dein Vater ist seit Jahren tot und erledigt«, widersprach Svenja. »Er hat keinerlei Bedeutung mehr – nicht für dich und auch nicht für die Küste. Nicht, wenn du es nicht zulässt. Das weißt du! Du bist aus Wiesbaden weggezogen, damit ein uns beiden wohlbekannter Mann dich nicht länger kleiner machen kann, als du bist. Lass nicht zu, dass den Job jetzt nahtlos einer übernimmt, der nicht mal mehr lebt. Das hier ist dein *Neu*start, Mädchen. Kein Fehlstart.«

Und warum fühlt es sich dann wie einer an?, dachte sie. Den Kommentar verkniff sie sich allerdings.

Sie redeten nicht mehr lange. Svenja erzählte kurz von einem Konzert im *Schlachthof*, das sie am kommenden Freitag besuchen und für das sie noch die richtige Garderobe shoppen wollte. Dann beendeten sie das Gespräch. Clara legte das Handy zurück auf den Nachttisch, ließ sich erneut in die Kissen sinken und starrte zur Decke des fremden Zimmers.

Ein Neustart, kein Fehlstart. Die Worte klangen gut, doch

ein guter Klang war zu wenig – zumindest nachts, wenn Fragezeichen stets größer wirkten als Antworten.

Als sie nach mehreren Versuchen noch immer nicht wieder eingeschlafen war, gab Clara auf. Sie schwang die Beine über die Bettkante, streifte sich die Sachen vom Vortag über und verließ die Wohnung. Ein kleiner Gang ums Haus, so hoffte sie, half vielleicht, die verlorene Müdigkeit zurückzugewinnen.

»Nanu?«, murmelte sie und lachte, kaum dass sie auf den Hof getreten war. Rufus kam ihr aus den Schatten entgegen, mit wedelndem Schwanz und völliger Selbstverständlichkeit. »Da ist ja noch ein Nachtschwärmer.«

Sie kraulte den Labrador am Kopf und sah zum Haupthaus, das nachtschlafend und stockfinster war. Dann ging sie los. Rufus trottete neben ihr her, als hätte er nur auf eine Begleitung gewartet. Gemeinsam verließen sie Friekes Grundstück und wandten sich nach rechts, wo ein unbefestigter Fußweg an hohen Bäumen vorbeiführte.

Clara sah altes Mauerwerk, das halb überwuchert war, brusthohe Büsche und am Himmel den Mond, dessen Strahlen gegen die Wolken kämpften. Nach ein paar Dutzend Schritten endete der Weg an einem versteckt liegenden Ufer, das direkt hinter Friekes Grundstück zu beginnen schien und Clara dennoch bislang verborgen geblieben war.

Das Wasser wirkte idyllisch, vor allem im Mondlicht, und funkelte wie Märchenzauber. Laut der Schilder, die sie trotz der Dunkelheit halbwegs entziffern konnte, handelte es sich um einen unter Naturschutz stehenden Ausläufer der Trave namens »Pötenitzer Wiek«.

»Hübsch habt ihr's hier«, sagte sie zu Rufus, und der Labrador schnaufte zustimmend.

Dann stutzte sie. Dahinten an den Büschen – stand da jemand?

Es klang absurd, aber Clara glaubte, eine Gestalt in den Schatten zu erkennen. Einen erwachsenen Menschen mit dunklem Mantel und …

Die Wolken zogen erneut vor den Mond, die Schatten wurden noch tiefer. Die Gestalt verschwand in ihnen, so unmittelbar wie sie gekommen war.

Unsinn, tadelte sich Clara. *Du siehst Gespenster, du Spinnerchen. Wer soll da schon sein, hm? Um diese Zeit und in dieser Gegend? Das dahinten sind Schatten und Büsche, weiter nichts. Der Rest entspringt deiner elenden Fantasie.*

Sie zog mit Rufus weiter am Ufer entlang und nach Norden. Trotzdem drehte sie sich noch ein paarmal um und sah zurück zur verlassen wirkenden Straße.

Hör auf, Spinnerchen, tadelte sie sich wieder. *Genieße lieber den Moment am Wasser.*

Vereinzelte Bootsanleger ragten ins Wasser, und links des Ufers wurde der Wald dichter. Kein Laut drang an Claras Ohren, abgesehen vom sanften Plätschern der Wiek und dem freudigen Hecheln des Hundes an ihrer Seite. Auf der Landstraße, die hin und wieder zwischen den Bäumen hervorlugte und von gelblichen Laternen erhellt wurde, rührte sich nichts und niemand.

Definitiv nicht wie in Wiesbaden, dachte die Pastorin. Die Erkenntnis hatte etwas Beruhigendes.

»Vielleicht hat Svenja ja doch recht«, sagte sie zu Rufus und genoss die Stille und die kühle Luft. »Fritz ist lange her. Und Stefan ab sofort auch. Wichtig ist allein, was *ich* will.«

Der Hund sah sie an, als wäre das ohnehin klar.

Nach einigen Minuten machte das Ufer eine Biegung. Clara wusste, dass es sich beim Priwall um eine Halbinsel handelte, und tatsächlich schien nun gewissermaßen die »andere Hälfte« zu beginnen. Die Schilder, die am Rande eines neuen

Waldgebietes aufgestellt waren, unterstrichen diesen Eindruck nachdrücklich, wiesen sie die Stelle doch als ehemalige innerdeutsche Grenze aus: Genau hier, so schien es, hatte noch vor wenigen Jahrzehnten die DDR begonnen.

»Nein, absolut«, stellte Clara leise fest. »Definitiv nicht wie in Wiesbaden.« Sie tätschelte Rufus an der Seite, der geduldig neben ihr ausharrte. Dann stutzte sie erneut. Etwas knackte im Unterholz.

Clara kniff die Lider enger zusammen. Irrte sie sich, oder stand da jemand zwischen den hohen Fichten am Waldrand? Ein Mensch in langem dunklen Mantel, der zu ihr herübersah?

Der Verdacht war wie eine Eisdusche. Kalter Schrecken zog über ihren Nacken, perlte ihren Rücken hinunter und sammelte sich in ihrer Magengrube.

»Komm her«, murmelte sie und bückte sich zögernd nach Rufus. »Komm zu mir, Großer.«

Der Hund begann zu knurren – ganz leise und drohend.

Claras Herz schlug ihr hart gegen die Rippen. Abermals sah sie zum Wald hinüber. Doch die Wolken bewegten sich weiter, und von der Gestalt war nichts mehr zu erkennen. Hatte es sie überhaupt gegeben?

Du brauchst dringend Schlaf, Mädchen, dachte Clara erleichtert. *Da war niemand. Sonst hätte Rufus sicher laut gebellt, oder? Dir kann hier nichts passieren. Und warum auch? Der Priwall ist jwd, schon vergessen? Du bist nicht mehr in Wiesbaden.*

Trotzdem brauchte sie einen Moment, bevor sie den Hund wieder losließ. Rufus harrte geduldig neben ihr aus; er lag so zufrieden hechelnd im Gras an der ehemaligen innerdeutschen Grenze, als wäre sein Knurren von eben eine bloße Reaktion auf Claras Nervosität gewesen. Der Labrador wirkte friedlich und zufrieden. Sein Blick schien zu fragen, warum sie es nicht auch war.

Seufzend schüttelte Clara Clüver den Kopf und verscheuchte die absurden Angstgedanken. Sie machte kehrt und spazierte zurück, den Häusern und dem Licht entgegen.

Der nächtliche Ausflug über den Priwall hatte gut eine halbe Stunde gedauert, und als sie danach ins Bett ihrer Scheune stieg, kam der ersehnte Schlaf so schnell, als hätte er – und *nur* er – die ganze Zeit über auf sie gewartet.

Die Spitze der schmalen Zigarette leuchtete wie ein Glühwürmchen in der Dunkelheit. Weiße Rauchschwaden umwehten es, als Vanessa Konstantin langsam ausatmete.

Die Unternehmergattin – die *Witwe*, korrigierte sie sich stumm – stand im Garten hinter ihrer Villa, allein mit sich und der Nacht. Die Zierbüsche rechts und links des Hauses wirkten um diese späte Uhrzeit wie schwarze Schemen, sogar die Lichter im Pool brannten nicht länger. Überall herrschte eine nahezu gnädig anmutende Finsternis.

Nur die Zigarette glühte. Der Tabak war wie Nervennahrung – zumindest für eine Frau, für die Ruhe zum seltenen Gut geworden war.

Es war besser so, oder?

Vanessa stellte die Frage nicht zum ersten Mal, und auch diesmal blieb die Nacht ihr eine Antwort schuldig. Es war bestimmt nicht alles richtig gewesen, daran hegte sie keinen Zweifel. Aber doch sicher besser. Oder etwa nicht? Abermals hob sie die Zigarette an die Lippen und hasste sich dafür, dass ihre Hand dabei zitterte.

Zweifel helfen niemandem, tadelte sie sich. Die Worte hallten hinter ihrer Stirn wider wie ein inneres Mantra. *Und späte Reue ändert ohnehin nichts mehr. Passiert ist passiert.*

Und vorbei war vorbei. Nur Narren trauerten vergossener Milch nach. Sie änderten nichts.

Die Villa der Konstantins lag am westlichen Rand Niendorfs, unweit des Vogelparks und des plätschernden Baches Albeck. Erich hatte sie vor Jahrzehnten bauen lassen – ein kleiner Palast mit weißen Mauern und dunklen, mehrfach gesicherten Fenstern.

Das lang gezogene Haupthaus mit dem Dach aus schwarzen Schindeln befand sich abseits sämtlicher Hauptstraßen und war nur über eine kopfsteingepflasterte Einfahrt erreichbar, die ein schmiedeeisernes Tor und eine Gegensprechanlage vor unliebsamen Gästen schützten. Auch die rechtwinklig angebaute Einliegerwohnung verfügte über keinen anderen Zugang. Erich hatte es so gewollt. Den nahbaren Onkel gab er draußen in der Welt, so hatte er stets erklärt, aber er würde ihm niemals bis nach Hause folgen. Seine Familie wusste dies besser als jeder sonst.

Es war trotz allem ein gutes Leben gewesen, hier in der Villa. Während sich Erich all die Jahre um das Geschäft gekümmert und aus einer kleinen Idee eine regionale Marktmacht gezüchtet hatte, hatte Vanessa auf dem umzäunten Privatgelände die drei gemeinsamen Kinder großgezogen. Nie hatten sie sich Sorgen um Geld machen müssen, und nie hatte Erich sie mit irgendetwas behelligt, was nicht unmittelbar die Familie betraf. Zwischen dem Business und dem Privaten hatte er stets klar definierte Grenzen gezogen, auch in diesem Fall. Und auch dafür war Vanessa ihm bis heute dankbar, trotz allem.

Vielleicht sogar nur dafür, dachte sie bitter. Dann schloss sie die Augen, als wäre Scham etwas, das verschwand, wenn man nicht hinsah.

Ein Räuspern erklang in ihrem Rücken. »Verzeihen Sie die Störung, Frau Konstantin. Aber es ist dringend.«

Überrascht drehte sie sich um. Karl stand vor ihr, die gute

Seele des Hauses. Der Butler war schon im Dienst der Familie gewesen, als die beiden Söhne noch in die Windeln gemacht hatten, und das Alter stand ihm gut zu Gesicht. Er hatte faltige Haut bekommen, genau wie Vanessa selbst. Sein silbergraues Haar war glatt zurückgekämmt, seine Kleidung selbst um diese Uhrzeit makellos.

»Sollten Sie nicht längst Feierabend haben, Karl?«, fragte die Witwe.

Der Angestellte blinzelte nicht einmal. »Besondere Umstände verlangen besondere Maßnahmen, Frau Konstantin«, antwortete er gewohnt sanft.

Sie dankte es ihm. »Also dann. Was ist dringend?«

»Stöckler-Seeburg«, antwortete Karl. »Ich fürchte, er hat schon wieder angerufen. Ich habe ihm gesagt, dass Sie heute nicht mehr zu sprechen seien, doch er besteht darauf, dass ich Sie trotz der späten Stunde noch über sein Anliegen unterrichte. ›Unverzüglich‹, so seine Wortwahl.«

Vanessa nickte. Johann Stöckler-Seeburg war der Anwalt der Familie und kümmerte sich schon eine gefühlte Ewigkeit um die Belange des Unternehmens. Sie selbst war ihm in all den Jahren vielleicht dreimal begegnet, doch Erich hatte nahezu wöchentlich mit dem Mittfünfziger aus Lübeck telefoniert. Kein Wunder, dass Stöckler-Seeburg ausgerechnet jetzt keine Ruhe gab. Er hatte einen seiner wichtigsten Klienten verloren.

»Herr Stöckler-Seeburg lässt ausrichten, dass er nach wie vor telefonisch erreichbar sei«, fuhr Karl fort. »Ungeachtet der Uhrzeit. Wenn Sie möchten, hole ich ihn für Sie an den Apparat.«

Sie winkte ab. »Lassen Sie es gut sein, Karl. Das eilt nicht.«

Der Angestellte zögerte. »Frau Konstantin.« Sein Tonfall war halb Verständnis, halb sanfter Tadel. »Ich fürchte, auch das sieht Ihr Anwalt anders.«

Mein Anwalt? Vanessa schnaubte leise. *Davon wüsste ich aber.*

Das Unternehmen hatte sie nie sonderlich interessiert. Sie war ein Kind des Spreewaldes und war nie richtig warm geworden mit der Küste und ihren Sitten. Mehr noch: Sie mochte keinen Fisch, und für das ach so erfolgreiche Bier, das Erichs letzter großer Unternehmertraum gewesen war, hatte sie sogar noch weniger übrig. Bier war ein Proletariergetränk, und ein Konstantin war alles andere als proletarisch.

»Herr Stöckler-Seeburg will vermutlich über den Nachlass mit Ihnen sprechen«, sagte Karl. Er hatte noch immer die Hände hinter dem Rücken und stand kerzengerade vor ihr, treu ergeben wie eh und je. »Über das Testament, wo es ihm zufolge noch einigen Klärungsbedarf gibt, und über … Nun ja. Die Dinge, die nun organisiert werden müssen. Ich vermute, das kann er nicht ohne Rücksprache mit der Familie.«

»Und ich kann es nicht, Karl«, erwiderte sie knapp. Es lag Groll in diesen Worten, doch er galt nicht dem aufopferungsvollen Diener. Wenn sie ehrlich zu sich selbst war, wusste sie nicht, wem er galt. »Punkt. Wenn er auf uns warten muss, bevor er weitermachen kann, dann wird er eben warten müssen.«

Erst am Nachmittag war die Polizei wieder in der Villa gewesen. Zwei Männer von der Lübecker Kripo hatten in Vanessas Wohnzimmer gestanden und von Obduktionsergebnissen gesprochen, von einem eklatanten Mangel an Spuren und von der Hoffnung, trotzdem bald Fortschritte zu machen. Es hatte hörbares Bedauern in ihren Stimmen gelegen – ein Gefühl, das Vanessa nahezu fremd vorgekommen war.

Sie hatte ihnen genau zugehört, natürlich hatte sie das. Doch nur Bruchstücke ihrer Monologe waren bei ihr haften geblieben. Nun, nach mehreren Stunden, kamen sie ihr erst recht unwichtig vor.

»Der Sturm hat leider nahezu alle Spuren vernichtet.«

»Uns ist nach wie vor unverständlich, was er um diese Uhrzeit überhaupt am Hafen suchte.«

»Es war definitiv ein Verbrechen. Daran besteht leider kein Zweifel mehr.«

Kein Zweifel mehr. Vanessas Mundwinkel zuckten bei der Erinnerung an diese Formulierung, denn sie klang unfassbar lächerlich. Es gab immer Zweifel, verstand das denn niemand außer ihr? Zweifel … und Schande.

Karl nickte und holte sie zurück in die Gegenwart. »Demnach rufen wir Herrn Stöckler-Seeburg heute nicht mehr zurück?«

»Ihn nicht und auch sonst niemanden«, bestätigte sie. »Ich bleibe unerreichbar. Für jeden.«

»Sehr wohl.«

Er verschwand wieder im Haus. Was er von ihrer Sturheit hielt – ob er sie insgeheim teilte oder sie dafür verurteilte –, ließ er sich mit keiner einzigen Regung anmerken. Das war ganz richtig so, fand Vanessa. Mehr stand ihm auch nicht zu, nicht einmal ihm.

Sie ging ein paar Schritte von der offenen Terrassentür weg. Bewegungssensoren, die auf Fußhöhe angebracht waren, weckten kleine Gartenlampen aus ihrem Dornröschenschlaf. Sie erhellten ihr den gepflasterten Weg, kaum dass sie ihn betrat. Vanessa schlenderte zum Pool und sah auf das glatte Wasser. Irgendwie schien die Zeit stillzustehen, wenigstens hier draußen in der Nacht. Auch dafür war sie dankbar. Als sie erneut an der Zigarette zog, bemerkte sie, dass sie ausgegangen war. Die Tatsache weckte eine Wut in ihr, die nicht rational schien. Fast schon trotzig warf sie das unnütze Ding in das Becken.

Dann erschien Karl zum zweiten Mal. »Ich bedaure die Störung zutiefst«, begann er mit ehrlich klingender Reue im

Tonfall, »doch es ist abermals jemand am Telefon. Ich gehe davon aus, in diesem speziellen Fall möchten Sie eine Ausnahme machen, Frau Konstantin.«

Er musste nicht mehr sagen. Vanessa sah ihm an, wen er meinte.

»Na endlich«, murmelte sie und begleitete den Diener zurück ins Wohnzimmer.

Das Telefon stand auf einer Anrichte gleich neben dem Fenster. Karl zog sich dezent zurück, während sie es in die Hand nahm.

»Marion«, sagte Vanessa in den schnurlosen Apparat. Ihre Enttäuschung bahnte sich einen Weg und wurde zu Sarkasmus. »Du lebst also. Sieh an. Wir dachten schon, du hättest etwas ausgefressen und wärst unterwegs nach Südamerika. Inkognito.«

»Mutter ...« Die Stimme am anderen Ende der Leitung klang belegt. Doch da war noch mehr. Vanessa hörte es genau, konnte es aber nicht benennen. »Ich ... Es tut mir leid. Migräne, verstehst du? Ich konnte mich einfach nicht früher melden.«

»›Nicht früher‹ ist gut«, erwiderte sie streng. Ihr Blick haftete noch immer am Garten, wo die Lichter gerade wieder ausgingen. »Er ist seit über einem Tag tot, Kind. Und du reagierst nicht – auf keinen Anruf und auch nicht auf Konrads E-Mails, wenn ich richtig informiert bin.«

Marion Konstantin war sechsunddreißig und lebte seit Jahren in Warnsdorf, einem winzigen Kaff in der Nähe. Dort arbeitete sie in einem Kindergarten. Vanessa hatte nie verstanden, warum das Mädchen nicht mehr aus sich machte, aber Marion war alt genug, eigene Entscheidungen zu treffen. Wenn sie um jeden Preis allein sterben wollte, dann war das eben so.

»E-Mails?« Marion atmete zischend aus. »Nee, dafür hatte ich heute echt keinen Nerv.«

»Dein Vater ist tot«, tadelte Vanessa sie und lauschte den Worten nach, die trotz allem noch immer etwas Irreales für sie hatten.

»Ja. Eben.«

Stille folgte. Vanessa hörte Marion atmen. Als sie endlich fortfuhr, war ihre Stimme, die kurz vor dem Brechen gewesen war, wieder fest.

»Ich wollte nur sagen, dass die Polizei heute hier war«, berichtete Marion. »Bei mir zu Hause, meine ich. Wegen Papa.«

Wo nicht?

Vanessa verlagerte das Telefon in die andere Hand. »Ja, und?«

»Die haben ganz seltsame Fragen gestellt. Wollten viel über damals wissen, von früher. Was haben denn die alten Kamellen mit heute zu tun?«

Im ersten Moment wusste Vanessa nicht, wovon sie sprach. Im zweiten begriff sie es, und im dritten begriff sie, dass es ihr vollkommen gleichgültig war. Die Polizei interessierte sie nicht. Nicht mehr. Die zwei Gestalten, die kennenzulernen sie das traurige Vergnügen gehabt hatte, würden die Wahrheit auch dann nicht finden, wenn sie mit einer Blaskapelle vor ihnen stünde und Purzelbäume schlüge. Zumindest das hatten sie doch schon längst bewiesen, wenn auch unfreiwillig.

»Ich weiß es nicht, Kind«, antwortete sie. »Lass die einfach machen. Es ändert ohnehin nichts mehr.«

Wieder schwiegen beide. Durch die offene Terrassentür konnte Vanessa einen Uhu hören, der drüben im Vogelpark den Mond ansang. Das Geräusch hatte etwas Beruhigendes, irgendwie.

»Ich habe auch mit Hannes gesprochen«, sagte Marion dann. »Der stand plötzlich vor meiner Tür, so gegen Mittag. Hauptsächlich wegen dem Boot und so. Er will es sich kommende Woche ausleihen.«

Hannes, schau an. Vanessa spürte Ärger in sich aufsteigen. *Untereinander redet ihr, aber meldet ihr euch vielleicht auch mal hier?*

»Und?«, fragte sie.

»Er will es trotzdem durchziehen«, berichtete die Tochter. »Nicht das mit dem Boot. Seine Vernissage, meine ich. Der Termin bleibe fix, sagt er. Trotz der Sache mit Papa. Hannes hat sogar schon mit der Galerie gesprochen und will die letzten Bilder gleich morgen dorthin bringen. Er hofft, wir lassen uns alle zur Eröffnung blicken, wie ursprünglich vereinbart. Ehrlich gesagt, erwartet er es von uns.«

Vanessa lachte abfällig. »Marion, das ist doch wohl ein Scherz.«

»Er findet, Papa hätte das gewollt«, fuhr sie fort. Doch die Stimme wurde brüchig. »Von wegen *The show must go on* und so weiter. Das wäre ganz in Papas Sinne, meint Hannes. Und er will die Ausstellung jetzt auch Papa widmen! Seinem Andenken und … und all das …«

Leise Schluchzer drangen durchs Telefon. Vanessa stand da, hörte zu und hasste sich dafür, dass sie kurzzeitig an Krokodile dachte.

Dann schüttelte sie den Kopf. »Ihr kanntet ihn nicht«, sagte sie, kaum lauter als ein Windhauch. »Ihr wusstet nicht, wie er *wirklich* war, Marion.«

»W… Wie bitte?«, fragte die Tochter.

Vanessa hob die Stimme und straffte zugleich die Schultern. Die alte Pragmatik war zurück. »Ehrt ihn nicht über Gebühr«, erklärte die Witwe streng. »Das hat selbst Erich nicht verdient. *Vor allem* nicht Erich. Das weißt du fast so gut wie ich, wenn du ehrlich bist.«

Marion schwieg. Entweder weil sie nichts darauf zu erwidern wusste oder weil das Gegenteil der Fall war. Vanessa war beides egal. Es interessierte sie nicht länger.

Sie redeten danach nicht mehr viel, verabschiedeten sich schnell. Marion versprach, sich bald wieder zu melden, und Vanessa ahnte, was sie von diesem Versprechen halten durfte. Dann wünschten sie einander eine gute Nacht – »trotz allem«, so Marion – und beendeten das Gespräch.

Vanessa legte das Telefon weg und ging zurück auf die Terrasse. Der Mond und die Sterne halfen schnell, den Zorn zu verscheuchen – und mit ihm die Erinnerungen. Dennoch kam ihr die Nacht, die eben noch so wohltuend gewesen war, mit einem Mal kälter vor. Konnte das sein: ein Temperatursturz um mehrere Grad Celsius, so schnell und unvermittelt?

Oder lag das an ihr?

Fröstelnd schlang sie die Arme um den Oberkörper und setzte sich erneut an den stillen Pool. Das Wasser war nicht tief, das wusste sie. Doch in der Nacht sah man den Beckenboden kaum. Nachts blieb vieles verborgen. Vanessa Konstantin fragte sich, ob sie dafür dankbar sein sollte oder nicht.

Freitag

Das Wasser der Trave funkelte im Licht der Morgensonne. Erste Fußgänger schlenderten über die Promenade, doch ihre Zahl war überschaubar. Obwohl es schon auf neun Uhr zuging, hatte sich das touristische Travemünde bislang kaum aus den Betten erhoben. Um diese »frühe« Stunde schien der Ort allein den Einheimischen vorbehalten zu sein, die ihre Souvenirstände, Cafés und Boutiquen in aller Ruhe auf den bevorstehenden Ansturm des Tages vorbereiteten.

Clara Clüver saß auf der Terrasse eines Imbisshäuschens und sah einem Frachter nach, der – groß wie ein Hochhaus und weiß wie Schnee – gen Norden schipperte. Auf seiner Außenhaut waren Nils Holgersson und die Wildgänse aufgemalt, und er hupte zum Abschied, als er von der Trave aus ins weite Meer der Ostsee überwechselte. Ein Spaziergänger winkte ihm von der Mole aus nach.

Das könnte Papa sein, dachte die Pastorin amüsiert. Einen Herzschlag später tadelte sie sich für den Gedanken an Fritz Behrendt.

Clara hatte den Rest der Nacht ohne besondere Vorkommnisse durchgeschlafen. Als sie gegen acht in dem noch immer fremden Scheunenbett erwacht war, hatte sie sich erstaunlich ausgeruht gefühlt. Von Frieke war nichts mehr zu sehen gewesen, als Clara ins Freie trat, deshalb hatte sie sich auf eigene Faust aufgemacht, um den Tag zu beginnen und irgendwo eine dringend benötigte Tasse Kaffee zu trinken.

Ein kleiner, aber erfolgloser Spaziergang durchs Priwall-Dorf hatte sie zum Anleger der Personenfähre gebracht, dem sicheren Weg zurück zur Vorderreihe, und Clara hatte sich kurzerhand am dazugehörigen Automaten ein Ticket gekauft. Sie war der einzige Fahrgast, der hatte übersetzen wollen, denn der Berufsverkehr war schon vorüber, und die Urlauber waren noch nicht auf den Beinen. Doch dem Betreiber hatte dies absolut nichts ausgemacht, und die kleine Fähre war pünktlich gestartet.

Kaum an Land, war die Pastorin schlicht dem Duft von Kaffee gefolgt, der an ihre Nase wehte. Er hatte sie hierher geführt, zu einem kleinen Imbiss im Schatten des Leuchtturms. Zu Claras Glück bot er sogar belegte Brötchen an.

Dann wollen wir doch mal sehen, dachte sie, während sie sich kauend in ihrem Sitz zurücklehnte. Sie zog das Handy aus der Tasche und suchte im Datenspeicher nach der Nummer des örtlichen Pfarrbüros. *Wenn ihr euch nicht von selbst meldet, dann melde ich mich eben bei euch.*

Sie hatte die Nummer gerade gefunden, da wehte Lärm an ihr Ohr. Zwei Stimmen, laut und erkennbar wütend, drangen aus dem Inneren des Imbisses, dessen Türen zum Außenbereich noch immer weit offen standen.

»Zum letzten Mal, Herr Konstantin«, zeterte Stimme eins. »Ich muss mir diese Vorwürfe echt nicht gefallen lassen. Mit wem ich Geschäfte mache und mit wem nicht, ist allein meine Entscheidung, verstanden?«

Konstantin? Clara hob eine Braue. So hatte doch der Tote geheißen, von dem gestern alle gesprochen hatten.

Instinktiv drehte sie sich zu den Stimmen um und nahm zum ersten Mal das brandneu wirkende Schild über dem Imbiss genauer in Augenschein. *Roggenbuks Happen, Inh. M. Lütgens,* stand darauf geschrieben – in Lettern, die wie Schiffstaue gezeichnet waren.

Zwei Männer traten aus der offenen Tür und konnten kaum unterschiedlicher aussehen. Der linke war vielleicht Mitte fünfzig. Er trug eine fleckige Küchenschürze und hatte schütteres Haar. Seine Hände wirkten teigig, sein Blick feindselig. Der Begleiter schien mindestens zehn Jahre jünger zu sein und sah aus wie aus dem Ei gepellt – von den polierten schwarzen Halbschuhen über die teure Krawatte bis hin zur perfekt sitzenden Gelfrisur. Ein Geschäftsmann, ganz ohne Frage. Er war schlank, und seine Oberlippe und das Kinn zierten ein dünnes Bärtchen, das ihn wohl dynamisch wirken lassen sollte. Beide – Herr Schürze und Herr Halbschuh – schenkten Clara keinerlei Beachtung.

»Das da«, sagte Gelfrisur laut und deutete zum Schild über dem Eingang. »Das ist ein Affront, Herr Esken. Eine reine Provokation. Sie und Ihre Gattin wissen *genau*, dass mein Vater Interesse an Ihrem Betrieb hatte. Und trotzdem treffen Sie hinter unserem Rücken andere Absprachen?«

»Und wenn schon«, erwiderte sein Gegenüber. Trotzig verschränkte Esken die Arme vor der Brust. »Ihr Vater ist tot, wie man so hört. Und wenn überhaupt, dann war sein lächerlich niedriges Angebot der *wahre* Affront in dieser Sache. Das hier ist beste Travemünder Lage, klar? Das verkaufe ich nicht für 'n Appel und 'n Ei. Nicht einmal an den ach so netten Onkel Erich!«

»Sie hätten mit uns verhandeln können, Mann«, beharrte Konstantin. »Wenn Sie verkaufen wollen, wie es ja ganz offensichtlich der Fall war, hätten wir uns doch irgendwie geeinigt.«

Esken schüttelte den Kopf. »Warum denn? Was kümmert mich das Onkel-Erich-Imperium? Kann ich etwas dafür, dass Sie auch in Travemünde Fuß fassen wollen und keinen Pächter finden, der mit Ihnen arbeiten möchte? Bleiben Sie doch drüben in Niendorf. Hier braucht Sie keine Sau.«

Der jüngere Mann wollte aufbrausen, doch Esken fuhr ungerührt fort: »Nein, Herr Konstantin. Privat haben Sie mein aufrichtiges Beileid, das versichere ich Ihnen. Aber geschäftlich schulde ich Ihnen absolut nichts. Ihnen nicht und ihrem verstorbenen Vater erst recht nicht. Die Konstantins wollten etwas von mir, nicht umgekehrt. Und Herr Lütgens aus Berlin hat mir schlicht das bessere Angebot gemacht. Noch dazu eines, bei dem ich bis zur Rente in meinem Betrieb angestellt bleibe – ein Detail, von dem Ihr Vater nie gesprochen hat, als er mir seine schändlich niedrige Summe genannt hat. Ich bin *froh*, dass meine Bude ab sofort zu Lütgens gehört!«

»Sie hätten lokal verkaufen können, Esken«, schimpfte

Konstantin. »Nicht an eine Kette von außerhalb, die sich einen Dreck um uns Küsten-Unternehmer schert, sondern an die gute alte Heimat, Mensch! An die Tradition!«

Esken lachte. »Als ob Sie auch nur einen Deut besser wären. Tradition? Dass die Ihnen wichtig wäre, können Sie Ihrer Großmutter erzählen, Konstantin. Aber nicht mir. Ihnen geht es auch nur ums Geld.«

Clara konnte nicht anders: Das Gespräch war ihr unangenehm. Sie schämte sich dafür, dass sie es mithörte und es sogar ihre Neugierde weckte, denn die beiden Männer waren sich merklich nicht grün.

Ich glaube, ich telefoniere lieber woanders, dachte sie, trank den Rest ihres Kaffees in einem Zug und stand auf.

Als sie auf den Gehweg vor der Terrasse trat, schaute sie über die Schulter zurück zu den Streithähnen. Einen halben Herzschlag später lief sie gegen eine Wand.

»Au«, keuchte die Wand und taumelte zurück.

Die Bewegung genügte, Clara den Rest ihres Gleichgewichts zu nehmen. Ehe sie begriff, wie ihr geschah, fiel sie auch schon zu Boden. Als sie aufsah, erkannte sie den Mann, mit dem sie zusammengeprallt war. »Sie?«, sagte sie stöhnend. »Ist das Ihr Hobby oder was?«

Es war der Stoppelbart aus dem Strandbahnhof, dessen Flyer sie aufgesammelt hatte. Auch an diesem Morgen trug er das Haar zerzaust und hatte einen gehetzten Gesichtsausdruck. Sein Oberkörper steckte in einem dunklen Kapuzenpullover und einer sandfarbenen Cordjacke, seine Jeans war ebenso verwaschen wie figurbetont. Clara musste zugeben, dass sie ihn – in einem früheren Leben und unter anderen Umständen – nicht unattraktiv gefunden hätte. Hier und heute fand sie ihn aber schlicht seltsam.

Und unfreundlich, dachte sie. *Hilft der mir vielleicht mal auf? Oder bekommt der neben dem Mund auch den Verstand nicht aktiviert?*

Der Mann wirkte überrumpelter als sie, obwohl er derjenige war, der noch immer auf zwei Beinen stand. Tatsächlich schien er peinlich berührt zu sein, als er die Hand aus der Hosentasche nahm.

»Ich fasse es ja nicht! Bengt?« Die Stimme des jüngeren Konstantin war laut und anklagend wie eh und je, auch wenn die Worte nun einem ganz anderen Mann galten. »Ausgerechnet du? Na, das hat mir ja gerade noch gefehlt!«

Der Stoppelbart zuckte merklich zusammen. Er schien Clara aufhelfen zu wollen, doch der tadelnde Ton, der von links herüberdrang, irritierte ihn offenbar.

»He, ich rede mit dir!«, schimpfte Konstantin weiter. Mit schnellen Schritten trat er an die Absperrung, die die Terrasse des Imbisses vom Gehweg trennte. »Was zur Hölle fällt dir ein, ausgerechnet jetzt hier aufzuschlagen? Hast du keinen Anstand, Mann? Noch dazu nach allem, was heute über dich in der Zeitung steht?«

Bengt, wiederholte Clara in Gedanken. Sie stemmte sich vom Boden hoch und sah von einem Mann zum anderen. *Was für ein seltsamer Name! Ich glaube nicht, dass ich in Rheinhessen auch nur einem einzigen Bengt begegnet bin.*

»Konrad, ich …«, begann der wohl erste Bengt ihres Lebens. Seine Stimme war fest, sein Ton leise.

Konrad Konstantin ließ ihn gar nicht erst ausreden. »Hau ab!«, zischte er, und seine Hand zuckte angriffslustig. »Sofort, verstanden. Sonst vergesse ich mich!«

Bengt hatte den Mund zu einer Erwiderung geöffnet, schloss ihn aber wieder. »Tut mir leid«, murmelte er und ging davon.

Clara sah ihm nach. *Was für ein seltsamer Typ!*

Sie wusste nicht, wen er gemeint hatte – sie oder den Mann mit der Gelfrisur dort auf der Terrasse. Aber sie ahnte, dass zumindest der wütende Herr Halbschuh keine Entschuldigung von ihm annehmen würde. Warum auch immer.

»Alles in Ordnung?«, fragte Konstantin.

Erst als der Satz einige Sekundenbruchteile lang nutzlos in der Luft verharrt hatte, merkte Clara, dass er ihr galt. »Was?« Sie blinzelte. »Oh, äh. Ja. Ja, alles gut.«

Doch als sie zurück zur Terrasse schaute, hatte Halbschuh sich bereits umgedreht und ging zurück zur Imbissbude und zu Herrn Esken.

Nett, diese Leute, dachte die Pastorin und rollte mit den Augen. *Nein, wirklich. Einer freundlicher als der andere.*

Was war denn heute mit Travemünde los?

MÖRDER!!

Die Buchstaben des Graffitos waren blutrot und groß. Sie verschandelten die Außenwand des alten Gemäuers und waren schon aus einigen Metern Entfernung sehr deutlich zu entziffern.

Clara war zum Leuchtturm spaziert. So ganz wusste sie selbst nicht, was sie sich davon versprach. Der Mann mit der sandfarbenen Cordjacke – Bengt, erinnerte sie sich – hatte am Vortag einen Stapel Flyer von diesem Gebäude bei sich gehabt. Sie vermutete daher, dass er mit der Travemünder Sehenswürdigkeit zu tun hatte und vielleicht dort zu finden war. Doch die Eingangstür zum Museum, das im Turm untergebracht war, erwies sich als fest verschlossen, kaum dass Clara anklopfte. Und an der Wand daneben prangten die großen Buchstaben, blutrote Farbe auf jahrhundertealtem Stein.

MÖRDER!!

Was hatte Konrad Konstantin eben behauptet? Dass dieser Bengt keinen Anstand besitze? Dass aktuell über ihn Dinge in der Zeitung stehen?

»Allem Anschein nach nicht nur in der Zeitung«, murmelte Clara.

Sie beschloss, Jule darauf anzusprechen. Vielleicht klärte sich das Schicksal des verstorbenen Küstenkochs Erich Konstantin ja schneller als alle dachten. Andererseits: Wie ein Mörder hatte dieser Bengt nicht gerade gewirkt.

»Eher wie ein ungelenker Hans-guck-in-die-Luft«, verriet sie dem Turm.

Langsam zog sie weiter. Die Sache ging sie nichts an. Und sie war auch keine Ermittlerin, deren Bauchgefühl irgendeine kriminalistische Relevanz besaß. Was wusste sie denn schon, wie Mörder aussahen?

Doch der Zwischenfall ging ihr nicht mehr aus dem Sinn, auch wenn sie sich das nicht erklären konnte. Die lauten, harschen Worte drüben beim Imbiss hallten noch in ihr nach, dann die roten Lettern am Leuchtturm und, ja, auch der seltsame Ausdruck auf den Zügen des Mannes mit der Cordjacke. Diese Mischung aus Scham und … Sorge?

Ich muss mich korrigieren, dachte sie. *Bengt ist kein ungelenker Typ, sondern ein undurchsichtiger.*

Ihre Schritte trugen sie weg vom Turm und auch von der Trave. Clara ging stadteinwärts, am Kurpark entlang und über die Straßen jenseits der Vorderreihe. Die schönen Boutiquen und Gaststätten, die das Bild der Promenade prägten, wurden hier, nur einen Häuserblock entfernt, zur Seltenheit, abgelöst von Waschsalons und Arztpraxen, einem Frisör und gefühlt mehr Ferienwohnungen, als ein Mensch zählen konnte. An nahezu jeder zweiten Fassade prangte ein Schild, das auf möblierte Gästezimmer und günstige Tarife in der kommenden Nachsaison verwies. Alle Angebote waren momentan belegt, wie es schien, und das passte zu Claras Recherchen vom Vortag.

Der Gedanke an die Wohnungen erinnerte sie an Frau Boehring vom Pfarramt, und sie zückte abermals das Handy. Doch die Dienststelle am Ortsrand war an Freitagen erst ab zehn Uhr besetzt, wie der Anrufbeantworter ihr prompt verriet. Clara ersparte es sich, eine Nachricht zu hinterlassen. Bis zehn blieb noch knapp eine halbe Stunde, dann konnte sie einfach erneut anrufen.

Es stimmt wirklich, dachte sie schmunzelnd und ging der Altstadt entgegen, deren Kirchturm hoch über die übrigen Dächer ragte. *An der Küste ticken die Uhren anders. Sogar die der Kirche.*

Sie hatte sich dem Gotteshaus bis auf ein paar Dutzend Meter genähert, da erkannte sie eine Straßenecke wieder und begriff, dass sie nur einen Katzensprung von *Friekes Schmökerhafen* entfernt war. Clara beschloss, die Gelegenheit für einen Besuch bei ihrer Gastgeberin zu nutzen. Frieke verdiente ihren Dank, und Pastor Kruses Kirche konnte problemlos noch ein Weilchen warten.

Doch als sie an der Vorderreihe ankam und den *Schmökerhafen* vor sich fand, stutzte sie. Die Tür des Ladens hing merklich schief in den Angeln, und Souvenirhändler Siebert und Frieke Kroon schufteten sich mit vereinten Kräften an ihr ab.

»Nanu?«, fragte Clara. »Was ist denn hier passiert?«

Erst jetzt bemerkte sie das mittlere Chaos *jenseits* der Schwelle. Friekes Ladentheke ertrank im Durcheinander. Auch einige Regalreihen an den Wänden wirkten wie ausgeleert. Ihr Inhalt lag kreuz und quer auf dem Boden, in wahllosen Stapeln. Das Thomas-Mann-Poster war zerrissen worden, die Tür zum Lager stand offen.

In der Kinderecke hatte jemand die bunten Sitzkissen, auf denen Jules Rasselbande am Vortag noch gesessen hatte, mit einem scharfkantigen Gegenstand aufgeschlitzt. Weißes Füllmaterial quoll aus den Öffnungen und ergoss sich ebenfalls über den Fußboden. Die Deckenlampe nahe dem Eingang hing schief in ihrer Fassung.

Frieke sah auf. »Guten Morgen, Clara.« Ein herzliches Lächeln erschien auf ihren Zügen, doch es sparte die Augen aus. »Haben Sie gut geschlafen?«

»Etwas mehr nach rechts, Frieke«, sagte Siebert ächzend. Er kauerte am unteren linken Ende der Tür und versuchte, die dortigen Metallbolzen wieder ins Scharnier zu zwängen. Schweißperlen glänzten auf seiner Glatze. »Komm schon, wir haben's gleich.«

»Kann ich helfen?«, fragte Clara. Verdutzt packte sie mit an. Zu dritt gelang es ihnen, den Schaden wenigstens halbwegs zu beheben und die Tür wieder einzuhängen.

»Na, geht so«, urteilte Georg Siebert. Kritisch bewegte er die Tür hin und her, und die Scharniere dankten es mit leisem Quietschen. »Die schließt jetzt noch schlechter als vorher, Frieke. Da muss schnellstmöglich ein Schreiner ran.«

»Ja, ja.« Die Buchhändlerin winkte ab. »Irgendwann ruf ich schon einen. Versprochen.«

»Schnellstmöglich, nicht irgendwann«, warnte der Nachbar. »Sonst wiederholt sich der Spuk eher, als man denkt.«

Frieke trug offenbar die Kleidung des Vortags, nur das Halstuch hatte gewechselt. Obwohl Clara die Frau kaum kannte, sah sie ihr an, dass ihre gute Laune an diesem Vormittag weit eher ein Entschluss als ein ehrliches Gefühl war.

»Was ist denn passiert?«, erkundigte die Pastorin sich erneut.

Frieke verabschiedete sich von Siebert und dankte für seine

Hilfe. Danach sah sie ein letztes Mal zur Tür, bevor sie sich ihrer Besucherin widmete. »Ach, das ist alles halb so wild. Ein Dumme-Jungen-Streich, weiter nichts. Kaum der Rede wert.«

Zweifelnd deutete Clara zu den aufgeschlitzten Kissen. Auch Porzellanscherben lagen auf dem Boden, wo Tassen zerbrochen waren. »Sieht aber nicht so aus.«

Die Buchhändlerin schüttelte den Kopf. »Als ich heute herkam, hing die Tür verdächtig schief in den Angeln«, berichtete sie. »Und hier drin herrschte ein ziemliches Chaos. Regale standen schief, Bücher lagen überall verstreut. Sie sehen ja selbst, wie wenig ich bislang aufräumen konnte – trotz Georgs sofortiger Hilfe.«

»Ein Einbruch?«, wunderte sich Clara.

»Ich sag's ja: dumme Jungen.« Frieke lächelte schwach. »Wer sonst würde in eine Buchhandlung einsteigen wollen? Hier ist doch nichts zu holen. *Echte* Diebe wissen das. Meine Kasse ist über Nacht sowieso leer, und dass professionelle Langfinger sich extra anstrengen, um an druckfrischen Lesestoff zu kommen, wäre mir neu.«

Abermals ließ Clara den Blick über die Regale schweifen. Tatsächlich wirkten viele eher schlecht als recht eingeräumt, als hätte man nur schnell das Nötigste erledigt. »Wurde denn etwas gestohlen?«

»Schwer zu sagen«, gestand ihre Gastgeberin. »Ich wüsste nicht, dass was fehlt. Zumindest ist mir bislang nichts aufgefallen. Aber die Polizei, die vorhin hier war, sagt, ich solle mir in Ruhe alles angucken und mich melden, falls mir doch noch etwas auffalle. Das sei auch für die Versicherung wichtig.«

Sie trat zur Verkaufstheke und griff nach ihrer Thermoskanne, die dort inmitten von schiefen Bücherstapeln stand.

Frieke schraubte die Kanne auf, nahm kurzerhand zwei intakt gebliebene Tassen aus dem Non-Book-Regal und schenkte Clara und sich dampfenden Tee ein. »Hier, eine Kräutermischung. Die tröstet und belebt zugleich, stand zumindest auf der Schachtel.«

Clara nahm die Tasse an und roch daran. Der Tee duftete himmlisch nach Lavendel. »Danke. Hat die Polizei sonst noch etwas gesagt? *Warum* das passiert ist, beispielsweise? Oder durch wen?«

»Ich fürchte, da gibt es kein Warum.« Frieke nippte an ihrer Tasse. »Und was die Täter angeht, tappen sie völlig im Dunkeln. Die sind mir auch nicht wichtig, ehrlich. Wir haben hier oben wenig mit Vandalismus zu schaffen, Clara. Nicht so wie bei Ihnen in der Stadt, schätze ich. Travemünde ist ein Dorf, wenn keine Touristen da sind, wissen Sie? Und wenn dann auch noch nichts gestohlen wird … Nein, für mich ist die Sache klar. Das waren irgendwelche Teenager, die sich jetzt hoffentlich in Grund und Boden schämen, und ich muss hier einfach nur mal gründlich aufräumen. Den finanziellen Schaden trägt zum Glück die Versicherung, und bis auf die paar Scherben ist ja kaum etwas passiert.«

»Trotzdem«, sagte die Pastorin. »Erst dieser Mord, heute ein Einbruch? Ihre friedliche Küste kann auch anders, hm?«

»Ach was.« Frieke schüttelte den Kopf. »Machen Sie sich da keine Gedanken, Clara. Das hier ist Kinderkram. Und den Mord überlassen Sie ruhig den Profis. Mir reicht's schon, dass meine Stammkunden sich hier bei mir mit Tätertheorien regelrecht überschlagen. Aktuell steht übrigens Erichs *Jüngster* hoch im Kurs, zumindest bei meinen Kunden.«

Kinderkram? Clara sah das klar anders. Sie wollte Frieke gerade von der Schrift auf dem alten Leuchtturm erzählen, da fiel ihr Blick auf die Uhr über dem Verkaufstresen. Es war schon zehn nach zehn, und jetzt *musste* das Pfarrbüro besetzt sein. Sie vertagte den Rest des Gesprächs kurzerhand und zückte das Handy.

Die Stimme vom Band erklang kein zweites Mal. Allerdings hörte Clara auch keine andere Stimme in der Leitung. Als nach einer knappen Minute immer noch niemand im Pfarrbüro abgehoben hatte, legte sie auf.

»Kann es sein, dass die nicht mit mir sprechen *wollen*?«, wunderte sie sich.

Frieke hatte die Tasse zur Seite gestellt und sortierte das Sachbuchregal neu. Mit geübten Handgriffen zog sie ein paar wenige Titel heraus, die bei den nächtlichen Randalen merklich Schaden genommen hatten. Den Rest stellte sie zurück ins Regal.

»Meinen Sie Ihr Büro?«, erkundigte sie sich. Dann nickte sie. »Das kann schon sein. Falls Pastor Kruse Wind von der ganzen Sache bekommen hat und intern wieder die Muskeln spielen lässt, ist das denkbar. Ich würde es ihm zutrauen.«

Nun war Clara diejenige, die den Kopf schüttelte. »Okay, das genügt. Ich fahre jetzt ein letztes Mal rüber zu Frau Boehring und suche das direkte Gespräch. Wenn sich die unschöne Sache dann nicht endlich klärt – auf welche Weise auch immer –, dann hole ich meine Sachen aus Ihrer Wohnung und nehme den nächstbesten Zug nach Lü …«

Sie kam nicht dazu, den Satz zu beenden, denn der Hintereingang des kleinen Ladens ging auf, und eine dritte Person trat in den *Schmökerhafen*.

»Frieke, weißt du zufällig, ob …« Jule Haberkamp riss die Augen auf, als sie Clara bemerkte. »Nee, oder? Genau nach dir wollte ich gerade fragen. Moin!« Die Vermieterin trug eine einfarbige Bluse zu einer dunklen Jeans. Ihr schulterlanges Haar war offen.

»Guten Morgen«, erwiderte Clara überrascht. »Kann ich helfen?«

»Das hoffe ich doch sehr«, antwortete die zweifache Mutter. Sie lächelte, aber es lag Sorge in ihrem Blick. »Ich bräuchte nämlich mal wieder dein Detektivgespür. Ehrlich gesagt, bräuchte ich es mehr denn je. Hast du kurz Zeit?«

Der Wind war gnadenlos. Er peitschte das Meer auf und schob dunkle Regenwolken über den Himmel. Kaltes Nass wehte Marie ins Gesicht und durchtränkte die dünne Strickweste, die sie trug. Das Haar klebte ihr längst im Nacken.

Doch sie blieb, wo sie war. Direkt am Wasser.

»Und was sollen wir jetzt hier?«, murrte ihr Begleiter. »Bei dem Wetter geht niemand vor die Tür. Schau, nicht einmal die Fischerboote sind heute rausgefahren.«

»Das kann uns egal sein, Fiete«, erwiderte sie, ohne den Blick von den Wellen zu nehmen. »Wir sind ja keine Fischer.«

Die zwei Schulkameraden standen am Pier. Schräg vor sich konnten sie das Priwallufer erkennen, hinter sich wussten sie den stolzen Leuchtturm. Die vielen Boote, die hier vertäut waren, tanzten geradezu im Takt des Unwetters, das die Menschen von den Straßen und Gassen und in die Häuser getrieben hatte, und ihre hölzernen Seiten schlugen immer wieder gegen die alten Poller, die aus dem Wasser ragten.

»Nee, das sind wir nicht«, stimmte Fiete nun zu. Seine Schultern zitterten vor Kälte. »Sondern dumm. Wenn meine Mutter wüsste, dass ich hier draußen im Sturm stehe, würde sie mir den Hosenboden versohlen. Und du bekämst auch Ärger, Marie. Was machen wir eigentlich hier?«

Jetzt erst drehte sich das Mädchen zu ihm um. »Wir kämpfen«, antwortete sie. »Ich hab's mir genau überlegt, hörst du? Dieser Tag ist perfekt für meinen Plan. Ich muss nur noch das richtige Boot für uns aussuchen.«

»Plan?« Fiete runzelte die Stirn. Er hatte blondes Haar, das ihm in feuchten Strähnen im Gesicht hing, und seine Hände mit den schmalen Fingern steckten in den Taschen seiner abgewetzten Hose, die vor ihm schon seinen beiden Brüdern gehört hatte. »Was denn für ein Plan? Du wolltest mich bloß hier draußen treffen. Von einem Plan hast du nichts gesagt.«

»Es gibt immer einen Plan, Fiete«, erwiderte sie. »Merk dir das. Erst recht an Tagen wie heute.«

Die Idee war ihr schon vor Wochen gekommen. Seitdem hatte sie auf den perfekten Moment gewartet, um sie in die Tat umzusetzen. Nun endlich war es soweit. Der stürmische Tag, an dem kein einziger Fischer raus aufs Meer fuhr, um die Netze auszuwerfen, passte genau.

»Pass auf«, erklärte sie ihrem leise grummelnden Begleiter. »Wir sind die Einzigen hier am Ufer, stimmt's? Bei dem Wetter ist niemand sonst am Pier unterwegs. Also sieht uns auch niemand, während wir uns ein Boot aussuchen. Wir brauchen ein kleines, wendiges, das nicht zu fest vertäut ist. Es sollte stabil sein und uns zwei gut tragen. Außerdem natürlich unsere Waffen.«

»Waffen?« Entgeistert sah er sie an. »Was denn für Waffen?«

»Ich hatte an ein oder zwei Beile aus der Schlachterei deines Vaters gedacht«, antwortete sie nüchtern. »Die müsstest du mitbringen. Ich selbst leihe mir einen Dreschflegel aus der Scheune unserer Nachbarn aus. Man nennt das doch auch dann noch ›ausleihen‹, wenn man das Ding zurückbringt, bevor die Besitzer merken, dass es weg ist, oder? Na, und dann sind da natürlich noch die ganzen Fischernetze selbst. Die brauchen wir auch, klar.«

»A… Aber wofür denn?«, stammelte Fiete. Er war noch blasser geworden, was Marie fast für unmöglich gehalten hätte. Dünne Regenbäche flossen seine Wangen hinab, und ein dicker

Regentropfen hing an seiner Unterlippe. »Das klingt ja fast, als wolltest du jemanden umbringen, Marie!«

Das Mädchen nickte grimmig. »Will ich auch«, sagte sie knapp. »Und zwar Roggenbuk.«

KAPITEL 6

»Jetzt komm, Finchen«, klagte Emma Schober. »Wir sind auch so schon spät genug dran. Da braucht's echt keinen Zwergenaufstand.«

Die Neunundzwanzigjährige kauerte vor der hinteren Tür ihres blauen Golfs. Auf dessen Rücksitz saß ihre vierjährige Tochter Josefine und trödelte herum.

»Hier.« Emma Schober hob das Kind kurzerhand vom Sitz und stellte es auf die Straße. »Mama muss zu ihrem Termin, erinnerst du dich? Da müssen wir uns beide beeilen.«

Sie nahm Finchen an der Hand und ging mit ihr auf den Kindergarten zu. Dieser lag am nördlichen Rand von Warnsdorf, einem kleinen Ort am Hemmelsdorfer See.

Emma war hier aufgewachsen und froh, auch ihr eigenes Kind in der beschaulichen Gemeinde großziehen zu können. In Warnsdorf war die Welt noch in Ordnung, hier kannte jeder jeden und das öffentliche Leben endete regelmäßig noch vor Sonnenuntergang, wenn der letzte Bus des Tages abfuhr. Lübeck, die große Stadt, war vielleicht nur zwei Katzensprünge entfernt, doch hier draußen, umgeben von satten Wiesen und den Feldern der ortsansässigen Bauern, vergaß man das schnell.

Der Kindergarten *Kleine Helden* war ein Bungalowbau aus den Siebzigern. Schon von der Straße aus sah man die Klettergerüste und Schaukeln über die halbhohe Mauer ragen, die das Grundstück begrenzte. Emma und Finchen hatten sich dem Tor, das auf den Spielplatz des Geländes führte, bis auf wenige Schritte genähert, da bog eine weitere Mutter wenige Meter vor ihnen um die Straßenecke.

»Ach nee.« Imke Tinnemann lachte, als sie die Freundin sah. »Bin ich also doch nicht die Letzte, hm?« Sie war Hausfrau und mit Emma Schober zur Schule gegangen. Imke hatte ihren jüngsten Sohn im Schlepptau, den dreijährigen Paul, aus dessen *Paw Patrol*-Rucksack ein rotes Feuerwehrauto ragte.

»Bei uns wurde es heute leider etwas später«, erklärte Emma und umarmte die Freundin zur Begrüßung. Kurz vor dem Tor der *Kleinen Helden* blieben sie mit ihren Kindern stehen, denn ein Schwatz ging immer – auch unter Zeitdruck. »Bei euch auch, wie ich sehe.«

Imke Tinnemann sah sich kurz nach allen Seiten um, dann senkte sie die Stimme. »Ehrlich gesagt, wollte ich Paul heute *gar* nicht hier abgeben.«

»Was?« Emma Schober wunderte sich. Krank sah der kleine Blondschopf nicht gerade aus. »Warum das denn?«

»Wegen dieser Erzieherin natürlich«, raunte Imke. »Fräulein Marion.«

Emma Schober runzelte die Stirn. »Was ist denn mit der?«

»Die ist doch die Tochter von Onkel Erich. Wusstest du das nicht?«

Verblüfft sah die Freundin sie an. Das hörte sie tatsächlich zum ersten Mal. »Ernsthaft?«

Imke Tinnemann nickte. »Ernsthaft. Und in der Zeitung stand heute früh, die Polizei ermittele aktuell gegen ihren Ex-Freund!« Abermals senkte sie die Stimme. »Stell dir das mal vor, Emma: Was, wenn Fräulein Marion den Typen angestiftet hat? Zum … Na, du weißt schon.« Sie hob die Hand zum Hals und machte eine kurze, schneidende Bewegung von rechts nach links.

Emma Schober wich einen Schritt zurück und merkte es kaum. Die Geschichte, die sich ihr hier präsentierte, war wie ein Schock. »Und du machst ehrlich keine Witze?«

»Indianerehrenwort.« Imke hob die freie Hand. »Drüben beim Bäcker reden sie heute Morgen von nichts anderem. Wenn ich nicht dringend nach meiner Schwiegermutter sehen müsste, hätte ich Paul heute zu Hause gelassen. Wenigstens bis das geklärt ist.«

Auch Emma Schober war mit einem Mal mulmig zumute. Konnte sie ihr Kind wirklich noch guten Gewissens in die Obhut der *Kleinen Helden* geben? Zugegeben: Im Dorf wurde immer viel getratscht, und längst nicht jede heiße Neuigkeit erwies sich im Nachhinein als wahr. Aber wenn es schon in der Zeitung stand? Fräulein Marion hatte den eigenen Vater auf dem Gewissen? Wenn sie ehrlich war, hatte sie die Erzieherin immer schon ein wenig merkwürdig gefunden.

»Mama?« Finchens Stimme riss sie aus ihren Gedanken. »Frau Wehrdonk sagt, ›Indianer‹ sagt man nicht.«

Emma Schober blinzelte, lachte und sah Imke Tinnemann zweifelnd an. »Ich muss auf einen dringenden Termin«, gestand sie. »Ich kann heute nicht zu Hause bleiben.«

Die Freundin zuckte hilflos mit den Schultern. »Geht mir genauso.«

»Nur noch heute, okay?«

Imke nickte. »Nur noch heute. Bis wir mehr wissen.«

Im Inneren des Kindergartens herrschte der übliche Chaosbetrieb. Die Türen der vier Gruppen standen offen, und überall hörte man fröhliches Stimmengewirr aus mehreren Dutzend Kinderkehlen.

Marion Konstantin stand am Fenster des kleinen Pausenraums, der sich gleich neben dem Eingang befand, und biss die Zähne zusammen.

»Du hättest dir heute noch freinehmen sollen, Mari«, sagte ihre Kollegin. Lara Lüttig war gut zehn Jahre jünger und leitete die Maikäfer-Gruppe. Sie hatte braunes Haar und eine Haut, die selbst nach drei Wochen Südseeurlaub noch käseweiß aussah. Marion und sie verbrachten ihre Frühstückspause meist gemeinsam.

»Nicht wegen der beiden Tratschtanten da draußen«, fuhr Lara Lüttig fort. Sie hatte zwei Tassen vom Bord genommen und sie mit Tee gefüllt. Nun reichte sie Marion eine und nickte in Richtung des Fensters. Durch die Scheibe konnten sie die kleine Mauer und die beiden Mütter draußen auf dem Bürgersteig sehen. »Denn dass im Dorf geredet wird, war sowieso klar. Die zwei sind nicht die Ersten heute – und bestimmt auch nicht die Letzten. Und du weißt, dass wir hier im Haus nichts auf Tratsch geben!«

Lara stieß ihre Tasse sanft gegen Marions, prostete ihr aufmunternd zu. »Nein, du hättest dir *deinet*wegen freinehmen sollen. Dein Vater ist tot, Mädchen. Gönn dir doch die Zeit, die du brauchst, und ruh dich erst einmal richtig aus. Schau nach deiner Mutter, deinen Brüdern oder was weiß ich. Von mir aus schnapp dir deine *Ho'oponopono* und fahr raus aufs Meer, um allein zu sein. Wir halten die Stellung auch ein Weilchen ohne dich. *Das* meine ich.«

Marion atmete tief durch. Erst jetzt merkte sie, dass sie seit Sekunden die Luft angehalten hatte. »Das ist lieb von euch, wirklich. Aber ich *will* arbeiten – und das Boot wollte sich mein Bruder Hannes ohnehin ausleihen. Ehrlich, Lara: Es geht mir besser, wenn ich beschäftigt bin. Und es muss ja weitergehen.«

Lara Lüttig nahm einen schlürfenden Schluck. »Gesprochen wie eine echte Konstantin«, bemerkte sie dann. Es klang ein wenig tadelnd. »Ihr nehmt einfach nicht auf euch Rücksicht. Geschäft geht für euch vor Gesundheit.«

Wem sagst du das?, dachte Marion, verkniff sich aber einen

Kommentar. Aus dem Augenwinkel sah sie, dass die beiden Mütter, die eben noch merklich gezögert hatten, nun doch auf den Eingang zutraten. Sie hatten Finchen und den kleinen Paul im Schlepptau.

»Schau an, schau an«, murmelte Lara und nickte in ihre Richtung. »Prinzipien sind schön und gut. Es sei denn, man hat Besseres vor.« Sie stellte die Tasse ab und trat kurz in den Flur hinaus, um die Spätankömmlinge gebührend zu begrüßen.

Während Lara Lüttig die Kinder in ihre Gruppe brachte, blieb Marion am Fenster stehen. Sie trank einen Schluck, blickte den tratschenden Müttern nach und wusste genau, dass ganz Warnsdorf an diesem Vormittag über sie sprach.

Genau genommen über mich und Bengt, korrigierte sie sich in Gedanken. *Und über eine gefährliche Theorie.*

Sie hob die Tasse erneut an die Lippen, doch der Tee schmeckte ihr nicht länger. Er schien mit einem Mal bitter geworden zu sein.

Das passt ja, dachte sie und zwang ihn herunter.

Die Fußgängerzone von Timmendorfer Strand füllte sich allmählich. Überall hatten die Nobelboutiquen bereits geöffnet, und in den kleinen Cafés rechts und links der Gasse saßen Touristen – meist gut betucht und älteren Baujahrs – bei einem späten Frühstück beisammen und ließen es sich gut gehen.

Nicklas Mertin rieb sich nervös die Hände. Normalerweise war der Mittvierziger um diese Uhrzeit noch nicht in der Innenstadt, wo er seit über zehn Jahren die Galerie *NM* betrieb. Doch der Mann, auf den er gerade wartete, hatte auf dem Termin bestanden – auch wenn Mertin sich noch immer nicht ganz sicher war, ob er überhaupt auftauchen würde.

»Was soll der Quatsch eigentlich?«, fragte er ins Telefon und sah auf die Straße hinaus. »Warum bleibt der nicht zu Hause? Man sollte doch meinen, die Familie hätte im Moment echt andere Sorgen.«

»Du kennst doch die Konstantins«, erwiderte sein Gesprächs- und vielfacher Finanzierungspartner Jan Lutteroth. »Die kennen keine Gnade, wenn's um Business geht. *Und* sie achten aufs Image. Der Termin mit dir war fix, bevor Onkel Erich abnippelte, von dem der Ausstellungseröffnung ganz zu schweigen. Also wird er auch eingehalten. Was sollen denn die Leute denken, wenn Konstantins eine Verpflichtung absagen?«

»Na bravo.« Mertin strich sich nicht vorhandene Staubflusen von der dunklen, ärmellosen Weste. Im Spiegel neben der Tür prüfte er den Sitz seiner Krawatte und zog am Kragen seines marineblauen Hemdes. »Aber eins sage ich dir: Wenn mir der Typ mitten im Gespräch in Tränen ausbricht, dann tröste ich den nicht. Das wäre mir wirklich unangenehm, Jan. Ich kann nicht mit Trauernden.«

Lutteroth lachte. »Und ich kann mich nur wiederholen: Bedenke, von wem du sprichst. Ein echter Konstantin heult doch nicht. Erst recht nicht vor Zeugen.«

»Na ja«, murmelte der Galerist. »Echter Konstantin ist gut. Hier geht's immerhin um Hannes … Und was, wenn er gar nicht trauert? Wird im Ort nicht auch gemunkelt, dieser Hannes stecke irgendwie hinter dem Tod des Alten?«

»Es wird *immer* viel gemunkelt, Niklas«, gab sein Kompagnon lässig zurück. »Seit wann hören wir auf Klatsch und Tratsch?«

Mertin wollte gerade etwas erwidern, da sah er den jüngsten Spross der Unternehmersippe und wich von der Tür zurück. »Ich muss Schluss machen, hier kommt er.«

»Toi, toi, toi«, wünschte Lutteroth, und sie legten auf.

Keine Minute später stand Erich Konstantins Sohn in der Galerie. Und lächelte breit. Der jüngste Spross des Gastro-Königs war Mitte dreißig und ledig. Er hatte kurzes blondes Haar, das stets wie frisch frisiert aussah, und strahlend blaue Augen. Sie passten zu seinem jungenhaften Gesicht, in dem selbst im dicksten Winter noch Sommersprossen regierten. Aktuell trug er ein weißes Hemd mit breitem Kragen und eine verwaschene schwarze Jeans, dazu Turnschuhe.

»Herr Mertin«, grüßte er und stellte sein Mitbringsel an der Wand der Galerie ab. »Freuen Sie sich: Es ist vollbracht.«

Nicklas Mertin schüttelte die dargebotene Hand und betrachtete das Mitbringsel. Es handelte sich um zwei neue Gemälde, rechteckige Leinwände in unterschiedlicher Größe. Eine abgewetzte Decke lag lose darüber. »Guten Morgen, Herr Konstantin. Ich …«

Konstantin unterbrach ihn mit sanfter Bestimmtheit. »HaKo, schon vergessen?« Er zwinkerte verschwörerisch. »Ich bin nur HaKo.«

»Natürlich.« Mertin nickte. »HaKo.«

Unter diesem Kürzel fungierte sein Gegenüber, wenn er seine Kunst schuf und präsentierte. Hannes Konstantin hatte dem Galeristen schon bei ihrer ersten Begegnung erklärt, dass er mit dem »Fisch-Imperium« seines Vaters absolut nichts zu tun haben, sondern eigene Wege beschreiten wollte. Der berühmte Name der Familie sei daher aus allen Werbemaßnahmen und Pressemeldungen herauszuhalten. Einzig HaKo sei das Thema, niemand sonst.

Mertin hatte damals dagegengehalten, dass *gerade* der Name Konstantin die Öffentlichkeit interessiere. Der sei es doch, der Menschen in die geplante Ausstellung locken würde. Doch der blonde Maler war stur geblieben. Entweder so, hatte er gesagt, oder gar nicht.

»Sind Sie gespannt?«, fragte Hannes Konstantin nun. Er sah zu dem Galeristen und hatte die Hand an der Decke wie ein Bühnenmagier, der den großen Finaltrick präsentierte. »Trommelwirbel?«

Mertin nickte nur und rang sich ein Lächeln ab.

»Tadaa!«

Die Decke flog zur Seite. Schweigend betrachteten die Männer die neuen Exponate. Eines der Bilder war überwiegend blau, das andere überwiegend düster. Grässlich waren sie beide.

Als Galerist in Timmendorfer Strand hatte Nicklas Mertin häufig mit anspruchsvollen Künstlern zu tun – von schwierigen Besuchern ganz zu schweigen. Jeder in dieser Gegend schien sich für wichtig zu halten, und jeder, der *NM* betrat, hatte künstlerische Expertise angeblich mit Löffeln gefressen. Entsprechend gewöhnt war der Mittvierziger es, seine private Meinung für sich zu behalten und stattdessen substanzlose Komplimente zu verteilen.

Doch beim Anblick der jüngsten HaKo-Machwerke kam selbst ihm nichts weiter über die Lippen als ein knappes: »Ja. Schön.«

»Nicht wahr?« Konstantins Augen leuchteten. »Das kleinere der beiden habe ich erst vorige Nacht beendet. Das ging wirklich wie im Rausch – erst suchte ich tagelang nach der richtigen Inspiration, und dann kam alles wie von selbst. Sie sehen ja, wie es sich von den anderen absetzt. Wie konkret es ist, verstehen Sie? Wie substanziell. Ich finde, wir sollten es an einen zentralen Platz in der Galerie hängen. Wo es wirklich zur Geltung kommt.«

»Selbstverständlich.« Abermals nickte der Galerist. Mertin war klar, dass sie, um Konstantins Wunsch zu entsprechen, das komplette Konzept der Ausstellung überarbeiten mussten.

Aber er wusste, dass er »HaKo« diese Idee nie und nimmer würde ausreden können, also ergab er sich in sein Schicksal und nickte. »Ein hervorragender Vorschlag.«

»Na, sehen Sie.« Zufrieden schlug Konstantin ihm auf die Schulter. »Ich hab doch gesagt, dass sich das Warten lohnt. Jetzt haben wir alles zusammen. Freuen Sie sich auch schon so auf morgen Abend? Da wird die Hütte hier brechend voll, das verspreche ich Ihnen!«

Nicklas Mertin dankte seinem Gegenüber, und nach einigen Minuten verließ Konstantin die Galerie wieder. Die Bilder ließ er an der Wand stehen, um sie würde Mertin sich kümmern.

Der Galerist schloss die Tür und drehte den Schlüssel um. Dann sah er seufzend zu den neuen Exponaten und rief Lutteroth zurück. »Du glaubst es nicht«, sagte er in den Hörer, halb erleichtert und halb verschämt. »Aber der Name Erich fiel kein einziges Mal.«

Der Geschäftspartner lachte. »Das glaube ich sofort«, widersprach er. »*The show must go on.* Sind die Bilder denn wenigstens sehenswert?«

Mertin kratzte sich am Hinterkopf. »Na ja. In dem Sinne, dass man sie sehen muss, um sie zu glauben? Das schon, fürchte ich …«

KAPITEL 7

Der *Travemünder Lotse* befand sich im Hinterhaus der Buchhandlung. Clara Clüver folgte Jule durch den winzigen Garten hinter Friekes *Schmökerhafen*, vorbei an Mülltonnen und einem wahren Berg an Altpapierkartons, bis zur offenen Eingangstür des kleinen Büros, das sich als eingeschossiger Flachdachbau herausstellte. Mit seinen weißen, leicht schiefen Außenmauern und dem einzelnen quadratischen Fenster ließ das Gebäude weit eher an einen Geräteschuppen oder Hobbyraum denken als an großen Journalismus. Doch jenseits der Schwelle herrschte ein anderes Bild vor.

Claras Blick fiel auf deckenhohe Regale voller sorgfältig beschrifteter Archivordner, auf eine mittlere Armee an teuren Fotoapparaten nebst Zubehör, auf einen klobigen Fotokopierer, eine moderne Telefonanlage und einen Marken-Computer jüngster Bauart, komplett mit gleich zwei überdimensionierten Monitoren. Im hinteren Bereich des großen Raumes führten zwei schmale Türen in kleine Nebenzimmer. Eine war mit *Dunkelkammer* beschriftet, an der anderen prangte ein WC-Zeichen.

Zwei breite Tische prägten den Raum, in dem der *Lotse* entstand. Tisch eins war offensichtlich Jules Arbeitsbereich mit den großen Monitoren, und er ertrank in kreativem Chaos. Clara sah offene Notizbücher und angekaute Bleistifte, Scheren und Briefmarken, Klebestifte und ein Meer aus gelben Post-it-Zetteln, die nahezu überall hafteten. Tisch zwei war deutlich aufgeräumter und wurde von vier bequem wirkenden

Holzstühlen gesäumt. Auf diesem Tisch lag wenig mehr als die aktuelle Ausgabe der Lübecker Tageszeitung. Und auf einem der Stühle saß ein alter Bekannter.

»Clara Clüver«, stellte Jule vor und deutete dann auf den Mann. »Darf ich dir einen alten Freund von mir vorstellen? Das ist …«

»Bengt«, sagte Clara knapp.

Jule riss die Augen auf. »Wie, ihr kennt euch?«

Dem ungelenken Hans-guck-in-die-Luft war die Überraschung deutlich anzusehen. Clara bemerkte, dass seine stoppeligen Wangen plötzlich rot anliefen.

»Wir hatten bereits das Vergnügen, ja«, antwortete sie. »Sogar mehrfach.«

Nun runzelte er die Stirn. »Mehrfach?«

»Vorhin beim Roggenbuk-Imbiss«, zählte sie auf, »und gestern in der Bahnhofshalle. Eins muss ich Ihnen lassen: Sie sind bislang der einzige Mann in meinem Leben, der mich bei jeder einzelnen Begegnung komplett umgehauen hat.«

Fragend sah Jule von ihr zu ihm und zurück. »Ooookay«, sagte sie gedehnt, und ihre Mundwinkel zuckten. »Ich habe keinen blassen Schimmer, was hier läuft. Aber ich find's lustig. Klärt mich jemand auf?«

»Dein Freund ist ein ziemlicher Rüpel, fürchte ich«, erwiderte Clara. »Oder ein Blindfisch, auch das ist möglich. Wir sind jetzt an gleich zwei aufeinanderfolgenden Tagen ineinandergerannt – buchstäblich. Und jedes einzelne Mal hat er sich danach wortlos vom Acker gemacht.«

»Wortlos stimmt nicht«, widersprach Bengt zerknirscht. »Ich habe Danke gesagt. Wegen der Flyer.«

»Na gut, *fast* wortlos«, korrigierte sie sich streng. »Ein Gentleman hätte mir allerdings auch noch aufgeholfen. Und sich entschuldigt. *Beide* Male.«

Jule stemmte die Hände in die Hüften und sah ihn an. »Bengt Hansen, was haben Sie zu Ihrer Verteidigung zu sagen?«

Er grinste schief. »Entschuldigung. War blöd von mir, keine Frage. Aber Sie haben auch nicht aufgepasst. Und ich habe mich ganz schön geschämt. So sehr, dass ich den Mund nicht aufbekam. Muss die Situation gewesen sein, die hat mich irgendwie überrumpelt.«

»Ach, jetzt ist es meine Schuld?« Clara lachte ungläubig. »Sie bekommen die Zähne nicht auseinander, und das liegt an mir?«

Jule prustete los. »Also, manchmal frage ich mich, ob ich dich nicht zum Ehrenmitglied meiner Rasselbande ernennen soll, Bengt. Gott weiß, dass du es nötig hättest. Ein bisschen Erziehung würde dir nicht schaden.«

»Das mit gestern tut mir leid«, erklärte er. »Ich hätte besser aufpassen müssen, auch vorhin. Doch ich habe nicht schnell genug geschaltet, und dann heute auch noch die Sache mit dem Graffito und all das …« Mit der linken Hand berührte er die Tageszeitung auf dem Tisch. »Sorry. Im Ernst. Ich *bin* manchmal ein Blindfisch.«

»Das kann ich bestätigen«, wandte Jule sich an die Pastorin. Sie amüsierte sich köstlich. »Ich kenne Bengt schon seit der Grundschule, Clara. Der ist harmlos. Ein störrischer Esel, das schon – und auch gerne mal wortkarger, als ihm guttut. Aber größtenteils harmlos.«

»Na, das passt ja.« Clara schenkte dem Mann einen halb warnenden, halb belustigten Blick. »Denn harmlos bin ich auch. Größtenteils. Schwamm drüber?«

»Schwamm drüber«, erwiderte er. Es klang erleichtert.

»Gesprochen wie eine wahre Pastorin«, freute sich Jule.

Sie nahm ebenfalls am Tisch Platz und bedeutete Clara,

sich ihnen anzuschließen. Als sie saß, nahm Clara den Stoppelbärtigen – *Bengt Hansen*, korrigierte sie sich, *jetzt kenne ich den vollen Namen, und er lautet Bengt Hansen* – erneut in Augenschein. Sie wusste kaum etwas über ihn, doch mit einem Mal kam er ihr weniger schroff und unaufmerksam vor, sondern eher gehetzt. Abermals fielen ihr die roten Lettern am Leuchtturm und die anklagenden Worte des Mannes am Imbiss ein. Es gab ein Bild hinter all diesen Puzzleteilen, oder?

»Bengt braucht Hilfe«, bestätigte Jule die unausgesprochene Vermutung prompt. Sie griff nach der Zeitung und schlug den Lokalteil auf, dann schob sie Clara das Blatt entgegen. »Deswegen, verstehst du?«

Die Pastorin sah auf die Schlagzeile.

Spur in die Vergangenheit, stand dort in schwarzen Buchstaben. *Kriminalpolizei verdächtigt Ex-Liebhaber!*

Darunter folgten mehrere Spalten Fließtext, die ein Schwarz-Weiß-Foto umrahmten. Claras Blick wurde sofort von dem Bild angezogen. Es zeigte eine Art Jachthafen. Auf dem schmalen und sandigen Ufer lag eine Person bäuchlings am Boden. Ein weißes Tuch war über sie ausgebreitet worden, und um sie herum standen Uniformierte.

Erich Konstantin (74), verriet die Bildunterzeile. *Tod vor Niendorfer Hafenimbiss.*

»Ex-Liebhaber?«, fragte Clara und sah auf. »Damit sind Sie gemeint?«

Bengt nickte. »Mein Name fällt da nirgends. Aber die Leute wissen natürlich trotzdem, auf wen diese Räuberpistole abzielt.«

»Bengt war mal mit Onkel Erichs Tochter zusammen«, erklärte Jule. »Das ist lange her und endete eher unglücklich.«

»Jugendsünde«, gestand er. Es schien alles zu sein, was er dazu sagen wollte. Der Esel war offenbar nicht nur störrisch, sondern auch scheu, wenn es um Privates ging.

»Aber weil Onkel Erich nun einmal Onkel Erich war«, fuhr Jule fort, »blieb es den Leuten im Gedächtnis. Wer einer lokalen Legende öffentlich mit dem Tod droht – und sei es auch ›nur‹ im Suff –, der wird auch schnell mal selbst zur Legende.«

Clara erschrak. »Wie bitte?«

Bengt hob abwehrend die Hände. Abermals wirkte er, als schämte er sich für sich selbst. »Das ist Schnee von vorvorgestern, wirklich.«

»Ach ja?«

»Ich war jung«, führte er widerwillig aus. »Außerdem war Hafenfest in Niendorf. Und ich hatte soeben eine Abfuhr kassiert, noch dazu von der vermeintlichen Liebe meines Lebens. Kann ich was dafür, dass mir der alte Konstantin dann über den Weg läuft? Ausgerechnet der Idiot, wegen dem sie mit mir Schluss machen musste? Scheiße, genau wegen Erich hatte ich mich doch betrunken.«

»Bengt kann sehr wohl etwas dafür«, widersprach Jule tadelnd. Einmal mehr klang sie fast, als spräche sie mit ihren Kindern. »Zumindest für sein eigenes Verhalten. Doch ich war auch auf dem Hafenfest, Clara. Ich stand ganz in der Nähe und habe damals mitangehört, wie Erich und er sich gegenseitig an die Gurgel gingen. Auch den alten Konstantin traf Schuld an dem Abend. Der hatte Blut geleckt, als er Bengt sah, und wollte mehr. Sich über ihn lustig machen, was weiß ich. Er hatte jedenfalls keine Scheu, einen Mann zu treten, der gewissermaßen schon am Boden lag. Noch dazu vor allen Leuten.«

»Ich fürchte, ich kann euch noch immer nicht ganz folgen«, sagte Clara. »Was ist damals genau passiert – und warum, mit Verlaub, erzählt ihr mir das alles überhaupt?«

Jule lächelte entschuldigend. »Bengt und Marion«, begann sie. »Das war die erste Liebe, das ganz große Ding. Stimmt doch, oder?«

Bengt nickte. »Ist lange her.«

»Du kennst das bestimmt aus deiner eigenen Jugend«, fuhr Jule fort. »Wenn man meint, man wüsste plötzlich besser als alle anderen, wie der Hase läuft. Wenn man denkt, die Zukunft wäre komplett fix und unumstößlich. Und jeder, der etwas dagegen hat, wäre der Feind.«

Clara dachte an Mainzer Studentenwohnheime und an Stefan. Dann schluckte sie trocken.

»Wir waren quasi noch Kinder«, ergänzte Bengt. Er schien allmählich ein wenig in Fahrt zu kommen und redete, auch ohne dass Jule ihm die Worte aus der Nase ziehen musste. »Dumm wie Kinder, das auf jeden Fall. Was wussten wir schon?«

Dann begann er zu erzählen.

Niendorf, August 1998

»Ziiiie-hen, ziiie-hen, ziiie-hen!« Die Jungs feuerten ihn an und grölten dabei vor Vergnügen.

Bengt sah ihre auffordernden Mienen nur verschwommen und über den Rand des Glases. Dennoch trank er weiter. In großen Schlucken rann ihm der Gerstensaft die Kehle hinunter. Erst als der komplette halbe Liter geschafft war, setzte er wieder ab. »Holla«, murmelte er keuchend und musste prompt aufstoßen.

Kai klopfte ihm auf die Schulter. »Richtig so, Alter!«, lobte der Siebzehnjährige. »Und jetzt direkt noch ’nen Kurzen hinterher, denn das pflegt den Magen. He, Gaby? Machste mal fünf Kleine?«

Das Niendorfer Hafenfest war im vollen Gange. Zahlreiche Buden und Fahrgeschäfte säumten die Strandpromenade von der Seebrücke bis hin zum Kinderspielplatz mit der Piratenschaukel. Auf kleinen Bühnen spielten lokale Bands und Alleinunterhalter, und kostümierte Artisten liefen auf Stelzen durch den Strom der Passanten, zauberten funkelnde Seifenblasen aus dem vermeintlichen Nichts herbei, jonglierten mit Äpfeln oder verknoteten Luftballons zu bunten Tieren. Die Luft war warm und roch nach Zuckerwatte und Flammlachs. Über der Ostsee prangten die ersten Sterne am Himmel.

Bengt und seine Kumpels hatten sich an diesem lauen Sommerabend nicht lange bei den Schaubuden aufgehalten. Von der Seebrücke aus waren sie zielsicher gen Hafenbecken aufgebrochen, denn nur dort gab es die besten Bierstände. Einzig an zwei Schießbuden und natürlich dem *Currywurst-Käpt’n* hatten sie auf ihrem Weg angehalten – hauptsächlich, weil Kai darauf bestanden hatte.

»Ein Hafenfest ohne Currywurst ist doch kein Hafenfest, ey!«, hatte er verkündet. »Das ist Cliquen-Tradition, und die verpflichtet.«

»Aber unser Bengt hier braucht dringend einen Schluck«, hatte der werdende Mechatroniker Ole dagegengehalten. Dabei hatte er den Arm um Bengts Schultern gelegt und leicht geschwankt, denn das nicht minder traditionelle Vorglühen in Kais winziger Azubi-Wohnung, das stets bereits spätnachmittags begann, hatte Ole in diesem Jahr deutlich mehr zugesetzt als dem Rest der Gruppe. »Und den besten Küstennebel gibt’s nun mal bei Gaby.«

»Ein guter Schluck ist nichts wert ohne eine gute Grundlage«, hatte Kai erwidert und die Diskussion damit nachdrücklich für sich entschieden.

Sie waren zu fünft unterwegs, der harte Kern, und Bengts trauriges Liebesleben war ihr Thema Nummer eins.

»Die hat dich nicht verdient, Mann«, fand Mehtin gerade. Der Abiturient mit der hohen Stirn sagte diesen Satz bestimmt zum zwölften Mal seit Beginn ihrer Sauftour und wirkte dabei noch immer, als wäre er stocknüchtern. »Vergiss die dumme Kuh einfach.«

»Ja, genau«, stimmte Romeo zu. Eigentlich hörte der passionierte Mofa-Fahrer auf den Namen Hans-Peter, aber so riefen ihn nur seine betagten Eltern, die in Teutendorf einen Bungalow bewohnten. Den Spitznamen, den seine Kumpels ihm schon vor Jahren wegen seiner großen Klappe und seinen – fraglos frei erfundenen – Weibergeschichten verpasst hatten, trug Romeo so stolz wie ein Soldat ein Ehrenabzeichen. »Die Schlampe soll sich was schämen. Und wer nicht will, der hat schon. Guck dich um, Bengti-Bengt! Hier sind doch Weiber ohne Ende. Von denen kannste jede haben. Je-de! Und alle sind besser als Onkel Erichs artige kleine Arschkriecherin.«

»He, he, he!«, warnte Bengt den Rothaarigen. Seine Zunge war ganz schön schwer geworden, aber die Worte kamen trotzdem. »Pass auf, was du sagst, ja? Das ist unnötig.«

»Wieso? Stimmt doch!«, beharrte Romeo. Er griff nach den Schnapsgläsern, die die emsige Wirtin Gaby auf den Tresen des kreisrunden Bierpavillons gestellt hatte, und verteilte sie in der Runde. »Die hat dich abserviert, weil ihrem ach so tollen Papa deine windschiefe Nase nicht passt. Weil du den Kon…« Er musste neu ansetzen. Der Name war der reinste Zungenbrecher, wenn man getankt hatte. »Den Konssatins zu billig bist, Mann. Zu proletarisch. Und ihr Papa ist nun einmal derjenige, der die brave kleine Marion durchfüttert. Wenn das dann keine Arschkriecherei ist, was denn sonst?«

»So, genug gelabert«, ging Kai diplomatisch dazwischen, bevor Bengt reagieren konnte. »Wir sind zum Trinken hier, Männer. Schon vergessen? Frauen sind Frauen …«

»Aber Durst bleibt Durst«, antwortete der Rest der Clique im Chor. Dann setzten sie an und vergaßen Romeos laute Töne wieder.

Bengt verzog das Gesicht. Der Küstennebel war entsetzlich süß, verglichen mit dem herben Pils, und allmählich rebellierten seine Eingeweide gegen den stetigen Dauerbeschuss. Das Geplärr der vielen Schaubuden nervte ihn darüber hinaus, und wenn er den Kopf zu schnell hob, drehte sich Gabys Getränkestand leicht vor seinen Augen.

Langsamer trinken, warnte er sich in Gedanken. *Sonst wirst du heute nicht alt.*

Andererseits: War nicht genau das der Punkt? Die Jungs und er waren nicht hier, um das Fest zu genießen, sondern um das unrühmliche Ende einer Beziehung in Alkohol zu ertränken. Zwei Tage war es nun her, dass Marion mit ihm Schluss gemacht hatte, und aus Bengts anfänglichem Entsetzen über ihren Entschluss wurde langsam so etwas wie trotziger Stolz.

»Das muss so sein«, hatte Kai ihm vorhin in der Wohnung noch erklärt. »Lass den Zorn zu. Der ist wie der Schorf auf einer Wunde, verstehst du? Zorn heißt Heilung. Wer wütend wird, wird wieder er selbst.«

»Die fünf Stufen der Trauer«, hatte Ole, der alte Wichtigtuer, prompt ergänzt und dazu an den Fingern der rechten Hand mitgezählt. »Erschrecken, Entsetzen, Ertrinken und Erbrechen.«

»Das sind aber nur vier, du Schwachmat«, hatte Mehtin gesagt und sich prompt von Ole eine Kopfnuss eingefangen.

»Und das«, hatte Ole gelacht und ihm den fünften Finger präsentiert, der zugleich sein Mittelfinger war, »war die fünfte. Gehen wir jetzt los, oder was?«

Seitdem waren sie unterwegs. Aus dem Augenwinkel sah Bengt gerade, wie Romeo eine neue Runde Bier bestellte. Gaby nickte nur und füllte fünf bereits vorsorglich angezapfte Gläser. Bengt seufzte leise und ergab sich seinem Schicksal. Der morgige Tag würde mit der Mutter aller Kopfschmerzen beginnen, das war ihm klar. Aber auch das, fand er, hatte Marion nicht anders verdient.

Er stutzte. *Was red' ich denn da? Das ergibt doch gar keinen Sinn.*

Doch dann kam das Bier und verscheuchte diesen Ansatz von Logik mühelos. Während er trank, ließ Bengt den Blick schweifen. Die Boote drüben an den kurzen Anlegern schwankten leicht im Wasser. Oder war er das? Am Horizont fuhr ein Frachter gen Lübeck, hell erleuchtet wie ein Konkurrenzjahrmarkt. Die Menschenmenge war voll von fremden Gesichtern, denn das Hafenfest lockte einmal mehr hauptsächlich Touristen an. Außer Gaby und den Kumpels kannte er hier niemanden.

»Elende Urlauber«, murmelte er und staunte, als er zum nächsten Schluck ansetzte und das Glas leer vorfand.

Dann sah er die *Kombüse*. Erich Konstantins beliebter Imbiss lag am anderen Ende des Hafenbeckens und hatte trotz der späten Stunde noch immer geöffnet. Die Ausgabetheke war hell erleuchtet, und ein Pulk von Menschen stand davor, um sich mit überteuertem Backfisch, Matjesbrötchen und fettigen Pommes einzudecken. Das von innen beleuchtete Schild über der Theke zeigte den cartoonhaft gezeichneten Erich höchstpersönlich – einen gütig lächelnden Mann in Kochkittel und mit rot-weiß kariertem Halstuch.

»Wenn wir hier fertig sind«, sagte Kai im leisen Verschwörerton, »dann schleichen wir uns da rüber und pinkeln denen vor die Füße. Wir alle fünf.«

Bengt lachte. »Was?«

»Na, den Konstantins da«, antwortete Kai. »Ich seh doch, wohin du guckst. Was meinst du, was die Augen machen?«

»Mhm.« Bengt winkte ab. »Klar.«

»Im Ernst, Alter«, beharrte sein Kumpel. Er deutete mit ausgestrecktem Zeigefinger in Richtung des Erich-Schilds. »Wir wissen doch alle, wer hier der wahre Schuldige ist. Die Kleine hat dich fallen lassen, weil der Großkotz da oben es so wollte. Also kann der auch deinen Zorn ausbaden. Meinste nicht?«

»Trink lieber, komm«, erwiderte Bengt, gab Gaby einen ungelenken Wink und wartete auf die nächste Runde.

Es war nur die nächste von vielen. Bengt hatte längst den Überblick verloren, wie viel er trank. Normalerweise war er nicht so, doch an diesem Abend – und mit jedem neuen Glas – war es ihm herzlich egal. Es stimmte, was Kai sagte: Er *war* zornig. Verletzt. Trotzig. Und tief in seinem Inneren wusste er auch, wem dieser Zorn eigentlich galt. Nicht Marion, obwohl sie ihn gehörig enttäuscht hatte, sondern der Eminenz im Hintergrund: Erich.

Der hat uns von Anfang an Steine in den Weg gelegt, dachte er grimmig.

Irgendwann, Bengt hatte längst jedes Zeitgefühl verloren, war Erich da. Romeo bemerkte ihn als Erster, ein bärtiges Gesicht in der Menge, und die Begeisterung stand dem Rothaarigen ins Gesicht geschrieben. »Da!«, zischte er, deutete voraus und hatte Schwierigkeiten, den Arm gerade zu halten. »Leute, da ist die Sau! Ich fass' es nicht, der ist *hier*!«

Bengt schwankte, als er den Kopf zur Seite drehte. Dann sah auch er den Vater seiner … nun ja, wohl Ex-Freundin.

Erich Konstantin bahnte sich einen Weg durch die Menge der Feiernden wie Moses, der das Rote Meer durchschritt. Von zwei Angestellten aus der *Kombüse* flankiert, hielt er auf den Ausgang des Hafenbeckens zu und grüßte knapp, wann immer ihn jemand erkannte. Er trug eine dunkle Hose und einen grauen Strickpullover, dazu ein dünnes Jäckchen. Sein Bart, in dem erste graue Strähnen prangten, wirkte frisch gestutzt, und sein Lächeln war so aufrichtig wie seine Sonnenbankbräune.

Erst als das Bierglas fast zerbarst, merkte Bengt, dass er die Hand instinktiv zur Faust ballen wollte. Schnell ließ er los.

»Der gute Onkel Erich«, murmelte Romeo angriffslustig. Er trat zu Bengt, und seine Alkoholfahne war nahezu mit Händen greifbar. »Das ist deine Chance, Bengti-Bengt. Jetzt gilt es.«

Der Rest der Clique achtete kaum auf sie. Mehtin erzählte irgendeinen Witz, dem Kai nur schwer folgen konnte, und Ole schlief beinahe im Stehen.

»Komm schon«, drängte Romeo. »Gleich ist er weg. Geh rüber und zeig's dem Dreckskerl. Was hast du zu verlieren?«

Bengt wusste, wie bescheuert der Vorschlag war. Doch dem Teil seines Verstandes, der wütend war und seit Stunden in Alkohol badete, war das egal. Ehe er richtig begriff, was er tat, löste er sich auch schon vom Pavillon und trat auf Konstantin zu. »He, Erich!«, rief er laut. Kleine Spucketropfen flogen von seinen Lippen, und das Blut rauschte ihm in den Ohren, doch er ignorierte beides. »Erich, ich rede mit dir!«

Konstantin drehte sich um. Auch an den Nachbarständen sahen erste Menschen herüber. Passanten blieben stehen.

»Bengt«, sagte Konstantin. Er wirkte überrascht … und auch wieder nicht. »Ich würde dir ja einen guten Abend wünschen. Aber wie mir scheint, war der schon viel *zu* gut.«

Seine zwei Lakaien lachten. Auch einige Passanten ließen

von sich hören. Das Gelächter übertönte sogar das Geräusch des Blutes.

Diesmal ballte Bengt die Hand zur Faust. »Du bist ’n dreckiges Arschloch, Erich!«

Die Hintergrundmusik, die aus den Boxen der Schaubuden drang, verstummte so plötzlich, als hätte jemand einen Schalter umgelegt. Das Gelächter der Umstehenden wich einer Mischung aus Tadel und Entrüstung. Bengt sah sich mit strafenden Blicken von Menschen konfrontiert, die er nicht kannte und denen er, verflucht nochmal, doch eigentlich schnurzegal sein sollte. Was wussten die schon? Diese Idioten hielten den Mistkerl doch für ihren lieben »Onkel Erich«. Einen Dreck wussten die!

Konstantin machte einen Schritt auf ihn zu. »Pass auf, was du sagst, Söhnchen. Und nimm einen gut gemeinten Rat an, ja? Geh nach Hause.« Eine Pause. Dann lächelte Konstantin arrogant. »Allein.«

Das genügte. Bengt konnte nicht mehr rational denken, in diesem einen Moment sah er rot. Ein wütendes Grollen stieg aus seiner Kehle. Ruckartig riss er die Faust in die Höhe und rannte auf den Gastro-König zu.

Doch Kai war schneller. Mit einer Sicherheit, die seinem Alkoholpegel hohnsprach, packte er Bengt, bevor dieser den erschrocken zurückweichenden Konstantin erreichen konnte.

»Ruhig!«, sagte er drängend und schlang die Arme um Bengts Oberkörper. »Ruhig, Mann! Mach keinen Scheiß, ey!«

Mehtin eilte nun ebenfalls herbei. Gemeinsam hielten sie Bengt fest.

Die Passanten glotzten immer noch, mal amüsiert und mal angewidert. Irgendjemand machte mit seiner Kamera sogar ein Foto von der Szene, als wäre sie eine weitere Sehenswürdigkeit der Lübecker Bucht.

Konstantin fasste sich schnell, und sein kurzes Entsetzen wich purem Spott. »Hör auf deine Jungs, Kleiner«, sagte er, in den Augen ein höhnisches Funkeln. Er genoss die Aufmerksamkeit spürbar – und den Triumph, den die Situation ihm bescherte. Selbst als er sich unsichtbare Falten aus der Jacke strich, ruhte sein Blick fest auf Bengt. »Und dann geh zurück in die dreckige Hafengosse, aus der du gekommen bist. Lass dich bei meiner Marion nie wieder blicken, verstanden? Du spielst nicht in ihrer Liga, du Witzfigur!«

»Ich bring dich um!«, zischte Bengt und wurde immer lauter, bis er nahezu schrie. Die Wut in seinem Bauch war noch immer nicht verflogen. Im Gegenteil: Kai und Mehtin befeuerten sie sogar noch, indem sie ihn mit vereinten Kräften bremsten. »Ich finde dich, du Arschloch! *Ich finde dich!*«

Konstantin hatte sich längst umgedreht und ging weiter. »Ja, ja. Du mich auch.«

Einzig einer seiner Angestellten, ein klobiger Mann mit Kurzhaarschnitt und pickeligem Kinn, warf einen letzten Blick zurück. Er grinste hämisch. »Lächerlicher Säufer«, murmelte er dabei. Dann verschwand das Trio hinter der Mauer, die das Hafenbecken vom Rest Niendorfs trennte, und aus Bengts verschwommenem Sichtfeld.

»Durchatmen, Mann«, sagte Kai leise. »Die sind es nicht wert. Vergiss die.«

Mehtin und Kai führten Bengt zurück zum Pavillon, wo Ole – »Hab ich was verpasst?« – dumm guckte und Romeo triumphierend die Arme in die Luft reckte.

»Mörderaktion, Bengti«, lobte der Rothaarige. »Echt saustark.«

Bengt zitterte. Das Adrenalin in seinen Adern tobte nach wie vor, doch tiefe Atemzüge halfen tatsächlich. Er wusste nicht, ob er gerade kurz davor gewesen war, einen Fehler zu begehen, oder ob der Fehler weit eher darin bestand, dem alten Konstantin jetzt nicht nachzurennen und es zu beenden.

Doch er blieb, wo er war. Seine Kumpels flankierten ihn, stützten ihn, redeten mit ihm. Die Musik spielte wieder, die Massen zogen längst weiter. Es war vorbei.

Als Bengt Hansen am nächsten Mittag erwachte, lag er auf Kais unbequemem Sofa und trug noch immer die Klamotten der Nacht. Sein Schädel dröhnte, und in seinem Mund regierte ein Geschmack, der Brechreiz erzeugen konnte. Der Versuch, sich an die Ereignisse der vergangenen Sauftour zu erinnern, scheiterte umgehend. Irgendwo hatte er einen Filmriss, der sich schlicht nicht mehr kitten ließ. Er konnte nur hoffen, sich nicht allzu sehr blamiert zu haben.

Scheiß Hafenfest, dachte er und schloss stöhnend die Augen. *Scheiß Marion …*

»Jedenfalls hielt der alte Konstantin unseren Freund Bengt damals für eine ausgesprochen schlechte Partie«, wusste Jule. »Wie man sieht.«

Bengt und sie hatten die Geschichte gemeinschaftlich erzählt. Wo immer seine Erinnerung stockte oder er in Jules Augen nicht ausführlich genug wurde, hatte sie bereitwillig ausgeholfen – ob es ihm gefiel oder nicht. Außerdem hatten sie sich während des langen Berichts aus dem *Lotsen* verabschiedet und waren zu dritt durch den sonnigen Vormittag spaziert, bis sie zu Bengts Leuchtturm kamen.

Die dunkelrote Schrift prangte noch immer an der Außenmauer des alten Wahrzeichens. Bengt beachtete sie kaum, als er die Tür aufschloss und seine Begleiterinnen einließ.

»Sein Augapfel und einziges Töchterlein war eine Weile echt Hals über Kopf in Bengt verschossen«, fuhr Jule fort. »Doch Erich fand, sie hätte Besseres verdient als einen unrasierten Traumtänzer, der zur See fahren wollte, obwohl es in der ganzen Bucht kaum noch echte Fischer gab.«

»Erich war vom ersten Tag an gegen mich«, sagte Bengt. »Daraus hat der nie einen Hehl gemacht.«

Fasziniert sah Clara sich um, hörte kaum noch zu. Das Leuchtturminnere war tatsächlich ein Museum. Nahezu jede freie Fläche des kreisrunden Untergeschosses präsentierte irgendein Exponat, und fast alle hatten mit der Seefahrt, dem Ort oder dem Meer als solchem zu tun. In einer gläsernen Vitrine unter der Wendeltreppe stand beispielsweise eine der Dänemarkfähren – als maßstabsgetreuer Bausatz. Daneben hing ein gerahmtes Schwarz-Weiß-Foto, das alte Fischerboote zeigte und aus den Nachkriegsjahren stammen musste. Belustigt registrierte Clara, dass sich die Skyline des alten Travemünde seit damals nur wenig geändert hatte. Es gab hölzerne Steuerräder zu bestaunen, eine Schautafel verschiedenster Seemannsknoten, alte Schiffsglocken und Kapitänsmützen.

Auf der nächsthöheren Ebene zeigte ein kleiner Fernseher lautlos Reportagen aus vergangenen Jahrzehnten, schwere Bildbände boten Einblicke ins Fischerleben früherer Generationen, und ein Flaschenschiff verschönerte die Nische mit dem kleinen Fenster. Einiges an diesem Sortiment wirkte wahllos zusammengestellt, manches sogar wie touristischer Nippes, doch in seiner Gesamtheit verströmte der Ort eine Nostalgie, die nahezu mit Händen greifbar war und die, das musste Clara ihm lassen, ganz nebenbei auch ein klareres Bild von dem Mann zeichnete, der das Museum führte. Bengt Hansen war ein verkappter Romantiker!

»Mein Großvater ist zur See gefahren«, erklärte Bengt, dem Claras Interesse an seinen Exponaten nicht entging. Dieses Thema ging ihm merklich leichter von den Lippen als der Umgang mit Menschen. »Er war Fischer, gleich hier in Travemünde. Das ist eine Ewigkeit her. Als Kind bin ich sogar noch mit ihm hinausgefahren.«

»Ach ja?«, staunte sie. *Schau an, er kann ja sprechen.*

»In aller Frühe sind wir gestartet«, gestand er mit nur leichtem Zögern. »Ich habe immer gerne zugesehen, wie er und seine Kollegen ihre Netze auswarfen. Keine dieser Fahrten endete als Misserfolg, zumindest nicht in meiner Erinnerung. Großvater war stolz auf seinen Beruf, und ich war stolz auf *ihn*. Der ganze Ort war immer schon stolz auf seine Fischer.«

Inzwischen hatten sie die oberste Ebene erreicht. Bengt trat zu einem weiteren Bausatz, der frei auf einem Holztisch stand. Das Modell war knapp so lang wie ein Unterarm und zeigte einen Fischkutter, komplett mit kleinen Figuren in Wollpullovern und Ölmänteln. Der Name *Poseidon* prangte in weißen Lettern an der Reling, und am Heck wehte das Lübecker Stadtwappen als Fahne.

»Das hier war sein Kutter«, berichtete Bengt weiter. Sein Blick ging dabei ins Leere, als sähe er in die Vergangenheit. »Erinnerst du dich, Jule?«

»Aber hallo.« Sie nickte. »Als Kind wolltest du sein wie er, sogar noch nach der Schule.«

»Marion hatte das damals verstanden«, sagte Bengt. »Die war anders als der Rest des Konstantin-Clans. Nicht so abgehoben und selbstverliebt. Die stand da voll hinter mir.«

»Aber?«, erkundigte sich Clara.

Er winkte ab. »Als ich endlich alt genug war, war von Großvaters alter Garde kaum noch jemand übrig.«

Fragend sah Clara zu Jule.

»Den ganzen Beruf gab es quasi nicht mehr«, erklärte diese an Bengts Stelle. »Mit einem Kutter konnte man in Travemünde seinen Lebensunterhalt nicht mehr bestreiten; es sei denn, man kutschierte Urlauber durch die Gegend.«

»Die Fischerei war für frühere Generationen der Nährboden der gesamten Region«, fügte Bengt hinzu. »Inzwischen ist daraus aber eine brotlose Kunst geworden, zumindest hier.«

»Du Poet, du«, scherzte Jule.

Abermals wusste Clara nicht so recht, wie sie mit der Situation umgehen sollte. Was Bengt und Jule da über die alten Fischer der Bucht erzählten, mochte wenig mit Niendorfer Leichen zu tun haben, doch es erinnerte sie erschreckend sehr an ihren Vater. Auch Fritz Behrendt war vor Travemündes Küste einst mit den Netzen ausgefahren. Clara erinnerte sich an dankenswert wenig, was ihn betraf, doch dieses Detail stand ihr klar und deutlich vor dem inneren Auge. Sie kannte diese »alte Garde«, von der Bengt sprach, ein wenig: aus den Erzählungen ihrer frühen Kindheit.

»Was diese Konstantin-Sache angeht …«, kehrte Clara zurück zum Thema.

»Marion war ein liebes Mädchen«, sagte Bengt. »Harmlos, aber lieb. Nur hielt sie es nicht durch. Immer wieder stichelte ihr Vater gegen mich, und irgendwann hatte er sie so weit. Irgendwann kapitulierte sie vor Erichs Manipulationen und gab nach. Damals machte ich ihr dafür Vorwürfe. Aber heute sind wir alle schlauer. Das mit uns hätte nie funktioniert.«

Jule zuckte mit den Schultern. »Blut ist eben leider dicker als Wasser. Sogar als das der Ostsee.«

Sie traten ins Freie. Der schmale Balkon an der Spitze des Turmes führte einmal rund um das Gebäude und bot eine wundervolle Aussicht auf den Ort, den Fluss und das Meer. Clara konnte die Passanten im Kurpark erkennen, die Priwallfähre, sogar die Kirche drüben im alten Ortskern. Es war absurd, aber mit einem Mal fühlte sie sich ihrem verstorbenen Vater so nah wie seit Jahrzehnten nicht mehr. Und sie wusste nicht, ob ihr das gefiel.

»Warum erzählt ihr mir das alles?«, fragte sie schließlich. Sie stellte die Frage nicht zum ersten Mal. Dennoch kam sie ihr nun erst angemessen vor.

»Bengt ist vorhin zu mir gekommen«, antwortete Jule. Der Wind spielte mit ihrem Haar. »Wegen dieses Artikels von heute. Und wegen des ganzen Geredes da draußen, siehe auch die Schmierereien hier am Leuchtturm. Hast du die bemerkt?«

Clara nickte. Wie konnte man das übersehen?

Bengt seufzte. »Ich halte das Geschwätz aus, das ist es nicht. Das zieht auch wieder vorbei, mit der Zeit.«

»Aber der Leuchtturm ist dein Ein und Alles«, sagte Jule zu ihm. »Du liebst dieses Museum.«

Er widersprach ihr nicht. »Ich führe es schon seit Jahren im Auftrag des Rathauses. Nur ich, keine weiteren Angestellten. Doch wenn die Leute jetzt anfangen, mir so einen Quatsch an die Wände zu schmieren – ausgerechnet mitten in der Saison …«

»Dann muss hier etwas geschehen«, fand Jule. »Das schadet dem Ruf deines Unternehmens. Und es schadet deiner Position *in* diesem Unternehmen.«

Er sah zu Jule. »Deshalb hatte ich auf dich gehofft«, gestand er. »Auf deinen heißen Draht zu Sören. Wenn dein Ex der Presse gegenüber versichert, dass ich nichts damit zu tun habe …«

»Glaub mir.« Die zweifache Mutter brummte ablehnend. »›Sören‹ und ›heiß‹ in ein und demselben Satz? Absolutes No-Go.« Dann seufzte auch sie. »Und so gerne ich dir helfen würde, so ungern würde ich es auf ein Gespräch mit meinem Ex-Mann ankommen lassen. Was aber nicht heißt, dass ich keine bessere Idee in petto hätte.«

»Nämlich?«, fragten die beiden anderen einstimmig.

Jule schaute zu Clara. »Sherlock Clüver und ich übernehmen den Fall«, antwortete sie. »*Parallel* zur Polizei. Lass Sören ermitteln, wo und was immer er möchte. Der findet ohnehin keinen Täter, das garantiere ich. Aber wir kümmern uns wenigstens darum, dass du rehabilitiert wirst – indem wir klipp und klar im *Lotsen* erklären, dass du es unter keinen Umständen warst.«

»Wie bitte?« Clara traute ihren Ohren kaum. »Was redest du denn da?«

»Wir schlagen gleich drei Fliegen mit einer Klappe«, beharrte Jule. Sie hob die Hand und zählte es an den Fingern ab. »Erstens: Bengt bekommt seinen Frieden wieder, bevor jemand im Rathaus nennenswert an seinem Stuhl sägen kann. Zweitens: Ich bekomme den Artikel meines Lebens und kann im *Lotsen* mal von mehr berichten als von Kaffeekränzchen und Dorffesten. Und drittens: Du hast endlich etwas, womit du die Zeit totschlagen kannst, Clara, bis sich diese Sache mit Pastor Kruse klärt.«

»Aber, Jule«, wandte sie ein wenig fassungslos ein. »Ich bin doch keine Detektivin.«

»Na und?« Sie zuckte mit den Schultern. »Ich doch auch nicht. Es könnte trotzdem Spaß machen. Journalisten finden ständig irgendwelches Zeug heraus, oder etwa nicht?«

»Das hier ist doch nicht irgendwelches Zeug«, gab sie zurück. »Das ist ernst. Das ist Polizei-ernst! Wenn du unbedingt neue Storys für den *Lotsen* suchst, dann schreib über den Einbruch bei Frieke.«

»Ach was.« Jule schüttelte den Kopf. »Das waren doch nur irgendwelche Halbstarken. Nein, *das* ist das Thema des Tages.« Bei diesen Worten deutete sie über das Balkongeländer in die Tiefe. Sie meinte das Graffito und alles, wofür es symbolisch stand. Dann sah sie zu ihrem Schulfreund. »Und da steht unser persönlicher Aufhänger. ›Gerechtigkeit für Bengt

Hansen – *Travemünder Lotse* enthüllt seine Unschuld.‹ Klingt doch super!«

»Klingt verrückt«, widersprach Clara. »So gern ich auch helfen würde, Bengt: Du wendest dich hier an die Falschen. Ich habe bereits einen Beruf, und der ist ganz sicher nicht bei der Kripo. Warum gehst du nicht einfach zur Polizei und klärst das auf direktem Weg?«

Das Du hatte sich im Laufe des Gesprächs einfach so eingeschlichen. Es fühlte sich richtig an, auch wenn Clara den Mann kaum kannte. Fast schien es zu Travemünde zu passen; man war eben unter sich und nur ausgesprochen wenig förmlich.

»Aber du hast Talent«, beharrte die zweifache Mutter. »Für genau diese Dinge. Du siehst mehr als andere, denk an Kurtchen und die alten Stechpalmenblätter. Und mit Sicherheit siehst du mehr als mein Ex!«

»Ach, hör doch auf.«

»Nein, wirklich. Lass es uns wenigstens mal versuchen, Clara. Für Bengt – und gegen die Langeweile.«

Mir ist nicht langweilig, dachte Clara.

Dennoch wusste sie, dass das nicht stimmte. Sie *hatte* nichts zu tun. Sie wartete und wartete, obwohl nichts geschah. Inzwischen sogar wider besseres Wissen, denn bislang machte das Pfarramt ja tatsächlich keine erkennbaren Anstalten, ihre Lage zeitnah zu ändern.

»Na komm«, bat Jule sanft. »Gib dir einen Ruck, Frau Pastorin! Sei christlich und hilf mir, einen Ruf zu retten, bevor noch mehr Schlagzeilen und Graffiti folgen. Ich verspreche dir: Wenn wir nichts erreichen oder keinen Spaß dabei haben, mal Miss Marple zu spielen, dann hören wir sofort auf und überlassen es den angeblichen Profis. Aber bis dahin …« Sie grinste breit. »›Versuch macht kluch‹, sagt man hier an der Küste.«

Ein unsicheres Lächeln erschien auf Bengts Zügen. »Wenn ihr meint …«

»Du willst doch nur deinem Ex eins auswischen«, sagte Clara.

Wieder zuckte Jule mit den Schultern. »Wer würde das nicht wollen?«

Clara erwiderte ihr Lachen. Der Vorschlag hatte tatsächlich einen gewissen Reiz. Zumindest klang er unterhaltsam, außerdem mochte sie Jule und hatte nichts dagegen, noch etwas Zeit mit ihr zu verbringen. »Ich habe einen Beruf«, beharrte sie trotzdem.

»Sicher hast du den«, erwiderte Jule. »Genau wie wir alle. Nur braucht der dich momentan nicht. Haben die Typen vom Pfarramt heute schon mit dir gesprochen? Ich wette nicht, andernfalls wärst du jetzt sicher nicht hier.«

»Ich warte auf ihren Rückruf«, wehrte sie sich.

»Genau wie gestern. Und heute ist Freitag, Clara. Wenn die sich jetzt nicht melden, dann passiert da vor nächster Woche eh nicht mehr viel.«

Clara zückte kurzerhand das Handy. »Okay, ein Kompromiss: Ich rufe noch einmal im Büro an. Wenn sich die Sache mit Pastor Kruse dann klärt, überlasse ich den Irrsinn ganz allein dir. Klärt sie sich aber nicht …«

»Dann legen wir los, Sherlock«, beendete Jule den Satz. Sie grinste. »Deal!«

Was mache ich hier eigentlich?, dachte Clara und hielt sich den schmalen Hörer ans Ohr. *Dieser Bengt braucht maximal einen Anwalt, keine Detektivin. Und ich* bin *auch keine!*

Es tutete. Lange. Dann meldete sich einmal mehr der Anrufbeantworter des Pfarramtes. Frau Boehring ließ sich quasi von der Technik verleugnen.

Elende Feiglinge. Seufzend ließ Clara das Handy sinken.

»Bengt Hansen?« Jule begriff sofort und strahlte vor Vergnügen. »Ich glaube, wir übernehmen Ihren Fall. Also? Wo waren Sie in der Tatnacht, und wer zur Hölle kann das bezeugen?«

Clara verstand wenig von Alibis und Beweisen. Was sie über polizeiliche Ermittlungen wusste, beschränkte sich auf das, was man in Fernsehkrimis und dergleichen sah. Das hielt einem Vergleich mit der Wirklichkeit gewiss keine fünf Minuten lang stand. Trotzdem war ihr eines sofort klar: »Das klingt jetzt aber nicht gerade hilfreich.«

Bengt sah sie ratlos an. »Doch es ist die Wahrheit, das müsst ihr mir glauben. Ich war zu Hause, von Dienstagabend an bis spät in den Mittwoch. Und da ich allein lebe, wüsste ich nicht, wer das bezeugen soll.«

Interessante Information, dachte Clara und tadelte sich sofort dafür. Dies war nicht die Zeit für derartige Gedanken, und überhaupt: Wie alt war sie eigentlich? Sechzehn?

»Es ist jedenfalls verständlich«, fand Jule. Sie klang etwas wohlwollender als Clara, wenn auch nicht gerade begeistert. »Du hast den Sturm diese Woche nicht erlebt, Clara. Da ging echt niemand freiwillig vor die Tür, erst recht nicht mitten in der Nacht. Und nach allem, was ich gehört habe, war Onkel Erich schon viele Stunden tot, bevor man ihn am Mittwochnachmittag fand. Er starb in der Nacht, anders ausgedrückt.«

Sie hatten den Turm verlassen und standen nun auf dem unbefestigten Hof vor dem Eingang. Die Sonne schien auf die grüne Wiese zwischen Kurpark und Ufer, doch die Bäume des nahen Parks spendeten auch ein wenig Schatten. In der Ferne konnte Clara den touristischen Trubel auf der Strandpromenade hören, das Gelächter der Spaziergänger und die Motoren der Boote und Fähren. Zwei Möwen flogen durch die Luft, kackten auf ein parkendes Auto und landeten dann auf einem hohen Ast.

»Okay«, sagte Clara. »Dann vielleicht so gefragt: Warum solltest ausgerechnet *du* der Mörder sein? Klar, die Sache von damals ist offenbar noch immer in aller Munde. Ich finde es absurd, jetzt noch daraus einen Zusammenhang herzuleiten. Aber so eine Schlagzeile wie die von heute gießt sicher Öl ins Feuer, zumindest in das der öffentlichen Meinung. Doch vergessen wir den Tratsch für eine Sekunde, einverstanden? Bengt, hat die Kripo überhaupt mal mit dir gesprochen?«

Er schüttelte den Kopf. »Bislang nicht. Keine Ahnung, was die vorhaben. Aber falls sie mich suchen sollten, werden sie mich schon finden. Und, wie gesagt: Vor allem gibt mir das da zu denken.«

Sie folgte mit dem Blick seinem ausgestreckten Finger und besah sich erneut das Graffito an der Mauer. Es würde dauern, die roten anklagenden Lettern abzuwaschen. Ging das überhaupt mit Wasser und Seife, oder brauchte man dafür besondere Hilfsmittel? Auch das wusste sie nicht.

»Travemünde ist nicht Wiesbaden, Clara«, meinte Jule. »Ich weiß, ich wiederhole mich, aber den Aspekt darfst du nicht unterschätzen. Außerhalb der Saison kann's hier oben echt dörflich zugehen. Dann sind wir *nicht* mit Touristen überflutet, bis man vor lauter Strandkörben den Sand kaum noch sieht. Dann wird's hier leer und still, wie in jeder anderen Provinz auch. Und wo es still ist, wird gerne getratscht und gelästert. In Travemünde kennt jeder jeden. Das da an der Mauer bleibt an Bengt hängen, wenn niemand für klare Verhältnisse sorgt.«

Sie verstand, was Jule meinte. Auch mit Wasser und Seife würde das Bild der roten Lettern nicht mehr aus der Erinnerung gewaschen werden. Nicht in einem »Dorf« an der Trave.

»Ich weiß nicht«, sagte Clara. »Das kann ja alles sein, aber der

Vorwurf kommt mir trotzdem sehr beliebig vor. Konstantin hatte doch bestimmt deutlich schlimmere Feinde. Geschäftliche Konkurrenten, irgendwelche Leichen im Keller, alte Neider … Was weiß ich?«

»Zuzutrauen wäre es ihm«, antwortete er.

»Aber nur Bengt wird heute in der Zeitung beschuldigt«, beharrte Jule. Er nickte. »Und ich kann mir ziemlich genau vorstellen, weshalb.«

Clara hob eine Braue.

»Ich will niemanden ankreiden«, versicherte er. Er schien die Worte schon wieder zu bedauern. »Nicht ohne etwas beweisen zu können.«

Auffordernd sah sie ihn an. »Aber?«

»Aber ich könnte mir vorstellen, dass es die Familie war, die der Presse den alten Floh ins Ohr gesetzt hat«, sagte er und vergrub die Hände in den Hosentaschen. »Die Konstantins selbst. Allen voran Konrad.«

»Meinst du den Businesstyp?«, erinnerte Clara sich. »Der von vorhin am Büdchen? Schwarze Gelfrisur, dünner Kinnbart?«

Bengt nickte. »Der kam schon immer nach seinem Vater. Konrad ist der älteste Sohn von Erich und Vanessa, ein absoluter Karrieretyp. Der Kronprinz, wenn ihr so wollt. Wurde von Anfang an darauf getrimmt, den Laden eines Tages zu übernehmen. Ich schätze, den Gefallen hat ihm das Schicksal nun getan.«

»Nur das Schicksal?«, fragte Jule. Sie lächelte verschwörerisch. »Oder hat er da nachgeholfen? Was meint ihr?«

Clara hatte ebenfalls sofort daran denken müssen, winkte aber ab. Derartige Spekulationen waren doch albern. »Also hatte der Tote noch mehr Kinder als diesen Konrad und deine Marion?«, hakte sie stattdessen nach.

»Insgesamt drei«, bestätigte Bengt. »Hannes ist der Zweitälteste, wenn ich mich nicht irre. Der hat aber noch weniger mit *Konstantins Küche* zu tun als Marion – und das muss was heißen. Soweit ich weiß, träumt Hannes seit jeher von einer Künstlerkarriere. Mit Gastronomie hat der nichts am Hut.«

»›Träumen‹ ist gut«, wusste Jule. »Ich habe vor ein paar Tagen eine Einladung zu einer Vernissage seiner Werke erhalten, drüben in Timmendorfer Strand. Die Presse ist da wohl gern gesehen, sogar mein kleines Lokalblättchen. Ich weiß zwar nicht, ob seine Bilder viel taugen, aber wenn ihr mich fragt, klingt es ein bisschen verzweifelt, wenn eine noble Galerie wie die *NM* sogar den ollen *Lotsen* dazu bittet.«

Clara wollte eine weitere Frage stellen, als sich ein Mann aus den Schatten des Kurparks näherte. Er hatte straßenköterblondes Haar, einen dichten Vollbart und trug eine Brille mit dicken Gläsern. Sein Hemd war falsch geknöpft, und Hosenträger sicherten den Halt seiner Jeans gegen die Übermacht seines ausladenden Bauches.

»Verzeihung?«, rief er mit knödeliger Stimme und trat näher. »Gehören Sie zu dem Museum? Kann man das besichtigen?«

»Ja und nein.« Bengt drehte sich entschuldigend zu ihm um. »Ich bin zwar der Betreiber des Museums, aber wir haben heute Vormittag geschlossen. Private Gründe, tut mir leid.«

»Was?« Der Tourist – denn um einen solchen schien es sich zu handeln – zog einen zerfledderten Reiseführer aus der Gesäßtasche. »Hier stehen doch die Öffnungszeiten. Jeden Werktag von zehn bis …«

»Bei uns an der Küste gibt es nur eine Öffnungszeit«, unterbrach Jule ihn ebenso sanft wie freundlich. »Und die gilt überall – ganz egal, was die Prospekte sagen.«

Verdutzt sah der Mann von seiner Lektüre auf. »Nämlich?«

Bengt und Jule antworteten gemeinsam, ganz ohne Absprache und mit völliger Selbstverständlichkeit. »Offen ist, wenn offen ist.« Dann schauten sie einander überrascht an und prusteten los.

»Na, also …« Der Fremde ließ das Büchlein sinken und schüttelte den Kopf. Er wirkte entrüstet. »Das ist doch … vollkommen unprofessionell!« Schimpfend zog er von dannen.

»Kommen Sie gerne morgen wieder«, rief Bengt ihm nach.

Doch der Mann reagierte gar nicht mehr.

»Wetten, dass der Kurtchen heißt?«, murmelte Jule. »Er benimmt sich zumindest wie einer.«

Clara verschränkte die Arme vor der Brust. Sie hatte weiter nachgedacht, und Jules verrückte Idee gefiel ihr allmählich immer besser. Vielleicht auch, weil sie ihr einen Grund bot, nicht sofort die Koffer aus Friekes Scheune zu holen und beleidigt abzuhauen wie der Mann mit den Hosenträgern. Travemünde gefiel ihr – trotz des Pfarramts und seiner geheimen Machenschaften und auch trotz aller Erinnerungen. Wenn sie blieb und Jule den gewünschten Gefallen tat, so lächerlich die Bitte auch klang, half sie vielleicht gleich zwei Menschen auf einmal.

»Wie ermittelt man eigentlich?«, fragte sie und merkte erst danach, dass sie es laut ausgesprochen hatte. »Also, wie geht man da vor, meine ich? Machen wir eine Liste aller Verdächtigen und klappern die der Reihe nach ab? Würden die überhaupt mit uns sprechen, wenn wir nicht zur Polizei gehören?« Sie runzelte die Stirn. *Und woher sollen wir wissen, wer alles verdächtig ist und wer nicht?*

»Gute Frage«, stimmte Bengt ihr zu.

»Unnötige Frage«, widersprach Jule. »Ich schlage vor, wir machen das, was alle großen Detektive machen: Wir nehmen mal den Tatort genauer in Augenschein. Danach wissen wir vielleicht ja schon mehr.«

»Den Hafen von Niendorf?«, wunderte sich Clara.

Jule nickte. »Ganz genau.«

Bengt wich einen Schritt zurück. »Aber ohne mich, okay?«, bat er. »Wenn ich mich jetzt vor Erichs Imbiss blicken lasse, ist bestimmt der Teufel los. Zumindest, wenn mich da jemand erkennt. Außerdem muss ich echt langsam mal diese rote Farbe abwaschen, wenn ich heute noch öffnen will.«

Jule sah auf die Armbanduhr. »Ich habe Zeit, denn die Rasselbande hat heute lange Schule. Also, Clara? Lust auf einen kleinen Ausflug? Ich schulde dir ohnehin noch ein Essen, erinnerst du dich? Und da bietet sich die Gelegenheit doch geradezu an.«

Clara Clüver blickte zur Spitze des Leuchtturms hinauf und dachte an den Fischkutter namens *Poseidon*. Dann nickte sie stumm.

KAPITEL 8

Das Niendorfer Hafenbecken entsprach exakt der Beschreibung, die Jule und Bengt ihr gegeben hatten. Nur der Flohmarkt war Clara neu.

»Das hätte ich echt nicht gedacht«, wunderte sich Jule. »Dass die das tatsächlich noch durchziehen?«

Eine kurze Autofahrt in ihrem alten Golf hatte die beiden Frauen von Travemünde aus in den Nachbarort geführt. Auch Niendorf lag direkt an der Küste, und das Meer war allgegenwärtig.

Fasziniert hatte Clara aus dem Fenster geschaut, während die zweifache Mutter den Wagen durch enge Straßen steuerte und schließlich in der Nähe eines Vogelparks abstellte. Von dort aus waren sie zu Fuß weitergezogen und hatten den Hafen nach wenigen Minuten erreicht. Schon von Weitem war Clara die *Kombüse* ins Auge gefallen, Erich Konstantins viel zitierter Fischimbiss, dessen Dach über die rote Backsteinmauer ragte, die das gesamte Becken begrenzte. Doch die vielen Klapptische und Decken, die sich an diesem Mittag rund um die Bucht verteilten, sah die Pastorin erst jetzt, da sie mit Jule durch den Eingang trat.

»Ich fasse es nicht«, wiederholte Jule verblüfft. »Die halten tatsächlich ihren Flohmarkt ab.«

Es handelte sich um etwas mehr als drei Dutzend Stände, mal größer und mal winzig klein. Claras Blick fiel auf ausrangierte Taschenbücher, alte Lampen, Teddybären und Haushaltsgegenstände aller Art. Zahlreiche Besucher tummelten sich bei den verschiedenen Ausstellern, und hier und da wechselten kleine Summen Bargeld den Besitzer.

»Ich war am Dienstag schon mal hier«, erklärte Jule. »Um Fotos zu machen und im *Lotsen* auf den Markt hinzuweisen.«

Mit einem Mal erinnerte sich Clara: Gestern bei Kurtchen, da hatte Jule es erwähnt. Dass sie kürzlich hier gewesen sei, um Fotos für die Vorberichterstattung zu einem Markt zu schießen. Diese Ansammlung von Klapptischen schien der Markt zu sein.

»Die Veranstalterin hatte mich darum gebeten«, fuhr die Freundin fort. »Die kenne ich seit Jahren. Aber ich hätte echt geglaubt, nach der ganzen Erich-Sache wäre das Ding erst mal vom Tisch.«

»Wie kommen Sie denn darauf?«, erklang eine Stimme links neben ihnen.

Clara drehte sich um. Zwischen zwei Flohmarktständen kam eine geschäftsmäßig aussehende Frau auf sie zu. Die Unbekannte hatte kurze blonde Haare und ein Gesicht, das ebenso braun gebrannt wie faltenreich war. Wenn sie lächelte, zogen die grünen Augen nicht mit, und obwohl sie Mitte vierzig sein musste, wirkte sie deutlich älter. Sie trug einen modisch gestreiften Pulli mit breitem Kragen und eine weiße Hose.

»Als würden wir irgendetwas absagen, nur weil der Konstantin stirbt«, fuhr die Frau fort. Ihr Blick ruhte kurz auf Jule, bevor er hektisch weiterzog – immer rastlos, immer in Bewegung. »Also wirklich, Frau Haberkamp. Wofür halten Sie uns?«

Jule erwiderte das Lächeln. »Guten Tag, Frau Thomas. Clara Clüver, darf ich dir Silke Thomas vorstellen – die Vorsitzende des Handelsvereins Niendorfer Hafen?«

Clara schüttelte die Hand, die Frau Thomas ihr prompt darbot.

»Wir sind gewissermaßen der Dachverband aller Geschäftsleute, die im und mit dem hiesigen Hafen arbeiten, verstehen Sie?«, erklärte die blonde Geschäftsfrau ungefragt. »Außerdem organisieren wir hier die Veranstaltungen. Frau Haberkamp ist uns da stets eine große Hilfe mit ihrem *Travemünder Lotsen*. Ohne eine gelungene Öffentlichkeitsarbeit wären unsere Mühen nichts wert.«

»Verstehen Sie mich nicht falsch«, entschuldigte Jule sich nun. »Ich find's schön, dass der Verein sich da nicht ausbremsen lässt. Ich dachte nur, die Polizei hätte etwas dagegen, an dem Termin wie geplant festzuhalten. Das hier ist ja schließlich ein Tatort, nicht wahr?«

»Die Polizei war schon mehrfach hier«, kommentierte Silke Thomas. Es klang desinteressiert, und sie winkte einem Passanten zu, den sie kannte. »Das wird ja wohl genügen. Unter uns gesprochen, interessiert sich hier doch ohnehin niemand dafür, wer den alten Stinkstiefel auf dem Gewissen hat. Hauptsache, er nervt uns nicht länger. Aber das habe ich nie gesagt, verstanden? Wagen Sie es nicht, mich zu zitieren.«

Clara hob eine Braue. »Dann war Herr Konstantin unter Ihren Mitgliedern nicht sonderlich beliebt?«

»Pff.« Frau Thomas stemmte die Hände in die Hüften, ließ sie dann aber locker baumeln. Sie war wie ein Ameisenhaufen, ständig in Bewegung. »Das ist noch vorsichtig formuliert. Ich kann Ihnen gar nicht sagen, wie oft ich Erich insgeheim die Pest an den Hals gewünscht habe – und ich bin da nicht die Einzige. Das können Sie mir glauben.«

»Weil?«, fragte Jule.

Sie und Clara wechselten einen schnellen Blick. Die Gelegenheit war günstig, und ihre Ermittlungen begannen quasi wie von selbst.

»Ich leite den HNH jetzt seit über zehn Jahren«, meinte Silke Thomas. Die unruhigen Hände wanderten dabei in die

Taschen ihrer Jeans, aus der die linke prompt ein schneeweißes Smartphone hervorzog. Frau Thomas tippte darauf herum, während sie weitersprach, allzeit beschäftigt. »Und ich komme mit allen Mitgliedern ganz wunderbar zurecht. Warum, fragen Sie? Weil hier am Hafen jeder Unternehmer weiß, dass wir alle voneinander profitieren.«

Das Handy wanderte zurück in die Tasche. Die frei gewordene Hand zog sofort weiter und deutete nun nacheinander auf mehrere Ecken des Geländes. »Sehen Sie den Steg da drüben beim Spielplatz? Da, wo die Ausflugsschiffe ablegen? Kaffee und Kuchen auf hoher See, jeden Nachmittag um zwei? Der Betreiber versteht, dass seine Arbeit viel mehr Leute erreicht, wenn die Eisdiele da vorn am Fußgängerüberweg auch erfolgreich läuft. Sehen Sie den Souvenirladen an der Strandstraße? Der Inhaber weiß, dass die Kundschaft der Ausflugsschiffe nach der Spritztour über die Ostsee gleich in seinen Verkaufsraum strömt und sich mit unnützem Tand für die Lieben daheim eindecken will, wenn sie schon einmal hier ist. Und umgekehrt. Unsere Mitglieder, Frau Haberkamp, verstehen den Hafen als Ganzes, klar? Als Projekt, dessen gesamtheitlicher Erfolg allen einzelnen Betrieben nutzt. Auch der Flohmarkt heute lockt wieder Laufkundschaft an, die dann noch auf ein Eis oder einen Tee bei uns bleibt. Oder von mir aus auch auf eines dieser grässlichen Konstantin-Biere.«

»Aber Herr Konstantin war da anders«, vermutete Clara.

Silke Thomas nickte. »Arrogant bis ins Mark, *das* war der«, sagte sie leise. »Jahrelang habe ich den beackert, bis er endlich bei uns eingetreten ist. *Alle* sind Mitglied bei uns, Frau Clüver. Absolut alle. Aber nein, Onkel Erich zierte sich. Der wollte allen Ernstes Sonderkonditionen mit mir aushandeln, können Sie sich das vorstellen? Er verlangte Prozente vom Erfolg seiner direkten Nachbarn! Er wollte niedrigere Gebühren als diese zahlen! Und warum? Weil er der Ansicht war, er wäre hier der Platzhirsch. Der Hauptgrund dafür, dass *überhaupt* jemand das Hafenbecken besucht.«

Ein Kopfschütteln, tadelnd und genervt zugleich. »Als bräuchte es neben dem Meer überhaupt noch einen Grund. Sehen Sie die Boote da drüben? Die Jachten und Motorboote, die hier bei uns liegen? Können Sie mir vielleicht erklären, warum die Besitzer dieser Boote einem Erich Konstantin Geld dafür zahlen sollen, dass sie hier anlegen? Oder warum die Eisdiele ihm und seinen elenden Fischbrötchen mehr schuldig wäre als einem der anderen Unternehmer?« Sie schnaubte. »Dabei schmeckt sein Fisch in Timmendorfer Strand ohnehin viel besser.«

Clara sah zu den vielen Booten, die am Ende der Mole vertäut waren und noch ziemlich sturmsicher festgemacht wirkten. Sie waren unterschiedlich groß, mal eher schlicht und mal nobel. Insgesamt handelte es sich um mehr als drei Dutzend, mindestens. Der Großteil wirkte ungenutzt und war hier und dort mit festgezurrten Planen bedeckt, aber nahezu alle machten etwas her. Ein hübsches blaues Boot mit dem ungewöhnlichen Namen *Ho'oponopono* wiegte sich im Takt der Wellen auf dem Wasser. Die Vorstellung, damit in See zu stechen und eine Runde zu drehen, gefiel ihr sehr.

»Diese Forderungen waren reiner Unfug«, schimpfte Silke Thomas. »Das habe ich Erich auch exakt so gesagt, das können Sie mir glauben: ›Unfug‹. Von daher: Nein, beliebt war der hier am Niendorfer Hafen absolut nicht. Der hielt sich schon immer für etwas Besseres. Wenn uns sein Tod von irgendetwas abhalten würde, würde sich der alte Sack vermutlich noch ins Fäustchen lachen – da oben auf seiner Wolke. *Falls* er es dahin geschafft hat und nicht eher in irgendwelche Schwefelklüfte bei der Konkurrenz.«

Das waren klare, aber auch harte Worte. Clara staunte, was eine simple Zufallsbegegnung so alles losgetreten hatte. Diese Frau Thomas schien einen nicht unerheblichen Groll gegen Erich Konstantin zu hegen, und das nicht erst seit Kurzem.

»Dann hätten hier vermutlich viele Unternehmer ein Motiv, ihn zu töten«, sagte Jule geradeheraus. »Oder?«

Silke Thomas stutzte. Ihr unruhiger Blick wurde mit einem Mal ganz still und haftete erneut an Jule. »Ah, daher weht der Wind«, erwiderte sie anklagend. »Sie recherchieren für eine Story, hm?«

Jule hob die Hand. »Alles, was Sie gesagt haben, bleibt unter uns. Der *Lotse* ist ja nicht die Lübecker Klatschzeitung.«

Die Bemerkung amüsierte Frau Thomas sichtlich. »Na dann. Ja, es stimmt: Vermutlich bin ich nicht die Einzige, die sich den alten Stinkstiefel weggewünscht hat in den vergangenen Jahren. Aber ob deshalb jemand gleich zum Äußersten greift und mordet? Nein, Frau Haberkamp. Das kann ich mir nicht vorstellen, nicht bei meinen Mitgliedern.«

»Die Gelegenheit wäre allerdings gegeben gewesen«, fand Clara. »Herr Konstantin starb spät nachts, richtig? Und da wütete ja dieser Sturm. Ist es da nicht naheliegend, dass ein Mitglied zu später Stunde noch mal herkommt, um nach dem Rechten zu sehen? Nach Sturmschäden an seinem Betrieb und dergleichen? Und dann dem Konstantin über den Weg läuft?«

Silke Thomas und Jule sahen sie an. Beide wirkten erstaunt.

»Sie sind nicht von hier, oder?«, fragte Frau Thomas.

»Du hast den Sturm nicht erlebt, Clara«, erklärte Jule. »Da ging *niemand* vor die Tür, echt nicht. Nicht einmal, um nach zerbrochenen Fenstern oder herabgefallenen Dachziegeln zu sehen. Das macht man hinterher, nicht mittendrin.«

Und doch waren mindestens zwei Personen in jener Nacht hier gewesen, wusste die Pastorin. Das Opfer und sein Mörder.

»Wo waren *Sie* eigentlich in der Nacht zum Mittwoch?«, fragte sie die blonde Frau.

Silke Thomas war kurz abgelenkt, denn ein Mann in Sakko und Krawatte flüsterte ihr etwas ins Ohr. Sie nickte, dankte ihm und vertröstete ihn auf später. »Zwei Minuten, Jörn, ja? Ich komme sofort.« Dann sah sie zu Clara. »Verzeihung, aber mein Typ wird verlangt. Mein Assistent sagt, ich werde im Café am Strand gebraucht. Was hatten Sie wissen wollen, Frau Clüver?«

»Wo Sie während der Tatnacht waren«, antwortete Jule. »Hätten Sie ein Alibi, für den Fall der Fälle?«

»›Alibi‹ ist gut.« Thomas lachte humorlos. »Theaterkarten, die hatte ich. Ibsen in Lübeck, erste Reihe auf der Empore. Sündhaft teuer. Aber wie Sie, Frau Haberkamp, völlig richtig sagten: Dienstagnacht ist jeder daheim geblieben, der nicht wahnsinnig war. Mein Mann und ich hatten keine Lust darauf, wegen des schlechten Wetters nicht mehr nach Hause zu kommen, und entschlossen uns schweren Herzens, den Ibsen mit dem Wind ziehen zu lassen. Anstatt nach Lübeck zu fahren, haben wir einfach ein Glas Wein getrunken und sind früh zu Bett gegangen. Und zwar noch bevor der Sturm alle Wettervorhersagen so richtig in den Schatten stellte. Das passierte ja erst nach Mitternacht.«

Und ihr Mann würde das sicher bereitwillig bezeugen, ahnte Clara. Machte das ihr Alibi schon glaubhaft? War der Mann dieser Frau glaubhaft?

Dann runzelte sie die Stirn. *Was denke ich denn hier?*, wunderte sie sich. *Warum zweifele ich an den Worten einer Person, die ich gar nicht kenne und die mir bereitwillig Auskunft gibt?*

Die Antwort lag auf der Hand, wenn sie ehrlich zu sich selbst war. Sie hatte längst angefangen, Detektivin zu spielen – bewusst oder eben unbewusst –, und Detektive waren von Natur aus skeptisch. Jules absurder Plan schlug in ihr Wurzeln.

»Aber jetzt entschuldigen Sie mich, ja?«, bat Silke Thomas. Sie nickte ihrem Assistenten zu, der ungeduldig neben den Flohmarktständen wartete. »Die Pflicht ruft.«

Jule und Clara verabschiedeten sich von der Geschäftsfrau und blieben allein am Hafeneingang zurück.

»Wow«, urteilte Jule. »Das mit dem Ermitteln läuft ja besser als gedacht.« Sie lachte.

»Findest du?« Claras Zweifel blieben. »Ich fürchte, die Liste der möglichen Täter wurde soeben noch deutlich länger. Sollte nicht das Gegenteil der Fall sein, wenn man Detektivin ist?«

Die Freundin winkte ab. »Papperlapapp. Du siehst das zu schwarz. Zu wiesbadenerisch. Ist das ein Wort? Ich finde, es sollte eins sein.«

Nun musste auch Clara lachen. »Und wie sieht die Küste das?«

»Entspannter«, antwortete Jule ganz selbstverständlich. »Das wird schon, glaub mir. Nur die Ruhe.« Sie klatschte in die Hände. »Okay, dann weiter im Text. Sag an, Sherlock Clüver – willst du dich hier irgendwie umsehen oder so? Spuren im Sand suchen? Den Eisdielenbetreiber interviewen? Irgendwelche Beweismittel sichern?«

Clara hob die Schultern. Es kam ihr alles beliebig vor. Die Zahl der Hafenunternehmen war groß, eine dortige Suche glich der nach der Nadel im Heuhaufen. Und was etwaige Spuren betraf, hatte die Polizei sicher längst alles gesichert und gesehen, was zu sehen gewesen war. »Ehrlich gesagt, würde ich lieber einen Happen essen«, antwortete sie.

»Perfekte Antwort, ich nämlich auch.« Jule strahlte. »Und ob du es glaubst oder nicht: Ausgerechnet Frau Thomas hat mich da auf eine Idee gebracht.«

Clara verstand sie erst, als Jule die Autoschlüssel aus der Jackentasche zog und auffordernd damit klimperte.

»Du wirst es nicht bereuen, glaub mir«, sagte Jule. Sie saß erneut am Steuer des alten Golfs und fuhr in nordwestlicher Richtung an der Küste entlang. Ihre ohnehin gute Laune wurde dabei mit jedem zurückgelegten Kilometer besser. »In Timmendorfer Strand steht das Flaggschiff der *Konstantins Küche GmbH* – ein piekfeines Restaurant mit allem Pipapo. Da essen wir um Längen besser als an der ollen Hafenbude. Und ich habe dir ja gesagt, ich würde dir die *wahre* Küste zeigen. Da bietet sich der Schuppen an, echt. Hätte die Thomas ihn nicht angesprochen, hätte ich gar nicht so weit gedacht.«

Die Strecke erwies sich als Katzensprung. Schon nach wenigen Minuten, die Niendorfer Häuser quasi noch im Rückspiegel, sah Clara das nächste Ortsschild vor sich aufragen. Doch die Atmosphäre in Timmendorfer Strand unterschied sich gehörig von der, wie sie in Niendorf – und erst recht in Travemünde – vorherrschte.

»Verstehe«, kombinierte sie lächelnd. »Travemünde ist das verschlafene Dorf, Niendorf das Dorf mit Ambitionen, und das hier …«

Jule verstand sofort. »Das hier ist *pure* Ambition«, bestätigte sie grinsend. »Kommt dir vermutlich sehr bekannt vor, hm?«

Clara nickte. Wer jahrelang in Wiesbaden gelebt hatte, der erkannte Orte, die unbedingt etwas hermachen wollten, auf Anhieb. Timmendorfer Strand wirkte kein bisschen unsympathisch auf die Pastorin, aber auch weniger entspannt und bodenständig als beispielsweise die Travemünder Altstadt oder Bengts Sammelsurium von einem Museum. Der Golf passierte Boutiquen, deren Auslagen sündhaft teuer wirkten, und einen schmucken Kurpark – komplett mit eigenem kleinen See und diversen Sportanlagen, die vom Minigolfplatz bis hin zur Eishalle reichten.

Konstantins Küche befand sich im Erdgeschoss eines Eckhauses in bester Lage, wenige Dutzend Meter vom Strand entfernt und doch mittendrin. Vor den Fenstern mit goldenen Rahmen erstreckte sich das Grün des Parks, vor dem breiten Eingang lag ein roter Teppich. Selbst die weißen Lampen, die an der Außenfassade des Gebäudes angebracht waren und in den Abendstunden gewiss gut zur Geltung kamen, zierte das Logo des Restaurants.

Jule fand einen Parkplatz vor einem nahen Juweliergeschäft. Gemeinsam schlenderten die Frauen von dort zum Restauranteingang.

Während sie sich umsah, musste Clara plötzlich an Stefan denken. An Wiesbaden und früher, vor allem aber daran, dass sie nun schon seit Stunden keinen Gedanken mehr an beides verschwendet hatte. Auch das, fand sie, sprach *für* Jules Detektivspiel. Es lenkte sie ab.

Kein Stefan, kein Fritz, kein Pastor Kruse, freute sie sich innerlich. *So kann's gerne weitergehen.*

»So hungrig?«, wunderte sich Jule.

Clara blinzelte verwirrt. »Bitte?«

»Na, du grinst auf einmal. Das ist neu. Liegt das am Hunger?«

»Nee.« Sie schüttelte den Kopf, obwohl ihr Magen prompt verräterisch knurrte. »Eher daran, dass ich kaum noch dazu komme, mich über die Männer in meinem Leben zu ärgern.«

»Ich sag's ja.« Jule zwinkerte ihr zu. »Ablenkung ist alles. Und wer braucht schon Männer?«

Clara runzelte die Stirn. War das vielleicht eine Mordtheorie? Hatte Konstantins Witwe etwas mit der Sache zu tun? Sie beschloss, auch diese Frage zu vertagen. Momentan ließ sie sich ohnehin nicht beantworten, und blindes Spekulieren half niemandem weiter – allen voran nicht Bengt.

Mhm, meldete sich eine zweite, deutlich spöttischere Stimme in ihrem Kopf zu Wort. *Du und nicht an Männer denken? Mädchen, alles was du hier treibst,* machst *du für einen Mann. Und zwar für einen, den du nicht gerade hässlich findest. Gib es zu!*

Sie verbot der Stimme den Mund, so schnell sie nur konnte. Und widersprach ihr innerlich.

Sogar mit Nachdruck.

»Die Achtziger haben angerufen«, murmelte Clara. »Sie wollen ihre Inneneinrichtung zurück.«

Jule und sie saßen an einem Vierertisch am Fenster. Wo sie auch hinschaute, sah die Pastorin dunkles Holz und dicken Teppich. Die muschelförmigen Deckenlampen steckten in goldenen Fassungen, die Tischdecken waren dick und makellos weiß. An den komplett vertäfelten Wänden hingen gerahmte Bilder und wirkten allesamt so uninteressant, als wäre Bedeutungslosigkeit das entscheidende Auswahlkriterium bei ihrer gewiss Jahre zurückliegenden Anschaffung gewesen.

Über dem Salatbuffet, einer hölzernen Insel in der Mitte des großen Gastraumes, prangte ein kreisrunder Cartoon-Erich auf einem weißen Schild und drehte sich langsam im Kreis. Ansonsten beschränkte sich die konstantinische Markenpräsenz auf dezente Details: der Schriftzug auf den Speisekarten, die am Eingang ausliegenden Werbeflyer für Hafenimbiss und Bier-Hausmarke. Aus verborgenen Boxen drang leise Fahrstuhlmusik, die aber nicht unangenehm war. Da es allmählich auf zwei Uhr zuging, war das Restaurant schon halb leer.

»Na komm«, widersprach Jule schmunzelnd. »So schlimm?«

»Schlimm nicht«, antwortete sie und betrachtete eine mannshohe Zierpflanze neben der Tür zur Küche so kritisch, als würde sie ihr aufs frisch bestellte Essen spucken, sobald die Teller serviert würden. »Nur, na ja … Konservativ? Altbacken?«

»Ich könnte mir vorstellen, dass genau das den Stammgästen gefällt«, stimmte die Freundin ihr zu. »Meines Wissens gehen hier die Größen der Region ein und aus. Die Chefetagen und dergleichen. Bürgermeister, Landräte, Kurverwaltung … Mit denen war Onkel Erich immer ganz dicke. Filz konnte der wie kein Zweiter.«

Abgesehen von Pastor Kruse, dachte Clara.

»Und die Küche ist echt gut«, fuhr Jule fort. »Warte nur ab. Was hast du noch gleich bestellt? Den Dorsch?«

Clara warf einen neuen Blick in die Karte, die noch immer aufgeschlagen vor ihr lag. *»Gedünsteter Dorsch mit Salzkartoffeln und hausgemachter Senfsauce«*, bestätigte sie vorlesend. »Kann der was?«

Ihre Begleiterin setzte gerade zur Antwort an, da bemerkte sie eine Bewegung vor dem Fenster und wurde blass. »Nicht im Ernst«, sagte sie.

Fragend sah Clara zur Seite. Durch die Scheibe konnte sie zwei Männer sehen, die sich dem Eingang des Restaurants näherten. Der linke war knapp sechzig und mit »birnenförmig« ganz gut beschrieben. Er hatte weißes Haar, einen Bart und vor allem einen Bauch. Seinen Begleiter schätzte Clara spontan auf Anfang vierzig. Er war schlank und trug Brille, außerdem wirkte er latent langweilig. Beide Männer hatten dunkle Anzüge an. »Kennst du die?«, fragte sie.

Doch Jule reagierte gar nicht. Sie hatte die Speisekarte vors Gesicht gehoben und schien sich dahinter verstecken zu wollen.

»Was ist denn?«, wunderte sich Clara.

Die Männer traten ein und gingen einem Kellner in weißer Livree entgegen, der sofort auf sie zukam.

»Haberkamp, Kripo Lübeck«, sagte der Jüngere. »Das ist mein Kollege Schmidt. Man sagt uns, Herr Konrad Konstantin sei im Haus. Stimmt das?«

»Der Juniorchef?« Der Kellner stutzte. »Ja, der ist hier. Worum geht es?«

»Das würden wir dann persönlich mit ihm besprechen«, erwiderte der Beamte. »Könnten Sie ihn rufen?«

»N … Natürlich.«

Clara machte große Augen. Verschwörerisch beugte sie sich vor. »Ich fürchte, dein Ex ist gerade reingekommen«, flüsterte sie.

Jule ließ die Speisekarte nicht sinken. »Mir bleibt auch nichts erspart«, bestätigte sie seufzend.

Von ihrem Platz aus hatte Clara den Eingangsbereich gut im Blick, während Jule den Männern von der Kriminalpolizei den Rücken zuwandte. Neugierig nahm sie Herrn Haberkamp in Augenschein. »Willst du mal mit ihm reden?«, schlug sie Jule vor. »Über den Stand der Ermittlungen? Böte sich an, findest du nicht? Und vielleicht gibt er dir ja sogar eine Auskunft, die Bengt weiterhilft.«

»Ich will im Boden versinken oder unsichtbar werden. Und erst wieder auftauchen, wenn der Idiot gegangen ist. Also: nein.«

Claras Mundwinkel zuckten. Sie verstand sie gut.

Aus dem hinteren Bereich des Gastraumes, wo die Türen zu Küche und Büro lagen, kam ein vertrautes Gesicht näher. Konrad Konstantin sah noch so aalglatt aus wie am Morgen, als Clara ihn in Travemünde erlebt hatte. Seinem Gesichtsausdruck nach zu urteilen, hatte sich seine Laune in den seitdem verstrichenen Stunden kaum gebessert.

»Ja? Konstantin?«, wandte er sich in knappem Ton an die wartenden Beamten. »Sie wünschen?«

Schmidt sah kurz zur Seite und zu den verbliebenen Gästen an ihren Tischen. Dann nahm er seinen Kollegen am Arm, und sie traten mit ihrem Gesprächspartner zurück in den offenen Flur des Lokals. Es waren nur wenige Schritte, doch mit einem Mal konnte Clara die Männer nicht mehr verstehen.

»So ein Mist«, murmelte sie. Dann blickte sie zu Jule. »Warte mal hier, okay?«

Bevor die Freundin etwas erwidern konnte, stand sie auf und ging ebenfalls in Richtung Eingangsbereich. Sie passierte die drei Männer unbehelligt und bog hinter ihnen, wo der schmale Flur eine Biegung machte und zu den Toiletten führte, um die Ecke. Dort blieb sie stehen, öffnete und schloss die Tür zur Damentoilette von außen nachdrücklich und lauschte wieder.

»… man ja bereits mit Ihnen gesprochen«, sagte Sören Haberkamp gerade. »Allerdings wurden uns inzwischen neue Informationen zugespielt, die die Situation in ein anderes Licht rücken. Und wir hätten die Angelegenheit natürlich auch in Ihrer Wohnung besprechen können, aber ich fürchte, Ihr Bediensteter wacht wie eine Glucke über seine Herrschaft und deren Terminkalender. Karl, richtig? Hieß er nicht so? An dem kommt niemand vorbei.«

»Ich kann Ihnen nicht folgen, meine Herren«, erwiderte Konrad Konstantin. Er klang ungeduldig, genervt. »Was für Informationen sollen das sein?«

Papier raschelte, dann meldete sich eine dritte Stimme zu Wort, die Herrn Schmidt gehören musste. »Sie sagten den Kollegen am Mittwochabend, Sie seien zur Tatzeit in Ratekau gewesen. Das ist richtig, ja?«

»Selbstverständlich ist das richtig. Meine Schwiegereltern haben eine kleine Datsche am Ruppersdorfer See. Dort habe ich mit Frau und Kindern den Tag verbracht. Wir sind des Unwetters wegen sicherheitshalber länger geblieben. Erst als sich der Sturm am Mittwochabend gänzlich verzogen hatte, sind wir nach Hause gefahren. Ich dachte, das wäre längst klar.«

»Es *war* klar«, betonte Schmidt. »Bis uns das hier in die Hände fiel.«

Er meint das Papier, überlegte Clara. *Was sonst?*

Aus ihrem Versteck heraus konnte sie nicht sehen, was die Beamten Konstantin gerade zeigten. Kurz überlegte sie, einen schnellen Blick um die Ecke zu wagen. Doch ihr fehlte der Mut, denn Jules Ex blickte ja genau in ihre Richtung.

»Was soll das sein?«, hörte sie Konstantin fragen.

Haberkamp lachte. »Na, den Angaben auf diesem Bußgeldbescheid zufolge ist das Ihr Wagen, Herr Konstantin. Erfasst am Dienstag um zweiundzwanzig Uhr neunzehn an einer Radarfalle zwischen Niendorf und Timmendorfer Strand. Wir dachten uns, wir überbringen den Bußgeldbescheid in diesem speziellen Fall lieber persönlich, als die Post zu bemühen. Weil er, wie Sie gewiss verstehen werden, zu ein paar Fragen führt.«

»Was machte Ihr Wagen auf der Landstraße vor Niendorf?«, fragte Schmidt. »Kurz bevor der Sturm richtig losging? Die Uhrzeit entspräche ja so halbwegs dem bedauernswerten Ableben Ihres seligen Herrn Vaters, finden Sie nicht auch?«

»Das ist nicht mein Wagen.«

»Zugegeben, die Aufnahme lässt ein wenig zu wünschen übrig«, erklang Haberkamps Stimme. »Das Wetter ist schuld daran, vermute ich. Aber wir haben das Bild am Computer analysiert, Herr Konstantin. Dort erkennt man das Nummernschild doch sehr genau. Und Sie fahren ja exakt dieses Modell, korrekt? Einen schwarzen BMW 6er Gran Turismo?«

»Davon soll's in der Gegend nicht viele geben«, ergänzte Schmidt. »So sagt man uns.«

Der Sohn des toten Gastronomen schwieg.

»Nur bei der Person am Steuer hatten wir weniger Glück«, fuhr Haberkamps Kollege fort. Er klang entspannt, auch wenn seine Aussagen zweifellos genau überlegt waren. »Falls Sie einen guten Anwalt haben, mag es daher durchaus sein, dass Sie um ein Bußgeld herumkommen. Niemand kann genau erkennen, *wer* da knapp dreißig Stundenkilometer zu schnell fährt. Aber dass es sich um Ihren Wagen handelt, ist in meinen Augen vollkommen unstrittig. Hatten Sie's eilig?«

Stille.

Clara merkte, dass sie den Atem anhielt, und stieß leise die Luft aus. Jules verrückte Idee schien sich wider Erwarten als Erfolg herauszustellen, und das sogar in einem Wahnsinnstempo.

Wenn wir Bengt das erzählen, fällt dem die Kinnlade herunter, dachte sie.

»Was sagen Sie dazu, Herr Konstantin?«, hakte Sören Haberkamp sanft nach.

Der Gastro-Sohn räusperte sich. »Meine Herren, ich habe Ihrer Dienststelle schon am Mittwoch alles gesagt, was ich zu sagen habe. Daran hat sich nichts geändert. Ihre Unterstellungen verbitte ich mir, und die Dreistigkeit, mit der Sie unangekündigt in unserem Restaurant auftauchen, wird noch ein Nachspiel für Sie haben. Haben Sie einen konkreten Vorwurf gegen mich? Andernfalls darf ich mich nämlich von Ihnen verabschieden. Ich habe leider zu tun.«

»Wer hat das nicht?«, entgegnete Herr Schmidt. Es klang amüsiert. »Und: Nein, wir haben weiter nichts zu besprechen. Nicht im Augenblick, heißt das.«

»Eine letzte Frage, Herr Konstantin«, sagte sein Kollege Haberkamp schnell. »Wären Sie so nett? Wenn Sie die Zeit noch haben, versteht sich.«

»Was ist denn jetzt?«, brummte Konstantin ungehalten.

»Können Sie sich eigentlich erklären, was Ihr Vater in der Nacht in Niendorf wollte? Laut Geschäftsführer Westhues und der restlichen Belegschaft der *Kombüse* soll er sich nämlich ausgesprochen selten in seinem dortigen Imbiss blicken gelassen haben. Ist doch eigenartig, findest du nicht auch, Jan?«

»Sehr eigenartig«, antwortete Schmidt. »Immerhin ist die Fischbude der Kern, aus dem sein gesamter unternehmerischer Erfolg gewachsen ist.«

Haberkamp übernahm wieder. »Es heißt, Ihr Vater habe seine Zeit schon seit Jahren weitaus lieber dem Restaurant hier in Timmendorfer Strand gewidmet. Und der erst kürzlich gestarteten eigenen Craft-Beer-Produktion, natürlich. Der Ausweitung seiner Marke, wenn Sie so wollen. Der Hafenimbiss, mit dem vor Jahrzehnten alles begann, sei ihm dabei aber vergleichsweise egal geworden.«

»Na und?«, erwiderte Konstantin. »Die *Kombüse* hat sich eben längst zum Selbstläufer entwickelt. Die brauchte seine Aufmerksamkeit nicht. Nicht einmal ich sehe dort öfter als einmal pro Woche nach dem Rechten.«

»Und trotzdem widmete Ihr Vater sich plötzlich wieder dem Hafenimbiss«, erwiderte Schmidt. »Ausgerechnet an einem stürmischen Abend und weit nach Ladenschluss. Denn warum sonst sollte er in Niendorf gewesen sein?«

»Gute Frage«, bestätigte Haberkamp. »Warum, Herr Konstantin?«

Der Angesprochene klang noch ungeduldiger als zuvor. »Das weiß ich nicht, meine Herren. Und ich werde leider nicht spekulieren, auch wenn Sie klingen, als hätten Sie sich anderes von mir erhofft.«

»Aber, aber«, tadelte Schmidt ihn mit hörbarer Belustigung.

»Mein Vater wird seine Gründe gehabt haben«, beharrte

Konstantin, »denn die hatte er stets. Genau wie ich jetzt meine Gründe habe, mich von Ihnen zu verabschieden: Die Pflicht ruft. Falls Sie weitere Fragen haben, wenden Sie sich bitte an die Kanzlei Stöckler-Seeburg. Sie vertritt meine Familie, und dort wird man Ihnen sicher weiterhelfen oder Sie mit meinem Sekretariat verbinden. Guten Tag.«

»Oh, das werden wir«, sagte Schmidt ruhig. »Verlassen Sie sich darauf.«

Clara wurde klar, dass sie langsam zurück zu ihrem Tisch musste. Widerwillig löste sie sich von ihrer Position hinter der Ecke. Sie öffnete und schloss die Toilettentür wieder und ging an den drei Männern vorbei zurück in den Gastraum. Ihr Versuch, einen schnellen Seitenblick auf das Radarfoto von Konstantins teurem BMW zu werfen, scheiterte.

Jule saß noch immer an ihrem Platz und studierte die Karte, als handelte es sich um die spannendste Lektüre aller Zeiten. Erst als Clara sich setzte, sah sie kurz auf. »Und?«, fragte sie leise. »Worum geht's?«

Clara schaute zurück zum Eingang. Die Beamten verließen gerade das Restaurant, und Konstantin blickte ihnen nach. Der Unternehmer wirkte wütend, aber auch beunruhigt. Oder täuschte sie sich da? »Du glaubst nicht, was ich eben gehört habe«, antwortete sie ebenso leise.

Dann sah sie, dass Konstantin zurück in den Schankraum trat. Der Unternehmer zog an den Tischen vorbei und achtete nicht auf die wenigen Gäste. Sein Ziel schien abermals der hintere Bereich mit den Türen zu Küche und Büro zu sein.

Ehe Clara richtig wusste, was sie tat, ergriff sie die Initiative. »Verzeihung, Herr Konstantin?«, fragte sie.

Sofort blieb er stehen. »Ja?«, erwiderte er mit einem genervten Seufzer.

»Clara Clüver«, stellte sie sich vor. Ihr Herz pochte wie

wild, immerhin sprach sie gerade mit einem waschechten Verdächtigen. Doch ihr Mut war größer als ihre Scheu und sorgte dafür, dass ihr sogar die kleine Notlüge, die ihr in den Sinn gekommen war, leicht über die Lippen kam. »Wir kommen vom *Travemünder Lotsen.* Was sagen Sie zu der Nachricht, dass Ihr Wagen in der Tatnacht bei Niendorf gesehen wurde?«

Konstantin fielen fast die Augen aus dem Kopf. »Ich fasse es ja nicht«, schnaubte er. »Ist das jetzt Stadtgespräch, oder was? Läuft das im Radio?«

Jule sah überrascht von ihrer Speisekarte auf, fasste sich aber schnell und spielte gekonnt mit. »Noch nicht«, versicherte sie dem Unternehmer. »Bislang ist diese Information unter Verschluss. Doch wir arbeiten da an einem Text, wie Sie sicher verstehen werden. Und meine Begleiterin und ich bieten Ihnen selbstverständlich gerne die Gelegenheit, Einfluss darauf zu nehmen, *wie* man darüber spricht.« Sie deutete auf einen der zwei freien Plätze an ihrem Tisch. »Geben Sie uns ein, zwei Minuten Ihrer Zeit? Für ein Statement aus Ihrem Munde?«

»Zwei Minuten«, warnte Konstantin streng. Er setzte sich nur widerwillig. »Aber im Gegenzug drucken Sie keine unhaltbaren Gerüchte, sondern die reinen Fakten. Okay? Schlimm genug, dass Ihre Kollegen aus Lübeck da heute schon fröhlich voranpreschen.«

»Dann halten Sie Bengt Hansen *nicht* für den Täter?«, wunderte sich Clara. »Der Artikel von heute Morgen suggerierte dies ja doch recht eindrucksvoll.«

Konstantin sah sie an. »Pff, Bengt! Das sind uralte Geschichten und genau so ein Unsinn wie das angebliche Foto meines Autos. Ich habe Bengt seit bestimmt fünfzehn Jahren nicht mehr gesehen. Kannte den auch nie sonderlich gut. Der hat nichts damit zu tun, glauben Sie mir. Und ich auch nicht!«

Die Kripo schien ähnlich über Bengt zu denken, zumindest kam es Clara so vor. Das Radarfoto war daran gewiss nicht ganz unschuldig. Doch vielleicht hatte sie den Mann aus dem Leuchtturmmuseum nie wirklich in Erwägung gezogen, und die Zeitung war schlicht einem Gerücht aufgesessen. Immerhin: Bengt hatte selbst zugegeben, dass noch kein einziger Polizist mit ihm hatte sprechen wollen.

»Und Ihr Wagen?«, hakte Clara nach.

»Der war ganz sicher nicht in der Nähe von Niendorf«, beharrte Konstantin. Es klang aufrichtig, aber das musste nicht viel heißen, oder? »Nicht in der Nacht und auch nicht danach. Der 6er steht zu Hause in der Garage, wo er hingehört, und das schon seit Tagen. Den bin ich länger nicht gefahren, auch am Dienstag nicht.«

»Behaupten *Sie*«, betonte Jule.

»*Weiß* ich«, gab er zurück. »Und mein Anwalt wird jegliche gegenteilige Behauptungen strafrechtlich verfolgen, sobald er sich dieser Sache annimmt. Das garantiere ich Ihnen. Das sind Lügen, weiter nichts.«

»Haben Sie denn eine Idee, wer Ihrem Vater nach dem Leben getrachtet haben könnte?«, erkundigte sich Clara.

»Woher soll ich das wissen?«, gab er zurück. »Ich war es jedenfalls nicht. Wir haben uns bestens verstanden, immer schon. Weil wir unternehmerisch die gleichen Ziele verfolgt haben: *Konstantins Küche* zur führenden Gastro-Marke der gesamten Lübecker Bucht zu machen.«

»Das mag ja sein«, begann Jule. »Trotzdem würde ich gern noch einmal auf Bengt Hansen zurückkommen. Er und Ihre Schwester Marion …«

Doch Konstantin stand auf. »Sie hatten Ihre zwei Minuten. Wir sind fertig, verstanden? Schreiben Sie, was immer Sie schreiben müssen – doch wenn es der Wahrheit widerspricht, verklagen wir Sie in Grund und Boden. Was Bengt angeht, sind Sie bei mir ohnehin an der falschen Adresse. Da weiß meine Schwester mehr, und auch die wird Ihnen nichts anderes sagen als ich. Garantiert.«

Clara und Jule wechselten einen Blick, der klarmachte, dass sie den gleichen Gedanken hatten.

»Sie wohnt drüben in Warnsdorf, richtig?«, sprach Jule ihn aus.

Eine Sekunde später kam das Mittagessen.

Der Strandkorb war erstaunlich bequem. Clara streckte die Beine aus und sah zwei Möwen zu, die sich im warmen Sand stritten. Das Blau des Meeres reichte bis zum Horizont.

Es ging auf sechzehn Uhr zu. Jule und die Pastorin waren nach Travemünde zurückgekehrt, da Jule sich dringend um ihre Kinder kümmern musste. Den geplanten Besuch bei Marion Konstantin – und alle weiteren »Befragungen« – wollten sie gleich morgen in aller Frühe angehen.

Clara hatte sich herzlich von der neuen Freundin verabschiedet und ihr einmal mehr für das wirklich gute Essen gedankt. Dann war sie drauflosspaziert, die Kaiserallee hinunter bis zur Rettungsstation des DLRG.

Das sonnige Wetter trieb Unmengen an Menschen ins Freie. Überall auf den Promenaden, den Spielplätzen und vor den kleinen Strandcafés herrschte Betrieb, denn das Wochenende kündigte sich an, und das »Roggenbuk-Festival«, dessen Plakate Clara inzwischen an jedem dritten Baum prangen sah, schien tatsächlich zusätzliche Besucher in den kleinen Küstenort zu locken.

Als sie einen freien Strandkorb erblickt hatte, der mutterseelenallein im Sand stand, hatte Clara kurzerhand darin Platz genommen, und von dort schaute sie nun aufs Meer hinaus.

Die Ereignisse des Tages hallten in ihr nach. Sie wusste

noch immer nicht, ob sie ihre Zeit sinnvoll einsetzte. Aber es gefiel ihr, gemeinsam mit Jule durch die Gegend zu ziehen. Die alleinerziehende Mutter war angenehm pragmatisch und auf eine herrlich ungezwungene Art verrückt. Sie erinnerte Clara an jemanden.

Als hätte dieser Jemand nur auf das Stichwort gewartet, klingelte plötzlich Claras Handy. Svenjas Foto leuchtete auf dem Display auf.

»Hey«, meldete sich die Pastorin. »Ich habe gerade an dich gedacht.«

»Ha.« Die Journalistin aus Wiesbaden lachte. »Das sagen alle. Zumindest alle Kerle.«

»Wie ist die Lage in Hessen?«

»Och, wie immer.« Sie klang abgelenkt. Im Hintergrund spielte leise Musik, außerdem hörte Clara fremde Stimmen. »Ich habe schon Feierabend und bin in der City unterwegs. Shoppen für später.«

»Ah ja.«

Clara verstand sofort: Svenja Richter mochte auf die vierzig zugehen, feierte an den Wochenenden aber noch immer, als wäre ihr Abitur keine zwei Wochen her und die Welt ihre Auster. Dank ihres lukrativen Jobs beim Fernsehen hatte sie auch das nötige Kleingeld, um sich für die »Szene« chic zu machen.

»Wie groß war dein Kleiderschrank noch gleich?«, fragte Clara.

»Sei still, Mutter«, gab Svenja zurück. »Erzähl mir lieber, was bei dir so geht. Hat sich die Sache mit dem Büro endlich geklärt?«

Clara verneinte. Sie hatte erst vor einer Viertelstunde zuletzt bei Frau Boehring angerufen, abermals vergebens. »Die stellen sich tot, glaube ich. Oder sie wirken irgendwelche Wunder hinter den Kulissen, bei denen ich sie nicht stören darf.«

»Na, dann passiert da heute auch nichts mehr«, erklärte Svenja. »Die sind im Wochenende. Nett, der Laden. Wirklich.«

Svenjas Kritik traf genau ins Schwarze. Auch Clara verlor allmählich die Geduld mit ihrer angeblichen neuen Dienststelle.

»Und was jetzt? Sitzt du schon im Zug nach Hause, oder wie lautet der Plan?«

»Ehrlich gesagt, sitze ich am Meer.«

»Bämm!« Svenja jubelte nahezu. »Das ist mein Mädchen!«

Clara berichtete ihr ein wenig von dem Tag, der mit Bengt Hansen begonnen hatte. Auch den Einbruch in Friekes Buchhandlung und Jules wahnwitzigen Zeitvertreib erwähnte sie.

»Klingt, als würdest du dich da oben amüsieren«, urteilte Svenja. »Trotz allem.«

»Kann sein«, antwortete sie. »Irgendwie fällt das hier leicht. Leichter als früher.«

»Richtig so. Das hast du dir verdient, Clara. Nimm dir das Wochenende, und spiele mit dieser Jule Detektivin, wenn's euch Spaß macht. Wem soll es schaden? Was danach kommt, sehen wir einfach danach. Du brauchst jetzt nichts zu entscheiden, wenn du nicht willst. Genieß einfach den Moment.«

Auf dem Wasser fuhr ein Motorboot vorbei. Drei junge Menschen standen darauf und hörten laute Musik. Einige Schritte rechts von Clara saß ein alter Mann in einem Strandkorb und schlief mit offenem Mund. Irgendwo hinter ihr ließ jemand einen Drachen steigen, dessen grüne Gestalt fröhlich am Himmel flatterte.

Ja, dachte sie. Den konnte man tatsächlich genießen.

»Und was ist eigentlich mit diesem Bengt?«, fragte Svenja. »Ist der vergeben?«

Clara lachte. »Was?«

»Wie sieht der aus? Nordisch-rau, würde ich wetten. So

ein schweigsamer, kerniger Typ in Rollkragenpulli und Gummistiefeln. Ein stilles Wasser mit großem Herzen und großer Sehnsucht.«

»Du liest zu viele Schmonzetten«, urteilte die Pastorin.

»Und du zu wenige«, parierte Svenja gekonnt. »Du sollst den Moment genießen, schon vergessen?«

»Ja, ja.«

Sie plauderten noch ein wenig. Clara sah zwei Kindern zu, die mit prall gefüllten Eiswaffeln vom Strandbüdchen zurückkamen und laut kicherten, als die Möwen prompt Kurs auf sie nahmen. Der grüne Drache setzte zur Landung an, und an der Nordermole fuhr die Aussichtsfähre *Maritim* ihren Schlenker aufs Meer hinaus, bevor sie dann dem Lauf der Trave bis nach Lübeck folgte.

Kaum hatte sie aufgelegt, erhob sich Clara aus dem verwaisten Strandkorb und zog weiter. Sie folgte der Promenade in südlicher Richtung, vorbei am Godewindpark und dem *Grandhotel*. Als sie den Bahnhof sah, dessen Uhrturm hoch über die Bäume des Kurparks ragte, ließ sie ihn links liegen. Frieke hatte sicher nichts dagegen, wenn sie noch bis Montag bliebe. Jetzt aufzubrechen wäre dumm.

Sie hatte sich gerade umgedreht, als abermals das Handy klingelte. Clara zog es aus der Tasche und staunte nicht schlecht. Es war das Pfarrbüro!

»Ja, Clüver?«

»Frau Clüver«, erklang Frau Boehrings Stimme. Sie klang, als fiele ihr ein Stein vom Herzen. »Gott sei Dank, ich erreiche Sie noch! Sie sind nach wie vor in Travemünde, richtig?«

Aber nicht dank dir, dachte Clara. »Das bin ich, Frau Boehring. Gibt es Neuigkeiten?«

»Die gibt es«, erwiderte die Pfarrangestellte. »Gute Neuigkeiten. Bitte verzeihen Sie, dass ich mich erst jetzt melde, doch ich war den ganzen Tag in Lübeck, um die Angelegenheit zu unseren Gunsten zu klären. Zu Ihren Gunsten, versteht sich, die ja auch die unseren sind.«

Clara staunte nicht schlecht. Wenn das stimmte, war das Büro tatsächlich nicht besetzt gewesen.

»Pastor Kruse ist für morgen nach Lübeck bestellt worden«, berichtete Frau Boehring. »Zum Rapport, wenn Sie so wollen. Das Treffen soll endlich für Nägel mit Köpfen sorgen. Die Kirchenleitung hat mir sehr genau zugehört, Frau Clüver. Und sie ist jetzt ebenfalls der Ansicht, dass Herr Kruse seine Zeit *hatte.*«

Mit einem Mal schlug ihr Herz schneller. »Was wollen Sie damit sagen, Frau Boehring?«

»Dass ich Sie noch um ein klitzekleines bisschen Geduld bitten möchte«, antwortete sie. »Ginge das? Ich weiß, was ich Ihnen hier zumute, aber spätestens bis Montag wird sich das alles geklärt haben, daran besteht für mich kein Zweifel. Und meiner Ansicht nach klärt es sich jetzt so, wie wir es uns allesamt wünschen.« Sie zögerte kurz. »Doch das haben Sie nicht von mir, einverstanden? Wenn Pastor Kruse wüsste, was ich hier alles versuche …«

»Keine Sorge«, antwortete Clara. »Das fällt alles unter das Beichtgeheimnis.« Sie dankte der Pfarramt-Angestellten für die Auskunft, dann trennte sie die Verbindung. *Was für ein durch und durch seltsamer Tag!*, dachte sie und beschloss, ihn einfach geschehen zu lassen. Ihn zu genießen.

Dem Grandhotel schräg gegenüber, von der grasgrünen Weite des Brügmannsgartens umgeben, stand die Kurbühne. Als Clara näher kam, sah sie ein halbes Dutzend Arbeiter, die dort reihenweise Klappstühle aufstellten und Scheinwerfer und Lautsprecherboxen installierten. Unter dem weißen Zeltdach, das die Bühne krönte, prangte ein breites Banner. Es zeigte den Ritter Jürgen in voller Montur, am anderen Ende den listigen Wassermann aus der örtlichen Sage. Dazwischen stand in großen Lettern: *1. Travemünder Roggenbuk-Festival.*

»Übermorgen«, rief ein Mann ihr zu. Er trug eine gelbe Warnweste und Arbeitshandschuhe. Außerdem lächelte er. »Sie sind zu früh. Wenn Sie die Show sehen wollen, kommen Sie Sonntag wieder.«

»Geht klar«, versprach sie und winkte ihm zum Dank.

KAPITEL 9

Die Villa lag im Abendrot, als Konrad den Wagen in die Einfahrt steuerte. Der Digitaluhr auf seinem Armaturenbrett nach zu urteilen, war es kurz vor acht. Er stellte den Motor ab, stieg aus und winkte Frau und Kindern zu, die auf der Wiese vor der Einliegerwohnung spielten. Die beiden Söhne waren sechs und vier Jahre alt und sollten allmählich ins Bett, aber zuvor musste er sich um eine andere Angelegenheit kümmern.

»Ich komme gleich, okay?«, rief er seiner Gattin zu.

Elena nickte.

Konrad zückte den Zweitschlüssel und betrat die elterliche Villa. Im Flur kam ihm Karl entgegen.

»Ist sie da?«, fragte er den Butler. Er kannte ihn schon sein ganzes Leben und sah in ihm fast so etwas wie ein Familienmitglied.

»Frau Konstantin befindet sich am Pool.« Karl verzog keine Miene. Dennoch kam es Konstantin vor, als läge Sorge in seinem gewohnt nüchternen Tonfall. Oder war es Bedauern? »Sie hat das Grundstück heute abermals nicht verlassen.«

Schweigend ging Konrad durchs Wohnzimmer. Die Terrassentür stand offen. Vanessa saß auf dem Rand des Beckens und ließ die nackten Unterschenkel ins Wasser ragen. Sie wandte dem Haus den Rücken zu.

»Warum bist du nicht vorne, Mutter?«, sagte er statt einer Begrüßung. Es klang anklagend. »Es täte dir sicher gut – und die Kinder würden sich auch freuen.«

Sie reagierte nicht. Ihr rechtes Bein zog sanfte Kreise durchs Wasser.

Konrad wartete kurz auf eine Erwiderung, dann seufzte er und kauerte sich neben sie. »Ich rede mit dir!«

»Ja«, antwortete sie ungerührt. Ihr Blick hing an der Wasseroberfläche, als wäre sie ein Magnet. »Das tust du.«

»Und?«

Nun drehte sie den Kopf zu ihm um. »Und nichts, Konrad. Ich bin genau da, wo ich hingehöre.«

»Pff.« Er schnaubte abfällig und beschloss, ihr Pathos keines Wortes zu würdigen. Schnell kam er zum eigentlichen Thema. »Ich hatte heute Mittag Besuch. Drüben in der *Küche.* Zwei Herren von der Kripo.«

Sie winkte ab. Ihr Desinteresse war nahezu mit Händen greifbar. »Unwichtig. Das Telefon klingelt hier auch seit Tagen. Ich lasse Karl ausrichten, dass ich nicht zu sprechen bin.«

Er zog den Brief aus der Tasche, den er von Kommissar Schmidt erhalten hatte. »Hierfür aber schon, oder?«

Vanessa sah auf das Papier. In ihrer Miene rührte sich absolut nichts. Dann blickte sie wieder aufs Wasser.

»Mutter!«, drängte er.

Immer noch keine Reaktion.

Konrad stand auf und bückte sich, um ihr den Schrieb vors Gesicht zu halten. »*Ich* bin den Wagen nicht gefahren«, sagte er. »So viel ist mal sicher. Und sicher ist auch, dass die Presse diese Sache zu einem Riesenspektakel macht, wenn sie davon Wind bekommt. Ich musste vorhin schon jemandem mit Stöckler-Seeburg drohen, und du weißt bestimmt selbst, welcher Quatsch da über Bengt Hansen geschrieben wurde.«

Abermals winkte Vanessa ab. »Das ist alles nicht von Bedeutung, Konrad. Das ist nur Geschrei ohne Substanz. Zerbrich dir darüber nicht den Kopf.«

»Einer von uns muss es tun«, widersprach er streng. »Warst du Dienstagnacht mit meinem Wagen weg, Mutter? Er stand hier, das ist klar. Also? Bist du das da auf dem Foto?«

Zuerst zeigte sie keinerlei Reaktion. Dann jedoch stand auch sie auf und strich sich das weiße Kleid glatt. »Vergiss die Presse«, sagte sie. »Sei vernünftig, Junge.«

»Das da kann der ganzen Firma schaden«, klagte er und deutete auf den Bußgeldbescheid.

»Dann ist das eben so.«

Konrad wusste nicht, was ihn mehr aufregte: sein Verdacht oder ihr eklatantes Desinteresse. »Typisch«, schimpfte er. »Was denke ich mir auch dabei, dich mit Wichtigem zu behelligen? *Konstantins Küche* war dir doch schon immer schnurzegal. Hauptsache, das Konto bleibt gedeckt – richtig, Mutter? Dass du Vaters guten Ruf hier mit Füßen trittst, ist dir wahrscheinlich gar nicht bewusst!«

Vanessa strich ihm kurz über den Arm. Ihre Mundwinkel zuckten, doch der Blick ihrer Augen blieb ausdruckslos. »Ihr Kinder … Ihr hattet immer schon ein falsches Bild von Erich.«

Sie wollte ins Haus gehen, doch er hielt sie auf. »Falsches Bild? Verflucht, was soll *das* denn jetzt heißen?«

»Lasst mich einfach in Ruhe, Konrad«, erwiderte Vanessa sanft und trat an ihm vorbei. »Jeder von euch. Das ist alles, worum ich euch bitte.«

Konrad sah ihr nach. Ihm war, als erkennte er sie nicht wieder.

Eine halbe Stunde später waren die Kinder im Bett. Elena las dem Kleinen noch eine Geschichte vor, und Konrad konnte sich endlich um den wohlverdienten Tagesausklang kümmern.

Obwohl ihm der Sinn nicht danach stand, öffnete er die Hausbar im Wohnzimmer der Einliegerwohnung und nahm einen Rosé heraus, Elenas Lieblingswein. Während er die zwei bauchigen Gläser füllte, stand er am Fenster, das direkt zur elterlichen Villa hinauswies. Genau wie das Fenster war auch die Terrassentür noch geöffnet. Und die Stimme, die von dort plötzlich an seine Ohren drang, erkannte er sofort.

»... weiß ich wirklich nicht, wie deutlich ich es noch machen soll«, sagte Vanessa gerade. »Wir *haben* ein Problem.«

Konrad runzelte die Stirn. Mit wem sprach seine Mutter denn da? War das Karl?

Stille folgte und bewies ihm das Gegenteil. Karl hätte längst etwas erwidert, was er ebenfalls gehört hätte.

Dann telefoniert sie also, erkannte er.

Nur, mit wem?

»Ich wollte es einfach erwähnt haben«, drang Vanessas Stimme an sein Ohr. »Und zwar frühestmöglich. Damit wir genau wissen, wo wir stehen. Dieses elende Foto kann uns noch alles verderben, wenn wir jetzt nicht gründlich aufpassen!«

Wieder kehrte Ruhe ein. Sie schien zuzuhören – aber wem? Konrad wusste es nicht. Doch eins war offenkundig: Seine Mutter klang bei Weitem nicht mehr so gelangweilt wie zuvor, sondern beunruhigt, geradezu alarmiert. War ihr Verhalten drüben am Pool etwa reine Fassade gewesen?

Was geht wirklich in dir vor, Mutter?, dachte er. Das hatte er noch nie gewusst, wenn er ehrlich zu sich war.

»Nun, da sind wir dann eben verschiedener Ansicht«, betonte sie gerade. Es wirkte streng und auch ein wenig pikiert. »Das bedaure ich. Ich hätte gedacht, wir wären uns einig gewesen. Und ich hoffe, diese Meinungsverschiedenheit führt nicht zu Schäden, die wir alle nicht mehr reparieren können. Es gibt weiß Gott schon mehr als genug, was ich in dieser Angelegenheit bedaure und …«

»Was machst du da?«, erklang eine zweite Stimme, diesmal direkt hinter ihm.

Konrad drehte sich um.

Elena war ins Zimmer getreten, eine fragende Miene im Gesicht. Ihr braunes Haar war zu einem Pferdeschwanz gebunden, und sie wirkte kaum weniger müde als die Kinder vorhin.

»Nichts, nichts«, antwortete er schnell, ging auf sie zu und reichte ihr ein Weinglas. Dann prostete er ihr zu. »Ich bin nur froh, dass endlich Ruhe ist. Der Tag war lang, weißt du?«

»Ruhe.« Sie nickte wissend. Dankbar nippte sie an dem Rosé. »Fragt sich nur, für wie lange.«

»Ja«, murmelte Konrad. Er nahm sie in den Arm und sah über ihren Kopf erneut zum offenen Fenster. Doch was immer dort drüben besprochen worden war, gehörte nun der Vergangenheit an: Die Terrassentür seiner Mutter war geschlossen. »Ja«, wiederholte er und strich Elena über das Haar. »Das wüsste ich auch gern.«

»Sagen Sie nicht, das ist alles für mich.«

Clara Clüver stand im Hof von Friekes altem Haus auf dem Priwall, den das Abendrot in satte, warme Farben tauchte. Sie hatte das Gelände eben erst erreicht – nach einem ausgiebigen Spaziergang und einer Fahrt mit der Autofähre – und sich innerlich schon längst auf einen ruhigen Abend in ihrer Scheunenwohnung eingestellt. Frieke Kroon schien jedoch andere Pläne zu verfolgen.

»Nein, keine Sorge«, sagte die Buchhändlerin lachend. »Ich leiste Ihnen Gesellschaft.«

Der Tisch, den die Vermieterin kurzerhand im Hof aufgestellt hatte, war bereits gedeckt und mit vielen kleinen Köstlichkeiten ausgestattet. Claras Blick fiel auf eine hölzerne Schüssel mit grünem Salat, auf frisches Brot und Käse, gefüllte Oliven und aufgeschnittene Radieschen. In kleinen Porzellantöpfen ruhten verschiedenfarbige Dips, und in einer gläsernen Karaffe wartete kristallklares Wasser, in dem ein paar Eiswürfel und Zitronenscheiben träge herumschwammen.

Einladend deutete Frieke auf den zweiten und noch freien Stuhl. »Wenn Sie mögen?«

Clara ließ sich nicht lange bitten. Dankend nahm sie ihrer Gastgeberin gegenüber Platz. »Irgendwann müssen Sie mir verraten, was ich Ihnen schulde«, sagte sie. »Das ist ja die reinste Halbpension!«

»Irgendwann«, versprach die Buchhändlerin. Sie wirkte hochzufrieden, als sie Wasser in zwei breite Gläser einschenkte. »Und im Grunde schulde ich *Ihnen* etwas, Clara. Ich hatte lange keine Gesellschaft mehr hier draußen, und es tut gut, jemanden in der Nähe zu haben. Wissen Sie inzwischen genauer, bis wann ich Ihre Gesellschaft genießen darf?«

Clara nahm sich Salat und eine Scheibe Brot. Letztere bestrich sie mit einem Kräuterdip, der absolut himmlisch roch. »Noch bis Anfang der Woche, schätze ich. Angeblich klärt sich die Sache mit Pastor Kruse gerade. Und wenn das so ausgeht wie gedacht und signalisiert, dann steht mir in Kürze wohl die Dienstwohnung im Pfarrhaus zur Verfügung, von der die Stellenausschreibung sprach.«

Mit wenigen Worten beschrieb sie der Buchhändlerin, was sie vorhin am Telefon von Frau Boehring aus dem Büro erfahren hatte. Frieke erzählte es ganz sicher nicht weiter.

»Es ist nicht gerade christlich von mir, so etwas zuzugeben«, endete Clara. »Oder es überhaupt zu denken. Aber ehrlich gesagt würde es mich wirklich freuen, wenn ich die

Stelle doch noch bekäme. Obwohl ich weiß, dass dafür ein Kollege auf sie verzichten muss – und zwar nicht gerade freiwillig.«

Frieke winkte ab. »Dem Kruse weint hier niemand eine Träne nach, wie gesagt. Glauben Sie mir: Unchristlich wäre es, Travemünde *nicht* von ihm zu erlösen.«

»Trotzdem.« Clara seufzte. »Ich finde immer noch, ein klärendes Gespräch mit ihm würde uns beiden helfen. Nur ich und Herr Kruse, unter vier Augen.«

»Wollen Sie kaputtmachen, was diese Frau Boehring da mühsam aufbaut?« Frieke schüttelte den Kopf. »Nichts da, Sie halten sich ganz fein raus. Das ist alles nicht Ihr Problem, Clara. Erst recht nicht der alte Stinkstiefel. Wenn Sie dem Ihr Ohr schenken, dann redet der Ihnen alles aus, was Sie möchten und was Ihnen zusteht. Dann packen Sie freiwillig wieder die Koffer und entschuldigen sich noch bei ihm für die Störung.«

Frieke griff nach den Radieschen und belegte ihr frisch gebuttertes Brot mit den dünnen Scheibchen. »Meiner Ansicht nach tun Sie genau das Richtige, indem Sie nichts tun. Genießen Sie die freie Zeit. Wer weiß, wann Sie wieder einmal zu ein paar arbeitsfreien Tagen kommen, wenn Sie die Kirche erst in Beschlag nimmt? Schauen Sie sich die Gegend an.«

Ihr Gesicht leuchtete auf. »Hey, was halten Sie von einem gemeinsamen Ausflug am Wochenende? Eine kleine Wanderung, vielleicht rüber zur Hermannshöhe? Kaffee und Kuchen direkt am Meer? Sie *müssen* unsere Steilküste sehen, Clara! Die ist wunderschön – und sie verschwindet Jahr für Jahr mehr. Würde es Ihnen gefallen, wenn Rufus und ich sie Ihnen zeigen? Ja? Einverstanden?«

Der Labrador lag unter einem der mit Lampions verzierten

Bäume und döste im Abendlicht. Nun hob er aber den Kopf und schnaubte hörbar. Es klang wie eine Zustimmung.

»Na prima.« Frieke lachte. »Das wäre geklärt.«

»Müssen Sie sich nicht um den Laden kümmern?«, wunderte sich Clara. Die meisten Geschäfte drüben im Ort hatten an sieben Tagen in der Woche geöffnet, jedenfalls während der Saison. So viel war ihr bereits aufgefallen. Allerdings mochte sie die Vorstellung eines kleinen Ausflugs an der Küste entlang. Die Hermannshöhe lag auf halbem Weg in Richtung Niendorf, oder?

Frieke verzog keine Miene. »Ich bin nicht nur die einzige Angestellte des *Schmökerhafens*, sondern auch die Chefin«, antwortete sie gelassen. »Wann ich freihabe, entscheide ganz allein ich. Und Sie wissen ja, was wir hier an der Küste sagen, oder?«

»Offen ist, wenn offen ist«, erwiderte sie nickend.

Während sie aßen, erkundigte Clara sich nach den jüngsten Neuigkeiten zum Einbruch in Friekes Laden. Die Buchhändlerin wirkte auch da völlig unbekümmert.

»Es gibt keine Neuigkeiten«, antwortete sie. »Das macht nichts, denn ich hatte mit keinen gerechnet. Die Tür klemmt jetzt eben und wird beizeiten repariert, und gut ist. Mehr wird da nicht passieren.«

»Und der oder die Täter?«

»Sitzen bestimmt zu Hause und schämen sich in Grund und Boden.« Sie lächelte. »Vergessen Sie die, Clara. Habe ich auch längst getan. Es fehlt ja nichts. Teenager machen halt manchmal Unfug. Wir waren da nicht anders, hm?«

Clara biss sich auf die Unterlippe. Tatsächlich hatte auch sie in jungen Jahren über so manche Stränge geschlagen – hauptsächlich aus dem unsinnigen Drang, gegen die Mutter zu rebellieren. Die Erinnerung war ihr ein wenig peinlich.

»Oha.« Frieke grinste. »Ich scheine ins Schwarze getroffen zu haben.«

»Ach was.« Sie erwiderte das Grinsen. »Mein Kopf ist nur so rot, weil die Sonne darauf scheint.« Schnell biss sie in ihr Brot.

»Erzählen Sie mir von sich«, bat Frieke. »Wenn Sie mögen, versteht sich. Wer sind Sie so, Clara?«

»Na ja.« Sie seufzte. »Die groben Details wissen Sie bereits. Geboren in Lübeck, aufgewachsen in Rheinhessen. Meine Mutter kam von dort, verstehen Sie? Als meine Eltern sich trennten, zog sie mit mir zurück. Ich trage ihren Nachnamen, nicht den meines alten Herrn. Dann habe ich in Mainz studiert und …«

Frieke hob eine Braue. »Und Ihr Vater blieb damals hier oben?«

»Soweit ich weiß.« Sie nickte. »Wir hatten danach im Grunde keinen Kontakt mehr. Ehrlich gesagt, erinnere ich mich kaum sonderlich an ihn. Ich war einfach zu jung. Da sind nur Bruchstücke, verstehen Sie? Einzelaufnahmen in meinem mentalen Archiv, die ich kaum zwischen realen Erinnerungen und Traumbildern unterscheiden kann. Und natürlich sind da die Geschichten, die meine Mutter mir Jahre später über ihn erzählt hat. Fritz war kein angenehmer Mensch.«

»Haben Sie ihn nie gesucht?«, fragte die Gastgeberin sanft. »Ihn nie vermisst?«

»Wie kann man vermissen, was man kaum kennt?«, gab Clara zurück. Sie sprach ungern über diesen Aspekt ihres Lebens, doch je mehr Zeit sie mit Frieke verbrachte, desto offener wurde sie. Es geschah nahezu von ganz allein. »Ich hätte sicher gern einen Vater gehabt, gar keine Frage. Aber der Mann, den meine Mutter kannte, *war* kein Vater. Auch das machten ihre sporadischen Geschichten sehr deutlich.«

Als junges Mädchen hatte sie tatsächlich mal versucht, ihn ausfindig zu machen. Doch ihre Mutter hatte den Braten gerochen und sie schnell ausgebremst. Damals hatte sie Clara erstmalig mehr über den Mann erzählt, dessentwegen sie einmal in den hohen Norden gezogen war. Die Bilder, die ihre Schilderungen in der jungen Clara von einst geweckt hatten, waren nicht gerade schön gewesen, und sie hallten bis in die Gegenwart nach.

Anne Clüver war nicht für den Norden gemacht, dachte sie nun. Vor dem geistigen Auge sah sie ihre Mutter wieder, eine überkorrekte Frau, die wohl schon mit strengen Falten in den Augenwinkeln auf die Welt gekommen war. *Das steht fest. Für Wind und Weite war sie einfach zu festgefahren. Aber der Fritz Behrendt, von dem sie mir erzählt hat, war auch kein Grund, sich den Norden anzugewöhnen. Eher im Gegenteil.*

»Er ist schon vor Jahren verstorben«, sagte Clara nun. Ihr Blick hing an den Salatresten auf ihrem Teller. »Das habe ich durch puren Zufall erfahren, als ein Schreiben vom Notar bei mir ankam. Mitsamt einer Einladung zur Seebestattung draußen auf dem Meer.«

»Sind Sie hingefahren? Zum Termin der Bestattung?«

Clara schüttelte stumm den Kopf.

Frieke sah sie an. Für einen kurzen Augenblick lag ein seltsamer Ausdruck auf dem Gesicht der Buchhändlerin, den Clara nicht deuten konnte. Doch der Eindruck verging so schnell, wie er gekommen war. Frieke war offenbar klug genug, nicht näher nachzuhaken. »Wie laufen eigentlich Ihre Detektivspiele?«, erkundigte sie sich stattdessen. »Jule ist mir seit heute früh nicht mehr begegnet. Kommen Sie voran?«

Clara lachte auf. Schnell erzählte sie von ihren Erlebnissen in Niendorf und Timmendorfer Strand. »Sie hatten wohl doch recht«, schloss sie den kurzen Bericht. »Dieser Erich war nirgendwo sonderlich beliebt. Jedenfalls nicht hinter den Kulissen. Und sein Sohn Konrad weiß vermutlich mehr darüber, als er zugibt.«

Die Buchhändlerin spießte ein Salatblatt mit der Gabel auf und führte es zum Mund. Als Rufus sich vom Boden erhob und herübergetrottet kam, hielt sie ihm einen kleinen Cheddar-Würfel hin, den der Labrador genüsslich verspeiste.

»Das mit Bengt ist jedenfalls Unsinn«, sagte Frieke dann. »Ich kenne den Jungen seit Jahrzehnten. Der ist gut, durch und durch. Ein bisschen wortkarg und eigen, wie die meisten Männer hier oben. Zu stolz für sein bisschen Verstand, wenn Sie mir die Formulierung gestatten. Aber gut. Es ist schön, dass Sie und Jule seinen Ruf verteidigen wollen.«

Und was ist eigentlich mit diesem Bengt?, hörte Clara plötzlich Svenjas neckende Stimme in ihrer Erinnerung. *Wie sieht der aus? Nordisch-rau, würde ich wetten.*

Der Gedanke entlockte ihr ein Schmunzeln. Schnell wechselte sie das Thema. »Morgen wollen wir raus zum Rest der Konstantins«, verriet sie Frieke. »Zu den anderen Geschwistern und zu Erichs Witwe. Falls die mit uns sprechen, heißt das.«

»Bei Vanessa würde ich mir da keine große Hoffnung machen«, warnte Frieke. Sie nahm einen Schluck Wasser und seufzte wohlig. »Die gilt als sehr verschlossen. Manche würden auch ›zickig‹ sagen, schätze ich. Marion ist da schon anders, wie man hört. Bodenständiger als der Rest der Sippe, wenn auch ziemlich verkorkst. Ich schätze, anders kann man es nicht nennen, wenn man aus einer der reichsten Familien der ganzen Gegend stammt und als einsame Katzenmutti mit übersichtlichem Einkommen endet. Und was Hannes angeht …«

Frieke zuckte mit den Schultern. »Der muss ein rechter Traumtänzer sein, verkappter Künstler mit ordentlich Allüren.

Allerdings sollen die Bilder wenig taugen. Gibt's da nicht sogar irgendwo eine Ausstellung? Ich meine, Jule hätte das kürzlich erwähnt.«

Clara bestätigte es. »Morgen Abend. Wir wollten hin.«

»Na, dann viel Spaß.« Frieke grinste. »Kunst ist ja immer auch Geschmackssache, nicht wahr?«

Sie unterhielten sich noch eine ganze Weile. Das Essen schmeckte köstlich, die Lampions verströmten ein warmes Licht, und Frieke war eine extrem angenehme Gesellschaft. Einmal mehr fühlte Clara sich in der Gegenwart der Buchhändlerin nicht nur willkommen, sondern beinahe heimisch. Es ging schon auf dreiundzwanzig Uhr zu, als sie endlich – und mit einem herzhaften Gähnen – aufstand.

»Vielen Dank, Frieke«, sagte sie. »Wirklich. Sie kümmern sich um mich, als würden wir uns seit Jahren kennen. Schlafen Sie gut, ja?«

»Sie auch, Clara«, erwiderte die Buchhändlerin. Sie zog den breiten Wollschal, der um ihre Schultern hing, enger und lächelte. »Und: Sehr gerne. Das ist nicht der Rede wert.« Dann stutzte sie. »Wissen Sie, was? Warten Sie mal kurz.«

Sie drehte sich um und verschwand im Haupthaus.

»Weißt du, was sie vorhat?«, wandte Clara sich belustigt an den Hund.

Rufus gähnte nur und strich um ihre Beine.

»Ja«, sagte Clara. »Geht mir auch so.«

Nach knapp einer Minute kehrte Frieke zurück ins Freie. Sie hielt ein schmales Büchlein in der Hand, das alt aussah. »Hier«, sagte sie und reichte es Clara. »Als Bettlektüre, wenn Sie mögen. Ich finde, da sollten Sie mal einen Blick reinwerfen. Mich würde Ihre Meinung interessieren.«

Verwundert betrachtete Clara das Buch. Es war kleiner als die meisten Taschenbücher, aber mit einem festen und mit weinrotem Stoff überzogenen Einband ausgestattet. Der Rücken war mit dünnem, golden schimmernden Metall beschlagen, und auf der Vorderseite prangte eine holzschnittartige Zeichnung. Sie zeigte Bengts alten Leuchtturm drüben bei der Nordermole – und einen gewaltigen Leviathan, der sich davor aus den Fluten des Meeres erhob.

»Die Nacht des Roggenbuk«, las Clara den Titel des Bändchens.

»Wie gesagt: Mich würde interessieren, wie Sie es finden. Falls Sie Lust darauf haben, heißt das natürlich.«

Clara wog das Buch in der Hand. »Ich schau gleich mal rein, einverstanden? Auch schon des Festivals wegen, zur Vorbereitung für Sonntag.«

Frieke strahlte. »Würde mich freuen. Jules Rasselbande mag die Sage sehr, obwohl sie da ganz schön unheimlich beschrieben wird. Oder vielleicht auch genau deswegen. Viele Eltern erzählen sie hier oben ihren Kindern.«

Sie trennten sich für die Nacht. Frieke und Rufus verschwanden gemeinsam im Haupthaus, und Clara spazierte im Schein der Lampions zur ausgebauten Scheune hinüber.

Wie eigenartig, dachte sie. Amüsiert betrachtete sie das schmale Buch. *Aber auch lieb, irgendwie. Das schien Frieke ja geradezu wichtig zu sein.*

Während sie sich bettfertig machte, sah sie immer mal wieder zu dem Buch hinüber. Es wartete auf ihrem Nachttisch, und sie griff sofort danach, als sie es sich in den Federn bequem machte. Die handbeschriebenen Seiten waren schon ein wenig vergilbt und rochen etwas muffig. Manche ließen sich sogar nur mit Mühe umblättern. Doch zum Glück landete Clara schon beim ersten Versuch auf der Seite, auf der der eigentliche Text begann.

Das Blut kam mit den Wellen, las sie die oberste Zeile des

Kapitels. Dann runzelte sie die Stirn. »Nein, das ist definitiv kein Kinderbuch.«

Schweigend schmökerte sie weiter, während vor dem Fenster ihres Schlafzimmers die bunten Lampions brannten und die Nacht auf Abstand hielten.

Die Nacht war finster wie Pech. Nichts rührte sich mehr in den Gassen Travemündes, und hinter den dunklen Fenstern der kleinen Fischerhäuser brannte keine einzige Kerze. Das Dorf schlief.

Der alte Leuchtturm ließ sein Licht nach wie vor aufs Meer hinaus scheinen. Und er war nicht allein.

»Brr, ist das kalt«, murmelte Fiete. Der dickliche Sohn des Schlachters kniete auf dem Steg, der vom Ufer ins Wasser der Trave ragte, und kämpfte mit der Klappe der kleinen Laterne, die er von zu Hause mitgebracht hatte. »Außerdem sind die Streichhölzer ganz feucht. Es ist schon ein Wunder, dass ich das olle Ding überhaupt anbekommen habe.«

»Das wahre *Wunder wäre, wenn du die Klappe schließen könntest, bevor die Flamme wieder ausgeht«, schimpfte Marie. Sie hockte bereits in dem schmalen Ruderboot, und ihre Geduld ging langsam zur Neige. »Ehrlich, Fiete. Wie kannst du nur so ungeschickt sein?«*

»Das sagt mein Vater auch immer zu mir«, gestand ihr Begleiter. Dann hörte Marie ein leises Klicken, und er riss die Faust in die Höhe. »Haha! Geschafft!«

Tatsächlich: Die Laterne war endlich einsatzbereit.

»Mein Held.« Marie schmunzelte und streckte die Hand aus. »Hier, gib sie mir rüber. Dann kannst du auch einsteigen.«

Fiete gehorchte sofort.

Abermals dachte Marie, dass sie sich den perfekten Gehilfen für ihr Vorhaben ausgesucht hatte. Der Sohn des Schlachters war treu und eigentlich sehr viel mutiger, als er selbst glaubte. Da-

heim stand Fiete stets unter der Knute seiner älteren Brüder und hatte nahezu nichts zu melden – so wenig, dass er inzwischen von seiner eigenen Unfähigkeit überzeugt war. Doch diese war pure Behauptung, daran hegte das Mädchen keinen Zweifel. Mit ein wenig Zuspruch und gutem Willen konnte auch Fiete über sich hinauswachsen, das glaubte sie fest.

Man muss ihn nur in die richtige Richtung schubsen, *dachte sie zufrieden.*

Und genau das hatte sie vor. Sie brauchte ihn nämlich dringend. Ohne Fiete an ihrer Seite verlor sie vielleicht den Mut, bevor sie ihren Plan vollenden konnte. Und dann wäre niemandem geholfen.

»In Ordnung«, sagte der Junge. Er saß nun auf der hölzernen Bank in der Bootsmitte, und die langen Ruder lagen rechts und links von ihm am Boden. »Und was jetzt? Wenn uns hier jemand erwischt, kriegen wir mächtig Ärger, Marie!«

»Uns erwischt schon keiner«, betonte sie. Sie stellte die Laterne neben Fiete ab und drehte sich nach links, um die Knoten des dicken Taues zu lösen, die das Boot am Anleger hielten.

Erschrocken stand Fiete auf. Die Bewegung brachte das Ruderboot zum Wackeln, und er schaffte es gerade noch, die kippelnde Laterne vor dem Absturz zu bewahren.

»Du willst ablegen?«, keuchte er.

»Was hast du denn gedacht?«, gab sie trocken zurück. »Dass wir ein Picknick machen? Nachts am Pier?«

Sie löste den letzten Knoten und stieß sich am Anleger ab. Sofort übernahm das schmale Boot die Richtung, die die Trave vorgab. Eine sanfte Strömung erfasste es und trug es gen Osten wie ein herabgefallenes Blatt.

»Bist du wahnsinnig?«, fragte Fiete. Im Schein der Laterne konnte sie sein ängstliches Gesicht sehen. »Nachts fährt man doch nicht raus, Marie! Da ist es viel zu dunkel auf dem Wasser.

Was, wenn wir zu weit aufs Meer treiben und das Ufer nicht mehr sehen können?«

»Wir brauchen kein Ufer«, erwiderte sie und hoffte, dass es stimmte. »Wir haben den Leuchtturm, oder etwa nicht? Der zeigt uns den Rückweg. Sonst gäbe es ihn doch gar nicht. Genau dafür ist er da.«

Fiete war nicht überzeugt. »Aber was willst du denn auf dem Wasser?«, appellierte er an ihre Vernunft. »Noch dazu um diese Zeit? Kann das nicht warten, bis es hell wird … oder auch wärmer?«

Sie schüttelte den Kopf und setzte sich ebenfalls. »Hast du es immer noch nicht begriffen?«, fragte sie ihren Freund. »Tagsüber sehen die Erwachsenen uns. Und wenn sie uns sehen, stellen sie uns Fragen. Das darf nicht passieren. Sie würden uns das verbieten, was wir tun wollen, Fiete. Weil sie nicht glauben, dass wir es tun können. *Weil sie denken, es wäre zu gefährlich.«*

»Und was wollen wir tun?«, entgegnete er. Dabei deutete er zum dunklen Ufer, von dem sie sich sekündlich mehr entfernten. »Ich für meinen Teil will nämlich zurück ins Bett, verstehst du? Und mein Bett liegt in der anderen Richtung.«

»Das habe ich dir doch gesagt«, erwiderte sie ungeduldig. »Wir töten ihn, Fiete. Wir finden den bösen Roggenbuk … und dann machen wir ihn endlich fertig!«

KAPITEL 10

Die Uhr über der großen Halle des Jachtclubs zeigte die Zeit an: kurz nach elf. Der Niendorfer Hafen lag an diesem Freitagabend verlassen da, und nur wenige Straßenlaternen zauberten kleine Lichtinseln in das Dunkel, das die Boote, Anleger und den schmalen Sandstrand fest in seinen Klauen hatte.

Die Gestalt stand unter dem Vordach der Halle und sah sich um. Sämtliche Verkaufsstände und Buden waren verlassen und verriegelt, nirgends bewegte sich etwas. Einzig der sanfte Wind, der ins Hafenbecken blies, ließ die Boote leicht schwanken. Immer wieder stieß eine Reling gegen das Holz der schmalen Stege, und die Zweige der alten Birken hinter *Konstantins Kombüse* tanzten zum lautlosen Takt, den der Nachtwind vorgab. Irgendwo bellte ein Hund.

Die Gestalt war zufrieden. Sie war gekommen, um auf Nummer sicher zu gehen – und nun, am Ort des Geschehens, löste sich die Nervosität der vergangenen Tage in Wohlgefallen auf. Es *gab* kein Problem, nicht hier und auch generell nicht. Das bewies der Hafen eindrücklich. Alles war gut. An alles war gedacht.

Dort vorn im Sand hatte er gelegen, nicht wahr? Mit dem Gesicht im Dreck. Die Gestalt schmunzelte bei dem Gedanken. Es war so nicht geplant gewesen, doch das Schicksal hatte offenkundig Sinn für Humor. Karma und Ironie gingen wohl mitunter Hand in Hand.

Draußen über dem Meer zogen Wolken heran. Die Gestalt sah zu ihnen hinüber und schlug den Kragen höher. Es wurde allmählich kühl. Doch auch die Wolken passten ins Bild, irgendwie. Es war die richtige Nacht für Wolken, einmal mehr.

Schweigend trat die Gestalt vor und ging neben dem Sandstreifen in die Hocke. Dort hatte er gelegen, leblos und kalt. Der Gedanke konnte wehtun, wenn man es zuließ. Aber musste man es zulassen?

»Corinna, jetzt komm schon!«, drang eine Männerstimme durch das Dunkel und ließ die Gestalt zusammenzucken. »Es ist kalt. Kein Mensch will bei dem Wetter am Meer stehen! Das ist nicht romantisch, sondern bescheuert.«

Schritte folgten, zwei leichte und zwei schwerere Füße.

Passanten, erkannte die Gestalt beunruhigt.

Einen halben Herzschlag später erschienen zwei Menschen mittleren Alters am Eingang des Hafens, ein dicklicher Mann mit Brille und eine blonde Frau.

Die Gestalt reagierte sofort. Blitzschnell verschwand sie wieder in den Schatten, wurde eins mit der Nacht. Noch bevor Corinna und ihr Begleiter in die Nähe des Jachtclubs gekommen waren, hatte sie das Gelände verlassen.

Sie ging mit einiger Erleichterung. Denn erst jetzt konnte sie sich wirklich sicher sein: Es war alles gut. Nichts und niemand konnte ihr gefährlich werden, denn das Karma war voll und ganz auf ihrer Seite.

»Onkel Erich« hatte schlicht und einfach bekommen, was er verdiente.

»Warte mal kurz, ja?« Svenja Richter schob den Mann, der an ihrem Hals knabberte, sanft von sich. »Ich muss nur schnell telefonieren.«

»Jetzt?« Der Mann grinste. Es gab wenige Vertreter seiner Spezies, die selbst grinsend noch attraktiv wirkten, aber er gehörte definitiv dazu. »Du spinnst doch.« Abermals machte er sich an ihrem Hals zu schaffen.

Svenja blieb standhaft. »Nein, nur ganz kurz. Sonst vergesse ich's, ich kenne mich. Und es ist vielleicht wichtig.«

Sie schob ihn abermals weg. Diesmal grinste er nicht.

»Du bist ja schräg drauf«, maulte er, verschränkte die Arme vor der muskulösen Brust und sah demonstrativ aus dem Fenster.

Das Taxi, auf dessen Rücksitz die beiden Nachtschwärmer saßen, fuhr durch die Wiesbadener Innenstadt. Svenja konnte die Marktkirche sehen, deren rotbraune Mauern von allerlei Scheinwerfern angestrahlt wurden, und kurz darauf das graue Staatstheater, dessen Kolonnaden um diese späte Stunde in Schatten lagen.

Sie zog das Handy aus der kleinen Handtasche. Es gelang erst beim zweiten Versuch, denn allmählich spürte Svenja den Alkohol. Sie kicherte leise, als sie Claras Nummer aufrief.

»Wen willst du eigentlich so dringend sprechen, hm?«, grummelte der Mann neben ihr. Das Licht der Straßenlaternen, an denen das Taxi vorbeifuhr, fiel auf sein Gesicht, und die scharfkantigen Züge wirkten im Halbschatten noch besser als vorhin im Club. »Deine Mutter? Fragst du die, ob du heute länger aufbleiben darfst?«

»Wer hat denn etwas von Aufbleiben gesagt?«, erwiderte sie neckend, während es in ihrem Ohr tutete. »Ich dachte, wir fahren zu dir, um ins Bett zu gehen? Lag ich da falsch?«

Mit der freien Hand griff sie an ihre Seite und öffnete den Reißverschluss ihres sündhaft engen Kleides ein klitzekleines bisschen. Gerade weit genug für ein stummes Versprechen … oder für ein Friedensangebot.

»Eine Minute, okay?«, hauchte sie, just als Claras Mailbox sich meldete. »Dann geht's weiter.«

»Das will ich doch hoffen«, erwiderte ihr Begleiter, und das Grinsen kehrte zurück.

Svenja verspürte ein wohliges Kribbeln in den Eingeweiden, das definitiv *nicht* vom Alkohol stammte. Ihr letzter One-Night-Stand war viel zu lange her, und der Typ aus dem *Schlachthof* machte einen vielversprechenden Eindruck. Sie kannte seinen Namen nicht, hatte aber beschlossen, es dabei zu belassen. Er wusste den ihren auch nicht, und irgendwie war das ausgesprochen cool.

»… von Clara Clüver. Bitte hinterlassen Sie eine Nachricht, ich melde mich dann gerne. Danke!«

Es piepste in Svenjas Ohr. Gleichzeitig wanderten gierige Finger ihre Oberschenkel entlang. Svenja ließ sie gewähren, lehnte sich im Sitz zurück und begann zu berichten.

Samstag

»Dann stand da auf einmal Stefan hinter mir. Ich bin mir nicht sicher, ob der mich gehört hat, Süße. Aber ich kann nicht ausschließen, dass …« Ein Kichern unterbrach den Redefluss. »Hey, lass das gefälligst. Ich muss doch erst telefonieren … Na, jedenfalls hatte ich gerade wem von meiner Freundin in Travemünde erzählt und …« Noch ein Kichern, diesmal aber mit strengem Unterton. »Später, ey! Verstehst du das Wort nicht, oder was ist los? *Später.*«

Clara Clüver stand am Fenster ihrer Scheunenwohnung und sah in den frischen Morgen hinaus. Der Samstag präsentierte sich schon früh von seiner sonnigen Seite, und über dem Priwall prangte ein strahlend blauer Himmel. Sie war gerade aufgestanden und hatte überrascht registriert, dass über Nacht jemand ihre Mailbox besprochen hatte. Jetzt hörte sie die Nachricht ab und wünschte sich, sie hätte sie nie bemerkt.

»Also, Süße«, fasste Svenja zusammen. »Stefan war letzte Nacht im *Schlachthof*. Das wollte ich dir eigentlich nur sagen. Aber mach dir keine Gedanken: Bei dem Lärm hat der bestimmt nichts von mir mitbekommen. Er hat mich auch nicht angesprochen oder so. Wahrscheinlich bin ich dem gar nicht erst aufgefallen.« Ihr Tonfall veränderte sich, wurde verspielter. »Und jetzt … muss ich mich um jemand anders kümmern. Dem *bin* ich nämlich aufgefallen.«

»Worauf du dich verlassen kannst«, raunte eine tiefe Männerstimme. Es klang rechtschaffen brunftig, und Clara verzog das Gesicht. Dann endete die Aufnahme.

Wo treibst du dich wieder herum?, dachte Clara und ließ das Telefon sinken. An einen Rückruf war noch nicht zu denken, denn wenn Svenja auf der Walz war und Anschluss gefunden hatte, zählte sie morgens um acht noch nicht zu den Lebenden. *Vor heute Nachmittag brauche ich es gar nicht erst zu versuchen. Ich kenne dich doch.*

Sie setzte sich aufs Bett und dachte nach. Stefan Faust war wieder in den Clubs unterwegs, so, so. Allzu lange trauerte Wiesbadens jüngster Single offenbar nicht um seine Verflossene. Clara überlegte, ob sie deswegen beleidigt sein sollte, entschied sich aber dagegen. Sie konnte froh sein, den Kerl los zu sein.

»Wer sich nach Neuem umschaut«, verkündete sie dem stillen Zimmer, »der ruft wenigstens nicht mehr beim Alten an, obwohl er es eigentlich besser wissen sollte.«

Den gesamten gestrigen Tag über hatte er es nicht mehr bei ihr versucht. Die Informationen, die Svenja ihr auf die Box gesprochen hatte, mochten der Grund dafür sein.

Werde glücklich, Stefan, dachte Clara und atmete tief aus. *Aber* bitte *nicht mit mir*!

Dann stand sie auf und zog sich für den Tag um.

Als sie das Haus verließ, bog Jule plötzlich auf den Hof. Die Betreiberin des *Travemünder Lotsen* trug heute ein buntes T-Shirt, darüber eine leichte Sommerjacke. Außerdem hatte sie Brötchen dabei.

»Ganz frisch vom Bäcker«, betonte sie und hielt die prall gefüllte Tüte in die Höhe. »Frieke hat mich darum gebeten.«

»Frieke?«, wunderte sich Clara.

»So ist es, guten Morgen.« Die Erwähnte trat soeben aus dem Haus und auf den Hof. »Das passt ja terminlich so perfekt, als hätten wir es abgesprochen. Wenn ihr mögt, können wir gemeinsam frühstücken.«

Clara und Jule betraten das Haupthaus. In der gemütlichen Küche hatte Frieke bereits für drei gedeckt. Die Kaffeemaschine zischte und kochte, und auf länglichen Tellern lag eine bunte Auswahl an Aufschnitt und geräuchertem Fisch. Es gab Orangensaft und hart gekochte Eier, kleine Tomaten und Gurkenscheiben. Jule schüttete ihre Brötchen in eine Schüssel, die eigens dafür gedacht zu sein schien, und nahm am Tisch Platz.

»Wenn ich es nicht besser wüsste«, sagte Clara, »würde ich annehmen, ihr hättet euch gegen mich verschworen.«

»*Für* dich«, widersprach Jule lächelnd. »Wenn überhaupt, dann für dich. Und jetzt iss, bevor die Brötchen kalt werden.«

Frieke schwieg wohlweislich und wartete darauf, dass der Kaffee fertig wurde. Dann schenkte sie drei Tassen ein.

»Also gut, legen wir los«, kam Jule zur Sache. »Wir sitzen hier, um einen Plan zu schmieden für den heutigen Tag. Für unsere weiteren Ermittlungen in der Sache Bengt Hansen.«

»Erich Konstantin, meinst du wohl«, korrigierte Clara.

»Was?« Jule runzelte die Stirn. »Ja, ja. Der auch.«

»Pläne sind immer gut«, fand die Buchhändlerin. Sie griff nach einem Brötchen und belegte es mit Gurkenscheiben und rohem Schinken. »Was genau schwebt euch für heute denn vor?«

»Zuerst muss ich wohl mit einem Geständnis beginnen«, sagte Jule. »Ich habe gestern nämlich noch mit jemandem gesprochen. Obwohl ich es eigentlich nicht wollte.«

Clara hob eine Braue. »Sören?«

Die Freundin nickte. »Es ist Samstag, und ich kann Frieke nicht schon wieder zur Babysitterin machen. Der *Schmökerhafen* ist ja keine Kita. Wenn wir ermitteln wollen, brauche ich jemanden, der nach der Rasselbande sieht.«

»Ich kümmere mich immer gerne um deine Lütten«, widersprach die ältere Frau.

»Das mag sein«, sagte Jule entschieden, »aber es gibt da wen, den diese Pflicht weit eher betrifft als dich. Und genau der springt heute für uns in die Bresche, Clara. Ich habe den ganzen Tag kinderfrei, wir können uns also Zeit lassen.«

»Eigenartig«, fand Clara. Sie respektierte Jule für ihren Einsatz, denn das Gespräch mit ihrem Ex war ihr sicher nicht leichtgefallen. Aber eine Sache wunderte sie. »Hat so ein Kripo-Angehöriger nicht viel zu tun? Momentan, meine ich. Muss der nicht rund um die Uhr in Sachen ›Konstantin‹ ermitteln?«

»Das hat er auch behauptet«, erwiderte Jule. »Aber dann hab ich ihm die Verantwortungspistole auf die Brust gesetzt. Zumal doch klar ist, wer hier die *wahren* Ermittler sind. Richtig, Clara?« Sie zwinkerte ihr zu.

Na, ich weiß ja nicht, dachte die Pastorin.

»Es schadet nicht, wenn Sören sich auch mal wieder um seine Kinder kümmert«, fand Frieke. Damit schien die Sache geklärt zu sein. »Ich musste ihm im Gegenzug allerdings versprechen, dass er ebenfalls kommen darf«, sagte Jule. »Um sich das Roggenbuk-Stück anzusehen. Die Knirpse waren begeistert, als sie das erfuhren. Und Sören auch.«

»Hast du ihm denn von uns erzählt?«, erkundigte sich Clara. »Von unseren eigenen Untersuchungen, meine ich?«

»Bist du wahnsinnig?« Jule schüttelte den Kopf. »Nein, das behalten wir schön für uns. Bis wir Ergebnisse haben. Bei den Detektiven im Fernsehen ist das auch immer so: Erst lassen die alle im Dunkeln, und dann präsentieren sie die komplette Lösung auf einmal.«

»Wollen wir hoffen, dass wir überhaupt eine finden«, murmelte Clara und griff nach ihrer Tasse. So sehr ihr die Gesellschaft der beiden anderen Frauen gefiel, so sehr mangelte es ihr nach wie vor an Jules Zuversicht.

»Die Kripo will sich jedenfalls jetzt mal um diesen Mike Lütgens kümmern«, sagte die Freundin. »Ihr wisst schon: den Berliner Unternehmer, der den Konstantins die Fischbude drüben an der Mole vor der Nase weggeschnappt hat. Sören sagt, Lütgens und Erich hätten schon seit Wochen miteinander im Clinch gelegen. Lütgens besitzt bereits Fischbuden an der Nordseeküste und will sich nun in der Lübecker Bucht etablieren. Erich hat wohl nach Kräften versucht, das zu verhindern. Der wollte keine Konkurrenz vor der eigenen Haustür – erst recht keine, die bereits anderswo regiert und das nötige Kleingeld mitbringt, um auch bei uns auf den Putz zu hauen.«

Jule biss in ihr Brötchen mit Käse und trank einen Schluck Kaffee. »Wie ich höre, plant dieser Lütgens wohl eine Art Kette mit zwei Dutzend Filialen von Lübeck bis rauf nach Heiligenhafen. Schnelles, billiges Essen für hungrige Touris. Dagegen sähe selbst *Konstantins Küche* mit den beliebten Häusern in Niendorf und Timmendorfer Strand dann wohl aus wie ein alter Hut aus der Provinz. Trotz langjähriger Tradition und alldem.«

Clara erinnerte sich an das Gespräch zwischen dem Imbissbetreiber und Konrad Konstantin, das sie am gestrigen Morgen mitangehört hatte. Jules Schilderungen passten ins Bild, und Konrad hatte alles andere als glücklich gewirkt, dass der Betreiber ausgerechnet an Lütgens verkauft hatte.

»Dann sollten wir uns den vielleicht auch näher ansehen«, fand sie.

Jule nickte. »Auf jeden Fall. Ach, übrigens, Frieke: Beim Einbruch in den *Schmökerhafen* wurde vielleicht doch etwas gestohlen. Ist nicht weiter tragisch, und es kann durchaus sein, dass ich alter Schusselkopf einfach nicht mehr weiß, wo ich sie hingelegt habe, aber seit gestern vermisse ich meine Canon.«

»Deine Lieblingskamera?«, wunderte sich die Buchhändlerin. »Im Ernst?«

»Ich dachte, ich hätte sie im *Lotsen*, bei den anderen Kameras.« Jule zuckte mit den Schultern. »Aber sie ist unauffindbar.«

»Ist das schlimm?«, erkundigte sich Clara.

»I wo. Die Canon ist uralt, da habe ich deutlich jüngere Alternativen. Und die paar Fotos aus dem Datenspeicher habe ich ohnehin längst auf Festplatte gesichert. Da ist nichts verloren. Es ist bloß … schade. Und ein wenig seltsam, denn sonst fehlt absolut nichts. Ich weiß auch ganz genau, dass ich sie Dienstag noch benutzt habe. Ohne jeden Zweifel.«

»Na, vielleicht taucht sie ja tatsächlich noch irgendwo auf«, meinte die Buchhändlerin. »Du hast schon ganz andere Dinge verbummelt, Jule.«

»He!«, wehrte sich die Angesprochene, schmunzelte aber.

Gleich nach dem Frühstück brachen sie auf.

Das Haus lag am Ortsrand von Warnsdorf und war uralt. Es hatte dicke Wände, ein spitzes Dach und bot sicher gerade genug Platz für eine einzige Person. Wahrscheinlich drei Zimmer, dazu ein winziges Bad. Eine einzige Etage, darüber der Speicher.

»Gemütlich«, fand Clara. »Aber nur, wenn man's eng und übersichtlich mag.«

Marion Konstantin öffnete die Tür, kaum dass Jule geklingelt hatte. Die einzige Tochter des ermordeten Gastronomen war etwa in Claras Alter und hatte ein blasses Gesicht, das von blonden Haaren umrahmt wurde. Sie trug eine blaue Bluse zu einer weißen Jeans. »Ja, bitte?«, fragte sie.

Sofort runzelte Clara die Stirn. Sie konnte gar nicht anders. In all den Jahren in der Wiesbadener Pfarrei war sie vielen Trauernden begegnet. Sah diese Marion etwa *anders* aus als die Menschen von damals? Vielleicht irgendwie *un*traurig?

Und falls ja: Hatte das überhaupt etwas zu bedeuten?

Jule stellte sich vor und sprach ihr ihr Beileid aus. Sie erklärte, dass Clara und sie für den *Lotsen* an einer Geschichte arbeiteten. Außerdem erwähnte sie Bengt.

»Es würde bestimmt helfen, wenn Sie ein paar Minuten Zeit für uns hätten«, versprach sie der schüchtern wirkenden Kindergärtnerin. »Auch *ihm* würde es helfen. Wissen Sie, was über Bengt erzählt wird?«

»Ach, wer glaubt denn den Quatsch?!«, murmelte sie zögernd. Dann nickte sie. »Also gut, Frau Haberkamp. Fünf Minuten.«

Clara staunte innerlich. Für einen kurzen Moment hatte sie ernsthaft geglaubt, Konstantins Tochter würde sie kurzerhand abweisen.

Da siehst du, was deine Beobachtungsgabe wert ist, du große Detektivin, schalt sie sich in Gedanken.

Sie traten ein.

Marion Konstantin führte sie in ein winziges Wohnzimmer, das einen Tisch mit drei Stühlen, ein Sofa und zahlreiche

Bücherregale enthielt, die fast überquollen. Auf einem nahezu mannshohen Kratzbaum vor dem Fenster fläzten sich zwei Katzen im Sonnenschein.

»Was wollen Sie wissen?«, begann die Frau aus Warnsdorf. »Ob Bengt meinen Vater erschlagen hat? Nein, Frau Haberkamp. Ganz sicher nicht. Ich hoffe, Sie lassen diesen Unfug aus Ihrem Artikel raus. Schlimm genug, dass andere Blätter da keine Skrupel hatten.«

»Das tun wir, keine Angst«, versicherte Jule ihr. »Ich kenne Bengt.«

»Allerdings hat er kein Alibi«, warf Clara ein – auch um Marions Reaktion zu testen. »Keins, das sich nachprüfen ließe, heißt das.«

»Da geht es ihm bestimmt wie vielen anderen Leuten«, entgegnete die Gastgeberin ungerührt. »Das beweist nichts. Bengt und ich … Es ist lange her, aber ich weiß, dass er so etwas nie tun würde.«

»Warum wurde eigentlich damals nichts aus Ihnen?«, fragte Clara. Sie kannte die Antwort zwar schon von anderen, doch sie wollte Marions eigene Schilderung hören.

»Das ist eine gute Frage.« Die Tochter des Gastronomen schwieg und sah auf ihre Hände, die reglos auf dem Tisch lagen. Dann hob sie den Blick. »Mein Vater war kein einfacher Mann. Schreiben Sie das bloß nicht, doch es ist trotzdem die Wahrheit. Er stellte hohe Ansprüche, auch an seine Familie – vor allem an die.« Sie schnaubte leise. »Bengt war ihm von Anfang an ein Dorn im Auge, und irgendwann habe ich einfach nachgegeben. Er war ja mein Vater, verstehen Sie? Er war der Chef, nicht nur der der *Küche* und *Kombüse*. Er bestimmte. Aufgewachsen sind wir Kinder zwar viel eher bei meiner Mutter als bei ihm, aber auch wenn er kaum mal zu Hause war, blieb er trotzdem der Chef. Und Bengt …« Sie seufzte. »Bengt war im Grunde meine Pubertät, wenn Sie so wollen. Mein Versuch, gegen Erich Konstantins Macht und Übermacht zu rebellieren. Und wie die meisten Teenager wuchs ich irgendwann aus dieser Phase heraus und kehrte zurück in den Schoß der Familie.«

»Auch weil die Familie Sie finanzierte?«, wagte Jule sich vor.

Wieder ein Seufzen. Marion nickte. »Das war damals sicher auch ein Argument.«

Clara schwieg. Sie wusste nicht, ob ihr die Kindergärtnerin leidtun sollte oder nicht: Einerseits glänzten nahende Tränen in ihren Augenwinkeln, die kaum geschauspielert sein konnten, andererseits machte sie aus ihren Fehlern der Vergangenheit keinen Hehl.

»Inzwischen ist das aber anders, oder?«, hakte sie sanft nach. »Das Finanzielle, meine ich?«

Ein leises Lachen drang über Marions Lippen. »Wegen dieses Hauses, meinen Sie?«

»Eine treue Konstantin kann sich doch sicher mehr leisten«, erwiderte Clara keck.

Die Gastgeberin lehnte sich in ihrem Sitz zurück. Etwas wie Trotz trat auf ihr Gesicht. »Ich mag mein Leben hier in Warnsdorf. Es ist weit genug von der Familie weg, um nicht ständig bloß ›die Tochter‹ zu sein. Aber auch nah genug, um trotzdem zur Familie zu gehören. Ein Mittelweg, wenn Sie so wollen. Ich habe lange gebraucht, um ihn für mich zu finden. Und ich liebe meine Arbeit mit den Kindern, sie gibt mir einen Sinn.«

Ihre Züge wurden wieder sanfter. »Einen Sinn, den ich in Erichs Schatten nie so ganz gefunden habe. Ich bin heute eigenständiger als damals, Frau Clüver. Ich bin *ich*. Den einzigen Luxus, den ich mir überhaupt gönne, ist mein kleines Boot, die *Ho'oponopono.* Es hat früher meinem Vater gehört, aber er hat es irgendwann gar nicht mehr benutzt. Seitdem habe ich es gewissermaßen adoptiert. Mit dem fahre ich an freien Tagen immer gern raus aufs Meer, doch das tun hier oben ja sowieso viele.«

»Die *Ho'oponopono?*«, wiederholte Jule. »Ich glaube, ich habe sie kürzlich gesehen. Du auch, Clara, erinnerst du dich? Als wir mit Frau Thomas sprachen?«

Clara nickte. Das blaue Boot mit dem seltsamen Namen war ihr tatsächlich noch im Gedächtnis. Es war hübsch gewesen.

»Was ist das eigentlich für ein Name?«, wollte Jule wissen. »Klingt asiatisch.«

Marion schüttelte den Kopf. »Hawaiianisch. ›Ho'oponopono‹ ist schwer zu übersetzen, denn das Wort beschreibt eher einen Prozess als eine Sache. Den Versuch, einen in Schieflage geratenen Zustand wieder in Ordnung zu bringen. Das Streben nach innerem und äußerem Einklang, wenn Sie so wollen. Ich mag das Konzept sehr, und wenn ich mit der *Ho'oponopono* in See steche, glaube ich, es auch zu verstehen. Das geht meinem Bruder Hannes ganz ähnlich; er leiht sich den Kahn gelegentlich aus.« Sie lachte spöttisch. »Der Rest meiner Familie hält allerdings nur dann etwas von der See, wenn man sie zu Geld machen kann.«

Ho'oponopono. Clara lächelte. Das Konzept gefiel auch ihr, und sie machte sich eine mentale Notiz, es bei nächster Gelegenheit nachzuschlagen. *Vielleicht wäre das ein Thema für meine erste Predigt?* »Wo waren Sie eigentlich Dienstagnacht?«, erkundigte sie sich.

Ihre Gastgeberin musste nicht lange nachdenken. »Na, hier. Bei Tommi und Puschel. Meine Jungs und ich verbringen die meisten Abende gemeinsam.«

Sie meinte die Katzen. Clara sah kurz zum Kratzbaum, auf dem die Tiere lagen und sie nach wie vor mit Missachtung straften, und zurück zu Marion Konstantin. »Kann das sonst noch jemand bestätigen?«

»Ich wüsste nicht, wer«, erwiderte Marion. »Die Jungs und ich kommen prima allein zurecht, Frau Clüver. Auch das ist etwas, was ich erst lernen musste. Aber heute weiß ich, dass ich so am besten funktioniere. Verstehen Sie? Als meine eigene Chefin, sozusagen.«

»Und Ihre Brüder?«, hakte Jule nach.

Sie winkte ab. »Die sind beide verloren. Doch auch das drucken Sie bitte nicht in Ihrem Blatt, okay?«

»Verloren inwiefern?«, fragte Clara verwundert.

»Na, Konrad frisst unserem Vater seit Ewigkeiten aus der Hand. Der ändert sich nie. Einmal Kronprinz, immer Kronprinz. Zwischen Erich und Konny passte noch nie ein Blatt.«

»Und Hannes?«, wollte Jule wissen.

»Das andere Extrem, fürchte ich.« Marion lächelte gequält. »Der ist so weit weg von allem, was mit der *Küche* und Onkel Erich zu tun hat, wie man es nur sein kann. Die Firma hat den noch nie interessiert, das hat er wohl von unserer Mutter.«

Clara sah zu ihr. »Er malt, richtig?«

»Wenn man das so nennen möchte«, spottete die Kindergärtnerin. »Wenn Sie mit ihm sprechen wollen, kommen Sie doch einfach heute Abend zur Vernissage. Konrad und die anderen sind dann auch da. Ich stelle Sie ihnen allen vor, und vielleicht hilft Ihnen das ja dann bei Ihrem Artikel. Es wäre schön, wenn zur Abwechslung mal jemand *keine* Lügen über uns schreiben würde.«

»Das wäre toll«, freute sich Clara.

Auch Jule nickte. »Vielen Dank, das machen wir gerne.«

Sie verabschiedeten sich bis zum Abend. Clara und Jule verließen das kleine Haus und stiegen wieder in Jules Wagen, der am Straßenrand parkte.

»Warum hat hier oben eigentlich niemand ein Alibi, das belastbar wäre?«, murmelte Clara. »Ständig sind alle allein gewesen und ohne Zeugen.«

»Wo bliebe denn dann der Spaß?«, gab Jule zurück, grinste und startete den Motor.

KAPITEL 11

Es ging auf fünfzehn Uhr zu, als sie Lübeck endlich erreichten. Vom *Lotsen* aus hatte Jule sich um ein Gespräch mit Unternehmer Mike Lütgens gekümmert und herausgefunden, dass dieser sich seit gut einer Woche in der nahen Hansestadt aufhielt – »um Geschäfte zu machen«, was auch immer das heißen mochte. Außerdem hatte ihre Online-Recherche interessante Details über seinen bisherigen Lebensweg zutage gebracht.

»Zwei Geldstrafen wegen tätlichen Angriffs«, hatte Jule vom Bildschirm ihres Computers vorgelesen. »Dazu eine Fast-Verurteilung wegen Steuerhinterziehung, die in letzter Sekunde außergerichtlich geklärt werden konnte. Der mag ein Unternehmen führen, aber er ist definitiv kein Chorknabe.«

Clara, die im hinteren Bereich des Raumes die Kameras betrachtet hatte, war näher getreten. »Im Ernst, Straftaten? Wann war das?«

»Ist schon eine Weile her«, hatte Jule erklärt. »Die Steuersache ist das jüngste Delikt, und das war vor über zehn Jahren – bevor er ins Gastro-Business eingestiegen ist und an der Nordseeküste seine ersten Fischbuden eröffnet hat. Die Prügelstrafen klingen für mich sogar nach Jugendsünden.«

»Und trotzdem werden sie im Internet noch erwähnt?«, hatte sich Clara gewundert.

»Das Netz vergisst nie.« Ein Grinsen war auf Jules Zügen erschienen. »Zumindest nicht, wenn man weiß, wie man alte Zeitungsarchive online nach Schlagworten durchforstet. Keine

Ahnung, ob dieser Lütgens ahnt, dass das alles noch offen zugänglich ist. Aber es freut ihn bestimmt nicht.«

»Fragen wir ihn doch einfach«, hatte Clara vorgeschlagen.

Ihr Interesse an einem Gespräch mit dem Unternehmer aus Berlin wuchs mit jeder neuen Information. Erich Konstantin war Lütgens Konkurrent gewesen, und dieser Konkurrent lebte nicht länger. Da boten sich die Nachfragen doch regelrecht an.

Und nun waren sie unterwegs zu ihm. Lütgens hatte tatsächlich sofort zugestimmt, als sie ihn um einen Termin gebeten hatten. Falls sie nach Lübeck zu ihm kommen könnten, stünde er gern für einen »kleinen Plausch« bereit, so seine Worte am Telefon. Die Adresse, die er ihnen genannt hatte, gehörte zu einem teuren Hotel in der Nähe des Stadtgrabens.

»Pünktlich sind wir schon mal«, sagte Jule. Sie hatten den Wagen in der Tiefgarage der Nobelherberge abgestellt und näherten sich nun dem Aufzug. »Fünfzehn Uhr, wie vereinbart.«

Die kleine Kabine war komplett verglast und führte an der Außenwand des Hotels entlang. Durch die Scheiben konnte Clara die Stadt sehen, besser noch als vom Auto aus.

»Hübsch, nicht wahr?«, fragte Jule. »Das da vorn ist das Holstentor, da drüben siehst du die Altstadt mit ihren berühmten Höfen, und gleich daneben geht es zu …«

»Na ja«, unterbrach Clara die Freundin. »›Hübsch‹ wäre jetzt nicht gerade das Wort, das mir als Erstes einfiele.«

Die Stadt war … grau. Das traf es am ehesten. Wo Clara auch hinblickte, sah sie eng wirkende Gassen, dunkle Fassaden und die Spuren dessen, was der Hafen so alles an Industrie anzog. Dagegen hatte Wiesbaden wie eine echte Perle ausgesehen.

»Du klingst wenig angetan«, wunderte sich Jule. »Dabei

ist Lübeck echt toll. Wir haben hier das Thomas-Mann-Haus, den Dom, das alte Kaisertor ...«

Clara hörte kaum hin. Immer wieder sah sie aus der fahrenden Kabine auf die Dächer und Straßen Lübecks. Sie war ein Kind dieser Insel zwischen Trave und Wakenitz, und doch kam sie ihr so fremd vor wie die Rückseite des Mondes.

»Ich glaube, du bist schon viel zu sehr an Travemünde gewöhnt«, tadelte Jule schließlich. »An Ruhe und Weite und Spaziergänge über den Priwall. Da käme dir *jede* Stadt im Vergleich groß und dunkel vor.«

War es das? Das allein? Clara wusste es nicht, kam aber auch nicht dazu, über die Frage nachzudenken, denn just in diesem Moment beendete der Fahrstuhl seinen Aufstieg, und die Tür glitt auf.

»Frau Haberkamp?«

Ein Mann stand im Bereich vor den Fahrstühlen, einem quadratischen Nichts mit dickem Teppich und unnützen Ledersesseln an der beige tapezierten Rückwand. Er hatte krauses schwarzes Haar, das seitlich gescheitelt war, und ein Gesicht, das seine Falten nicht verbergen konnte. Unter den wachen braunen Augen lagen Ringe, und ein leichter Bartschatten bedeckte Kinn und Oberlippe.

»Mike Lütgens«, grüßte er und reichte beiden Frauen die Hand. Sein dunkelblauer Anzug passte zu seinem Hemd. Keine Krawatte. »Schön, dass das so schnell geklappt hat. Folgen Sie mir?«

Lütgens – Clara schätzte ihn auf Anfang fünfzig – sprach mit leichtem Berlin-Dialekt und roch nach Tabak. Der geschäftsmännische Anzug schien nicht so richtig zu seiner breitschultrig-bulligen Statur zu passen, wohl aber zu dem entschlossenen Schritt, mit dem Lütgens den Frauen vorausging.

Er führte sie in ein Zimmer am Ende des Flures, das sich als kleine Suite herausstellte. Durch eine winzige Diele, von der das Bad abging, erreichte man einen gediegen eingerichteten Wohn- und Bürobereich, auf dessen Tisch Lütgens allerlei Unterlagen ausgebreitet hatte. Daneben stand ein eingeschalteter Laptop, und ein Smartphone neuester Bauart hing am Netzteil. Auf dem Monitor des Rechners prangten Excel-Tabellen, auf der Fensterbank rechts daneben ruhten ein halb voller Aschenbecher, ein halb verzehrtes Clubsandwich vom Zimmerservice und einige zerbeulte Dosen eines Energydrinks.

»Eigentlich soll man hier drin nicht rauchen«, sagte Mike Lütgens und bot seinen Gästen die Couch neben dem Tisch an. »Doch bei dem Geld, das die für dieses Loch verlangen, mache ich da gerne eine Ausnahme. Wollen Sie etwas trinken? Kaffee, Wasser oder was *Richtiges*?«

»Danke, nein«, antwortete Jule. »Aber nett von Ihnen.«

Auch Lütgens nahm nun Platz. Er saß vornübergebeugt, die Unterarme auf den Oberschenkeln. Startbereit für alles, was da kam. »Also dann«, sagte er. »Konstantin, nicht wahr? Sie erwähnten am Telefon, es gehe um den alten Stinkstiefel.«

»So ist es«, übernahm Clara kurzerhand. Sie beobachtete ihr Gegenüber. »Sie wissen ja sicher, was vorgefallen ist. Uns interessiert, wie Sie zu dem Verstorbenen standen, Herr Lütgens. Was Sie miteinander zu schaffen hatten.«

»Ha, ›zu schaffen‹.« Er lachte kurz, sah aus dem Fenster. Seine Handflächen rieben gegeneinander. »Weniger, als mir lieb gewesen wäre, ehrlich gesagt. Ich wollte seine Läden übernehmen, er war dagegen. Nein, nicht bloß das. *Entschieden* dagegen, so ist es richtig. Der hat mein Angebot nicht einfach abgelehnt, sondern so getan, als hätte ich ihm damit buchstäblich ans Bein gepinkelt. Als wäre meine simple Anfrage die größte Beleidigung seines Lebens.«

»War Ihr Gebot denn so niedrig?«, fragte Jule.

»I wo.« Lütgens lehnte sich im Sitz zurück und schnellte sofort wieder vor. Halb entrüstet, halb engagiert. »Es war ein Angebot, nicht mehr und nicht weniger. Ein Anfang. Jeder halbwegs professionelle Unternehmer hätte mir zumindest einen Gegenvorschlag gemacht, und irgendwann trifft man sich dann vielleicht in der Mitte. So kenne ich das, ja? So arbeiten Profis.« Ein Kopfschütteln, fast schon spöttisch. »Aber Onkel Erich war kein Profi, echt nicht. Der sah sich eher als König an, unfehlbar und unantastbar.«

»Es missfiel ihm, dass Sie an seiner Küste Fuß fassen wollten«, sagte Clara.

»›Seine‹ Küste ist gut.« Lütgens schnaubte. »Und ›missfallen‹, das ist noch vorsichtig formuliert. Der wollte halb Niendorf gegen mich aufwiegeln, nur weil ich Interesse an *Konstantins Küche* geäußert hatte. Sogar in Scharbeutz soll er schon gegen mich intrigiert haben, wie man mir zugetragen hat. Überall, wo er Kontakte nach ganz oben hatte, redete er mich und meine Firma schlecht. Damit die Stadtoberen es mir nicht leicht machen, hier in der Gegend geeignete Objekte und Pächter zu finden. Das kann ich selbstredend nicht beweisen, denn so schlau war Konstantin schon. Aber ich weiß es trotzdem.«

»Klingt fast, als hätten Sie ein Motiv gehabt«, sagte Jule.

Clara sah sie verblüfft an. Hut ab! Sie hatte Ähnliches gedacht, gar keine Frage. Doch zwischen Denken und Aussprechen lagen dennoch Welten.

»Um ihm eins überzuziehen?« Lütgens rieb erneut die Hände aneinander. »Das hätte ich liebend gern getan, da bin ich ehrlich. In jungen Jahren wäre es bei mir vielleicht auch dazu gekommen, denn ich kann aufbrausend sein. Gebe ich gerne zu. Konstantin war ein Arschloch, und mit Arschlöchern hatte und habe ich wenig Geduld. ›Seine‹ Küste, wenn ich so einen Quatsch schon höre!«

Clara nickte nachdenklich. Sie konnte sich diesen Mann tatsächlich als aufbrausende Person vorstellen. Allerdings passte diese Beschreibung wohl auch zu Erich Konstantin selbst. *Die waren sich ähnlicher, als man vielleicht denkt.*

»Aber meine wilde Zeit ist lange vorbei.« Lütgens lachte. »Heute lasse ich Anwälte sprechen, Frau Haberkamp, und nicht die Fäuste. Ich fahre damit deutlich besser – und lukrativer.«

Er erzählte von seinem Unternehmen, das ein knappes Dutzend Imbisse an der Nordsee umfasste – von Sylt über Husum bis nach Norden. Schon seit Jahren plante er eine Expansion, und die Lübecker Bucht, deren touristische Reize seit Jahren boomten, schien ihm da der geeignete Ort zu sein.

»Sie wissen ja selbst, was hier in letzter Zeit alles gebaut wird«, erklärte er. »Die Luxushotels und Feriendörfer schießen nur so aus dem Boden. Urlaub in Deutschland ist absolut in geworden. Ich kann mir daher gut vorstellen, dass ein Imbiss in Timmendorfer Strand ähnliche Umsätze generiert wie mein bisheriges Flaggschiff drüben in Westerland. Die Lübecker Bucht ist der neue *place to be*, hören Sie auf meine Worte. In ein paar Jahren will jeder hier sein!«

»Klingt immer noch nach einem Motiv«, fand Jule. »Wo waren Sie eigentlich am Dienstagabend?«

»Das war der Sturmabend, richtig?«, gab Lütgens zurück. Die Frage amüsierte ihn sichtlich. »Hier im Hotel. Das wollte die Polizei auch schon von mir wissen.«

»Kann das jemand bezeugen?«, fragte Clara.

Er zuckte mit den Schultern. »Keine Ahnung. Ich habe bis vielleicht dreiundzwanzig Uhr unten in der Bar gesessen, allein mit meinem Laptop und dem guten alten Jack Daniel's. Da waren kaum andere Gäste.«

»Und danach?«

»Na, im Bett.« Lütgens deutete hinter sich, wo eine Tür ins Nebenzimmer der Suite führte. »Allein, falls Sie das auch noch wissen möchten. Tut mir leid, wenn ich Ihren Artikel damit sprenge, doch Konstantins Mörder müssen Sie schon woanders suchen. Ich rede nicht mit Ihnen, weil ich etwas zu gestehen hätte, sondern weil ich mir von Ihnen *gute* Presse erhoffe. Denn ich will nach wie vor die Region erobern, und ich finde auch ohne ›Onkel Erich‹ geeignete Objekte. Ehrlich gesagt, hat die Akquise sogar längst begonnen.«

Er lachte leise. »Und wer weiß? Jetzt, wo der alte Stinkstiefel weg ist, komme ich vielleicht ja doch noch mit den Konstantins ins Geschäft. Aufkaufen ist immer leichter als Plattmachen, verstehen Sie? Und ich glaube, Erichs Junior weiß das. Der ist nicht so blind wie sein Vater.«

Clara hob eine Braue. Abermals musste sie an den gestrigen Morgen denken – und an den Aufstand, den Konrad Konstantin in Travemünde gemacht hatte. *Wenn Sie sich da mal nicht irren, Herr Lütgens*, dachte sie.

Der Rest des Gesprächs blieb relativ unbedeutend. Lütgens wirkte nicht sonderlich sympathisch, aber das war auch alles, was Clara verlässlich über ihn sagen konnte. Sein Alibi mochte sich leicht überprüfen lassen, wenn man mit den Angestellten der Hotelbar sprach. Die Kripo hatte dies sicher längst getan. Zumindest, wenn sie ihr Geld wert war.

Als sie genug erfahren hatten, dankten die beiden Freundinnen ihrem Gastgeber für seine Zeit.

Mike Lütgens begleitete sie zurück zum Fahrstuhl, wo er sie mit Handschlag verabschiedete. »Ich bin gespannt auf Ihren Artikel, meine Damen«, sagte er. »Und ich hoffe, Sie lassen mich darin gut aussehen. Das Glück ist mit den Tüchtigen, das ist meine feste Überzeugung, und um hier Fuß zu fassen, kann ich jede Bühne gut gebrauchen – von mir aus auch den *Travemünder Lotsen*.«

»Wir schreiben, was wir sehen«, sagte Jule. »Nicht mehr und nicht weniger.«

Dann fuhren sie zurück in die Garage. Lütgens blieb oben zurück.

»Na ja«, meinte Jule, als sie sich dem Wagen näherten. »Ob wir jetzt schlauer sind, weiß ich nicht.«

»Wir haben jedenfalls mal mit ihm gesprochen«, erwiderte Clara. »Das schadet nie.«

Der Gedanke, einem waschechten Mörder gegenüberzusitzen, beunruhigte sie. Und obwohl Mike Lütgens im direkten Kontakt nicht zwingend gefährlich auf sie gewirkt hatte, war da etwas an ihm, dass sie innerlich stutzen ließ. Sie konnte es nur nicht benennen.

Jule sah sie fragend an. »Du hast doch was. Das höre ich dir an.«

Sie schüttelte den Kopf. »Es ist nichts, wirklich. Lass uns zurückfahren, okay? Bis zu Hannes' Vernissage sind es noch ein paar Stunden, und ich könnte eine Pause gebrauchen.«

»Hervorragende Idee«, stimmte Jule zu. »Vielleicht am Strand? Mit einem heißen Tee?«

Ehe Clara antworten konnte, zog sie schon den Autoschlüssel hervor.

Die Galerie *NM* war hell erleuchtet. Große Plakate, schon von Weitem deutlich erkennbar, zierten die Fensterfront am Eingang und wiesen auf die heutige Veranstaltung hin. Die Tür ins Innere des Ausstellungsraumes stand weit offen, und leise Jazzklänge wehten ins Freie hinaus.

Clara Clüver war zum zweiten Mal in Timmendorfer Strand, und die Innenstadt mit ihren Nobelboutiquen und gehobenen Restaurants wirkte auf sie noch immer, als lägen Welten zwischen ihr und dem doch keine halbe Stunde entfernten Travemünde.

Jule und die Pastorin hatten den Rest des Nachmittages an Friekes Seite verbracht. Während sie Kunden bedienten und Regale aufräumten, hatten sie die Buchhändlerin auf den neuesten Stand ihrer Ermittlungen gebracht. Jule war noch immer zuversichtlich, dass sie den Täter schneller finden würden als die Polizei. Doch Clara sah das anders. Je länger sie potenzielle Verdächtige befragten, desto sinnloser kam ihr die Mission vor. Im Grunde suchten sie die sprichwörtliche Nadel im Heuhaufen, und jede neue Begegnung blieb definitiv wichtige Antworten schuldig.

Der heutige Abend stellte da vermutlich keine Ausnahme dar. Clara sah sich staunend um, als sie an Jules Seite die Galerie betrat. Gut drei Dutzend Personen waren in dem länglichen, komplett weiß gestrichenen Raum versammelt. Die meisten Anwesenden hatten das Rentenalter längst erreicht und wirkten, als wären kulturelle Anlässe wie dieser ihr üblicher Lebensraum.

In der hinteren Ecke der Galerie brachten ein Kontrabassist und ein Mann mit Saxofon belanglose Klänge zu Gehör. Zwischen den einzelnen Grüppchen, die vor den Exponaten standen und sich unterhielten, huschten Kellnerinnen in weißen Blusen umher und boten edle Häppchen und prickelnden Champagner an.

Ein Mittvierziger in blauem Hemd und ärmelloser Weste schüttelte die Hand eines jeden neuen Besuchers, und ein groß gewachsener Mann mit grauem Bart und Brille, der sein Kompagnon sein musste, warf den Kellnerinnen regelmäßig Kontrollblicke zu.

Inmitten des Trubels stand ein junger Mann. Er hatte kurzes blondes Haar und trug ein schwarzes Oberteil mit Rollkragen zu einer dunklen Jeans und Turnschuhen. Als Clara und Jule eintraten, unterhielt er sich mit Konrad und Marion Konstantin. Letztere nickten grüßend, kaum dass sie die Neuzugänge bemerkten, Konrad deutlich unterkühlt.

Marion wollte gerade auf Clara zugehen, als der Mann in der ärmellosen Weste in die Hände klatschte und die Musik verstummte.

»Meine Damen und Herren«, sagte er und trat in die Mitte der Galerie. »Ich begrüße Sie herzlich in unserem Haus und zu diesem besonderen Anlass. Mein Partner Jan Lutteroth und ich, Nicklas Mertin, freuen uns über Ihr Interesse. Und vor allem freuen wir uns, Ihnen den Mann der Stunde vorstellen zu dürfen: das Gesicht hinter den Kunstwerken an diesen Wänden. Applaus für Hannes Konstantin!«

Höflicher Applaus brandete auf. Der blonde Mann verzog das Gesicht, löste sich aber von seinen Verwandten und trat neben Mertin.

Clara sah kurz zu den Bildern, die neben ihr an der Wand prangten. Was hatte Frieke gesagt? Kunst sei Geschmackssache? *Ihren* Geschmack trafen diese wirren Kleckse jedenfalls nicht. Sie hatte beileibe nichts gegen moderne Malerei, doch was der jüngere Konstantin da auf die Leinwände gebracht hatte, wirkte auf ihr Laienauge doch recht sinnfrei.

»HaKo«, erklärte Hannes, kaum dass der Applaus verebbte. »Bitte, nennen Sie mich HaKo. Herr Mertin neigt leider dazu, das zu vergessen – und hier soll die Kunst im Mittelpunkt stehen, nicht die *Küche.*«

Leises Gelächter folgte.

Clara bemerkte eine Frau, die sich betont im Hintergrund hielt. Sie ähnelte den Konstantin-Kindern sichtlich. Nicht minder deutlich war die Abneigung zu erkennen, die sie der

Veranstaltung entgegenbrachte. Neben ihr hielt sich außer einem älteren, vornehm wirkenden Herrn im dunklen Anzug niemand auf.

Clara warf Jule einen schnellen Blick zu und gesellte sich dann unauffällig zu der Frau. »Verzeihung«, sagte sie leise, während der Künstler seine kleine Ansprache fortsetzte. »Sind Sie Vanessa Konstantin?«

Die Angesprochene verzog das Gesicht. »Vor allem bin ich nicht zu sprechen.«

Ihr Begleiter warf Clara einen warnenden Blick zu. »Bitte. Wir sind privat hier.«

»Mein Name ist Clara Clüver«, stellte sie sich vor. Ob der Mann ein Angestellter der Konstantins war, ein Diener? »Ich bin die neue Pastorin drüben in Travemünde. Frau Konstantin, ich will Sie nicht stören. Ich möchte Ihnen vielmehr mein aufrichtiges Beileid aussprechen.«

»Wirklich«, beharrte der ältere Herr. »Sie stören. Lassen Sie Frau Konstantin bitte in Ruhe und …«

Die Witwe wirkte allerdings etwas besänftigt. Prüfend sah sie Clara an. »Pastorin, ja?«

»Ganz genau.« Claras Blick wanderte entschuldigend von ihr zu dem Mann an ihrer Seite und zurück. »Ich möchte nicht aufdringlich erscheinen, aber … Nun ja. Wenn ich Ihnen irgendwie helfen kann, wenn Sie mit jemandem sprechen möchten oder so …« Sie meinte es ehrlich. In erster Linie war sie eine Seelsorgerin, und wie es um das Seelenleben ihres momentanen Gegenübers stand, war klar ersichtlich.

Diese Ehrlichkeit schien Frau Konstantin zu gefallen. »Ich möchte nicht reden«, erklärte sie. Es klang sanfter als zuvor. »Aber danke.«

»Natürlich.« Clara nickte verständnisvoll. »Es freut mich jedenfalls, Ihre Bekanntschaft zu machen.«

Als sie der Witwe die Hand reichte, ergriff Vanessa Konstantin sie sofort.

Sie schwiegen einen Moment, standen Seite an Seite und hörten dem Vortrag ihres Sohnes zu. Hannes redete viel, sagte jedoch wenig. Clara erkannte, dass dieser junge Mann sich ziemlich wichtig nahm und großen Wert darauf legte, sein künstlerisches Schaffen vom gesellschaftlichen Stand seiner Familie abzugrenzen.

»Meine Arbeiten sprechen für sich, das versichere ich Ihnen«, erklärte er gerade. »Und sie haben so wenig mit Matjes, Kabeljau und Remoulade zu tun wie Sie und ich.«

Abermals lachte das Publikum, und abermals klang das Lachen eher höflich als ehrlich.

»Hätten sie es mal gut«, murmelte die Witwe.

Clara drehte sich zu ihr um. »Verzeihung?«

Vanessa Konstantin winkte ab. »Ach, nichts. Er spielt sich nur wieder auf. Dabei kann er diesen Unfug hier doch nie und nimmer ernst meinen.« Sie deutete abfällig zu den Gemälden hinter ihr. »Kunst! Das ist doch keine Karriere!«

Es war nicht das erste Mal, dass Clara die Beobachtung machte: Mit Angehörigen der Kirche sprachen manche Menschen offener und entspannter als mit anderen Personen. Das geschah fast schon instinktiv. Bei Vanessa Konstantin schien das auch so zu sein.

»Sie mögen die Arbeiten Ihres Sohnes nicht?«, hakte sie nach. Die Gelegenheit war zu günstig. Und die tadelnden Blicke des distinguierten Herrn an Vanessas Seite ließen sich leicht ignorieren.

»Niemand hier mag die«, murmelte ihr Gegenüber. »Ich kenne diese Sorte Publikum, Frau Clüver. Die sind alle hier, weil es zum guten Ton gehört. Um gesehen zu werden – und vor allem um *uns* zu sehen. Die ach so trauernde Familie. Weil wir Prominenz sind. Dabei wollte ich keine Aufmerksamkeit! Hannes und seine auf Leinwand verewigte Zeitverschwendung sind den Menschen hier völlig egal.«

Erste Zuhörer drehten sich fragend um, und die Witwe verstummte sofort. Sie war lauter geworden, während sie sprach, und sah nun zu Boden.

Clara wartete einen Augenblick. Dann wagte sie einen neuen Vorstoß. »Standen Sie und Ihr Mann sich eigentlich nahe? Ich hoffe, Sie verzeihen mir die indiskrete Frage. Es ist nur: Ich sehe, wie sehr er Ihnen fehlt.«

Ein humorloses Lächeln umspielte ihre Mundwinkel, sparte die Augen aber aus. »Dann sind Sie eine bessere Beobachterin als alle meine Kinder. Ja, er fehlt mir. Selbstverständlich tut er das. Weit mehr, als ich je gedacht hätte.«

»Wann haben Sie ihn zuletzt gesehen?«

»Verzeihung.« Ihr Begleiter trat vor. »Aber ich wüsste nicht, was Sie das angeht.«

Die Witwe winkte ab. »Ist schon gut, Karl.« Dann wandte sie sich wieder Clara zu. »Na, am Dienstag. Morgens, bevor er ins Restaurant gefahren ist.« Sie schwieg wieder.

Claras Fingerkuppen kribbelten, als stünde sie dicht vor einer Erkenntnis. Dabei konnte sie diese weder beschreiben noch benennen. Sie ahnte, dass sie ihre nächsten Worte mit Bedacht wählen musste, andernfalls wäre die Chance bestimmt schneller vertan, als sie sich ihr geboten hatte. Dieser Karl scharrte ja bereits mit den Hufen.

Jule kam ihr zuvor. »Hier steckst du«, bemerkte sie leise und trat zu ihnen in den hinteren Bereich der Galerie. »Guten Abend, Frau Konstantin. Jule Haberkamp vom *Travemünder Lotsen*. Sagen Sie, wo waren *Sie* eigentlich in der Tatnacht?«

Die Witwe schenkte Jule einen Blick, der waffenscheinpflichtig sein musste. »Kein Kommentar«, antwortete sie knapp.

Dann nickte sie Clara zu und verschwand umgehend in der Menge. Ihr Begleiter folgte ihr stumm.

»Musste das sein?«, flüsterte Clara. »Sie wurde gerade mit mir warm. Wer weiß, was sie noch alles erzählt hätte? Die Frau leidet, Jule. Das sehe ich.«

»Mag sein.« Die Freundin verschränkte die Arme vor der Brust. Sie wirkte überrumpelt, aber auch ein wenig trotzig. »Mich interessiert dennoch ihr Alibi. Auch die Witwe könnte ein Motiv haben, vergiss das nicht.«

So erfahren wir es jedenfalls nie, dachte Clara.

Die Ausstellungseröffnung lief weiter. Nach »HaKos« Begrüßungsworten spielte die kleine Jazzcombo weiter, und die Besucher schlenderten mit ihren Champagnergläsern von einem Gemälde zum nächsten, ohne sich irgendwo lange aufzuhalten.

Auch Clara stand eher ratlos vor den Werken des jungen Künstlers. Eine Leinwand war komplett in Blautönen gehalten, ein anderes Bild bestand aus einem grünen Klecks, auf dem fünf Kronkorken der Konstantin-Biermarke befestigt waren. Es hieß *Zwietracht*, und Clara musste sich zusammenreißen, nicht laut aufzulachen, als sie den Namen las.

»Sind Sie vielleicht interessiert?«, erklang eine Stimme hinter ihr.

Als sie sich umdrehte, stand Nicklas Mertin vor ihr, der Eigentümer der Galerie.

»Falls ja, kann ich Sie gerne mit dem Künstler bekannt machen«, sagte er. Es klang fast schon verzweifelt. »Er freut sich sicher. Die potenziellen Käufer sind bislang … Nun ja, eher zurückhaltend.«

»Wissen Sie, was?«, antwortete Clara. »Das fände ich ausgesprochen spannend.«

Sie hatte kein Interesse daran, ein Bild zu kaufen. Doch ein

Gespräch mit Erich Konstantins jüngstem Sohn stand ohnehin auf ihrer und Jules Wunschliste für den heutigen Abend. Nun bot es sich ihr geradezu von alleine an.

»Clüver, guten Abend«, grüßte sie den jungen Mann, kaum dass Mertin sie miteinander bekannt gemacht hatte. »Ich muss schon sagen: Das sind … äh … beeindruckende Werke.«

»Ja, nicht wahr?« Hannes Konstantin nickte, ein begeistertes Funkeln in den Augen. »Einige von ihnen sind erst in den letzten Tagen entstanden. Ich finde, man sieht es ihnen an.«

»Sie gehen voll in Ihrer Arbeit auf, oder?«, erwiderte Clara. Sie wusste, wohin sie das Gespräch steuern wollte, musste aber behutsam vorgehen, um ihn nicht zu verschrecken. »Ich frage, weil ich das ausgesprochen bemerkenswert finde. Immerhin sind Sie ein Konstantin. Da scheint der Werdegang doch eigentlich vorgezeichnet.« Ihr Blick fand wie von alleine Konrad, und sie deutete in seine Richtung.

»Ach, wissen Sie«, erwiderte Hannes gelassen. »Am Familienbusiness hatte ich noch nie großes Interesse. Da komme ich ganz nach meiner Mutter. Und genau wie sie hatte mein Bruder dafür nie Verständnis. Gut möglich, dass ihre Abneigung sogar in meine Kunst mit einfließt, so auf unbewusste Art und Weise. Vielleicht sind die Werke genau deswegen so ausdrucksstark.«

»Ganz bestimmt.« Clara nickte. Notlügen waren keine Sünden, oder? »Ohne jeden Zweifel.«

Konstantin lächelte selig.

»Das muss schwer für Sie sein, oder?«, wagte sie sich weiter vor. »Diese Kritik in der eigenen Familie? Ich konnte gerade ein paar Worte mit Ihrer Mutter wechseln, und sie scheint tatsächlich nicht allzu gut auf Sie zu sprechen zu sein.«

»Ach, die.« Er schnaubte. »Ausgerechnet die will sich über

mich beschweren? Dabei sitzt *sie* im Glashaus. Und bückt sich sogar noch nach Steinen …«

Clara hob eine Braue. »Inwiefern?«

Hannes Konstantin sah sie abschätzend an. Er war wütend auf Vanessa, aber auch nicht dumm. »Sind Sie vielleicht von der Presse?«

»Ich bin Pastorin«, antwortete sie. »Aus Travemünde.«

»Pastorin, ja?« Ein Schmunzeln huschte über seine Züge. »Na, dann wissen Sie ja, dass Ehebruch eine Sünde ist. Doch das haben Sie nicht von mir, verstanden? Ich habe das nie gesagt!« Kaum hatten die Worte seinen Mund verlassen, schien er sie auch schon zu bedauern. Oder freute er sich insgeheim, die eigene Mutter vor einer Fremden schlechtzureden?

Clara fand seine Worte jedenfalls hochinteressant. Vorausgesetzt, sie entsprachen der Wahrheit. Sie wollte gerade nachhaken, da trat Mertin wieder zu ihnen.

»Verzeihung, Herr Kons… Äh, HaKo?«, unterbrach der Galerist ihr Gespräch. »Oberstudienrat Kniesel und seine Gattin würden sich gerne von Ihnen verabschieden. Haben Sie kurz Zeit?«

»Verabschieden? Jetzt schon?« Konstantin wirkte unzufrieden. »Ja, ich komme.« Er entschuldigte sich bei Clara und folgte dem anderen Mann in Richtung Ausgang.

»Sie sind ganz schön schmerzfrei«, erklang eine andere Männerstimme in ihrem Rücken. »Wissen Sie das?«

Clara drehte sich um und stand plötzlich Konrad Konstantin gegenüber. »Inwiefern?«

Der ältere Bruder des Künstlers schien auf den richtigen Moment gewartet zu haben, sie anzusprechen. Er hatte die Hände in den Taschen seiner Anzughose vergraben. Sein dunkles Haar war makellos frisiert, der Knoten seiner dezent gefärbten Krawatte militärisch präzise. »Na, Sie kommen hierher«, sagte er. »Zu diesem Unsinn von einer Ausstellung. Und Sie unterhalten sich auch noch mit Hannes, der *Personifikation* dieses Unsinns.«

Clara runzelte tadelnd die Stirn. »Sie mögen Ihren Bruder nicht sonderlich, oder?«

Er hob die Schultern. »Hannes ist harmlos. Wenn die Flausen in seinem Kopf nicht wären, heißt das. Das hier allerdings …« Er breitete kurz die Arme aus und ließ sie wieder sinken. »Sagen Sie selbst: Das ist doch kein Beruf.«

»Erst recht nicht für einen Konstantin«, ergänzte Clara instinktiv, was Konrad vermutlich damit ausdrücken wollte. »Ihre Mutter sieht das ganz ähnlich.«

Er nickte. »Und nicht nur die.«

»Sagen Sie, Herr Konstantin, wo ich Sie gerade treffe: Hat Ihre Mutter eigentlich Zugriff auf Ihren BMW?« Der Verdacht war ihr gerade gekommen, ganz spontan. Sie wusste nicht, ob er den Test mit der Wirklichkeit überstehen würde. Doch falls ja, mochte dies einiges erklären.

Konrads Mundwinkel zuckten. »Wegen des Blitzerfotos, meinen Sie? Nun ja, wir wohnen buchstäblich Tür an Tür, von daher ist mir dieser Gedanke ebenfalls schon gekommen. Aber ich warne Sie, Frau Clüver: Wer Gerüchte über die Konstantins abdruckt, der braucht einen guten Anwalt.«

»Stichwort ›Gerüchte‹.« Sie straffte die Schultern. Jetzt oder nie. »Ihr Bruder ist der Ansicht, Ihre Mutter habe einen Liebhaber. Was halten Sie von dieser Theorie?«

»Genau das, was ich Ihnen gesagt habe«, parierte er scharf. »Passen Sie auf, was Sie schreiben. Andernfalls kommt es Sie teuer zu stehen.«

»Herr Konstantin, Sie gelten als verdächtig«, redete sie ihm ins Gewissen. Seine grimmige Miene verfehlte ihre Wirkung nicht, doch Claras Ermittlerdrang war stärker. »Dieses Foto hat Sie bei der Kriminalpolizei nicht gerade gut aussehen lassen. Falls Ihre Mutter den Wagen gefahren hat, verändert das alles. Dann wären Sie quasi aus dem Schneider und …«

Er machte einen Schritt auf sie zu, gleichzeitig senkte er die Stimme. »Sie wollen mich nicht verstehen, oder?«, raunte er, jede Silbe eine einzige Drohung. Sein Blick war kalt geworden, und seine Schultern zuckten angriffslustig. »Die Interna meiner Familie sind kein Thema für die Presse. Das waren Sie unter meinem Vater nicht, und das werden Sie auch unter meiner Führung nicht sein. Gerüchte kommentiere ich nicht. Tun Sie, was immer Sie müssen, Frau Clüver. Aber wenn es mir nicht gefällt, wenn es dem Ruf meiner Familie oder dem Ansehen unseres Unternehmens schadet … Dann werde ich Sie finden.«

»Das klingt ja fast wie eine Drohung«, bemerkte auch Jule. Sie kam gerade zu ihnen, hatte offenbar einiges mitangehört. Ihr Gesicht spiegelte ihre Verblüffung wider.

Konstantin sah zu ihr. »Nur fast?«, knurrte er.

Einen Moment lang standen sie sich gegenüber, und alles schien möglich. Erst als Konstantin abwehrend die Hände hob und auf dem Absatz kehrtmachte, fiel Clara auf, dass sie die Luft angehalten hatte.

Erleichtert sah sie ihm nach, während er zur nächsten Gruppe Besucher weiterzog und sie jovial lächelnd begrüßte, als wäre nichts gewesen. Als bräuchte er nur einen innerlichen Schalter umzulegen, um zu Small Talk und schönem Schein zu wechseln.

»Was war *das* denn?«, murmelte Jule. »Alles in Ordnung, Clara?«

Sie nickte. »Schon, aber …«

Die Ereignisse der letzten Minuten forderten ihren Tribut. Clara war beileibe kein Feigling, doch der Mut, den die vergangenen Gespräche – und kleinen Notlügen – ihr abverlangt hatten, wich nun aus ihren Knochen wie Luft aus einem löchrigen Ballon.

Jule schien ihr anzusehen, wie es um sie stand. »Komm«, meinte sie, nahm Clara am Arm und führte sie an den übrigen Gästen der Vernissage vorbei in Richtung Ausgang. »Du bist ganz blass um die Nase. Frische Luft wird uns beiden guttun.«

Sie hatten die Tür fast erreicht, als sie Hannes Konstantin und Nicklas Mertin passierten. Die beiden Männer standen neben einem älteren Paar, bei dem es sich vermutlich um die Eheleute Kniesel handelte. Vor allem aber standen sie vor einem Gemälde, das sich von den anderen unterschied – auch in seiner Scheußlichkeit.

»Nein, wirklich«, sagte die Frau des Oberstudienrats gerade. Sie hielt sich die Hand an den Mund. »Diese Farben, diese Ausdruckskraft. Das wäre vielleicht doch eine Investition wert. Meinst du nicht auch, Theobald?«

Das Bild war klein und quadratisch. Es zeigte eine nur sehr grob umrissene Sturmnacht an der Küste. Clara sah einen Leuchtturm, bei dem es sich mit ein wenig Fantasie sogar um Bengts historisches Gemäuer in Travemünde handeln konnte. Aus dem Obergeschoss fiel ein gelber Lichtstrahl in die Finsternis und auf einen wahren Leviathan, der sich aus den Fluten der Ostsee erhob – ein albtraumhafter Koloss, halb Drache und halb Schatten, mit schweren Schuppen, langer Schnauze und ledrigen Schwingen, die die Wolken verdeckten.

»Ein Roggenbuk?« Theobald Kniesel klang deutlich skeptischer als seine Gemahlin. »Meinst du wirklich?«

»Es wäre ein Bild mit starkem lokalen Bezug«, betonte der verkaufstüchtige Mertin. »Sehr untypisch für HaKo.«

Hannes nickte. »Und es ist brandneu. Ich habe es erst kürzlich vollendet.«

»Na, ich weiß nicht recht.«

»Hier lang«, drängte Jule. Sie zog an Claras Arm. »Frische Luft, schon vergessen?«

Sie traten aus der Galerie und zurück auf die Straße.

»Dieser Roggenbuk ist hier echt überall, hm?«, fragte Clara. Dann atmete sie durch. Die Kühle des Abends wirkte tatsächlich Wunder, denn es ging ihr nahezu sofort besser. Einen Herzschlag später drang starker Tabakgeruch in ihre Lunge, und sie musste husten.

»Oh. Pardon.« Neben dem Galerieeingang stand ein bärtiger Mann. Er hatte gerade an einer schmalen Zigarette gezogen, wedelte nun aber mit der Hand durch die Luft. »War ich das? Das tut mir leid.«

Jule erkannte ihn sofort. »Herr Lutteroth, richtig? Ihnen gehört die Galerie.«

»Nicht ganz.« Der Angesprochene trat die Zigarette kurzerhand aus und hob den Stummel vom Boden auf. »Ich finanziere sie als stiller Teilhaber mit. Aber die Leitung obliegt allein meinem Partner.«

Das Licht der Straßenlaternen reflektierte auf Jan Lutteroths Brillengläsern. Sein Bart war gepflegt und ließ ihn jünger wirken, trotz der grauen Haare. Clara schätzte ihn auf Ende fünfzig, vielleicht älter.

»In dem Fall hat Ihr Partner heute Abend sicher Grund zur Freude, oder?«, fragte Jule. Sie schüttelte Lutteroths dargebotene Hand und deutete mit der anderen auf den offenen Eingang der Galerie. »Der Zuspruch kann sich ja sehen lassen.«

Der Finanzier senkte die Stimme. »Täuschen Sie sich da mal nicht«, gestand er. »Der Großteil der Leute ist allein des Namens Konstantin wegen hier. Ich bezweifle, dass viel verkauft wurde. Ganz ehrlich, wenn es nach mir gegangen wäre, hätten wir die Veranstaltung nie durchgeführt. Aber Nicklas hat schon recht: Wenn HaKo den ganzen Spaß selbst bezahlen will, von der Raummiete bis zum Catering, dann soll es uns recht sein.«

Sie unterhielten sich nicht lange mit dem grauhaarigen Mann. Clara war müde, und auch Jule hatte merklich genug vom schönen Schein dieser Vernissage. Schon nach wenigen Minuten verabschiedeten sie sich von Lutteroth und gingen zurück zum Wagen.

»Tja«, sagte Jule, als sie den Motor startete. Die Scheinwerfer erhellten die fast menschenleere Straße. »Und was hat uns das jetzt gebracht? Dass die Konstantins einen an der Waffel haben, ist ja nichts Neues.«

Clara zögerte. »Ich bin mir nicht sicher. Keiner von ihnen hat ein Alibi, das sich nennenswert beweisen ließe, oder? Höchstens Konrad, wenn man seiner Frau Glauben schenken will. Und die war heute Abend gar nicht dabei.«

»Und was war das vorhin mit Vanessa und einem Liebhaber?«, fragte die Freundin. »Hab ich das richtig gehört?«

»Denkbar wär's, oder?« Clara lehnte sich im Beifahrersitz zurück. Nachdenklich rieb sie sich das Kinn. »Aber selbstverständlich will auch darüber niemand mit uns sprechen. Was wissen wir eigentlich über diesen Hannes? Wo war der zur Tatzeit?«

»Zu Hause in seinem Atelier«, antwortete Jule prompt. »Das hat Sören mir verraten. Die Kripo hat ihn längst überprüft.«

»Demnach gibt es Zeugen?«

Sie nickte. »Den Nachbarn. Der schwört Stein und Bein, er habe Hannes durchs Fenster gesehen. Arbeitend, bis spät in die Nacht.«

Clara erinnerte sich. Der jüngere Konstantin hatte ja betont, einige der ausgestellten Werke seien erst kurz vor knapp fertig geworden.

Sie fuhren aus dem Ort und über die Bundesstraße zurück. Erst als sie sich Travemünde näherten, konnte Clara das Meer wieder sehen, eine dunkle Ebene unter funkelnden Sternen. In klaren Nächten wie dieser fiel es gar nicht so schwer, sich einen Drachen vorzustellen, der aus den Fluten emporstieg. Zumindest dann nicht, wenn man den Kopf voller Fragezeichen hatte.

Die Sterne funkelten am Himmel. Marie schlang die Arme um den Oberkörper und sah zu ihnen hinauf. Unter anderen Umständen wäre dieser Ausflug aufs Wasser ein echtes Erlebnis gewesen, dessen war sie sich sicher. So aber war er nur eines: unheimlich.

Tat sie wirklich das Richtige? Sie hatte den Riesen aus dem Meer doch mit eigenen Augen gesehen – einen finsteren, mächtigen Leviathan mit breiten Drachenschwingen und mit Augen, in denen die Feuer der Hölle zu lodern schienen. Das Meer kochte, wenn Roggenbuk aus ihm emporstieg, und sein Wasser färbte sich mit dem Blut all derer, die der Dämon von Travemünde bereits ins Verderben gezogen hatte.

Was wir tun, *ist* das Richtige, *bekräftigte sie in Gedanken.* Denn es gibt keinen anderen Weg.

»Also, eins muss ich zugeben«, sagte Fiete. Im Gegensatz zu ihr saß er noch immer auf der Bank in der Bootsmitte, und er ruderte mit beiden Händen an der Küste entlang. »Das hier ist ganz schön gruselig. Obwohl du recht hattest, Marie: Wir können den Leuchtturm noch immer sehen. Aber ich weiß nicht, ob wir nicht trotzdem in Gefahr sind. Die Nacht ist ziemlich dunkel …«

Oh, wir *sind* in Gefahr, *dachte sie und sah in die Richtung, in der sie den Strand und die letzten Häuser der Fischersiedlung wusste.* Ganz sicher sind wir das. Aber es geht nicht anders. Manchmal muss man etwas riskieren. Nur so ändern sich die Dinge.

Doch es waren andere Worte, die über ihre Lippen drangen. »Mach dir keine Sorgen, Fiete. Wir sehen uns heute Nacht bloß um, weiter nichts. Wir suchen.«

»Wonach denn jetzt schon wieder?«, murrte er. Im Schein der Laterne sah sie die Skepsis auf seinem Gesicht. »Du hast dein Boot doch längst. Und der Roggenbuk, den du töten möchtest, zeigt sich sowieso nur einmal im Jahr. Bis der wieder auftaucht und seinen ›Tribut von Travemünde einfordert‹, wie alle es nennen, dauert es noch viele Monate.«

Marie setzte sich. Es wurde Zeit, dass sie ihm alles erklärte. »Das stimmt nur halb«, sagte sie. »Ich habe das noch nie jemandem erzählt, Fiete. Also verrate mich bitte nicht. Aber … Vor ein paar Monaten, als Roggenbuk kam, um sich die Frauke zu holen … Da habe ich heimlich zugesehen.«

Ein Keuchen drang über Fietes Lippen und hatte nichts mit seinen Ruderanstrengungen zu tun. »Wie bitte? Aber das dürfen wir nicht! Kinder dürfen nicht dabei sein, wenn …«

»Ich weiß«, unterbrach sie ihn. »Doch ich weiß auch, dass es so nicht weitergehen kann. Wie lange quält dieser Teufel uns jetzt schon? Wie lange behandelt er Travemünde schon, als wäre es sein Eigentum?«

»Es ist *sein Eigentum«, betonte Fiete erschrocken. »Unser Dorf gibt es doch nur, weil er es zulässt. Weil wir ihm Jahr für Jahr ein Opfer bringen.«*

Marie lächelte grimmig. »Und was, wenn wir ihm stattdessen etwas anderes bringen? Hast du da mal drüber nachgedacht? Was, wenn sich endlich mal jemand wehrt, anstatt zu buckeln wie ein verängstigter Hund?«

»Und das bist du, oder wie?«, fragte er mit unüberhörbarem Zweifel in der Stimme.

»Außer mir macht's ja niemand«, gab sie zurück.

Sie schlug sich nicht um diese Rolle, sie war keine Heldin und auch keine Kriegerin. Sie war … einfach nur sie. Und doch schien sie die Einzige zu sein, die überhaupt noch an Gegenwehr dachte. Die nicht schon längst innerlich aufgegeben hatte.

»Die Erwachsenen fürchten sich zu sehr«, erklärte sie ihrem unfreiwilligen Gehilfen. »Vor lauter Angst denken sie gar nicht mehr daran, dass sie sich auch mal wehren könnten.«

Fiete lachte humorlos. »Wehren? Gegen einen bösen Riesen aus dem Meer?«

»Warum denn nicht?«, parierte sie. »Weißt du, was passiert, wenn das Jahr um ist?«

»Ja, klar. Dann kehrt er zurück und holt sich das nächste Opfer.«

»Und im Jahr darauf?«

»Na, das übernächste. Und immer so weiter.«

»Ganz genau. Immer so weiter.« Sie funkelte ihn an. »Jedes Jahr geht eine junge Frau aus Travemünde zu ihm. Wer sagt dir, dass es nicht irgendwann auch deine Schwester trifft?«

»Meine Schwester ist drei«, kommentierte er trocken. Es klang wie ein Widerspruch. »Und macht noch ins Bett.«

»Na und? Oder was ist mit mir, Fiete? Was, wenn es in ein paar Jahren ich bin, die da am Strand steht und vor aller Augen in die blutroten Fluten waten muss? Was sagst du dann?«

Das saß. Fiete riss die Augen auf. Der Gedanke war ihm offenkundig noch nie gekommen.

»Jedes Mädchen in Travemünde ist gefährdet, du Dummkopf«, sagte sie sanft. »Weil jedes Mädchen irgendwann eine Frau wird. Alt genug für Roggenbuk.«

»Das …« Er schluckte hörbar. »Das stimmt. Und jetzt?«

Sie sah abermals zur Küste hinüber – zu ihrem schlafenden, hilflosen Dorf am Meer.

»Jetzt halte ich ihn auf«, versprach sie leise.

KAPITEL 12

Die Nacht hatte den Priwall fest in ihren Klauen. Seit Claras Rückkehr aus Timmendorfer Strand war mehr als eine Stunde vergangen. Ein kalter Wind schob Wolken über den Himmel, und nur selten gelang es dem fahlen Mond noch, seine Strahlen auf Frieke Krohns Hof scheinen zu lassen.

Clara hatte ein wenig gelesen, dabei aber keine Zerstreuung gefunden. Nun stand sie am Fenster ihrer Scheunenwohnung und sah den Lampions zu, die draußen im Wind schwankten. Immer wieder setzten die Lichter kurz aus und tauchten den Hof in noch mehr Dunkelheit als ohnehin.

Jule und sie hatten sich am Skandinavienkai voneinander verabschiedet, just als die Zehn-Uhr-Fähre dort anlegte.

»Den Rest besprechen wir morgen, okay?«, hatte Jule vorgeschlagen. »Wo wir stehen, meine ich. Was uns die ganzen Gespräche überhaupt gebracht haben – für Bengt.«

Clara hatte genickt. Die Betreiberin des *Travemünder Lotsen* klang erstaunlich nüchtern. Die Anstrengungen des Tages steckten sicher auch ihr in den Knochen und überdeckten ihren gewohnten Optimismus.

Wir brauchen alle eine Pause, hatte Clara gedacht.

»Einverstanden. Morgen sehen wir weiter.«

Doch den erhofften Schlaf konnte Clara auch in der gemütlichen Scheunenwohnung einfach nicht finden. Stattdessen stromerte sie durch die einzelnen Räume wie ein aufgescheuchtes Huhn. Nirgends blieb sie lange sitzen, denn eine innere Unruhe ließ es schlicht nicht zu.

Am liebsten würde ich bei Frieke klingeln und mit ihr über alles reden, dachte sie. *Auch über dieses seltsame Buch.*

Aber das Haus der Buchhändlerin lag nachtschlafend da, und hinter den Fenstern brannte kein einziges Licht mehr. Nicht einmal Rufus war irgendwo zu sehen.

Auch mit Bengt Hansen hätte sie liebend gern ein Gespräch geführt – wenn auch aus anderen Gründen, als Svenja ihr vermutlich unterstellen würde. Sie waren einfach keinen Schritt weiter als am gestrigen Morgen. Ja, sie hatten mit allerlei Menschen über den Fall Konstantin gesprochen – ehrlich gesagt sogar mit mehr, als Clara je gedacht hätte. Aber hatten diese Begegnungen wirklich Klarheit gebracht?

Im Wohnzimmer angekommen, ließ sich die Pastorin erneut auf die Couch sinken und schlug die Beine übereinander. Auch von hier aus hatte sie den wolkenverhangenen Himmel genau im Blick, doch ihre Aufmerksamkeit galt vielmehr dem Reigen, der vor ihrem *geistigen* Auge tanzte. Denn sie wusste: Er allein war der Grund, weswegen sie keinen Schlaf fand.

Er begann mit Bengt selbst. Die Presse hatte ihn einer unnützen alten Geschichte wegen zur Schlagzeile erkoren, und zumindest gewisse Teile der Leserschaft – hier dachte sie an das Grafitto am Leuchtturm und Bengts Sorge um den Ruf seines Museums – schluckten diese mit erstaunlicher Bereitschaft. Tatsächlich hatte der stoppelbärtige Mann von der Küste eine verschlossene Art, die schroff wirkte. Doch Jule legte die Hand für den alten Schulfreund ins Feuer, und auch Clara musste zugeben, dass er ihr sympathisch war. Zumindest auf den zweiten Blick.

Du sollst den Moment genießen, schon vergessen?, hörte sie Svenjas amüsierten Tonfall in ihren Erinnerungen. Schnell wechselte sie zur nächsten Figur in ihrem Reigen.

Silke Thomas hatte deutlich relevantere Gründe, einen

Groll gegen den Toten zu hegen. Die Leiterin aus Niendorf ließ kein gutes Haar an Erich Konstantin und machte daraus keinen Hehl. Auch andere Mitglieder ihres Hafenvereins waren sicher nicht gut auf den »Platzhirsch« zu sprechen gewesen. Aber machte sie das zu Mördern? Clara hoffte, dass die Kriminalpolizei entsprechende Untersuchungen anstellte, denn die Zahl der Unternehmer am Niendorfer Hafen war nicht gerade klein, und Jule und sie hatten da noch nicht einmal an der Oberfläche dessen gekratzt, was potenziell verdächtig sein mochte.

Dann kam Marion, die treue Tochter. Genau wie ihr Bruder Hannes schien sie der Familie ein Stück weit den Rücken zugewandt zu haben. Und ihr Alibi für die Tatzeit ließ sich weder beweisen noch widerlegen. Machte sie das verdächtig? Auch wenn sie Clara kein bisschen »böse« vorgekommen war?

»Lass dich nicht vom Bösen überwinden, sondern überwinde das Böse mit Gutem« – so stand es in der Bibel. Und so sehr Clara sich auch anstrengte, konnte sie sich Marion Konstantin einfach nicht als Täterin vorstellen. Auch das, wusste sie, war natürlich noch längst kein Beweis – aber ein Gefühl blieb ein Gefühl.

Dann war da Hannes. Der jüngste Spross der Gastro-Sippe hatte sich weit vom Stamm entfernt. Anders als bei Marion schien sein Lebensweg jedoch weniger stabil zu stehen. Die Kunst, die er in der Galerie *NM* ausstellte, schlug jedenfalls keine großen Wellen. Das erkannte selbst Clara, die beileibe keine Expertin auf diesem Gebiet war. Herr Mertin hatte schon nicht ganz unrecht, wenn er auf den Namen Konstantin setzte, um Leute in die Vernissage zu locken. Die Werke allein schafften das nämlich nicht. Doch was hatte das schon mit dem Mord an Erich zu tun? Hannes scherte sich merklich wenig um Familie und familiäres Vermögen. Oder war das nur Show, nur gespielt? Er *hatte* wenigstens ein Alibi, und die Kripo hatte es allem Anschein nach auch längst geprüft.

Mike Lütgens kam Clara ebenfalls wie eine Sackgasse vor. Ja, der Unternehmer hatte eine aggressive Alphamännchen-Art. Und ja, er und der Tote waren nicht gut aufeinander zu sprechen gewesen. Konstantin senior hatte sich durch Lütgens' Auftritt bedroht gefühlt und gegen den Mann aus Berlin intrigiert. Das mochte ein Fall für die Anwälte sein, aber war es ein Mordmotiv? Und, viel wichtiger: War Lütgens ein Mörder?

Die Angestellten der Lübecker Hotelbar, die ihn zur Tatzeit bedient hatten, sahen das gewiss anders. Und auch er wirkte auf Clara nicht, als hätte er es gleich auf Konstantins Leben abgesehen gehabt.

Dem geht es allein ums Geschäft, dachte sie. *Zumal er nach wie vor glaubt,* Konstantins Küche *irgendwann übernehmen zu können.*

Wie hatte er es am Nachmittag formuliert? »Jetzt komme ich vielleicht doch noch mit den Konstantins ins Geschäft. Aufkaufen ist immer leichter als plattmachen. Ich glaube, Erichs Sohn weiß das.«

»Gutes Stichwort«, sagte Clara in den stillen Raum hinein. Vor ihrem geistigen Auge erschien Konrad höchstpersönlich.

Der älteste Konstantin-Sohn war klar der Haifisch im Becken. Konrad wusste sehr genau, was er wollte – und es deckte sich mit dem Willen des Verstorbenen. Vielleicht sogar zu sehr? Auch Erichs Stammhalter setzte die Firma über alles und gönnte der Konkurrenz keinen Millimeter Raum. Waren die Männer vielleicht über geschäftliche Belange in Streit geraten?

Abermals musste Clara an Konrads Verhalten an der Fischbude bei der Nordermole denken, an seine unverhohlenen Drohungen und an die latente Ablehnung, die er den eigenen Geschwistern entgegenbrachte. Dieser Mann, erkannte Clara, gefiel ihr ganz und gar nicht – auch wenn das Blitzerfoto, auf das die Kriminalpolizei gestoßen war, ihn vermutlich nicht belastete.

Sondern seine Mutter. Vanessa Konstantin blieb ein Mysterium. Einerseits litt sie spürbar unter dem Verlust ihres Mannes, andererseits hatte sie allem Anschein nach eine außereheliche Beziehung gepflegt und Erich hintergangen. Mit wem? Und war ihr Liebhaber vielleicht ebenfalls tatverdächtig?

Darüber hinaus galt Vanessas Desinteresse an *Konstantins Küche* beinahe als legendär. Frieke hielt sie für oberflächlich, Konrad für schwach. Passten diese Eigenschaften zu einer kaltblütigen Mörderin? Oder war da noch mehr hinter der Fassade der Witwe? Ein tieferes Geheimnis, das erklären mochte, was in der Nacht zum Mittwoch *wirklich* geschehen war? So sehr Clara sich auch den Kopf zerbrach, sie wusste es nicht. Während ihres kurzen Gesprächs mit Vanessa Konstantin hatte Clara gemeint, bei ihr noch eine andere, unterschwellige Emotion wahrzunehmen. Was war es gewesen: Groll? Verbitterung? Oder gar … Hass? Hass gegenüber einem Toten?

Auf jeden Fall war da eine tief gehende Resignation gewesen, so viel stand fest. Die Witwe Konstantin war nicht da, wo sie sein wollte. Aber was bewies das?

Wer ist das schon?, dachte Clara grimmig.

Sie seufzte. Alles, was Jule und sie nach zwei Tagen Detektivspiel aufzuweisen hatten, waren Bauchgefühle und Fragezeichen. Und von beidem konnte sich Bengt Hansen nichts kaufen.

Ich bin Pastorin, dachte sie, *und nicht die Polizei. Kein Wunder, dass das hier nichts bringt.*

Als sie sich endlich genug gequält hatte, stand sie auf und ging zu Bett. Erst als sie ihr Handy auf den Nachttisch legte, fiel Svenja ihr wieder ein. Vor lauter Ablenkungen hatte sie komplett vergessen, die Freundin aus Wiesbaden zurückzurufen.

»Morgen«, versprach sie dem kleinen Telefon. »Das hat Zeit.«

Dann kroch sie unter die Daunen, starrte an die Zimmerdecke und sah den Schatten der Äste zu, die sich dort im Wind bogen.

Der Knall hallte durch die Dunkelheit, laut und ohne Vorwarnung. Clara riss die Augen auf und starrte ins Zimmer. Erst jetzt, plötzlich hellwach und klar, begriff sie, dass sie eingeschlafen sein musste. Und mit einem Mal schlug ihr das Herz bis zum Hals.

Was war das?

Es hatte seltsam geklungen, irgendwie blechern. Nicht wie ein Gegenstand, der umfiel, sondern wie … Ja, wie was?

Langsam setzte sie sich im Bett auf und lauschte. Nirgends schien sich etwas zu rühren. Die Scheunenwohnung war totenstill, und vor dem Schlafzimmerfenster regten sich allein die Äste im Wind.

Einbildung?, fragte sich die Pastorin. *Habe ich den Knall bloß geträumt?*

Sie war fremd hier und kannte noch nicht alle Geräusche, die es in Friekes Hof in der Nacht so geben mochte. Doch ein Traum war trotzdem die logischere Erklärung, nicht wahr? Nur ein Traum, auf keinen Fall eine Gefahr. Wo sollte die auch herkommen, ausgerechnet hier?

Fragend griff sie nach dem Handy und schaute aufs Display. Kurz nach zwei. Nein, es *musste* ein Traum gewesen sein.

Halbwegs beruhigt sank sie zurück in die Kissen und schloss die Augen. *Ich muss aufhören, über Mörder nachzugrübeln. Das schadet meinen Nerven und …*

Eine Tür knarrte, draußen im Flur. Zwar ganz langsam und leise, aber doch unüberhörbar.

Da ist jemand!

Clara hielt den Atem an. Ihr gesamter Körper verkrampfte sich, jeder Muskel wirkte angespannt. Sie hörte das Blut in ihren Ohren, und ihr Herzschlag kam ihr mit einem Mal verräterisch laut vor – so laut wie der Abschiedsgruß der Dänemarkfähre an der Mündung der Trave.

Dann sprang sie auf. Sie hatte keine Ahnung, wer da draußen durch ihre Wohnung schlich, aber eine Sache war ihr plötzlich sonnenklar: Sie würde nicht hier liegen und auf ihn warten. Sie war nicht wehrlos, verdammt!

Bitte nicht …

So leise sie nur konnte, schlich sie zur Tür, die vom Schlafzimmer in den Flur führte. Sie stand auch in dieser Nacht einen Spalt offen, denn Clara mochte keine geschlossenen Zimmer. An der Schwelle angekommen, hielt die Pastorin abermals inne und horchte in die Dunkelheit. Kälte stieg vom Parkettboden in ihre blanken Fußsohlen, und in dem weißen Shirt, das ihr bis zur Hälfte der Oberschenkel reichte, kam sie sich plötzlich nahezu nackt vor – und ganz schön verwundbar. Sie schlief schon seit Jahren in dem alten Ding, seit Stefan es damals ausgemustert hatte und …

Clara stutzte. Der Gedanke schien absurd zu sein, aber er war auf einmal da und ließ sich nicht mehr verscheuchen. Noch bevor sie richtig wusste, was sie tat, drang er ihr auch schon über die Lippen.

»Stefan?«, fragte sie die Schwärze jenseits ihrer Schlafzimmerschwelle. »Stefan, lass den Scheiß!«

Ihre Stimme klang fest und sicher, auch wenn sie selbst sich ganz und gar nicht so fühlte. Die Vorstellung, dass ausgerechnet ihr Ex nachts durch Friekes alte Scheune stromerte, klang lächerlich. Wiesbaden war weit entfernt und kam Clara fast vor wie ein Ort auf einem anderen Planeten, aus einem anderen Leben.

Doch sie kannte Stefan Faust. Sie wusste, wie stur er sein konnte. Wie unnachgiebig, wenn es um die eigenen Ziele ging. Um die eigenen Ansprüche.

Stefan war letzte Nacht im Schlachthof, hörte sie Svenjas Stimme hinter ihrer Stirn, die Ansage auf ihrer Mailbox von gestern. *Das wollte ich dir eigentlich nur sagen. Aber mach dir keine Gedanken: Bei dem Lärm hat der bestimmt nichts von mir mitbekommen.*

Bestimmt nichts.

»Bestimmt nichts« war etwas anderes als »ganz sicher nichts«, oder? »Bestimmt nichts« war genauso wenig wert wie »vielleicht nichts«. Zumindest nachts um zwei, wenn man verdächtige Geräusche draußen im Dunkel hörte. Und wenn man Stefan Faust kannte, sogar besser als er sich selbst.

Clara wollte es sich nicht eingestehen, erst recht nicht jetzt um diese Zeit und in diesem Zustand. Aber sie traute es ihm ohne Weiteres zu. Ein Stefan Faust verlor *nie* gern.

Abermals knarrte die Tür. Und irrte sie sich, oder drangen da leise Schritte an ihr Ohr?

Clara schluckte die Angst herunter, so gut es nur ging, ballte die Hand zur Faust und trat über die Schwelle.

Nichts. Der Flur begrüßte sie mit Stille und Schweigen. Kein Schatten zuckte aus einer der Ecken hervor, keine dunkle Stimme erklang dicht hinter ihr und drohte ihr Gott weiß was an. Da war absolut nichts.

Und doch …

Und doch.

Ein Luftzug strich über ihre schweißfeuchte Wange, kalt wie die Hand eines Toten. Clara straffte die Schultern, stützte sich mit der Linken an der Wand ab und zog langsam weiter, den schmalen Gang entlang in Richtung Wohnbereich.

Im quadratischen Bad, das schräg gegenüber vom Schlafzimmer lag, war alles in bester Ordnung. Wanne und Waschbecken, WC und Schränkchen. Auch der winzige Hauswirtschaftsraum mit der Waschmaschine und dem Sicherungskasten war menschenleer. Clara nutzte die Gelegenheit und griff, kaum dass sie in das Zimmer schaute, nach dem Bügeleisen, das auf dem Regal neben der Tür stand. Es war keine allzu gute Waffe, aber immer noch besser als nichts. Für alle Fälle.

»Stefan«, sagte sie erneut. Ihre Stimme klang nun schon weit weniger fest, und das Wort beinahe wie eine Frage.

Abermals bekam sie keine Antwort. Doch die kalte Gewissheit in ihrer Magengrube sprach eine deutliche Sprache.

Sie ging weiter. Der Flur mündete ins Wohnzimmer. Durch das große Fenster fiel Mondschein herein, allerdings nur, wenn die Wolken den fahlen Trabanten nicht verdeckten. Clara kniff die Lider noch mehr zusammen und versuchte, Umrisse zu erkennen. Da stand das Sofa, dort der Tisch. Die Stehlampe beim Sessel drüben an der Wand. Der breite Flachbildfernseher auf seinem Lowboard.

Nur eines sah sie nicht: einen Gegner.

Abermals strich Wind über ihre Haut, ein kalter Hauch in ihrem Nacken. Im gleichen Moment wiederholte sich das verräterische Knarren.

Clara wirbelte herum, holte mit dem Bügeleisen zum Schlag aus und … sah sich der halb geöffneten Küchentür gegenüber, die sich langsam im Wind bewegte. Im Wind, der durch das kaputte Fenster über der Spüle eindrang.

»Ach du Scheiße«, murmelte die Pastorin.

Eine seltsame Mischung aus Erleichterung und Entsetzen

breitete sich in ihr aus. Sie ließ das Bügeleisen achtlos auf den Teppich fallen und eilte zum Fenster in der Küche.

Ein spitzer Ast hatte ein nahezu kreisrundes Loch in die breite Scheibe geschlagen. Der Übeltäter, fraglos vom Wind getragen, steckte noch immer in seinem wehrlosen Opfer. Zahlreiche Glassplitter und Scherben waren in der Spüle und auf der angrenzenden Arbeitsfläche gelandet, was vielleicht den blechernen Klang erklärte.

Clara schaltete das Deckenlicht ein und stöhnte leise, als Helligkeit ihr Sichtfeld flutete. Erst nach zweimaligem Blinzeln hatten sich die Augen an die neuen Lichtverhältnisse gewöhnt.

Der Ast war tatsächlich der einzige ungebetene Gast weit und breit. Auch hinter der Küchentür oder im schmalen Spalt zwischen dem Herd und der Wand verbarg sich keine dunkle Gestalt – und erst recht kein Stefan.

Ich bin vielleicht bescheuert, tadelte sie sich.

Der Verdacht von eben kam ihr nun regelrecht lächerlich vor, und sie beschloss, ihn auf die Müdigkeit zu schieben. Einem wachen Verstand wäre solch ein Unsinn nie und nimmer eingefallen.

Clara befreite den abgebrochenen Ast aus seiner misslichen Lage. Dann sammelte sie vorsichtig die Scherben und Splitter auf und trug beides in einem Eimer hinaus ins Freie. Aus der Altpapiertonne neben Friekes Haus nahm sie sich einen besonders stabilen Karton, den sie mit Isolierband aus dem Hauswirtschaftsraum auf die kaputte Fensterstelle klebte. Für den Moment musste und würde das genügen.

Alles andere kann warten, dachte sie, nickte ihrem Werk zu und eilte zurück in das warme Bett.

Als sie dieses Mal die Augen schloss, kam der Schlaf nahezu sofort. Und auch wenn sie anderes befürchtet hatte: Stefan Faust ließ sich in ihm nirgends mehr blicken.

Sonntag

»Was ist denn mit *dir* los?«, staunte Jule Haberkamp. »Du siehst aus, als hättest du die halbe Nacht wach gelegen.«

Der Sonntagmorgen war sonnig und warm. Clara und Frieke hatten den Schaden am Küchenfenster bereits ausgiebig begutachtet und beschlossen, gleich am Montag einen Glaser zu bestellen. Dann waren sie mit der Fähre zur Vorderreihe gefahren. Sie planten eine gemeinsame Wanderung zur Hermannshöhe, dem beliebten Ausflugsziel kurz vor Niendorf, von dem die Buchhändlerin gesprochen hatte.

Doch bevor sie starten konnten, wollte Frieke noch kurz im *Schmökerhafen* nach dem Rechten sehen. Der gemütliche Laden blieb zwar heute geschlossen, aber zu tun gab es dort natürlich trotzdem immer etwas.

Letzteres galt offenbar auch für das Büro im Hinterhaus. Denn während Frieke sich an ihrem Verkaufstresen zu schaffen machte und Unterlagen sichtete, hatte Clara sich im hinteren Bereich des Ladens umgesehen und die offene Tür des *Lotsen* bemerkt. Dort stand sie nun ihrer Ko-Detektivin gegenüber.

»Hey«, fuhr Jule fort. »Erde an Pastorin Clüver. Ich hatte dich eigentlich etwas gefragt. Alles okay?«

Clara blinzelte. »Alles okay. Und: Ja, ich habe eher nur mittelgut geschlafen. Ist aber ’ne längere Geschichte und kein bisschen wichtig. Sag mir lieber, was du hier machst. Musst du dich nicht um deine beiden Hauptdarsteller kümmern? Heute Nachmittag steigt doch die große Roggenbuk-Show drüben auf der Kurbühne.«

Jule nickte. Sie saß an ihrem Schreibtisch mit den großen Monitoren. Nur einer von diesen war eingeschaltet, und auf ihm waren mehrere Fotos zu sehen.

»Ich werfe einen genaueren Blick auf diese Aufnahmen«, antwortete die Freundin. »Erinnerst du dich an die Canon, die ich vermisse? Irgendwie lässt die mir keine Ruhe. Es kann ja sein, dass ich sie irgendwo verbummelt habe. Aber ehrlich gesagt bezweifle ich das.«

»Du denkst, die Einbrecher waren hinter ihr her«, vermutete Clara. Es klang nicht *ganz* unglaubwürdig, schließlich musste man durch den *Schmökerhafen*, um Jules Büro zu erreichen. Fragend deutete sie daher auf den Monitor. »Etwa wegen diesem Material?«

Jule hob die Schultern. »Keine Ahnung. Das sind die Fotos von der Speicherkarte. Ich hatte sie ja längst auf die externe Festplatte kopiert, da fehlt also nichts. Aber solange ich sie auch durchklicke … Ich wüsste beim besten Willen nicht, warum jemand die stehlen sollte. Darauf sieht man doch nichts Besonderes.«

Clara beugte sich vor und sah ihr über die Schulter, während Jule sich durch die Galerie klickte. Es waren Aufnahmen vom Dienstagnachmittag, lange vor dem Sturm entstanden. Sie zeigten den Niendorfer Hafen mit seinen Booten und Büdchen, die *Kombüse*, die rote Mauer. Auf gleich drei Aufnahmen war Silke Thomas zu erkennen, die der Fotografin Jule offenbar das Gelände zeigte.

»Frau Thomas erklärt dir gerade, wo der Flohmarkt hinsoll?«, fragte Clara.

»Ganz genau.« Jule lächelte. »Bei dem Termin ging's um den Flohmarkt. Vorberichterstattung, verstehst du? Frau Thomas hatte darum gebeten.«

Hatte die Leiterin einen Grund, die gemachten Aufnahmen zu bedauern? Clara bezweifelte es. Nichts an diesen Bildern wirkte so, als böte es Anlass für Einbruch und Diebstahl. Nichts daran verriet ein Geheimnis.

Oder doch?

»Die wirken völlig normal«, meinte Clara. »Als wir gestern

dort waren, sah der Hafen exakt genauso aus. Bis auf den Flohmarkt, versteht sich.«

»Meine Rede.« Jule seufzte und fuhr den Computer runter. »Hier komme ich also nicht weiter. Und du hast recht: Die Rasselbande verlangt nach mir. Die sind schon ganz kirre, weil sie heute ihren großen Auftritt haben und ihr Papa im Publikum sitzt.« Sie stöpselte die externe Festplatte aus, die kaum größer als zwei Streichholzschachteln war, und reichte sie Clara. »Deshalb gebe ich die dir, okay? Vielleicht fällt dir ja noch etwas auf. Und, hey: Wer weiß? Möglicherweise verbirgt sich hier sogar noch ein Hinweis auf die Onkel-Erich-Sache. Wäre doch möglich.«

Clara hob die Brauen. »Mir?«

»Du bist Sherlock Clüver, schon vergessen?« Jule zwinkerte ihr zu. »Du siehst mehr als andere.«

»Warum behaupten das eigentlich immer alle?«, murmelte Clara. Sie wollte die kleine Festplatte nicht an sich nehmen, doch der Gedanke an einen Hinweis auf den Mord an Erich Konstantin interessierte sie. Also verstaute sie den kleinen Datenträger in der Tasche ihrer leichten Sommerjacke.

»Sind Sie soweit, Clara?«, erklang Friekes Stimme von jenseits des Gärtchens.

Die Pastorin drehte sich um. Frieke stand in der offenen Tür des *Schmökerhafens.* »Ja«, antwortete Clara. »Ich komme.«

»Geht ihr zur Hermannshöhe?«, vermutetete Jule. Ein wissendes Lächeln umspielte ihre Mundwinkel, das Clara sich nicht erklären konnte. »Und war das Friekes Vorschlag?«

»Ja und ja«, antwortete Clara. »Wieso fragst du?«

»Och, nur so.« Die Freundin winkte schnell ab. »Ist schön da oben. Das wird dir gefallen.« Dann griff sie nach ihrer Jacke, die neben ihr auf dem Tisch lag, und wandte sich ebenfalls zum Gehen.

Warum habe ich das Gefühl, dass du mir etwas verheimlichst?, dachte Clara bei sich. Sie tastete nach der Festplatte in ihrer Tasche. *Und was in aller Welt soll ich hiermit anfangen?*

Die Steilküste war atemberaubend. Knappe zwanzig Meter hoch reichte die abschüssige Wand aus Stein, Sand und Geröll an dieser Stelle, und hier und da ragten Grasbüschel und alte, halb verdorrte Baumstämme aus ihr hervor. An ihrer Spitze, wo ein schmaler Wanderweg von Travemünde aus gen Norden führte, wucherte üppiges Buschwerk, doch hier unten auf dem schmalen Strand regierten der Kies, die Felsen und das Meer. Sanfte Wellen leckten über den wild anmutenden Boden, und auf der nahezu glatten Spiegelfläche der Ostsee setzte eine hungrige Möwe zum Tauchflug an.

Als wäre man auf einem anderen Planeten, dachte Clara.

Bewundernd sah sie sich um. Weit und breit war keine Menschenseele zu erkennen; nur Frieke und sie hatten den beschwerlicheren Weg am Meer entlang gewählt. Jetzt wusste sie, warum.

»Na?« Auch die Buchhändlerin war stehen geblieben. »Hab ich zu viel versprochen? Die Gegend ist einfach traumhaft, und man weiß sie erst richtig zu schätzen, wenn man den Wanderweg links liegen lässt und hier runterkommt.«

»Zu viel?« Clara lachte leise. »Eher zu wenig.«

Die geordneten Strandpromenaden von Travemünde und Niendorf waren auf einmal weit entfernt. Hier, zwischen Felsen und wildem Gras, hätte jeder Strandkorb wie ein störender Fremdkörper gewirkt, jede Fischbude wie ein kleiner Affront. Das war die unberührte Natur – kein touristisch aufbereitetes Destillat, sondern die pure Küste und exakt das Ideal, dessentwegen so viele Urlauber in die Gegend kamen. Doch die wenigsten Menschen erlebten es aus nächster Nähe, weil die Wanderwege, Strandkörbe und Co. so viel bequemer waren.

»Komm«, sagte Frieke. »Setzen wir uns kurz. Genießen wir die Aussicht.« Sie ging auf einen umgestürzten Baumstamm zu, der breit und alt am Hang lag. Dort nahm sie Platz und sah aufs Meer hinaus.

Clara folgte ihrem Beispiel gern. Ihr war nicht entgangen, dass Frieke zum Du übergewechselt war, und sie freute sich darüber. Doch irgendetwas stimmte nicht, denn die sonst so fröhliche Buchhändlerin wirkte mit einem Mal bedrückt.

»Ist alles in Ordnung?«, wollte Clara wissen.

Frieke schwieg, schloss die Augen und ließ sich die Sonne ins Gesicht scheinen. Am Horizont fuhr ein Schiff vorbei, ganz weiß und fern.

»Darf ich dich etwas fragen, Clara?«, sagte sie schließlich.

»Na sicher.«

»Hast du mal in das Buch reingelesen, das ich dir gegeben habe? In die Sage von Roggenbuk?«

Clara runzelte die Stirn. Sie hatte mit allem gerechnet, aber nicht damit. »Und ob«, antwortete sie wahrheitsgemäß. »Immer mal wieder. Ist eine ziemlich gruselige Geschichte, findest du nicht auch? Halb Märchen, halb Fantasy-Spektakel und … Ach, ich weiß gar nicht, wie ich es beschreiben soll.«

Der Anflug eines Lächelns umspielte Friekes Mundwinkel. Sie öffnete die Augen wieder und blickte Clara an. »Seemannsgarn, hm? Das ist das Wort, nach dem du suchst.«

Clara erwiderte das Lächeln. »Kann gut sein. Ich schätze, hier bei euch kursieren viele verschiedene Versionen dieser Sage. Und die aus dem Buch ist nur eine davon.«

Frieke nickte. »Bei den meisten Sagen ist das so. Je nachdem, wo sie erzählt werden, unterscheiden sie sich gründlich. In manchen Dörfern der Lübecker Bucht erzählt man sich beispielsweise auch, dass der böse Wassermann hier am Brodtener Ufer wohnt – in einer Höhle gleich hinter uns in der felsigen Wand. In anderen Fassungen gibt es ihn gar nicht, sondern nur das mächtige Seeungeheuer, in das er sich manchmal verwandelt.«

»Und das Mädchen?«, fragte Clara. »Die Figur mag ich nämlich sehr. Gibt es die in den anderen Fassungen auch?«

Ein seltsamer Ausdruck lag in Friekes Blick, als sie antwortete. »Nein. Marie kommt nur in dem kleinen alten Buch vor.«

Da war noch mehr. Clara spürte es genau. Frieke wollte etwas sagen und wusste nicht so recht, wie sie es anstellen sollte. Es klang absurd, doch mit einem Mal fühlte sich die Pastorin, als wohnte sie einer Art Beichte bei. Als würde Absolution von ihr erbeten … oder besser erhofft.

»Ich muss dir ein Geständnis machen, Clara«, fuhr Frieke leise fort. »Es fällt mir nicht leicht, weil ich es schon viel früher hätte sagen sollen. Sagen *müssen*. Aber ich wusste nicht, wie. Es ging mich nichts an, und es dauerte auch eine Weile, bis ich mir wirklich sicher war. Bis ich wusste, wer du bist.« Wieder sah sie zum Meer. »Hast du dir die Widmung des Buches mal angesehen?«

»Was?« Clara blinzelte verwirrt. »Ich glaube nicht, nein. Die Seiten kleben manchmal ganz schön zusammen, und die Handschrift ist nicht immer leicht zu entziffern …«

Frieke winkte ab. »Das dachte ich mir. Du hast keine Ahnung, wer *Roggenbuk* geschrieben hat.«

»Nein.« Sie schüttelte den Kopf. »Wer denn?«

Wind zog auf. Eine kurze, angenehme Bö wehte über den felsigen Strand und spülte Meerwasser über die Steine. Irgendwo weiter oben, wo die restlichen Spaziergänger auf dem Wanderweg unterwegs waren, erklang Gelächter, das schnell in der Ferne verhallte.

»Ein alter Freund von mir«, antwortete Frieke. »Aus Travemünde. Ich lernte ihn über den Laden kennen, und er war immer sehr nett. Aber auch sehr einsam. Im Laufe der Zeit kamen wir ins Gespräch, denn er lebte allein und las gerne. Irgendwann trafen wir uns nahezu regelmäßig. Nicht als Paar, Gott bewahre. Daran hatten wir beide kein Interesse. Doch als Freunde. Als zwei alte Knacker, die die Küste liebten, die Einsamkeit ... und das Meer.«

»Aha«, murmelte Clara verwundert.

»Sein Name steht in der Widmung«, sagte Frieke. »Er hieß Fritz.«

Ein Hund bellte. Eine Möwe kreischte. Sonnenlicht fiel auf das Ufer, und das Meer war so blau wie der weite Himmel.

Nichts davon hatte noch eine Bedeutung. Nicht *jetzt*.

»Was erzählst du denn da?«, flüsterte Clara. Eine Ahnung stieg in ihr auf, dunkel und gefährlich wie der Spuk aus dem Meer.

»*Er* erzählte«, betonte Frieke. »Viel. Von sich und seinem Leben, von seiner Vergangenheit und seinen Fehlern. Er hatte einiges falsch gemacht, in früheren Zeiten. Das war ihm klar. Damals nicht, denn damals war er zu dumm gewesen, zu stolz. Das sind übrigens seine Worte, nicht meine: ›zu dumm und zu stolz‹. Aber inzwischen. Inzwischen bedauerte er so einiges. Vor allem, dass er jemanden verloren hatte – *durch* seine Dummheit von einst. Er hat ihren Namen nie erwähnt, weißt du? Nicht mir gegenüber. Aber er hat oft von ihr gesprochen.«

Es kam vollkommen unerwartet, unvorbereitet. Clara saß da, auf diesem fremden Planeten am Meer, und es spülte über sie hinweg wie das Wasser über den Kieselstein. Sie konnte nichts dagegen tun, denn es war stärker als sie. Es war pur.

»Er wollte sich bei ihr melden«, gestand Frieke. »Sehr oft

sogar. Aber er traute sich nie. Er wusste, wie unbeliebt er sich damals gemacht hatte. Durch verletzte Eitelkeit und störrische Wut. Er wusste, wie wenig Anne von ihm hielt, wie verbissen sie es unterbinden würde. Und überhaupt: Wie konnte man eine Unterhaltung fortsetzen, die man schon vor Ewigkeiten nachdrücklich beendet hatte? Was gab es da, an das sich anknüpfen ließ?« Sie schluckte hörbar. »All das bedauerte er. Nicht wegen Anne, oder zumindest nicht hauptsächlich. Sondern *ihret*wegen. Wegen der *wahren* Marie.«

»Nein.« Claras Schultern zuckten. »Nein, Frieke. Nicht.«

In ihrem Innern tobte ein Sturm, den Wut und Reue gleichermaßen aufpeitschten. Längst vergessene Bilder – halb aus Träumen geboren, halb aus frühester Erinnerung; allesamt unscharf und schief – tanzten vor ihrem geistigen Auge wie Irrlichter in finsterster Nacht. Sie wollte aufstehen und gehen, einfach weg. Doch alles, wozu ihr perplexer Körper in diesem Moment fähig war, blieb dieses eine Wort. Dieses »Nein«, leise wie die See. Der sanfte Wind verschluckte es fast schneller, als sie selbst es hören konnte.

»Ihretwegen schrieb er die Sage auf«, berichtete Frieke. »Er hatte die Geschichte vom Wassermann und den Travemündern schon immer gemocht, und er fand, sie verdiente eine Heldin. Ein Mädchen wie das, an das er sich erinnerte und das der Geschichte vielleicht einen anderen Ausgang geben würde. Ein Happy End.«

Frieke schwieg einen kurzen Augenblick lang. »Ich weiß nicht, was er sich davon erhoffte, Clara. Wollte er dir das Buch schicken, wenn er fertig war? Als Friedensangebot? Als *Angebot*, schlicht und einfach? Kann sein. Vielleicht hatte er das tatsächlich mal vor, aber irgendwann *war* das Buch fertig, und er behielt es trotzdem. Wenn du mich fragst, hatte er abermals den Mut verloren – wie so oft zuvor. Er schrieb es für dich, über dich – zumindest in gewissem Sinne. Das verstehe ich inzwischen. Doch er wagte es nicht, dich zu kontaktieren. Ich glaube, er wusste nicht, wie du auf ihn reagieren würdest. Er fürchtete sich wohl davor, dass die Wirklichkeit ihm kein Happy End gestattete.«

Da war es. Klar formuliert, eindeutig. Unmissverständlich.

Clara schüttelte so heftig den Kopf, dass ihre Nackenwirbel knackten. »Nein.«

»Ich kann nicht beurteilen, was in deiner Familie passiert ist«, sagte Frieke. Sie griff nach Claras Hand, doch Clara zog sie weg. »Es ging mich auch nie etwas an. Wahrheiten haben häufiger zwei Seiten, als man denkt, und wo Schmerz regiert, regiert nicht selten auch Stolz. Doch ich kannte Friedrich Behrendt, und ich mochte ihn. Als er starb, landete der Großteil seiner Bücher bei mir, darunter auch die Geschichte von Marie und dem Roggenbuk. Ich verstand, was er damit gemeint hatte, denn er hatte oft von dem kleinen Mädchen gesprochen, das er zurückgelassen hatte. Das ihm gewissermaßen über Bord gefallen war, irgendwie. Auch das waren seine eigenen Worte: ›über Bord‹. Und das er seitdem vermisste.«

Stille, nur der Wind und das Meer.

Frieke fuhr fort: »Als wir zusammen aßen und du von deiner Familie berichtet hast, stieg plötzlich dieser Verdacht in mir auf. Konnte es wirklich sein? So ein unfassbarer Zufall? Ich hätte dich direkt an dem Abend darauf ansprechen müssen, schon allein der Ehrlichkeit wegen. Aber ich war zu feige, und das bedauere ich sehr, denn ich sehe jetzt, wie richtig ich lag. Einmal mehr dachte ich, es ginge mich nichts an. Statt reinen Wein habe ich dir daher Friedrichs Geschichte ›eingeschenkt‹. Irgendwie hatte ich wohl gehofft, sie würde alles erklären und mir die Mühe abnehmen. Das Risiko, dich darauf anzusprechen und dich vielleicht mit meinem Geständnis zu verprellen. Du brauchtest eine Freundin an dem Abend, keine schlechten Erinnerungen.«

Frieke hatte Fritz gekannt. Die Erkenntnis kam nicht allzu überraschend, wenn man es nüchtern betrachtete. Jeder kannte andere Menschen, und gerade außerhalb der Saison war Travemünde ja angeblich das reinste Dorf. Und dennoch: Für Clara kam sie wie ein Schlag in die Magengrube, gerade *weil* sie in Frieke eine Freundin sah.

»Es tut mir leid«, gestand die Buchhändlerin leise. »Ich will dir nichts ein- und auch nichts ausreden. Wirklich nicht. Ich bin auf deiner Seite, wenn du mich lässt. Nach wie vor bin ich das. Und ich freue mich, dass du – ausgerechnet du – in meinem *Hafen* gestrandet bist wie Fritz viele Jahre vor dir.« Sie lächelte schwach. »Aber ich war auch auf seiner Seite, denn der Mann, den ich kannte, war freundlich und herzlich und warm. Vielleicht war er es erst hier oben geworden, mit den Jahren und durch schmerzliche Erfahrung. Und auch wenn es mich nichts angeht, Clara: Ich finde, du solltest das wissen.«

Endlich kam Leben in ihren Körper. Ruckartig stand Clara auf und ging aufs Wasser zu. Zwischen den Felsen blieb sie stehen und sah zum Horizont. Sie wusste, dass sie wütend sein sollte – vielleicht sogar sein musste. Doch das Feuer, das eben noch in ihr gelodert hatte, brannte nicht länger, und an seine Stelle war ein dichter, alles erstickender Qualm getreten.

»Er war kein schlechter Mensch, Clara.« Das war Friekes Stimme irgendwo in ihrem Rücken. Entschuldigend. Bittend. *Mea culpa, mea culpa, mea maxima culpa.* »Der Fritz, den *ich* kannte, war gut.«

Wieder tanzten Bilder vor ihrem geistigen Auge, Erzählungen in ihrem Ohr. Sie sah ihre Mutter mit tadelnder Miene, mit Zorn auf den Zügen. Ihre Mutter daheim in Bad Kreuznach, verletzt und verbittert. Kein schlechter Mensch? Ach, wirklich?

»Du kanntest ihn nicht gut genug«, sagte Clara, ohne sich umzudrehen. »Nicht so wie sie.«

»Das mag sein«, stimmte Frieke ihr zu. Doch dann, ganz leise: »Und du?«

Der Wind frischte wieder auf. Warme Luft wehte über den Strand, und das wilde Gras am Steilhang raschelte verschwörerisch. Eine Ausflugsfähre zog am Horizont einen Schlenker, bevor sie zurück in den Travemünder Hafen steuerte.

Clara nahm sich ein Beispiel an ihr. Ohne ein weiteres Wort zu verlieren, setzte sie sich in Bewegung und ging einfach weiter – nach Norden und am stillen Meer entlang.

Der Kaffee war stark und roch himmlisch. Clara saß im Strandkorb und schaute über den Rand der weißen Tasse hinweg auf das Meer. Bis zum Abhang waren es nur wenige Meter, und von hier oben sah die Ostsee noch weiter und blauer aus als vorhin.

»Hey«, erklang Friekes Stimme neben ihr. »Darf ich mich setzen?«

Sie hatten seit dem Geständnis kein Wort mehr gewechselt. Clara war gegangen und hatte die Buchhändlerin hinter sich gelassen – eine Trotzreaktion, geboren aus schlichter Überforderung. Als Seelsorgerin waren ihr auch die Schattenseiten des Schicksals nicht fremd. Dennoch hatte sie in der Situation vorhin nicht gewusst, wie sie mit ihren eigenen Schatten umgehen sollte. Das war kindisch gewesen.

Nun sah sie zur Seite. Frieke lächelte zaghaft. Die Sonne stand über ihr, und hinter ihr tollten zwei Hunde auf der Wiese vor der Steilküste umher.

»Klar«, antwortete Clara und rutschte ein Stück zur Seite.

Dankbar nahm Frieke neben ihr Platz. Gemeinsam blickten sie aufs Meer.

Möwen kreischten. Von rechts, wo der hier oben dicht bewaldete Wanderweg aufs Gelände des Cafés mündete, näherte sich eine weitere Besuchergruppe. Links, wo der Kinderspielplatz stand, herrschte fröhliches Treiben. Die Tische und Bänke im Außenbereich des Lokals waren gut besucht, und auch jenseits der Fensterfront, die das lang gezogene Gebäude mit der schwedenroten Holzfassade prägte, herrschte Betrieb. Trotzdem wirkte die Hermannshöhe an diesem frühen Sonntagnachmittag nicht voll, sondern …

»Schön, oder?«, sprach Frieke aus, was Clara dachte. »Ich komme immer gerne hierhin. Schon seit Jahren. Der Erdbeerkuchen ist die reinste Sünde.« Dann sah sie zu Clara, ein schelmisches Funkeln im Blick. »Oder ist das für Pastorinnen eher abschreckend formuliert?«

»Bei Kuchen machen sogar wir eine Ausnahme.«

Dann lachten beide. Der Moment half, die unausgesprochene Spannung zu lösen, die zwischen ihnen Einzug gehalten hatte. Clara mochte Frieke, sogar sehr. Und sie spürte, dass das Gefühl auf Gegenseitigkeit beruhte.

Wir haben uns beide *nicht nur mit Ruhm bekleckert*, wusste sie. *Vielleicht ist Kuchen genau das, was es jetzt braucht.* »Zwei Stücke Erdbeerkuchen«, sagte sie, nickte und stand auf. »Kommt sofort.«

Frieke lächelte dankbar.

Clara ging zurück zum Café. Von der Wiese mit den Strandkörben führte ein hölzerner Weg direkt zum Eingang des eingeschossigen Hauses. Sie hatte die Tür fast erreicht, da ließ sie eine Bewegung im Augenwinkel stutzen.

Bengt?

Tatsächlich: Der Mann aus dem Leuchtturm trat gerade

aus dem Seiteneingang des Cafés. Er trug einen dunkelblauen langen Mantel und eine weiße Kapitänsmütze. Aus der Stofftasche in seiner rechten Hand ragten ein Fernglas, ein Flaschenschiff und ein gerolltes Papier, das verdächtig nach Schatzkarte aussah. Im Kostüm und mit Gepäck hielt er auf den Spielplatz zu, von wo aus ihm ein knappes Dutzend Knirpse schon sehnsüchtig entgegensah.

Was in aller Welt …

Clara blinzelte verwundert, löste sich dann aber von dem Anblick und trat ins Haus. Keine fünf Minuten später kam sie mit einem Tablett zurück ins Freie, auf dem zwei mächtige Stücke Kuchen mit Sahne sowie zwei große Tassen Assam Tee ruhten. Bengt Hansen hatte sich noch immer nicht als Fata Morgana herausgestellt, sondern stand jetzt inmitten der Dreikäsehochs auf dem Spielplatz.

Neugierig trat sie näher. Er hatte sie bislang nicht bemerkt, und das durfte gern so bleiben. Auch die Kinder, die im Halbkreis vor Bengt saßen, hatten keine Augen für das, was sich hinter ihnen abspielte. Clara lehnte sich an einen Baum, der sie halb vor Bengt verbarg, balancierte das Tablett auf den Händen und lauschte kurz.

»Wer weiß denn, was *wirklich* los war?«, fragte Bengt gerade. Dabei hielt er die entrollte Schatzkarte in die Höhe und sah sie kopfschüttelnd an. »Was die Seeleute früher hier getrieben haben, anstatt Schätze zu suchen?«

Sechs kleine Arme reckten sich in die Höhe. Bengt deutete mit dem Fernglas auf einen rothaarigen Jungen, dessen *Feuerwehrmann Sam*-Shirt mit Speiseeis beschmiert war. »Ja?«

»Die haben den Roggenbuk gefangen«, meinte der Knirps.

Bengt lächelte. »Nee, das war doch der Jürgen. Kannst du dir nachher in Travemünde ansehen. Sonst noch jemand 'ne Idee?«

Nun waren es schon acht Arme. Bengts Fernrohr wanderte zu einem Mädchen mit beigefarbenem Kopftuch. »Du?«

»Die haben Fische gefangen«, antwortete sie.

»Ganz genau«, lobte der vermeintliche Kapitän. Er ließ Rohr und Karte sinken und zog das Flaschenschiff aus der Tasche. Clara erkannte es wieder, denn es handelte sich um die *Poseidon*, das Exponat aus dem Museum.

»Mit Kuttern wie diesem sind die Männer rausgezogen«, berichtete er. »Jeden Tag aufs Neue. Sie haben gefangen, was immer ihnen in die Netze schwamm, und die gesamte Küste war stolz auf sie.«

Während das Flaschenschiff ehrfürchtig durch Kinderhände gereicht wurde, ging Clara zurück zu ihrem Strandkorb. Frieke sah ihr bereits entgegen – mit einem auffällig wissenden Ausdruck im Gesicht.

»Er ist einmal im Monat hier«, antwortete sie ungefragt. »Schon seit Jahren. Die Kinder fressen ihm geradezu aus der Hand, denn er macht das wirklich toll. Er erzählt ihnen von früher. Den Erwachsenen kannst du mit Museen und Reiseführern kommen, doch für die Lütten braucht's einen anderen Ansatz – und Bengt mit seinem ›Käpt'n Travemann‹ trifft da genau ins Schwarze.«

»Käpt'n Travemann?«, wiederholte Clara ungläubig. Sie stellte Tee und Kuchen auf die Klapptische in den Seiten des Strandkorbs, dann setzte sie sich. »Ausgerechnet Bengt? Der wirkt doch immer so … so …« Sie wusste das richtige Wort nicht. Irgendwie blockierte der irrwitzige Anblick des Museumswärters ihr Sprachzentrum.

»Stoffelig?«, schlug Frieke vor. Sie nahm den Teller mit dem Erdbeerkuchen und aß genüsslich. »Das ist er, keine Frage. Aber in Maßen, Clara. Ihr Festländer verwechselt unsere stille Art gerne mal mit unfreundlichem Verhalten. Dabei sind wir weit herzlicher, als man denkt, wenn man uns erst einmal kennt.«

»Festländer?« Clara grinste. »Ich wusste gar nicht, dass wir uns auf einer Insel befinden.«

»Für Küstenköppe ist jeder jenseits von Lübeck ein Festländer«, erwiderte sie schelmisch. »Und ich wohne auf dem Priwall. Der *ist* eine Insel, schon vergessen?«

»Halbinsel«, widersprach Clara.

»Insel ist Insel«, murmelte Frieke und widmete sich dem Kuchen.

Clara hob ihre Tasse an die Lippen. Mit einem Mal ahnte sie, warum Frieke ausgerechnet hierhin hatte kommen wollen – und warum Jule vorhin so wissend gelächelt hatte.

Du sollst den Moment genießen, schon vergessen?, hörte sie Svenja in Gedanken.

»Sprecht ihr euch eigentlich untereinander ab?«, flüsterte sie nahezu lautlos. Das glich ja fast einer Verschwörung.

Bengt Hansen wusste sichtlich von nichts. Sein Käpt'n Travemann stand noch immer inmitten der jungen Zuhörer und erzählte von früher – von einem Leben, das auch Bengt nur noch aus Erinnerungen kannte. Dem Leben früherer Generationen.

Clara sah ihm aus der Ferne zu und musste schmunzeln. Der ungeschickte Grobian, den sie in der Travemünder Bahnhofshalle erlebt zu haben glaubte, ließ sich nur schwer mit dem Mann auf dem Spielplatz vereinbaren. Manchmal brauchte es vielleicht *doch* eine zweite Chance für einen ersten Eindruck. Oder sogar eine dritte.

Sie schwiegen eine Weile, genossen die Luft und den Sonnenschein. Frieke hatte nicht zu viel versprochen, der Kuchen war köstlich.

»Was plant ihr eigentlich für eure Mordermittlung?«, erkundigte sich die Buchhändlerin schließlich. Die Teller waren leer, und sie lehnte sich im Strandkorb zurück und streckte die Beine aus. »Seht ihr da ein Ende nahen?«

»Frag lieber nicht«, antwortete Clara seufzend.

Sie fuhr mit der Hand in die Jackentasche, um ihre klebrigen Finger mit einem Taschentuch zu säubern. Dabei stießen ihre Fingerkuppen gegen die Festplatte, die Jule ihr aufgedrückt hatte.

Später, dachte sie. *Das läuft nicht weg.*

Es ging auf sechzehn Uhr zu, als sie und Frieke sich endlich aus ihrem Strandkorb erhoben. Drüben in Travemünde waren die Vorbereitungen für das große Strandtheater gewiss in vollem Gange, und die beiden Frauen wollten nicht zu spät kommen.

»Die Rasselbande würde mir das nie verzeihen«, sagte Frieke lächelnd. »Und wenn Sören auch kommt, braucht Jule jede Unterstützung, die sie finden kann.«

»Dann nichts wie hin«, sagte Jule. Sie räumte das Geschirr ab und ging mit ihrer Vermieterin zurück zum Wanderweg, der an der malerischen Küste entlang nach Süden führte.

Kurz vor dem Waldrand sah sie ein letztes Mal über die Schulter. Käpt'n Travemann stand noch immer im Kreise seiner Zuhörer. Er gestikulierte mit beiden Händen, und die Knirpse schienen sich köstlich zu amüsieren.

Stille Wasser, dachte die Pastorin. Dann lachte sie leise und ging los.

KAPITEL 13

Ritter Jürgen war schon da. Gleich fünf Versionen von ihm schlenderten an diesem späten Nachmittag über die Travemünder Strandpromenade, eine hübscher kostümiert als die andere. Die Darsteller in ihren nachgebauten Ritterrüstungen posierten für Erinnerungsfotos mit Passanten, scherzten mit Kindern und zückten bereitwillig ihre Plastikschwerter, um in spielerischem Wettstreit gegeneinander anzutreten.

Neben dem Outdoor-Schachfeld drüben bei den Bäumen hatten mehrere Imbissbuden Station bezogen und boten von der Grillwurst bis zum Nutella-Crêpe alles feil, was einen Kalorienschock versprach. Zwei Angestellte des benachbarten *Maritim*-Hotels zogen mit wuchtigen Körben durch die Menge und verkauften Laugengebäck. Es gab mehrere Getränkepavillons, ein Karussell, einen Eiswagen und sogar einen Leierkastenmann, der so selig vor sich hin kurbelte, als wäre ihm vollkommen egal, ob jemand zuhörte.

Clara und Frieke näherten sich dem Festivalgelände von Norden aus. Das breite Banner mit Jürgen und dem Ungeheuer hing noch immer über der Bühne, und aus den schweren Boxen rechts und links derselben drangen Jazzklänge – der Leierkasten hatte keine Chance.

Da kein Vorhang die Bretter verhüllte, die die Welt bedeuteten, konnte Clara schon jetzt die Kulissen des Stücks erkennen. Die grob skizzierte Skyline der Vorderreihe von anno dazumal bildete als mannshoher Pappaufsteller den Hintergrund des Spektakels. Sogar die alte Kirche war zu erkennen.

Weiter vorn am Bühnenrand standen, ebenfalls aus Pappe ausgeschnitten und auf stabile Brettgestelle genagelt, Bengts Leuchtturm und ein leicht schräger Poller, an dem ein Fischerboot vertäut war. Scheinwerfer tauchten das gesamte Bild in nachtblaues Vollmondlicht, und eine am linken Bühnenrand versteckte Nebelmaschine entließ immer mal wieder weiße Wolken.

»Nicht schlecht, hm?«, meinte Frieke. »Da kann Hollywood einpacken.«

Sie erreichten gerade die auf dem Rasen aufgestellten Sitzreihen, auf denen bereits erstaunlich viele Zuschauer Platz genommen hatten. Fragend sahen sie sich nach den perfekten Plätzen um, ohne sie zu finden. Männer, Frauen und Kinder tummelten sich gleichermaßen auf der weiten Fläche.

Auch vertraute Gesichter waren darunter. So konnte Clara Friekes Geschäftsnachbarn Georg Siebert ebenso erkennen wie den Pächter der Fischbude drüben an der Mole, die von nun an unter Mike Lütgens' Flagge fuhr. Silke Thomas war aus Niendorf angereist, allem Anschein nach mit Mann. Kurtchen Schneider saß, die Beine übereinandergeschlagen, da und sah missbilligend auf seine Armbanduhr, während seine Gattin in einer mitgebrachten Illustrierten blätterte. Sogar Marion Konstantin war Teil des Auditoriums – oder doch eher der Veranstaltung?

Clara blickte ihr nach, wie sie vom Zuschauerraum aus, wo sie den altgedienten Butler ihrer Mutter bemerkt und sogleich herzlich begrüßt hatte, auf die Bühne zuhielt und im abgeschirmten Backstage-Bereich verschwand.

Dann entdeckte sie Jule. »Da vorne, schau«, wies sie Frieke an.

Die Freundin stand am Rand der zweiten Reihe und winkte mit beiden Armen. Sie hatte drei freie Stühle vor sich, die sie offenbar eisern verteidigte. Um ihren Hals baumelte ein großer Fotoapparat.

Sofort eilten Clara und Frieke zu ihr.

»Ganz schön was los«, sagte Jule und begrüßte sie. »Hier, setzt euch. Viel länger hätte ich die nicht mehr frei halten können. Man wollte mich fast schon lynchen. Wo wart ihr denn so lange?«

»Bei Käpt'n Travemann«, antwortete Clara in leicht anklagendem Ton.

Sichtlich amüsiert hob Jule eine Braue, sparte sich jedoch jeglichen Kommentar.

Clara lehnte sich in ihrem Sitz zurück. Die Plätze waren super, von hier aus hatte man alles im Blick. Nicht einmal das alte Ehepaar direkt vor ihr versperrte ihr die Sicht auf das Geschehen dort oben.

»Sind die Kurzen hinter der Bühne?«, fragte Frieke.

Jule nickte. »Sind sie. Sören ist bei ihnen. Da wollte ich nicht stören.« Beim letzten Satz rollte sie mit den Augen.

»So schlimm?«, wollte Clara wissen.

In dem Moment trat ein bekanntes Gesicht aus den gerüstartigen und mit schwarzem Molton verkleideten Aufbauten, die rechts der Bühne standen. Sören Haberkamp hatte den Anzug vom Vortag gegen Jeans, Karohemd und Turnschuhe eingetauscht, wirkte in ihnen aber nicht minder kostümiert wie die angeblichen Jürgens drüben auf der Promenade. Freizeitdress passte irgendwie nicht zu ihm, und er schien das ähnlich zu sehen. Fragend sah er über die gut gefüllten Sitzreihen, doch ihm hatte niemand einen Platz frei gehalten.

Dummerweise stand just in dem Moment das ältere Ehepaar auf, das direkt vor Clara und Jule in der ersten Reihe saß. Die beiden gingen über die Wiese und verließen das Gelände, und Sören reagierte sofort.

»Passt wie angegossen«, freute er sich, kaum dass er an ihrer Stelle in der ersten Reihe saß. Er lehnte sich über die Rückenlehne des Stuhls und schaute zu seiner Ex. »Ich soll dir von Lea ausrichten, dass sie dich tötet, wenn du Fotos von ihrem Auftritt im *Lotsen* abdruckst. Und von Timo, dass er dich tötet, wenn du es *nicht* machst.«

»Also alles wie immer.« Frieke grinste. »Moin, Sören.«

»Moin, Frieke. Alles klar?«

»Alles bestens. Weißt du doch.«

»Ja.« Sören nickte zufrieden. »Dann ist das so.« Sein Blick wanderte weiter und blieb an Clara hängen. »Und Sie sind wohl Frau Clüver, oder?«

»Ich hab ihm doch noch erzählt, was wir aktuell so treiben«, gestand Jule. »Hat sich vorhin so ergeben, tut mir leid.«

»Das muss dir nicht leidtun«, sagte Clara und schüttelte Sörens angebotene Hand. »Im Gegenteil: Mich würde brennend interessieren, wo Ihre Ermittlungen stehen, Herr Haberkamp. Was denken Sie beispielsweise über Konrad Konstantin und Silke Thomas?«

»Hoppla.« Der Kripo-Angehörige lachte auf. »Sie sind ja voll im Thema.«

»Einer muss es sein«, murmelte Jule.

Er überhörte die Bemerkung. »Ich darf Ihnen da leider keine Auskunft geben, Frau Clüver. Die Ermittlungen dauern an, und wir kommentieren sie nicht öffentlich. Aber wenn Sie mögen, nennen Sie mich ruhig Sören.«

»Clara«, erwiderte sie lächelnd.

»Verbrüderung, wo man nur hinschaut«, murrte ihre Sitznachbarin. »Na, euch halte ich noch mal was frei.«

Auch das überhörte ihr Ex schmunzelnd. »Sie übernehmen die Kanzel vom alten Kruse, ja?«

»Ich hoffe es zumindest«, antwortete Clara und wechselte

das Thema. »Finden Sie nicht auch, dass Konrad Konstantin ausgesprochen aggressiv auftritt? Vielleicht müsste man sein Alibi genauer unter die Lupe nehmen.«

»Keine Sorge, wir nehmen *alles* unter die Lupe. Das können Sie also getrost den Profis überlassen.«

Clara wollte gerade nachhaken, da verstummten die Jazzklänge, und Applaus brandete auf. Ein Mann hatte die Bühne betreten. Er trug einen legeren Anzug und hatte strohblondes Haar.

»Der Bürgermeister«, soufflierte Frieke leise. »Mats Bremer. Ein Schwätzer vor dem Herrn. Wir hätten uns nicht so beeilen sollen.«

»Liebe Freunde und Gäste«, begann Bremer. Er brauchte kein Mikrofon, um sich Gehör zu verschaffen, denn seine Stimme trug weit. »Herzlich willkommen zum ersten Travemünder Roggenbuk-Festival. Wir werden heute gemeinsam feiern, gemeinsam lachen und uns bei Musik und Kleinkunst aus der Wirklichkeit entführen lassen.«

Clara stellte die Ohren auf Durchzug, als er über den Ort und seine touristischen Reize sprach. Mats Bremer wirkte wie ein Lokalpolitiker in Reinkultur; jemand, der zu jedem Anlass bedeutungslose Worte aus dem Ärmel schütteln konnte und in jede sich bietende Kamera lachte. Erich Konstantin und er hatten sich vermutlich gut verstanden.

»Doch genug über unser schönes Travemünde«, kam der Mittfünfziger endlich zum Punkt. »Vor den Hauptacts, die unser buntes Programm am heutigen Abend bereithält, wollen uns unsere kleinsten Mitbürger zeigen, wie genau das damals war – mit dem bösen Wassermann und dem edlen Ritter. Applaus für Roggenbuk!«

Wieder wurde geklatscht, aber eher aus Erleichterung. Bremer verließ die Bühne, und die Nebelmaschine hinter dem

Pappboot drehte voll auf. Clara sah Marion wieder, die sich mit anderen Erwachsenen – vermutlich allesamt Erzieher und Lehrer – hinter den Kulissen versteckte, um den Hauptdarstellern des beginnenden Schauspiels im Notfall Text zurufen zu können.

Dann begann das Stück. Es hatte nicht viel mit der Geschichte gemeinsam, die Fritz aufgeschrieben hatte. Hier gab es keine kleine Marie, die dem dunklen Dämon eine lange Nase drehte. Auch gab es weitaus weniger Gruselelemente. *Dieser Roggenbuk* war durch und durch kindgerecht, verlor dadurch aber nicht an Charme – ganz im Gegenteil.

»Jetzt geht's los«, freute sich Sören und schaute entzückt zur Bühne.

Auch Jule strahlte übers ganze Gesicht. Immer wieder stand sie auf, um Fotos vom Geschehen zu schießen. Dabei war von der Rasselbande noch gar keine Spur.

Stattdessen traten zwei Fischer auf. Die Kostüme der beiden Grundschüler hätten Käpt'n Travemann gefallen. Die Knirpse schleppten schwere Netze über die Bühne und erzählten einander vom Wassermann.

»Bald ist es wieder soweit«, sagte der linke und hatte Mühe, den angeklebten Bart nicht zu verlieren. »Bald verlangt er seinen Tribut.«

»Oh ja«, stimmte sein Kompagnon ein. Die rote Angelrute in seiner Hand war gewiss nicht zeitgenössisch, doch sie erfüllte ihren Zweck. »Wir müssen ein Opfer für ihn finden. Sonst tyrannisiert er uns das ganze Jahr hindurch.«

Die nächste Szene stellte eine dreiköpfige Familie vor – und Lea spielte die Mutter. Jule jauchzte selig, als ihr Kind mit Strickweste und grauer Perücke aus den Kulissen trat. Lea hielt sich die Hände an den Kopf und gab sich rechtschaffen verzweifelt, denn ihr Töchterchen war auserkoren worden, sich für Travemünde aufzuopfern, und ihr duckmäuserischer Göttergatte sah darin kein Problem.

»Es muss so sein«, sagte er ihr, während sie am Bühnenrand standen und er die Hände um das Sofakissen legte, das man ihm als Wampe unters Kostüm gebunden hatte. »Weil es immer so war. Nur dann lässt Roggenbuk uns in Ruhe.«

»Doch es ist ungerecht«, klagte Lea so dramatisch, als träumte sie von einer Hollywoodkarriere und wüsste Talentscouts im Publikum. »Es ist doch unser Kind!«

Sören drehte sich grinsend um. »Meryl Streep kann einpacken. Wow, geht die mit.«

Jule reagierte nicht auf ihn. Sie war längst wieder aufgestanden und schoss Fotos. Allem Anschein nach war das arme Töchterchen der Dorfbewohner nicht die Einzige, die heute Leib und Leben riskierte.

Gelächter kam auf, als ein Dreikäsehoch-Matrose, komplett mit gestreiftem Hemd und weißer Mütze, mit einem Pappschild über die Bühne stapfte. *Wenige Tage später*, stand darauf, und das große T war wie ein Anker geformt. Der Junge musste Marions Kindergarten angehören, denn das Schild, das er den Zuschauern zeigte, war fast größer als er.

Aus den Augenwinkeln bemerkte Clara, dass auch Vanessa Konstantin inzwischen im Publikum saß. Sie hatte sich dem älteren Diener angeschlossen, und beide hielten sich abseits. Sie schienen sich aber zu amüsieren.

Die Pastorin staunte. *Fehlen nur noch Konrad und Hannes. Dann wär's das reinste Familientreffen.*

Dann kam die Hauptattraktion des Stückes. Aus den Nebelschwaden, die das Boot und den Poller auf der Bühne umwehten, trat ein schuppig-grün geschminktes Ungeheuer. Es hatte einen dunklen Mantel, eine Hakenhand und einen Bart, der aus Gummitentakeln bestand und von einem Gummiband gehalten wurde. Roggenbuk war halb Pirat, halb Märchengestalt, und die Harfe, die man ihm auf den Rücken geschnallt hatte, ragte hoch über seine schmalen Schultern.

»Ist das Timo?«, flüsterte Frieke. Ungläubig blickte sie zu Sören und Clara. »Ernsthaft?«

»Das ist der mächtige Wassermann«, antwortete Clara schmunzelnd. Auch sie hatte Jules Sohn sofort erkannt.

»Ich bin der Herr über Travemünde«, knurrte der grüne Roggenbuk. Dabei zuckte seine Hakenhand durch die Luft, als suchte sie wehrlose Opfer. »Ich allein entscheide, was hier geschieht.«

»Warum quälst du uns so?«, erklang eine zweite Stimme. Lea trat aus der Stadtkulisse und näherte sich ihrem Monsterbruder. »Was haben wir dir denn getan?«

»Ihr seid schwach«, antwortete der Geist aus der Trave. »Ich aber bin stark. Also nehme ich mir von euch, was …«

Stille folgte.

Timo erstarrte mitten im Satz, und unter der grünen Schminke schien er rot anzulaufen. »Ich nehme mir, was …«, versuchte er es ein zweites Mal, doch der gelernte Text blieb verschollen.

»Timo, du Trottel!«, zischte seine Schwester hörbar. Sie sah aus, als wollte sie das Stück kurzerhand umschreiben und den Dämon erwürgen, bevor der sehnlichst erwartete Ritter überhaupt zu seinem ersten Auftritt kam.

Abermals lachte das Publikum. Auch Sören amüsierte sich königlich, wofür er strafende Blicke von seiner Ex-Frau kassierte. Clara sah Marion Konstantin hinter dem Kirchturm der Stadtkulisse hervorragen. Sie hielt sich die Hand an den Mund, als bildete sie einen Trichter, und flüsterte etwas nach vorn zu dem Wassermann.

Timo löste sich aus seiner Schockstarre und fuhr prompt

fort: »Ich nehme mir, was immer mir zusteht. *Weil* es mir zusteht. Und wenn ihr euch mir entgegenstellt, dann seid ihr Narren und verdient den Tod.«

»Oh weh!«, rief Lea, das grauhaarige Mütterchen. Es blieb aber unklar, ob sie damit das Schicksal ihrer Figur meinte oder ob das Gejammer ihrem Bruder galt. »Oh weh, wie schlimm!«

Dann gingen beide ab.

An ihrer Stelle trat Ritter Jürgen auf die Bühne, ein rothaariges Mädchen mit Zahnspange und in aschgrauem Wollpullover. Letzterer reichte ihr bis zu den Knien und sollte wohl ein Kettenhemd darstellen. Durch das offene Visier ihres Plastikhelms war ihre Zahnspange deutlich zu erkennen, denn sie funkelte im Sonnenlicht. Der vermeintliche Ritter verschränkte stolz die Arme vor der Brust und verkündete den Zuschauern, dass er gekommen sei, um das Fischerdorf aus der Gewalt des Finsteren zu befreien.

»Ein weiblicher Jürgen«, kommentierte Frieke anerkennend. »Das nenne ich mal einen gelungenen Kompromiss.«

Clara schmunzelte, denn sie verstand. Auch wenn die Macher dieses Spektakels die Geschichte der kleinen Marie nicht kannten, näherten sie sich ihr doch angenehm an.

Die Pastorin lehnte sich in ihrem Sitz zurück und folgte dem Geschehen. Das Stück verlief absolut vorhersehbar und blieb ausgesprochen charmant. Timo wollte sein Opfer ins Wasser der Trave zerren, Lea klagte lautstark, und Ritterin Jürgen griff heldenhaft zum Schwert. Es gab zwar keinen zweiten Texthänger, doch als Leas Bühnengatte beinahe über seine zu langen Hosenbeine stolperte, lachte sogar das Ensemble.

Der Schlussapplaus war laut und klang absolut ehrlich. Jule strahlte übers ganze Gesicht, Frieke hatte Lachtränen in den Augen, und noch bevor die Darsteller die Bühne verlassen hatten, griff der Leierkastenmann erneut zur Kurbel.

»Nicht übel«, urteilte Sören Haberkamp.

Sie waren aufgestanden, kaum dass der Applaus verebbte, und einige Schritte vom Bühnenvorplatz weggegangen. Frieke war bereits im Backstage-Bereich verschwunden, um der Rasselbande zu gratulieren, und auch Jule konnte es kaum erwarten, ihre beiden Stars zu umarmen.

»Kommst du noch mit?«, fragte sie ihren Ex und deutete auf die Molton-Aufbauten.

Sören schüttelte den Kopf. »Ich muss wieder. Die Pflicht ruft.«

»Was auch sonst?«, murmelte Jule und ging ohne ihn los.

Clara blieb zurück, allein mit Sören und einer unangenehmen Stille.

»Gut, dann …«, begann der Kripo-Angehörige.

»Können Sie sich erklären, warum es ausgerechnet Niendorf war?«, fragte sie. Die Worte sprudelten einfach so aus ihr heraus, fast ohne ihr Zutun.

Sören runzelte die Stirn. »Wie bitte?«

»Na, Niendorf.« Sie lächelte entschuldigend. »Ich frage mich das schon seit Tagen, ehrlich gesagt. Warum stirbt Erich Konstantin ausgerechnet am Niendorfer Hafen? Die *Kombüse* hat ihn kaum interessiert, die übrigen dortigen Unternehmer sind nicht gut auf ihn zu sprechen. Was in aller Welt suchte er dann also dort? Noch dazu in einer so stürmischen Nacht? Und wer suchte *ihn* dort?«

»Frau Clüver«, sagte er und korrigierte sich sofort. »Clara. Überlassen Sie diese Fragen doch ruhig den Profis. Wir sind an dem Fall dran, wie Sie ja wissen.« Er klang belustigt.

»Ja, aber ergibt das denn für Sie Sinn?«, fuhr sie fort. »Und was stimmt mit diesem Lütgens nicht, wissen Sie das? Einerseits wirkt er, als könnte er über Leichen gehen, andererseits interessieren ihn Excel-Tabellen und Umsatzzahlen mehr als die Konkurrenten. Hat er Ihnen gegenüber erwähnt, dass er ein neues Angebot von Konrad Konstantin erwartet?«

Die Pappkulissen wurden abgebaut. Eine fünfköpfige Band ersetzte sie durch ihre Instrumente, und Bürgermeister Bremer überbrückte die kleine Pause mit belanglosem Veranstaltungsgebrabbel. Der nächste Programmpunkt nahte offenbar mit Riesenschritten.

»Ihr Einsatz in allen Ehren, Clara«, lobte Sören Haberkamp und sah auf seine Armbanduhr. »Aber Sie zerbrechen sich unnötig den Kopf. Wir machen das schon – auch wenn Jule uns das nicht zutraut. Hören Sie nicht auf meine Ex-Frau, wenn es um den Fall ›Konstantin‹ geht. Dass die nicht an mich glaubt, überrascht mich kein bisschen. Es wäre aber schade, wenn sie neben der eigenen auch Ihre Zeit damit vergeudet.«

Er wollte gerade gehen, da zog Clara die Festplatte aus der Jackentasche und hielt sie ihm hin. »Hier. Das sind Fotos vom Hafen, entstanden am Nachmittag vor dem Mord. Jule meint, der Täter könnte vielleicht an ihnen interessiert sein. Weil darauf ein Hinweis versteckt ist oder so.«

Der Mann von der Kripo hob eine Braue, griff aber nicht nach dem kleinen Datenträger. »Und warum meint sie das?«

»Das weiß ich nicht. Noch nicht.« Clara hob die Schultern. Abermals hielt sie ihm die Festplatte entgegen. »Es gab da diesen Einbruch im *Schmökerhafen* und …«

Er winkte ab. »Was es auch ist, es hat sicher nichts mit Herrn Konstantin zu tun. Julia nimmt den *Lotsen* oft schrecklich ernst, das ist alles. Dabei ist er nur ein Werbeblättchen und so egal wie die Themen, die darin behandelt werden.« Ein verschwörerisches Zwinkern folgte. »Doch erzählen Sie ihr bitte nicht, dass ich das gesagt habe.«

Damit verabschiedete sich der Beamte und ging in Richtung *Maritim*, wo sein Wagen parken musste. Clara blieb allein zurück, mit all ihren Fragezeichen und mit Jules kleinem Datenträger.

Okay, staunte sie. Vielleicht hatte sie ihrer Freundin unrecht getan. *Er hätte sich das doch wenigstens mal anschauen können. Und antworten.*

Frieke und die Rasselbande kamen aus dem Bühnenbereich herüber, und die Betreiberin des *Lotsen* folgte ihnen. Clara steckte die Festplatte zurück in die Tasche und schloss sich ihnen an, während sie über den Festplatz zogen.

»Und?«, fragte Jule am Karussell. Frieke fuhr gerade eine Runde mit den Kindern, und beide warteten auf sie. »Was sagt er? Dass wir uns nicht die hübschen Köpfchen zerbrechen sollen, weil er das Kind schon schaukelt?«

»So ungefähr«, antwortete sie. »Allzu offen für neue Ideen wirkte er jedenfalls nicht.«

»Amen, Frau Pastorin«, murmelte Jule. »Perfekter kann man Sören Haberkamp echt nicht beschreiben.«

Nach ein paar Würstchen und zwei Bechern Limonade, einem Eis und einer weiteren Karussellfahrt hatten Lea und Timo genug. Jule verabschiedete sich von ihren Freundinnen und ging mit den Kindern nach Hause, und auch Frieke und Clara traten den Heimweg an.

Es war früh am Abend, und die Personenfähre an der Mole war noch immer aktiv. Mit ihr setzten sie zum Priwall über.

Clara genoss den Blick von der Reling auf das bunte Treiben, das sich von Bengts Leuchtturm aus bis weit hinauf auf die Promenade erstreckte. Eins musste sie den Nordlichtern lassen: Sie wussten, wie man einen Sonntag füllte. »Das war schön heute«, sagte sie. »Wirklich.«

Frieke nickte. Der Fahrtwind spielte mit ihrem Haar. »Fand ich auch. Und du bist mir nicht böse?«

»Wegen Fritz?« Sie sah sie vorwurfsvoll an, doch der Vorwurf war so echt wie Timos Tentakelbart. »Oder wegen Käpt'n Travemann?«

Frieke hob die Hände. »Letzterer war Jules Idee. Allerdings fand ich die gar nicht mal schlecht. Und je mehr Wurzeln du eventuell bei uns schlägst, desto besser.«

»Ihr und eure Geheimnisse.«

Clara schüttelte den Kopf, konnte sich ein Lächeln aber nicht verkneifen. Sie wusste nicht, was der morgige Tag bringen würde. Hatten sich Frau Boehrings Anstrengungen gelohnt, und Pastor Kruse war ein zufriedener Pensionär geworden? Oder musste sie sich doch nach einer neuen Stelle umsehen?

»Irgendwann«, erwiderte sie leise, »musst du mir mal von *deinem* Fritz erzählen. Aber nicht jetzt, okay? Nicht heute.«

Die Buchhändlerin nickte erneut. »Irgendwann.« Es klang wie ein Versprechen.

Kurz darauf erreichten sie den Hof. Frieke verschwand im Haus und kümmerte sich um andere Dinge. Clara setzte sich noch einen Moment ins Licht der Abendsonne. Rufus kam zu ihr getrottet und legte sich wie selbstverständlich neben sie auf das Kopfsteinpflaster.

Clara fuhr das Netbook hoch. Sie hatte es kurzerhand aus ihrem Koffer genommen und mit nach draußen gebracht. Nun schloss sie Jules Festplatte an und klickte sich ein weiteres Mal durch die Aufnahmen vom Niendorfer Hafen.

Mal angenommen, hier ist tatsächlich irgendetwas versteckt, das jemandem einen Einbruch wert ist, dachte sie. *Wie sieht es aus? Und wie finde ich es?*

Langsam betrachtete sie die Fotos. Da war der Hafenimbiss des Verstorbenen, gut besucht und in vollem Betrieb. Dort war der Souvenirladen mit seinen kleinen und vollgestellten

Schaufenstern. An der roten Backsteinmauer lehnten Touristen und bissen herzhaft in Heringsbrötchen; unter dem Vordach der Jachthalle lag ein Hund im Schatten. Nichts daran wirkte wie ein Hinweis.

Clara klickte weiter. Sie sah Silke Thomas auf dem schmalen Sandstreifen bei den Booten. Vierundzwanzig Stunden später würde man genau dort die Leiche des Gastro-Königs entdecken, doch hier lächelte Frau Thomas einfach nur in die Kamera, während hinter ihr ein Meer aus weißen Masten in die Höhe ragte. Die Boote selbst waren nahezu verwaist.

Auf dem nächsten Bild stand die Vereinsvorsitzende an einem der Stehtische von *Konstantins Kombüse*, und wieder dienten die schmucken Boote im Wasser als idealer Hintergrund. Das Motiv transportierte die Atmosphäre des Niendorfer Hafens sehr gut, und Clara konnte sogar ein paar der Bootsnamen an den Relings erkennen. Der Großteil der Boote schien bereits für den nahenden Sturm gewappnet zu sein, denn die Decks waren frei geräumt und etwaige Segel längst eingeholt worden. Nur vereinzelt sah man noch eine menschliche Gestalt zwischen den hohen Masten. Clara schenkte ihnen kaum Beachtung.

Auf dem letzten Foto, offenbar mit Selbstauslöser geschossen, war Jule zu sehen. Sie stand am Ufer, sah gen Horizont und wirkte voll und ganz mit sich im Reinen.

Clara lächelte, als sie das Netbook ausschaltete. Sie hatte nichts gefunden, was ihr weiterhalf, aber die Bilder waren trotzdem schön. Gleich morgen früh würde sie Jule die Festplatte zurückgeben, da war sie sich sicher. Das Ding nützte ihnen nichts.

Sie stand auf, verabschiedete sich von Rufus und ging in ihre Scheunenwohnung. Während sie sich allmählich bettfertig machte, dachte sie einmal mehr an den Fall ›Konstantin‹.

Die einzelnen Verdächtigen zogen vor ihrem geistigen Auge vorbei, und niemand offenbarte sich als Täter. Konrad konnte ganz schön aggressiv sein, und Vanessa kam ihr undurchsichtiger vor als Küstennebel. Marion wirkte harmlos, hatte jedoch kein beweisbares Alibi und spielte vielleicht nur eine Rolle.

Was denke ich denn da?, tadelte sie sich. *Wie komme ich dazu, ihr so etwas zu unterstellen?*

Doch ihr Kopf machte einfach mit dem nächsten Kandidaten weiter. Hannes Konstantin war vielleicht ebenfalls einen zweiten Blick wert. Ein erfolgloser Künstler, der sich von der vermögenden Familie absetzen wollte, aber das nötige Kleingeld hatte, um eine Galerie in bester Lage für seine Ausstellung zu mieten? Klang das nicht verdächtig?

»Du greifst nach Strohhalmen, Mädchen«, murmelte sie. »Lass das.«

Was wusste sie schon von HaKos Finanzen? Oder von den Preisen der Galerie *NM*? Hannes' Nachbar hatte den jungen Mann zur Tatzeit durchs Fenster gesehen. Genügte das nicht?

Und was, wenn der Nachbar lügt?, zweifelte die unzufriedene Stimme in ihrem Kopf.

Clara ignorierte sie und ging zu Bett. Sie las noch einige Seiten in Friekes Buch. Nun, da sie wusste, wer es verfasst hatte, sah sie die Geschichte der mutigen Marie mit anderen Augen. Doch sie gefiel ihr nach wie vor, und das wunderte sie.

Als sie endlich die Augen schloss und ihre Gedanken wandern ließ, sah sie zum Glück nicht Fritz Behrendt vor sich, sondern Silke Thomas, Mike Lütgens, den Niendorfer Hafen und Bengt Hansens Leuchtturm.

Fragezeichen, seufzte sie stumm. *Überall Fragezeichen.*

»Hab keine Angst«, rief Fritz. Er stand am Ende der Mole, die Arme weit ausgebreitet und ein herzliches Lächeln im Gesicht.

»Der tut dir nichts, Clärchen. Der hat mehr Angst vor dir als du vor ihm.«

Doch das stimmte nicht, oder? Clara hatte sehr wohl Angst vor dem Monstrum, das sich hinter Fritz aus den Fluten der Ostsee erhob. Sogar große.

Roggenbuk war in seiner Lindwurm-Gestalt. Mächtig und finster ragte er aus der stürmischen See, und wann immer Blitze über den wolkenverhangenen Nachthimmel zuckten, erleuchteten sie seine schuppige Gestalt, seine breiten Schwingen und die dämonische Fratze. In den Augen des Ungeheuers schienen wahre Höllenfeuer zu lodern, und ein tiefes Knurren drang aus dem riesigen Maul.

Und trotzdem winkte Fritz sie heran. Näher ans Ufer, näher an den Leviathan.

Clara zögerte, blickte fragend hinter sich. Travemünde lag nachtschlafend da, ein stiller Ort in den Schatten. Einzig der alte Leuchtturm verströmte noch Licht, und auf dem schmalen Balkon an seiner Spitze konnte sie einen Mann erkennen – eine dunkle Gestalt im Schein des Leuchtfeuers.

Bengt?, zuckte es ihr durch den Kopf.

Dann reckte der Fremde den Arm in die Höhe, und sie sah das Schwert in seiner Hand. *Jürgens* Schwert.

»Clärchen!«, rief Fritz wieder. »Nun mach schon. Es kann dir gar nichts passieren, glaub mir.«

Sie schaute zurück zu ihrem Vater. Fritz lachte noch immer, freundlich und sanft.

Vorsichtig machte sie einen Schritt auf ihn zu. Einen Sekundenbruchteil später hallte ohrenbetäubender Donner durch die Nacht.

Clara erwachte. Schweißnass zuckte sie aus den Laken empor, saß aufrecht im Bett. Ihr Atem ging in tiefen Zügen, und einmal mehr brauchte sie einen Moment, bis sie begriff, dass der Traum nur ein Traum gewesen und sie in ihrem stillen und friedlichen Schlafzimmer war.

Oder?

Der Donner wiederholte sich. Clara hatte die Orientierung noch nicht ganz gefunden, da drang der Lärm zum zweiten Mal an ihr Ohr, und sie begriff: Den hatte sie ganz und gar nicht geträumt. Der war echt.

Und auch kein Donner.

Seufzend rieb sie sich die Augen. Laut dem Handy auf ihrem Nachttisch ging es auf drei Uhr zu, und draußen im Gang hatte irgendetwas gescheppert. Sie ahnte, was dahintersteckte: Die Pappe am kaputten Küchenfenster hatte wohl längst nicht so lange gehalten wie erhofft. Wahrscheinlich wehte schon wieder kalter Wind in ihre Wohnung.

»Kommen Sie ins ruhige Travemünde«, murmelte sie mürrisch, während sie die Beine über die Bettkante schwang. »Und schlafen Sie sich mal wieder so richtig aus.«

Gähnend schlurfte sie zur Tür und in den Flur. Die Küche fand sie inzwischen mühelos im Dunkeln, und kaum hatte sie sie erreicht, blieb sie ratlos stehen.

Die Pappe klebte tatsächlich nicht länger auf dem Loch in der Scheibe. Aber das war nicht das eigentliche Problem. Denn das Fenster stand zudem auch weit offen!

Clara fröstelte. Bodenkälte stieg ihre nackten Beine hinauf, und der Schauer einer bösen Vorahnung kroch ihr über den Rücken.

»Guten Abend«, sagte eine Männerstimme hinter ihr.

Die Höhle wirkte nicht allzu tief. Marie war beinahe enttäuscht.

»Glaubst du wirklich?«, flüsterte Fiete. »Hier?«

Sie nickte stumm und streckte auffordernd die Hand aus. Dennoch gab er ihr das scharfe Beil nur widerwillig.

Es hatte Wochen gedauert, die richtige Stelle zu finden. Bei jeder sich bietenden Gelegenheit war Marie mit ihrem treuen Gehilfen rausgefahren, um vom Wasser aus die Gegend rund um das Brodtener Steilufer abzusuchen. Sie hatten sich stets auf das Dunkel der Nacht verlassen und waren bis zum heutigen Tag auch tatsächlich nicht erwischt worden. Selbst ihre Eltern dachten noch immer, dass sie friedlich und unbekümmert in den heimischen Federn lägen.

Doch jetzt war es soweit. Jetzt standen sie endlich vor seinem Versteck.

»Erklär's mir noch mal, Marie«, bat Fiete leise. »Das ergibt doch keinen Sinn!«

Sie seufzte innerlich, nickte dann aber und ging ein paar Schritte vom Höhleneingang weg. Fiete folgte ihr. Sie setzten sich auf einen Stein am Ufer und sahen aufs dunkle Meer hinaus, auf die Sterne am Nachthimmel und auf das Ruderboot, das sie einmal mehr hierher gebracht hatte, ohne dass sein Besitzer es wusste.

»Zum letzten Mal, einverstanden?«, sagte Marie. »Du weißt das doch längst alles. Du hast nur nach wie vor Schiss, weil du es uns nicht zutraust. Ich traue es uns aber zu, Fiete.«

Er nickte. »Roggenbuk ist ein böser Drache aus dem Meer. Warum suchst du ihn in so einer kleinen Höhle?«

»Weil jeder irgendwo wohnen muss«, antwortete sie schlicht. »Und weil er eben nicht nur *ein Drache ist. Sondern auch ein Wassermann.«*

Ihre Großmutter hatte es ihr erzählt. In einer Nacht kurz nach Fraukes Opfergang war Marie schreiend aus Albträumen erwacht, und Großmutter hatte sie getröstet. Stundenlang hatte die liebenswerte alte Frau mit Marie im Dunkeln gesessen, sie im Arm gehalten und ihr Geschichten erzählt, um sie zu beruhigen. Auch Geschichten über den Roggenbuk.

»Wenn er kommt, um sich Opfer zu holen«, so ihre damaligen Worte, »dann ist er ein echter Teufel aus der See, Marie. Dann ist er der Schrecken in Person, durch und durch böse. Aber an allen anderen Tagen hat er eine andere Gestalt, wusstest du das? Dann ist er ein finsterer Wassermann und spielt des Nachts auf einer Harfe aus Knochen. Es gibt Seeleute hier im Ort, die schwören Stein und Bein, dass sie seine Musik schon gehört haben – drüben an der Steilküste.«

»Warum denn gerade dort?«, hatte Marie gefragt, halb gruselnd und halb fasziniert.

Ihre Großmutter hatte mit den Schultern gezuckt. »Das weiß ich nicht. Vielleicht schläft er dort irgendwo. Die Steilwand ist rau und kaum bezwingbar. Da sucht ihn gewiss niemand. Außerdem ist sie voll von kleinen Höhlen, in denen sich so ein Wassermann bestimmt gut verstecken könnte.«

»Und du denkst wirklich, das ist die richtige Höhle?«, fragte Fiete nun. Sie hatte ihm abermals erklärt, was sie von ihrer Großmutter erfahren hatte. »Ganz, ganz sicher?«

»Schau mal«, erwiderte Marie leise. »Wenn sie es nicht ist, was verlieren wir dann schon? Wir könnten einfach mal nachsehen.«

Diesem Argument wusste selbst Fiete nichts entgegenzusetzen. Gemeinsam standen sie auf und kehrten zurück zum Ein-

gang der Höhle – der einzigen weit und breit, die in Maries Augen groß genug für einen Wassermann war.

»Bist du bereit?«, fragte das Mädchen und umfasste den Knauf des Schlachterbeils fester.

Fiete schulterte den Dreschflegel und hob das kleine Fischernetz, das sie ebenfalls mitgebracht hatten, vom Boden auf. »Nein«, gestand er.

»Das macht nichts«, sagte Marie leise. »Ich auch nicht.«

Dann straffte sie die Schultern, atmete tief durch und zwängte sich durch den engen Höhleneingang im Brodtener Ufer.

KAPITEL 14

»Ich bedauere das wirklich, das müssen Sie mir glauben. Ich wollte nie, dass es so weit kommt.«

Der Mann trug einen schwarzen Mantel und hatte den Kragen hochgeschlagen. Dennoch sah sie sein Gesicht im Licht des Mondes. Genauso deutlich wie das Filetiermesser aus ihrer Küche, das in seiner erhobenen Hand ruhte.

»Ich wollte lautlos zu Werke gehen«, fuhr er fort. »Ehrlich. Eigentlich sollten Sie meine Anwesenheit gar nicht bemerken. Zumindest nicht bis zum Morgen. Aber das ist mir gründlich misslungen, und es tut mir aufrichtig leid.«

Clara starrte ihn an. Er stand im Türrahmen, als wäre das selbstverständlich. Erst auf den zweiten Blick vermochte sie das vertraute Gesicht einzuordnen.

Sie hatte ihn heute schon einmal gesehen.

»Sie sind Karl, oder?«, drang es über ihre Lippen. Sie wusste selbst nicht, woher sie den Mut dazu nahm. »Sie arbeiten für Frau Konstantin.«

Er nickte. »Für die Familie, ja. Seit über vierzig Jahren.«

»Was wollen Sie hier?«

Alte Instinkte erwachten hinter Claras Stirn zu neuem Leben, denn die Antwort auf diese Frage war offenkundig. Sie erkannte sie in Karls Gesichtszügen und in der Art, wie er das Messer hielt.

Panisch blickte sie sich nach einer Art Waffe um, doch die beste hatte sich der ungebetene Gast bereits von der Spüle genommen. »Was wollen Sie von mir?«, fragte sie erneut.

»Gar nichts, Frau Clüver«, antwortete er. Jede einzelne Silbe wirkte unaufrichtig. »Eigentlich wollte ich nur die Festplatte.«

Clara runzelte die Stirn. In ihrer Brust schaltete das Herz zwei Gänge höher, und ihre Fingerkuppen kribbelten nervös. Sie machte einen vorsichtigen Schritt zur Seite, um vielleicht nach der Pfanne auf dem kalten Herd greifen zu können. Die wäre ein gutes Wurfgeschoss, oder?

Er bemerkte es und schüttelte den Kopf. »Lassen Sie das«, sagte er, und es klang wie eine unverhohlene Drohung. »Bitte.«

Clara wich wieder zurück. Sie schluckte trocken und gab sich Mühe, das Zittern in ihren Knien zu ignorieren. Hörte man ihr an, dass sie sich fürchtete? »Festplatte?«, wiederholte sie. Sie musste Zeit gewinnen, verdammt! Zeit für irgendeine rettende Idee! »Ich glaube, Sie irren sich. Ich weiß nichts von einer Festplatte.«

»Diese Lüge ist nachvollziehbar, bedenkt man die Umstände«, bemerkte der Alte. »Aber sie ist nutzlos. Ich habe Sie heute Nachmittag auf dem Festival gesehen. Sie, die Fotografin Haberkamp und der Herr von der Kriminalpolizei unterhielten sich dort, und Sie wollten dem Ermittler einen Datenträger übergeben. Ich weiß, dass Sie ebenfalls in der Sache ›Konstantin‹ ermitteln. Daher vermute ich, es handelte sich bei dem Datenträger um den, den ich suche.«

Sie wollte widersprechen, aber er ließ es nicht zu.

»Als ich im Büro des *Lotsen* war«, fuhr er fort, »kam mir der Gedanke einer Sicherungskopie gar nicht in den Sinn, verstehen Sie? Ich dachte, mit dem Fotoapparat selbst wäre ich schon auf der sicheren Seite. Aber moderne Technik ist mir immer ein paar Schritte voraus, und ich muss meinen Fehler korrigieren, bevor es zu spät ist.«

Der Einbruch im *Schmökerhafen*! Clara schluckte. Das steckte also dahinter. Jule hatte völlig richtig gelegen.

Aber warum wollte Karl den Datenträger? Abermals ging sie Jules Fotos im Geiste durch.

»Ach, den meinen Sie«, tat sie unbekümmert, obwohl sie sich ganz anders fühlte. »Den habe ich gar nicht mehr. Ich habe ihn vorhin der Kripo gegeben.«

»Abermals eine Lüge«, tadelte sie ihr Gegenüber und machte einen drohenden Schritt auf sie zu. »Ich habe Sie genau beobachtet, Frau Clüver. Nicht nur das: Ich habe auch Herrn Haberkamp vorhin in ein Gespräch verwickelt. Er hat nicht bemerkt, worum es mir wirklich ging, dessen bin ich mir sehr sicher. Aber er hat mir mehr oder weniger bestätigt, dass er das Objekt, wegen dem ich hier bin, nicht in seinem Besitz hat. Ehrlich gesagt, findet er die Aufnahmen seiner geschiedenen Gattin erstaunlich unbedeutend.« Karl seufzte. »Was ist das nur immer mit Männern und ihren Frauen, hm? Warum fehlt es da überall an dem nötigen Respekt?«

Sören. Clara verfluchte den Ex ihrer Freundin in Gedanken. Er hatte natürlich nicht gemerkt, dass er einem Gegner wichtige Informationen zuspielte. Doch machte das die Tatsache nicht sogar noch schlimmer? Hätte er es nicht wissen *müssen*?

Karl fuhr fort. »Sie verstehen also, dass ich Ihre Ausflüchte ausgesprochen ermüdend finde. Sie vergeuden meine Zeit.«

»Au!« Sie wehrte sich, als er sie mit der freien Hand packte und mit sich zog. »Sie tun mir weh! Was soll das?«

Er hielt ihr die scharfe Klinge vor das Gesicht. »Sie täten gut daran, sich mir nicht zu widersetzen, Frau Clüver. Ich bin ursprünglich nicht hergekommen, um Ihnen zu schaden. Mir ging es eigentlich nur um die Daten. Aber ich *werde* mir nehmen, was mir zusteht. Das versichere ich Ihnen.«

Diesmal ließ sie es geschehen. Karl führte sie aus der Küche ins Wohnzimmer, wo er ihr bedeutete, sich zu setzen. Widerwillig folgte sie auch dieser Aufforderung und nahm auf dem Sofa Platz. Er setzte sich in den Sessel direkt gegenüber.

Clara schlang die Arme um den Oberkörper. Ihr dünnes Schlafshirt war nichts gegen die Kälte des nächtlichen Zimmers. Außerdem hatte sie Angst. Vorsichtig blickte sie zum Fenster, durch das sie Friekes Hof sehen konnte – still und dunkel. Nichts rührte sich da draußen. Niemand kam ihr zu Hilfe.

»Ich habe beobachtet, wie Sie die Festplatte wieder eingesteckt haben«, eröffnete Karl ihr. »Auch daher darf ich annehmen, dass sie sich noch immer in Ihrem Besitz befindet. Da Sie mich unglücklicherweise gehört haben, als ich durch das Küchenfenster eingestiegen bin, erübrigt es sich, dass ich jetzt noch nach ihr suche. Sagen Sie mir einfach, wo sie ist.«

Clara dachte gar nicht daran. Ihr war klar, dass Karl hinter dem Einbruch in den *Schmökerhafen* steckte. Doch sie verstand noch immer nicht, warum der Alte überhaupt Jules Fotos haben wollte.

Dann fiel es ihr ein.

»Die *Ho'oponopono*«, hauchte sie. »Marion Konstantins Boot ist auf den Fotos.«

Genau genommen war es auf zweien der Bilder zu erkennen, erinnerte sie sich. Es lag im Hintergrund, als Silke Thomas vom Stehtisch aus in Jules Kamera lächelte. Und man sah es ein zweites Mal auf dem Selbstporträt, das Jule geschossen hatte – ebenfalls im Hintergrund, aber doch deutlich auszumachen, inklusive des unverwechselbaren Namens an der Reling. Und einer der Menschen zwischen den vielen Masten …

Mit einem Mal blitzten die Fotos vor Claras geistigem Auge auf. Die verlassenen Anleger, vor denen Silke Thomas stand und Jule dies und das zeigte. Die fest vertäuten Boote mit ihren eingeholten Segeln und dicken Planen zum Schutz gegen den Sturm. Die leer geräumten Decks und den Mann mit dem weißen Haar.

Sie hatte ihm vorhin wenig Beachtung geschenkt, zumal man ihn nur auf einem einzigen Bild und nur von der Seite sah. Auch Jule hatte nicht weiter auf ihn geachtet, nur ein weiteres Detail im unbedeutenden Hintergrund.

Doch nun, da er direkt vor ihr saß, erkannte Clara ihn auch in der Erinnerung. Karl war am Dienstag am Niendorfer Hafen gewesen, direkt bei Marions Boot. Und er hatte es keineswegs sturmsicher gemacht!

»Ich sehe, wir verstehen uns«, bestätigte Karl. »Wenn Sie dann so freundlich wären, mir unnötiges Suchen zu ersparen?«

Fieberhaft dachte sie nach, ging die beiden Fotos im Geiste genau durch. Jedes Detail der *Ho'oponopono* stand nun wieder deutlich vor ihr. Sie sah das weiße Segel am Mast, die länglichen Kisten auf dem Deck, auf denen man sitzen konnte, dann den Zugang zur Steuerkabine. Sie sah die verchromte Reling und das weiße Dach der Kabine.

Dann dachte sie an ihren eigenen Besuch im Hafen von Niendorf, gemeinsam mit Jule. Auch da war ihr die *Ho'oponopono* aufgefallen.

Und mit einem Mal wusste sie es.

Sie brauchte nicht einmal mehr an den Gegenstand zu denken, den Karl auf dem Foto in Händen hielt, die metallene Bootsstange mit dem spitzen Haken. Spitz genug für einen kräftigen Hieb.

»Am Dienstag war die *Ho'oponopono* nicht gesichert«, murmelte sie. »Alle anderen Boote im Hafen waren für den nahenden Sturm vorbereitet worden. Man erkennt es auf den Fotos genau. Die anderen Segel waren da längst eingeholt, die Decks frei geräumt worden, alles war streng vertäut und fixiert. Aber nicht bei der *Ho'oponopono*. Die sah noch immer aus, als könnte sie jederzeit in See stechen. Sie standen direkt neben ihr. Und Sie hielten etwas in den Händen …«

»Ich gestehe, ich musste improvisieren.« Karl schlug die Beine übereinander. »Normalerweise arbeite ich deutlich effizienter. Doch normalerweise werde ich bei meiner Arbeit auch nicht beobachtet, erst recht nicht von unwissenden Reportern. Als mir klar wurde, dass Frau Haberkamp mich und das Boot auf ihren Aufnahmen haben musste, geriet ich in Sorge. Ich bin gern gründlich, Frau Clüver. Ich überlasse nie etwas dem Zufall.«

Clara verstand sofort, was er meinte. Sie wusste, wem sie da gegenübersaß. Doch die Worte, die über ihre Lippen drangen, waren mitnichten die eines verängstigten Opfers, sondern die der geschulten Seelsorgerin – einer Frau, die Anteil nahm am Leid eines Mitmenschen.

»Karl«, keuchte sie. »Großer Gott, was haben Sie getan?!«

Dienstag, die Nacht des Sturms

Er war zu spät. Natürlich war er das.

Karl Roberts schlug den Kragen seines Mantels höher und steckte die Hände in die Taschen. Wut stieg in ihm auf, doch sie galt nicht dem Mann, auf den er nun schon seit über einer Stunde wartete, sondern ihm selbst.

Ich hätte es mir ja denken können. Ein Erich Konstantin kommt nur pünktlich, wenn er es will. Die Gegenseite warten zu lassen ist für den schon Teil der Verhandlungstaktik.

Der Niendorfer Hafen lag verlassen da. Die letzten Spaziergänger hatten sich schon vor Stunden zurückgezogen, und inzwischen hielt die Nacht das Gelände fest in ihren Klauen. Nicht einmal ein Hund strich um die späte Uhrzeit noch um die alten Mauern und um die Außentische der *Kombüse*, die mit schweren Ketten gesichert waren.

Den Teil seines Plans hatte Karl also nach wie vor gut im Griff. Einzig das Wetter wurde allmählich zum Problem.

Ärger wallte in ihm auf, als er erneut zu den Anlegern hinüberblickte. Die Boote im Hafenbecken schwankten schon ganz schön, denn der Wind nahm mit jeder verstreichenden Minute zu. Wolken türmten sich am dunklen Himmel.

Karl wusste, was das bedeutete: Wenn Konstantin nicht bald auftauchte, war sein Plan B keinen Pfifferling mehr wert.

Zehn Uhr, hatte ich gesagt, verdammt!, fluchte der alte Diener in Gedanken. *Und jetzt ist es kurz nach elf …*

Einen halben Herzschlag später hörte er das vertraute Motorengeräusch. Erich Konstantins mattschwarzer BMW bog in den Hafen und hielt auf dem Mitarbeiterparkplatz vor der *Kombüse*. Konstantin wirkte verblüfft, als er ausstieg und sich umsah. Er schimpfte irgendetwas, doch Karl stand nahe der Jachthalle und konnte es auf die Entfernung nicht verstehen.

Erst als er sicher sein konnte, dass Erich Konstantin allein gekommen war, trat der Diener aus den Schatten. »Herr Konstantin«, sagte er laut. »Hier bin ich.«

Sein Arbeitgeber drehte sich um. »Karl?«

»So ist es. Gut, dass Sie es noch einrichten konnten. Ich gestehe, ich hatte Sie deutlich früher hier erwartet.«

Der Gastro-König der Lübecker Bucht trug ein blaues Hemd. Auf dem hellen Jackett war das Firmenlogo aufgestickt, und die Bügelfalten seiner dunklen Hose wirkten auch nach einem langen Arbeitstag noch so frisch, als wären sie eben erst entstanden. »Sie?«, wunderte sich Konstantin. »Warum sollten Sie mich erwarten, Mann? Ich soll mich hier doch mit Westhues treffen.«

Arne Westhues war der Geschäftsführer der *Kombüse.* Selbstverständlich wusste der Mittfünfziger, dessen Familie drüben in Scharbeutz wohnte und der sich hinter Konstantins Rücken mit Vanessa traf, nichts von diesem Termin.

»Das sollten Sie glauben, Herr Konstantin«, betonte Karl. »Aber dem ist nicht so. In Wahrheit haben Sie Ihre Verabredung mit mir.«

»Was?« Erich Konstantin lachte ungläubig. »Was reden Sie denn da?«

»Wer hat Ihnen den Termin genannt, Herr Konstantin?«, gab Karl zurück. »Westhues oder ich?«

Der Gastro-König runzelte die Stirn. »Sie … Sie haben mich belogen?«

Karl nickte. »Umständehalber.« Der Moment war günstig. Langsam ging er einen Schritt rückwärts, dann einen zweiten. Und tatsächlich: Konstantin biss an. Seine Neugierde war so groß, dass er dem Diener instinktiv folgte.

»Aber warum?«, fragte er dabei. Es klang ausgesprochen unwirsch. »Was soll der Quatsch? Wenn Sie mir etwas zu sagen haben, sagen Sie es mir doch einfach zu Hause.«

Den Teil wollte Karl ihm noch nicht erklären. Wenn er ehrlich zu sich war, hoffte er, dass es nie so weit käme. Er beschloss, die Frage kurzerhand zu ignorieren. »Herr Konstantin, ich möchte mit Ihnen über Stöckler-Seeburg sprechen«, sagte er. »Stimmt es, dass Sie ein neues Testament aufsetzen wollen?«

»Was?« Sein Gegenüber schnaubte spöttisch. »Wovon reden Sie, Mann? Was kümmert Sie das?«

»Stöckler-Seeburg rief heute früh an«, antwortete Karl. Er hatte die *Ho'oponopono* beinahe erreicht. Nur noch wenige Schritte. »Er bekam Sie wohl nicht an den Apparat, also versuchte er es in der Villa. Außer mir war allerdings niemand im Haus. Ihr Anwalt erklärte mir, er wolle Sie sprechen, weil es noch Rückfragen bezüglich des neuen Testamentes gebe.«

»Na, und wenn schon!« Konstantin breitete die Arme aus, schnaubte wieder. »Was kümmert Sie das? Was hat Stöckler-Seeburg mit dieser Arschkälte und der beschissenen *Kombüse* zu tun?«

»Ich wusste gar nichts von einem neuen Testament, Herr Konstantin«, fuhr Karl fort. Er stand nun direkt vor dem startbereiten Boot, und der Sturm, der von Osten in die Bucht kam, zerrte an seiner Kleidung. Die *Ho'oponopono* schwankte sehr, und das weiße Segel schlug im Wind. Die Zeit drängte. »Auch Ihre Gattin weiß nichts davon. Das wurde mir klar, als ich sie am Nachmittag vorsichtig darauf ansprach. Sie hat nicht gemerkt, worauf ich hinauswollte, aber sie ließ für mich keinen Zweifel daran aufkommen, dass sie nichts von einer Änderung Ihres letzten Willens ahnt. Ich vermute, auch Ihre Kinder sind über Ihre Pläne mit Stöckler-Seeburg nicht unterrichtet?«

»Ich kann mich nur wiederholen, Karl: Was kümmert Sie das?« Konstantin schüttelte den Kopf. Sein Tonfall wurde ätzend, sein Spott nahezu greifbar. »Keine Ahnung, was Sie hier erreichen wollten, Sie alter Narr! Doch ich habe weiß Gott Besseres zu tun, als mir Ihr krudes Geschwätz anzuhören – noch dazu bei diesem Wetter. Wenn Sie mir etwas zu sagen haben, sagen Sie es mir morgen in der Villa, verstanden? Und packen Sie dann auch ruhig schon mal Ihre Koffer! Ich bezweifle nämlich, dass Sie nach dieser höchst unangemessenen Aktion noch länger für den Dienst im Hause Konstantin taugen.« Er drehte sich um und ging zurück in Richtung BMW.

Karl wusste, dass es nun um alles ging. Wenn er Konstantin nicht verlieren wollte, *musste* er handeln. »Sie wissen von Westhues und Vanessa, oder?«, rief er.

Erich Konstantin blieb stehen.

»Ja, das wissen Sie«, sagte Karl fest. »Ich sehe es an Ihrer Reaktion. An Ihrem Mangel an Überraschung. Wissen Sie auch von Hannes? Von dem Geld, das Vanessa ihm seit Monaten heimlich zusteckt – für seine angebliche Kunst?«

Noch immer drehte Konstantin sich nicht um. Doch seine Körpersprache machte klar, dass ihm bekannt war, was sein Angestellter ihm da an den Kopf warf.

»Sie wissen all das«, fuhr Karl daher fort. Sein Tonfall war nun pure Anklage, purer Trotz. Jahrzehnte der unterdrückten eigenen Meinung brachen aus dem Butler heraus wie Wasser aus einem schadhaft gewordenen Damm. »Denn Sie wissen *immer* alles, was das Geschäft und die Familie betrifft. Den Namen Konstantin. Es gibt nichts, was Sie diesbezüglich nicht merken. Deswegen das neue Testament, oder? *Weil* Sie es wissen.«

Konstantin wirbelte herum. Zorn lag auf seinen Zügen, und in seinen Augen funkelte die Entrüstung. »Na und?«, fuhr er ihn an. »Was wollen Sie von mir, Karl? Dass ich mich dümmer stelle, als ich bin? Dass ich wegschaue, wenn mich die eigene Familie hintergeht? Ist es das?«

»Es handelt sich immerhin um Ihre *Familie*, Herr Konstantin.«

»Um Lügner!«, schimpfte er. »Weiter nichts. Um dreckige Lügner, die mich ausnutzen. Als wäre der Wohlstand, den ich ihnen verschafft habe, selbstverständlich. Das Ansehen in der Öffentlichkeit. *Niemand* hintergeht einen Erich Konstantin, Karl – Sie nicht und Vanessa auch nicht!«

»Sie haben ihnen immer Loyalität gepredigt«, klagte Karl ihn an. Zufrieden registrierte er, dass sein Arbeitgeber wieder näher trat. »Seit Konrad in die Windeln machte, brachten Sie ihm bei, dass Familie stets über alles geht.«

»Konrad ist ein gieriger Nichtsnutz«, brummte der Unternehmer. »Der würde die Firma lieber gestern als morgen übernehmen. Ich bin ihm nur im Weg, nichts weiter.«

»Und bei den anderen Kindern verfuhren Sie genauso«, setzte Karl seine Anklage ungerührt fort. Jahrzehntelang hatte er stumm mitangesehen, wie dieser Mann mit seiner Familie umging. Es hatte ihm nie zugestanden, Erich Konstantin dafür zu kritisieren. Dennoch hatte er es getan: innerlich und immer wieder. Nun endlich brach all das aus ihm heraus wie Wasser aus einem brüchigen Damm – unaufhaltsam und stark. Er konnte es nicht verhindern und wollte es auch nicht mehr. »Niemand durfte ausscheren, niemand sich zu weit vom Stamm entfernen. Sie ließen es nicht zu, weil es sich in Ihren Augen nicht schickte. Wie sagten Sie den Kindern stets? Eine Familie ist wie eine Armee …«

»Jeder Soldat dient dem großen Ganzen«, beendete Konstantin den Satz. »Na und? Soll das entschuldigen, was diese Verräter tun? Denn das kann es auf gar keinen Fall, Karl. Westhues' Entlassung liegt bereits bei Stöckler-Seeburg auf dem Tisch. Ich wollte das Ende der Saison abwarten, bevor ich mich nach einem Ersatz für ihn umsehe – allein deshalb weiß er noch nichts von seinem Glück. Und was Hannes betrifft: Bevor Sie den Jungen verteidigen, sollten Sie wissen, dass er hinter meinem Rücken mit diesem Lütgens paktiert. Ja, richtig gehört: Hannes und der zwielichtige Berliner schmieden gemeinsame Pläne gegen mich. Ich schätze, Lütgens hat sich an ihn gewandt, gleich nachdem er sich bei Konny und mir die Zähne ausgebissen hat. Dieser Narr. Und Vanessa …«

Karl wartete. Die Wut in seinem Inneren loderte hell wie das Osterfeuer am Brodtener Steilufer. Vieles von dem, was Konstantin da sagte, kam für ihn nicht überraschend. Dennoch tat es weh, die Worte zu hören – wenn auch aus anderen Gründen, als der Gastro-König vielleicht dachte.

»Vanessa wird sich noch wundern«, knurrte Konstantin. »Jahrzehntelang hat sie sich aus allem rausgehalten, was wichtig war. Und jetzt soll ich sie dafür auch noch belohnen? Nein, Karl. Das *neue* Testament ist …«

Der Bootshaken lag auf dem Deck der *Ho'oponopono*, gerade jenseits der Reling. Karl hatte nur den Arm ausstrecken müssen, und schon hielt er das Ding in der Hand. Mehr noch: Schon sauste es gegen Erich Konstantins Schläfe.

Der Unternehmer sah den Hieb nicht kommen. Selbst Karl begriff ihn erst so richtig, als er längst vollzogen war. Aber den nächsten Schlag, den führte er aus vollem Bewusstsein aus.

Konstantin fiel. Nahezu lautlos ging er zu Boden und lag da wie ein Fisch – zuckend und doch stumm.

Karl tat, was getan werden musste. Mit beiden Händen holte er zum dritten Mal aus. Der Hieb traf den Gastro-König direkt auf den Hinterkopf. Knochen splitterte hörbar, und trotz der Dunkelheit war Karl, als könnte er vereinzelte Blutspritzer fliegen sehen. Letzteres war aber sicherlich – hoffentlich – reine Einbildung.

Nun zuckte Konstantin nicht mehr. Karl Roberts ließ die Stange fallen und kniete sich neben seinen Arbeitgeber. Er versuchte, der Wunde kaum Beachtung zu schenken, als er nach der Halsschlagader tastete. Der Puls des Gastro-Königs war schwach. Und irrte er sich, oder wurde er immer langsamer?

Ich habe es begonnen, dachte der Butler. *Also muss ich es auch beenden. Ganz nach Plan.*

Dann packte er Konstantin an den Füßen.

»Ich habe nur getan, was richtig war«, beendete der alte Butler seinen Bericht. »Was er selbst nicht anders getan hätte, an meiner Stelle. Die Familie ist wichtiger als der Einzelne. Erich

Konstantin lebte nach dieser Maxime. Es wurde höchste Zeit, dass ihn jemand daran erinnert.«

Clara traute ihren Ohren kaum. Was der ungebetene Gast in ihrem Wohnzimmer da gerade erzählt hatte, war nichts weniger als ein Geständnis gewesen – noch dazu eines, das mit grässlichen Details nicht gerade sparsam umging.

Ihr war klar, was das alles bedeutete: Karl Roberts würde sie nicht lebend davonkommen lassen, spätestens jetzt nicht mehr. Sie war eine Zeugin. Sobald er hatte, worum es ihm ging, würde er sein dunkles Werk vollenden.

Ich muss Zeit gewinnen, schoss es ihr durch den Kopf. *Irgendwie. Je länger er redet, desto besser. Wer redet, mordet nicht.*

»›Erinnert‹ ist gut«, sagte sie. Es klang tadelnd, obwohl sie innerlich zitterte. Clara staunte, wie wenig ihrer Panik sich in ihrem Tonfall niederschlug. »Sie haben den Mann *getötet*!«

»Er wollte mit seiner eigenen und obersten Regel brechen«, erwiderte Karl ungerührt. Beinahe wirkte es wie ein Widerspruch. »Er war drauf und dran, sich an der eigenen Familie zu versündigen. Indem er sie aus dem Testament strich. Ich weiß nicht im Detail, was er mit Stöckler-Seeburg plante, aber ich kannte meinen Arbeitgeber gut genug, um zu wissen, in welche Richtung die Reise gehen würde. Vanessa und die Kinder hätten bei diesem neuen Testament keinen roten Heller mehr gesehen. Und warum? Wegen mangelnder Loyalität? Dabei war *er* doch der wahre Illoyale!«

Karl wollte aufstehen, doch Clara war schneller. »Und Sie sahen sich als Richter der Familie?«, fuhr sie den Alten an. Es war das Erstbeste, was ihr einfiel, und während sie sprach, sah sie sich fieberhaft nach einem Ausweg um. »Ausgerechnet Sie? Können die Konstantins etwa nicht für sich selbst sprechen?«

Er blieb tatsächlich sitzen. Der Anflug eines Lächelns glitt über seine faltigen Züge und verlieh diesen einen erstaunlich arroganten Anstrich. »Das verstehen Sie nicht. Ich kümmere mich seit Jahrzehnten um diese Familie. Ich mag kein Blutsverwandter sein, doch glauben Sie mir: Ich bin ihnen näher und vertrauter, als sie es sich mitunter selbst sind. Können Sie sich vorstellen, was ein Butler sieht und hört? Wer ihm im Vertrauen sein Herz ausschüttet? Wer bei ihm ein offenes Ohr sucht, eine schweigsame Schulter? Die Kinder hatten mehr mit mir zu tun als mit beiden Elternteilen zusammen, als sie klein waren! Ich war ihre erste Bezugsperson. Denn nur ich war immer da – immer *für sie* da.« Karl schüttelte den Kopf. »Ja, Frau Clüver. Ich weiß tatsächlich, was ihnen zusteht und was nicht. Meine Arbeitgeberin mag untreu gewesen sein, aber da war sie nie die Einzige. Konstantin hinterging sie schon seit Jahrzehnten, und nie hat sie sich darüber beklagt. Doch umgekehrt wollte er ihr einen Strick daraus drehen? Oder nehmen Sie Hannes: Natürlich vergeudet der Junge seine Zeit – Sie haben die Ausstellung selbst besucht, ich habe Sie und Frau Haberkamp dort gesehen. Sie wissen, wie wenig seine Arbeiten taugen. Aber er bleibt doch trotzdem ein Konstantin, oder etwa nicht? Sein heutiges Verhalten ändert daran genauso wenig, wie es im Falle von Konny oder Vanessa etwas ändert. Sie alle sind Erichs Fleisch und Blut, und nur das zählt!«

Sein Verständnis von Gerechtigkeit war ebenso diskutabel wie seine Arroganz. Doch Clara wusste, dass sie ihn nicht weiter reizen durfte. Nicht, wenn sie überleben wollte.

»Was hatten Sie vor, Karl?«, fragte sie leise. »In jener Nacht bei Marions Boot? Wollten Sie die Leiche mit der *Ho'oponopono* aufs Meer hinaus fahren?«

»Anfangs ja«, bestätigte er tatsächlich. »Ich hatte Gewichte an Bord, hatte sie schon nachmittags unter Deck versteckt. Damit wollte ich den Körper beschweren, damit er unterginge und unten bliebe. Ich wusste natürlich, dass mir der Sturm diesen Plan erschweren würde. Deswegen bestellte ich Konstantin ja auch schon früher in den Hafen. Doch er ließ sich Zeit, und als er endlich eintraf, war es im Grunde schon zu spät.« Er zuckte mit den Schultern. »Ich bemerkte das, als ich ihn an Bord gehievt hatte und ablegen wollte. Die *Ho'oponopono* kam nicht länger gegen die Wellen an. Ich schaffte es kaum aus dem Hafenbecken. Draußen auf See wäre ich komplett verloren gewesen. Dieser Sturm war stark. Stärker als jede Vorhersage.«

»Und wie sah der Plan B aus?«, hakte sie nach.

Karl schüttelte den Kopf. »Die Festplatte, Frau Clüver. Ich bin nicht hier, um Ihnen Rede und Antwort zu stehen.«

Sie schluckte. Verdammt, was konnte sie unternehmen? »Tun Sie mir den Gefallen«, bat sie schlicht. »Ich habe tagelang die Hobbydetektivin gespielt. Seien Sie wenigstens so nett und erklären es mir. Bevor …« Sie konnte den Satz nicht beenden, denn das Ende war klar. Er würde sie töten, wenn er bekam, was er wollte. Es konnte gar nicht anders ausgehen.

Ihr ungebetener Gast stand seufzend auf und ging ein paar Schritte durch das dunkle Zimmer. Dabei blieb er stets nah an ihrem Sofa, und das Messer hielt er fest in der Hand.

»Jetzt, Rufus!«

Die Stimme war auf einmal da, laut und entschlossen in den Schatten. Clara zuckte zusammen, als sie erklang, und Karl wirbelte erschrocken herum.

Aber nicht früh genug. Der große Hund stürzte sich ihm entgegen und riss ihn bellend von den Füßen.

Karl war vollkommen überrumpelt. Er taumelte zurück, stieß gegen die Rückenlehne des Sofas, und einen Sekundenbruchteil später war Frieke da. Mit einem Regenschirm schlug sie nach Karls rechtem Handgelenk.

»Clara!«, rief sie dabei.

Die Pastorin reagierte spät, aber noch rechtzeitig. Mit beiden Händen packte sie den Arm des Einbrechers, just als diesem das Messer aus der Hand fiel.

Und Frieke setzte nach. Wieder schlug sie mit dem Schirm zu. Clara hatte Mühe, nicht selbst von den Hieben getroffen zu werden.

»Was …«, keuchte Karl. Perplex sah er zu Rufus, der mit wütendem Bellen vor ihm stand und die Zähne zeigte. »Was soll das?«

»Das wollte ich Sie gerade fragen«, erwiderte Frieke schroff. Sie hatte sich in Windeseile nach dem Messer gebückt und es aufgehoben. Nun baute sie sich drohend vor dem ungebetenen Gast auf. »Was machen Sie um diese Zeit auf meinem Grundstück – und bei meiner Freundin?«

KAPITEL 15

Montag

»Unfassbar«, sagte Jule Haberkamp zum gefühlt hundertsten Mal. Dabei sah sie besorgt von Clara zu Frieke und zurück. »Absolut unfassbar.«

Vor den Fenstern von Friekes Küche brach der Morgen an. Erste Sonnenstrahlen zogen über den Hof, in dem mehrere Streifenwagen und ein dunkler Audi parkten, und verscheuchten die Dunkelheit.

Clara und die beiden anderen Frauen waren schon seit Stunden am Küchentisch versammelt und warteten, auch wenn niemand so richtig wusste, worauf. Nachdem sie Karl Roberts dank Friekes Eingreifen entwaffnet hatten, hatte Clara die Polizei gerufen – und auch Jule aus dem Bett geklingelt. Irgendwie hatte sich das richtig angefühlt, nötig. Die Freundin aus Travemünde hatte die Rasselbande in die Obhut einer verständnisvollen Nachbarin gegeben und war mit der nächsten Fähre gekommen. Seitdem saßen sie hier.

»Unfassbar, aber wahr«, sagte Frieke. Sie nippte an dem Tee, den sie für alle gekocht hatte, und sah nachdenklich auf den Hof hinaus. »Er war es, Jule. Die ganze Zeit.«

»Erklärt es mir noch mal, ja?«, bat die Angesprochene. »Und vor allem erklärt mir, warum ihr zwei nach der ganzen Aufregung hier so ruhig und gelassen sitzt. Verflucht, ihr habt einen Mörder gefasst – just als er Clara ans Leder wollte!«

»Ich bin nicht ruhig«, widersprach die Pastorin. Sie trug inzwischen alte Sweatpants und Pantoffeln, dazu einen von Friekes Wollpullovern. Dennoch fröstelte sie. »Nur irgendwie … leer.«

Das traf es ziemlich gut. Die Angst, die sie während der nächtlichen Begegnung empfunden hatte, war fort und einer eigenartigen Leere gewichen, die ihr Inneres komplett auszufüllen schien. Es war keine Müdigkeit per se, auch keine Erleichterung – sondern einfach … nichts.

Du stehst unter Schock, warnte sie sich. *Das fühlt sich so an. Das böse Erwachen kommt erst noch.*

»Da ist nicht viel zu erklären«, sagte Frieke. »Ich wurde wach, weil Rufus vor meinem Bett stand und jaulte. Er wollte wohl noch mal raus; das will er nachts häufiger, seit er alt ist. Aber dann sah ich den Wagen der Konstantins vorn an der Straße unter der Lampe stehen; aus meinem Schlafzimmer habe ich die Einfahrt zum Hof ja gut im Blick.«

»Woher wusstest du eigentlich, dass es deren Auto ist?«, wunderte sich Clara. Als sie nach ihrer eigenen Tasse griff, zitterten ihre Finger leicht. War das der Anfang ihres Erwachens? »Da hätte doch im Grunde jeder seinen Wagen abstellen können. So ein BMW ist ja nicht *so* selten.«

»HL-EK 01«, zitierte die Buchhändlerin das Nummernschild des Autos drüben am Straßenrand. Sie lächelte schwach. »Die Konstantin-Wagen haben alle ähnliche Nummernschilder. Das weiß hier jeder.«

»Und dann?«, fragte Jule.

Frieke stellte die Tasse ab und strich dem Labrador, der treu neben ihr hockte, über den Hinterkopf. »Dann hab ich mich natürlich gewundert, was ein Konstantin um die Uhrzeit hier draußen bei uns will. Als ich zur Scheune rübersah, war dort alles dunkel. Doch ich ahnte, dass da etwas nicht stimmt. Und dann das kaputte Küchenfenster … Da kann man schon einsteigen, wenn man's drauf anlegt. Dafür muss man noch nicht einmal irgendwelche Schlösser knacken oder so.«

»Du bist genau zur rechten Zeit gekommen.« Clara lächelte dankbar, als die Buchhändlerin nach ihrer Hand griff, die immer stärker zitterte. »Viel länger hätte es nicht mehr gedauert, und er hätte …«

Sie schwieg, auch die anderen Frauen sagten für einen kurzen Augenblick kein Wort. Rufus ließ ein leises Grunzen hören, als er sich zu Friekes Füßen ausstreckte.

»Der Alte an Vanessas Seite«, murmelte Jule dann. »Nee, den hatte ich echt nicht auf dem Schirm.«

»Nicht nur du«, stimmte Clara ihr zu.

Aus dem Augenwinkel sah sie, wie Sören Haberkamp aus der Scheunenwohnung trat. Der Kripo-Beamte hatte Clara vorhin schon kurz befragt und trug wieder seinen Arbeitsanzug. Aktuell sprach er in ein Handy, das er aber in der Manteltasche verstaute, als er sich Friekes offen stehender Haustür näherte.

»So«, sagte er und trat in die Küche. »Das wäre geschafft.«

Frieke blickte zu ihm auf. »Dann hat er gestanden?«

»Noch nicht direkt«, antwortete Jules Ex. Dankbar nahm er Platz, als Frieke auf den letzten freien Stuhl deutete. »Aber das wird schon. Wir nehmen ihn jetzt mit nach Lübeck, da bearbeiten wir ihn weiter. Und wir haben die Tatwaffe!«

Clara hob verblüfft die Brauen.

Sören lachte. »Sie lag unter Deck auf dem Boot in Niendorf. Er hat sie einfach dort verstaut und geglaubt, er hätte alle Zeit der Welt, sie zu entsorgen. Vermutlich wusste er einfach noch nicht, wo und wie.«

»Und die Leiche?«, hakte Jule nach. »Was hat er eigentlich mit der gemacht, als er nicht aus dem Hafen kam? Blieb die auch einfach an Bord?«

»Wir vermuten es«, antwortete ihr Ex-Mann. »Der Tote könnte beim Sturm von Deck ins Hafenbecken gefallen sein. So kam er dann an den Strand. Roberts sagte Ihnen ja auch, Clara, dass das Wetter in jener Nacht seine kühnsten Erwartungen übertraf.«

»Nicht nur seine«, murmelte Frieke.

Clara versuchte, sich den Ablauf vorzustellen. Karl Roberts hatte Erich Konstantin auf die *Ho'oponopono* gebracht, das hatte er ihr vorhin selbst erzählt. Wenn die Tatwaffe dort noch immer lag, hatte Karl vielleicht wirklich angenommen, die Spuren seiner Tat zu einem späteren Zeitpunkt unbemerkt beseitigen zu können. Er hätte das Blut an Land mit Meerwasser wegwischen und Stange und Leiche – ganz wie anfangs geplant – dann bei nächster Gelegenheit noch bei Nacht und Nebel im Meer versenken können. Als dann der Sturm kam und kaum einen Stein auf dem anderen ließ, ging die Leiche über Bord – und wurde an Land gespült.

Es klang unglaublich, dass in all der Zeit niemand von der Kripo einen Blick auf die *Ho'oponopono* geworfen hatte. Doch zum einen benutzte bekanntermaßen hauptsächlich Marion das Boot, und zum anderen bestand die Kripo in diesem Fall primär aus Sören und seinem stämmigen Kollegen. Unglaublich war da nicht automatisch auch unmöglich. Eher im Gegenteil.

»Er *hat* gestanden«, betonte Clara. »Mir gegenüber. Ich habe versucht, ihn irgendwie zu beschäftigen, und da hat er einfach drauflosgeplappert. Er war's, Sören. Er allein.«

»Daran hegen die Kollegen und ich keinerlei Zweifel.« Er schaute zu Jule. »Mensch, ihr hättet hier draufgehen können! Was macht ihr denn für Sachen?«

»Was immer nötig ist«, erwiderte sie knapp.

Doch Clara sah ihr an, dass ihr die Situation ebenfalls nicht mehr geheuer war. Die Aktion war erschreckend gefährlich geworden. Detektiv war eben nichts, was man einfach so spielen konnte.

»Ein Glück, dass es so ausging, wie es ausging«, sagte Frieke. Sie klang unaufgeregt und angenehm pragmatisch. »Und die offenen Fragen werden sich jetzt schon alle klären. Lasst ihnen Zeit.«

»Habt ihr schon mit Niendorf gesprochen?«, wandte Clara sich an den Beamten. »Mit der Familie, meine ich?«

»Harald ist bei ihnen in der Villa«, antwortete Sören. Er musste seinen Partner meinen, Kommissar Schmidt. »Schon seit über einer Stunde. Ich fahre auch gleich rüber. Er sagt, die Konstantins seien völlig perplex und hätten von nichts gewusst. Er glaubt ihnen.«

»Auch Hannes und Marion?«, fragte Jule. »Die wohnen nicht in Niendorf. Und sie nutzten die *Ho'oponopono*, vor allem Marion. Der Rest der Familie hat sich meines Wissens kaum mit dem Kahn abgegeben.«

»Sind beide inzwischen vor Ort«, bestätigte ihr Ex. »Die Witwe hat sie dorthin bestellt, kaum dass Harald in ihrem Wohnzimmer stand und die Lage erklärte. *Alle* Konstantins hätten das nie von Karl Roberts gedacht. Der war wie Familie für die. Allerdings …«

Clara hob eine Braue. »Ja?«

Sören seufzte leise. »Allerdings machen die Hinterbliebenen auf Harald auch keinen allzu betroffenen Eindruck. Das Ergebnis der Ermittlungen scheint ihnen ähnlich egal zu sein wie deren Anfang. Vor allem den beiden Söhnen.«

»Überrascht mich nicht«, gestand Frieke. »Den Erich konnte niemand leiden, der ihn näher kannte. Wäre ich mit dem verwandt, hätte ich sicher auch keine Lust auf den gehabt.«

Clara dachte nach. Sie war dem Verstorbenen nie begegnet, doch sie empfand Mitleid mit ihm. Erich Konstantin war kein angenehmer Mensch gewesen, daran bestand kein Zweifel, aber auch Ekelpakete verdienten es nicht, bei Nacht und Nebel gemeuchelt zu werden. Sie mochten Strafe verdienen, Ablehnung und Kritik – das alles vielleicht, doch nicht den Tod. *Nie* den Tod.

Sie beschloss, für die Familie des Verstorbenen zu beten, sobald sie einen Moment Ruhe fände. Auch für Karl Roberts. *Vor allem für den*, dachte sie.

Dann zitterten ihre Hände so sehr, dass ihr beinahe die Teetasse entglitt. Im letzten Sekundenbruchteil stellte sie sie zurück auf den Tisch.

»Alles in Ordnung?«, fragte Sören. Ihm war der kleine Schwächeanfall nicht entgangen. »Wir könnten Ihnen einen Arzt rufen, Clara. Oder einen Seelsorger.«

»Sie *ist* Seelsorgerin«, erklärte Jule streng und legte ihr einen Arm um die leicht zuckenden Schultern.

»Geht schon wieder«, behauptete Clara und rang sich ein Lächeln ab.

Schweigend sah sie zu, wie Sörens Kollegen in Uniform den Mörder abführten. Karl Roberts wehrte sich kein bisschen und nahm widerstandslos im Fond eines der Streifenwagen Platz. Kurz darauf stiegen zwei Uniformierte vorne dazu, und der Wagen fuhr vom Hof. Clara staunte, als der Fahrer weder Blaulicht noch Sirene aktivierte. Irgendwie hatte sie mit mehr Action gerechnet, aber dafür bestand vermutlich gar keine Notwendigkeit.

»Wir haben unseren Mann«, erklärte Sören. Er hatte die Pastorin noch immer genau im Auge. »Machen Sie sich keine Sorgen, Clara. Den sehen Sie nicht noch einmal – höchstens bei der Gerichtsverhandlung.«

Mit einem Mal musste sie an Stefan denken, und nun waren es nicht nur ihre Hände, die zitterten. »Ich … Vorhin, als er plötzlich hinter mir stand …«

Jule strich ihr über die Schultern. »Psst, Kleines. Es ist vorbei.«

Sie sah zu ihr auf. »Im ersten Moment habe ich echt gedacht, es wäre mein Ex-Freund.«

»Männer«, sagte Jule, und es klang wie ein Schimpfwort.

»Okay.« Sören hob abwehrend die Hände und stand auf. »Das war mein Stichwort, fürchte ich. Auf nach Niendorf zu Harald. Clara und Frieke, ihr hört heute noch von uns, einverstanden? Wenn es irgendwie möglich ist, dann bleibt in der Nähe.«

»Kein Problem«, versprach Frieke und winkte ihm freundlich.

»›In der Nähe bleiben‹ ist gut«, sagte Jule. Sie sah zur Uhr über dem Herd. »Soll sich heute nicht entscheiden, ob Pastor Kruse endlich den Altar räumt? *Dann* wissen wir, wo du bleibst, Clara. Nicht vorher.«

Auch Clara warf nun einen Blick auf die Uhr. Vor lauter Aufregung hatte sie keinen einzigen Gedanken an Frau Boehring und das Pfarrbüro verschwendet, aber natürlich hatte Jule recht.

»Ich weiß nicht«, gab sie zu. »Im Grunde wollten die sich heute melden, ja. Doch es ist ja gerade erst halb acht. So früh ist das Büro meiner Erfahrung nach nicht besetzt.«

In dem Moment kam eine Polizeibeamtin aus der Scheunenwohnung geeilt. Sie hatte rotes Haar, das zu einem Pferdeschwanz gebunden war, und trug eine dunkle Uniform. Sie schwenkte ein Handy. »Frau Clüver?«, fragte die Polizistin, als sie Friekes Küche betrat. »Ist das Ihr Telefon? Es hat gerade geklingelt, und vielleicht ist es ja wichtig.«

Clara nahm das kleine Gerät und prüfte das Display. Tatsächlich: Dort prangte die Nummer des Büros.

»Haben die Wanzen in Friekes Küche, oder was ist los?«, murmelte Jule.

»Timing ist alles.« Die Buchhändlerin schmunzelte und beugte sich interessiert vor. »Na, komm schon. Ruf zurück. Wir wollen es genauso sehr wissen wie du.«

Doch Clara schüttelte den Kopf. »Später«, sagte sie und schloss kurz die Augen. »Das hat noch Zeit.«

Irgendwie, dachte sie, hatte *alles* noch Zeit. Auch das war ein Gefühl, das sie schon lange nicht mehr gehabt hatte.

Es gefiel ihr.

»Und das war dann der Kompromiss, sozusagen«, beendete Frau Boehring ihren Bericht. »Er behält das eine Haus, Sie bekommen das andere.«

Seit dem Tee in Friekes Küche waren ein paar Stunden vergangen, und der frühe Morgen hatte sich in einen geschäftigen Montag verwandelt. Clara stand auf den Stufen vor der Travemünder Altstadtkirche und sah zu Frau Boehring.

Die Angestellte des Pfarrbüros hatte sie soeben durch das ehrwürdige Gotteshaus geführt und ihr von der Empore bis hin zur Sakristei jeden Winkel und jedes Fleckchen ausführlich erklärt und beschrieben. Dabei hatte sie keinen Hehl aus ihrer Begeisterung gemacht, und auch jetzt strahlte die Frau mit dem schulterlangen Haar über das ganze Gesicht.

»Das war doch in Ihrem Sinne, oder?«, erkundigte Frau Boehring sich nun. »Sie sagten ja, Sie seien angenehm untergekommen. Von daher dachte die Verwaltung, das kleine Friedensangebot könnte man Pastor Kruse schon machen. So wahrt der alte Stinkstiefel sein Gesicht. Für Ihre Miete kommt das Pfarrbüro natürlich auf, Frau Clüver. Das ist klar.«

Clara nickte. Einmal mehr hatte Frau Boehring sie mit erstaunlichen Entwicklungen konfrontiert, nun aber mit ausgesprochen positiven. Pastor Hanno Kruse hatte sich in den frühen Morgenstunden endlich breitschlagen lassen, sich aufs Altenteil zurückzuziehen. Im Gegenzug gewährte die Kirche ihm allerdings weiterhin das Wohnrecht in seiner Dienstwohnung im Pfarrhaus. Dieser kleine Deal sei nicht verhandelbar gewesen, so die Lübecker Chefetage, und diene vor allem dem Zweck, Kruse das Gefühl zu geben, nicht als Verlierer vom Platz zu gehen, sondern als derjenige, der »es allen gezeigt« habe. Was auch immer das bedeuten mochte.

Für Clara bedeutete es allerdings einen äußerst schönen Nebeneffekt: Sie konnte langfristig bei Frieke einziehen. Vorausgesetzt, sie wollte den Job auf der Travemünder Kanzel nach wie vor.

»Und?«, fragte Frau Boehring. Sie rieb sich die Hände und schien mehr als bereit zu sein, mindestens eine von ihnen jemandem zum Schütteln zu reichen. »Was sagen Sie, Frau Pastorin? Nehmen Sie unsere Gemeinde an – trotz der Startschwierigkeiten?«

Clara sah zur Seite, wo die Statue von Ritter Jürgen neben dem Bushäuschen stand. Erst jetzt bemerkte sie den Mann, der im Inneren des kleinen Unterstands auf den Bus wartete. Er hatte ihr den Rücken zugewandt und nahm keinerlei Notiz von ihr und der Pfarrbüro-Angestellten, doch Clara erkannte ihn trotzdem. Es war Bengt Hansen.

»Wissen Sie, was, Frau Boehring?«, antwortete sie, ohne den Blick von ihm zu nehmen. »Versuchen wir's doch einfach mal. Ich bin gespannt, was sich daraus entwickelt.«

Die Sonne stieg über das Wasser wie ein stummes Versprechen. Ein neuer Tag brach an.

Marie ließ das Beil achtlos fallen. Taumelnd näherte sie sich dem Meer. Jeder Knochen in ihrem kleinen Leib tat weh, und doch fühlte sie sich unfassbar gut – unfassbar lebendig.

»Ha… Haben wir es geschafft?«, fragte Fiete. »Kehrt er tatsächlich nicht mehr zurück?«

Der dickliche Junge war während der vergangenen Minuten über sich hinausgewachsen wie nie zuvor, und der zerbrochene Dreschflegel bewies es ebenso eindrücklich wie die Erschöpfung auf seinen Zügen, die mit einem Mal viel erwachsener wirkten.

Marie ließ sich seufzend in den Sand sinken, wenige Handbreit vom Wasser entfernt. Sie wusste die Steilküste direkt hinter sich, hörte das Kreischen der erwachenden Möwen und roch die frische Luft, die von Osten kam. »Ja«, antwortete sie dann, und das Glücksgefühl, das in ihr aufstieg, wog schwerer als jeder Schmerz der Welt. »Ja, Fiete. Der kommt nie mehr her.«

Sie hatten den Wassermann im Schlaf überrascht. Auf Maries Zuruf hin hatte Fiete ihm das Netz übergeworfen und ihn mit Dresche überzogen, sie selbst war mit dem Beil auf ihn losgegangen. Doch Roggenbuk hatte sich mühelos wehren können, und nichts, was sie versucht hatten, hatte den bösen Gnom merklich verwundet.

Erst als sie die Knochenharfe auf dem Boden neben der Schlafstätte des kleinen Wassermanns bemerkte, hatte Marie gewusst, was sie tun mussten. »Die Harfe, Fiete!«, hatte sie gerufen. »Schlag auf die Harfe!«

Ihr Freund hatte gehorcht, wie er ihr immer gehorchte, wenn es wirklich drauf ankam – sofort und ohne Zögern. Er hatte den Oberkörper gedreht, abermals mit dem Flegel ausgeholt und …

Marie gellte der Schrei des Dämons noch immer in den Ohren. Dieses Entsetzen, diese Panik.

Selbst Teufel haben Schwachstellen, *dachte sie.* Auch sie machen Fehler und sind verwundbar. Man muss ihnen nur auf die Schliche kommen … und dann reagieren.

Es war vorbei. Sie wusste es so sicher, wie sie den Lauf der Sonne wusste, die gerade langsam über den Horizont kroch – dort, wo sich Meer und Himmel berührten. Das Ungeheuer war tot, denn in seiner Gestalt als böser Wassermann hatte sich selbst der mächtige Roggenbuk als verwundbar erwiesen.

»Das ist für dich, Frauke«, flüsterte Marie in den Wind. Sie dachte an die Tochter des Schmieds – und an all die anderen Töchter Travemündes, die ihr ins Verderben nachgefolgt wären. »Uns sagt niemand mehr, was wir müssen. Von jetzt an sind wir frei.«

»Was murmelst du da?«, fragte Fiete. Er ließ sich neben ihr in den Sand plumpsen und blickte ebenfalls aufs Meer hinaus.

Marie sah ihm ins erschöpfte Gesicht. Sie deutete zum Horizont und zur Sonne. »Dass es ein schöner Morgen werden kann. Findest du nicht auch?«

»In Travemünde?« Fiete grinste breit. »Na sicher, was auch sonst?«

Genau, *dachte das Mädchen zufrieden.* Was auch sonst?

»Wenn der Teufel alt wird, will er Mönch werden« Sprichwort

Eva Almstädt
OSTSEEKREUZ
Pia Korittkis
siebzehnter Fall

416 Seiten
ISBN 978-3-404-18573-3

Kommissarin Pia Korittki nimmt sich eine Auszeit in einem Ostsee-Kloster. Das ruhige, beschauliche Leben mit den Mönchen und einigen wenigen Gästen soll ihr helfen, sich von einem traumatischen Erlebnis zu erholen. Doch die Ruhe wird jäh durch das Läuten der Totenglocke gestört. Ein Novize hat einen der Mönche leblos in der Kirchenbank kniend gefunden. Schnell ist klar, dass Bruder Zacharias ermordet wurde. Pia will sich aus den Ermittlungen heraushalten, doch als auch noch ein Gast spurlos verschwindet, muss sie handeln – und macht in einem Kellerraum eine schreckliche Entdeckung ...

Lübbe

Aus Wasser ist alles, und ins Wasser kehrt alles zurück ...

Sabine Weiß
DÜSTERES WATT
Sylt-Krimi

400 Seiten
ISBN 978-3-404-18820-8

Bei List meldet ein anonymer Anrufer eine männliche Leiche. Der Tod des Mannes gibt Rätsel auf, denn obgleich das Opfer auf einer Düne liegt, ist es ertrunken. Zumindest die Identität ist rasch geklärt: Es handelt sich um Klaus von Raboisen, den steinreichen Spross einer Adelsfamilie, der eine Villa in List besitzt. Seine Ehefrau Charlotte ist Politikerin, weshalb die Ermittlungen sofort im Fokus der Öffentlichkeit stehen. Doch noch während Liv Lammers und ihre Kollegen von der Kripo Flensburg ermitteln, wird im Sylter Watt eine weitere Leiche angespült. Auch hier steht die Todesart im Widerspruch zum Fundort: Die Frau ist verdurstet. Makabrer Zufall oder Ergebnis eines perfiden Plans?

Lübbe